Über dieses Buch Alan Patons weltberühmter Roman über die Rassentrennung, das soziale Elend der farbigen Mehrheit und die schuldhafte Verstrickung von Schwarz und Weiß in Südafrika hat auch heute noch, mehr als drei Jahrzehnte nach der Erstveröffentlichung 1948, nichts von seiner beklemmenden Aktualität verloren.
Paton erzählt die Geschichte des schwarzen Landpfarrers Stephen Kumalo, der seine Zulu-Gemeinde verläßt, um seinen Sohn Absalom zu suchen, der wie so viele junge Leute in der großen Stadt Johannesburg spurlos verschwunden ist. In den Eingeborenenslums sieht Kumalo das Elend seiner Landsleute, die, losgelöst von ihren Stammestraditionen und von ihren Familien getrennt, der Apathie, aussichtslosem Aufbegehren oder der Kriminalität verfallen. Er findet seine Schwester als Prostituierte und seinen Sohn im Gefängnis wieder. Absalom hat bei einem Einbruch in panischer Angst einen Weißen erschossen. Tragischerweise ist das Opfer ein liberaler Weißer, der nach Kräften gegen die Apartheid und die Ausbeutung der Farbigen gekämpft hatte. Absalom wird zum Tode verurteilt. Milderne Umstände läßt das von Weißen besetzte Gericht nicht gelten.
»Alan Patons Roman... entwickelt das Drama der Apartheid in seiner abstrusen Tragik, seiner verheerenden Mischung aus logischem Widersinn und praktischer Ausweglosigkeit.« *(Süddeutsche Zeitung)*
Diese Neuausgabe wird ergänzt durch einen Überblick über die innenpolitische Entwicklung Südafrikas seit 1948 von Hermann Vogt, Professor für Politologie an der Fachhochschule Dortmund, durch einen Textauszug aus einer Rede, die Alan Paton 1979 vor dem *Institute of Race Relations* in Johannesburg gehalten hat, sowie durch einige Literaturempfehlungen.

Der Autor Alan Paton wurde 1903 in Pietermaritzburg (Südafrika) als Sohn weißer Eltern geboren. Nach dem Studium und der Promotion arbeitete er einige Jahre als Lehrer in der südafrikanischen Stadt Ixope. Da er sich als hervorragender und fortschrittlicher Pädagoge erwiesen hatte, wurde ihm die Leitung einer Erziehungsanstalt für kriminelle und verwahrloste afrikanische Jugendliche in Johannesburg übertragen.
Der Welterfolg seines ersten Romans ›Denn sie sollen getröstet werden‹ hätte ihm erlaubt, sich ganz seinen literarischen Plänen zu widmen. Aber die Sorge um sein Land führte ihn in die Politik. Er wurde Präsident der später verbotenen Liberalen Partei von Südafrika. Heute lebt Alan Paton als Publizist und freier Schriftsteller bei Durban. 1980 erschien der erste Teil seiner Autobiographie ›Towards the Mountain‹ und 1981 der Roman ›Ah, But Your Land Is Beautiful‹.

Alan Paton

Denn sie sollen getröstet werden

Cry, the Beloved Country

Roman

Aus dem Englischen
von M. Hackel

Fischer Taschenbuch Verlag

Die Originalausgabe erschien erstmals 1948 unter dem Titel ›Cry, the Beloved Country‹ bei Jonathan Cape, London
Der Text des Nachworts von Alan Paton wurde einer Rede entnommen, die der Autor aus Anlaß des 50jährigen Jubiläums des *Institute of Race Relations* am 3. Juli 1979 in Johannesburg gehalten hat.

Erweiterte Neuausgabe
Fischer Taschenbuch 2498

Erstmalig im Fischer Taschenbuch Verlag
(Bd. 126)
1.–125. Tausend: Juli 1956
Neuausgabe:
126.–135. Tausend: November 1982

Fischer Taschenbuch Verlag GmbH, Frankfurt am Main
Lizenzausgabe mit freundlicher Genehmigung
der S. Fischer Verlag GmbH, Frankfurt am Main

Aus dem Englischen übersetzt von Gisela Podlech-Reisse

Umschlagentwurf: Jan Buchholz/Reni Hinsch
Gesamtherstellung: Hanseatische Druckanstalt GmbH, Hamburg
Printed in Germany
980-ISBN-3-596-22498-5

Selig sind, die da Leid tragen,
denn sie sollen getröstet werden.
Matthäus 5, Vers 4

ERSTES BUCH

I

Eine wunderschöne Straße führt von Ixopo in die Berge hinauf. Die Berge sind grasbewachsen und dehnen sich weit hin; sie sind so schön, nie kann man genug davon singen. Die Straße steigt sieben Meilen in die Berge hinauf nach Carisbrooke, und wenn es nicht neblig ist, kannst du von dort hinunterschauen auf eines der schönsten Täler Afrikas. Um dich her ist Gras und Farn, und vielleicht hörst du den einsamen Ruf des Titihoyo, des Vogels im Veld. Unter dir liegt das Tal des Umzimkulu, wie er vom Drakensberg zum Meer hinunterreist; und jenseits des Flusses ein schöner Berg um den anderen, und jenseits davon die Bergzüge des Ingeli und des östlichen Griqualandes.

Das Gras ist üppig und dicht, du kannst den Boden nicht sehen. Es hält Regen und Nebel fest, und sie sickern in den Grund und nähren die Bäche in jeder kleinen Schlucht. Es ist gut gehalten, nicht zu viel Vieh weidet es ab, nicht zu viele Feuer brennen es ab und legen den Boden bloß. Zieh deine Schuhe aus, denn der Boden ist heilig, er ist, wie ihn Gott geschaffen hat. Bewahre ihn, hüte ihn, sorge für ihn, denn er bewahrt und hütet die Menschen und sorgt für sie. Zerstöre ihn, und der Mensch wird zerstört.

Wo du stehst, ist das Gras üppig und dicht, du kannst den Boden nicht sehen. Aber die üppigen Halden fallen ab ins Tal, und wie es hinuntergeht, werden sie ganz anders. Sie werden rot und kahl; sie können Regen und Nebel nicht festhalten, und die Bäche in den kleinen Schluchten vertrocknen. Zu viel Vieh weidet das Gras ab; zu viele Feldfeuer haben es verbrannt. Zieh deine Schuhe nicht aus, denn der Boden ist rauh und scharf, und die Steine schneiden in die Fußsohlen. Niemand hat ihn bewahrt und behütet und für ihn gesorgt. Er bewahrt und behütet die Menschen nicht mehr und sorgt nicht mehr für sie. Der Titihoyo ruft hier nicht mehr.

Trostlos stehen die großen, roten Hügel, und die Erde ist wie rohes Fleisch von ihnen abgerissen. Die Blitze flammen über ihnen, die Wolken brechen auf, die toten Bäche werden lebendig und sind voll des roten Blutes der Erde. Drunten in den Tälern scharren die Frauen im übriggebliebenen Boden, und der Mais wächst kaum mannshoch. Das sind die Täler der alten Männer, der alten Frauen, der Mütter mit jungen Kindern. Die Männer sind fort, die Jünglinge und jungen Mädchen sind fortgegangen. Der Boden kann sie nicht mehr halten.

II

Geschäftig lief das kleine Mädchen auf die Kirche zu, die aus Holz und Wellblech gebaut war, und es trug den Brief in der Hand. Neben der Kirche stand ein Haus, und sie klopfte schüchtern an die Tür. Der Pfarrer Stephen Kumalo sah vom Tisch auf, an dem er schrieb, und rief: – Herein!
Das kleine Mädchen klinkte die Tür auf, sorgsam, als ob es Angst habe, die Tür eines so wichtigen Hauses unbedacht zu öffnen, und trat zaghaft ein.
– Ich bringe einen Brief, Umfundisi.
– Einen Brief, ja? Woher hast du ihn, mein Kind?
– Vom Laden, Umfundisi. Der weiße Mann sagte, ich sollte ihn Euch bringen.
– Das ist lieb von dir. Hamba kahle, mein Kind.
Aber sie ging noch nicht gleich. Sie rieb einen nackten Fuß am anderen, sie fuhr mit einem Finger an der Tischkante entlang.
– Vielleicht hast du Hunger, Kleine.
– Nicht sehr, Umfundisi.
– Vielleicht ein bißchen Hunger.
– Ja, ein bißchen Hunger, Umfundisi.
– Dann geh zur Mutter. Vielleicht hat sie etwas zu essen.
– Danke, Umfundisi.
Sie ging sorgfältig, als ob ihre Füße in einem so vornehmen Haus Schaden tun könnten, in einem Haus mit Tischen und Stühlen und einer Uhr und einer Topfpflanze und vielen Büchern, noch mehr als in der Schule.
Kumalo sah den Brief an. Er war schmutzig, besonders um die Marke. Er war wohl durch viele Hände gegangen. Er kam

aus Johannesburg; nämlich dort, in Johannesburg, waren viele seiner Landsleute. Sein Bruder John, ein Zimmermann, war dorthin gegangen und hatte ein eigenes Geschäft in Sophiatown, Johannesburg. Seine Schwester Gertrude, fünfundzwanzig Jahre jünger als er und das Alterskind seiner Eltern, war mit ihrem kleinen Sohn hingegangen, um ihren Mann zu suchen, der aus den Minen nie zurückgekommen war. Sein einziges Kind, Absalom, war dorthin gegangen, um seine Tante Gertrude zu suchen, und er war nie zurückgekommen. Ja, viele andere Verwandte waren dort, wenn dies auch die nächsten waren. Es war schwer zu erraten, von wem der Brief kam, denn so lange hatte keiner von ihnen geschrieben, daß er sich ihrer Handschriften nicht mehr gut erinnern konnte.

Er drehte den Brief um, aber da war nichts, was auf den Absender schließen ließ. Er zögerte, ihn zu öffenen, denn wenn ein solcher Brief einmal geöffnet ist, kann man ihn nicht wieder zumachen.

– Sie ißt noch, Stephen.

– Laß sie nur essen. Sie hat einen Brief gebracht. Weißt du etwas von einem Brief?

– Wie kann ich etwas davon wissen, Stephen?

– Nein, ich weiß auch nicht. Sieh hier.

Sie nahm den Brief und befühlte ihn. Aber man konnte auch nicht fühlen, von wem er kommen mochte. Sie las langsam und sorgfältig die Adresse vor:

– Pfarrer Stephen Kumalo, St.-Markus-Kriche, Ndotsheni, Natal.

Sie nahm all ihren Mut zusammen und sagte:

– Er ist nicht von unserem Sohn.

– Nein, sagte er und seufzte, er ist nicht von unserem Sohn.

– Vielleicht ist er über ihn, sagte sie.

– Ja, sagte er, das kann sein.

– Er ist nicht von Gertrude, sagte sie.

– Vielleicht mein Bruder John.

– Er ist nicht von John, sagte sie.

Dann schwiegen sie, und schließlich sagte sie: – Wie wir uns einen solchen Brief wünschen, und wenn er kommt, haben wir Angst, ihn aufzumachen!

– Wer hat Angst? sagte er. Mach ihn auf.

Sie öffnete ihn langsam und sorgfältig, denn das kam nicht oft

vor, daß sie einen Brief aufmachte. Sie breitete ihn flach aus und las ihn langsam und sorgfältig, so daß er nicht alles verstand, was sie sagte.
– Lies ihn laut, sagte er.
Sie las ihn laut, wie eine Zulufrau englisch liest.

»Missionshaus, Sophiatown, Johannesburg.
25. September 1946.

Lieber Bruder in Christo, ich habe hier in Johannesburg eine junge Frau kennengelernt. Ihr Name ist Gertrude Kumalo, und man sagt mir, sie sei eine Schwester des Pfarrers Stephen Kumalo von der Sankt-Markus-Kirche in Ndotsheni. Diese junge Frau ist sehr krank, und darum bitte ich Euch, bald nach Johannesburg zu kommen. Kommt zum Pfarrer Theophil Msimangu im Missionshaus in Sophiatown, und dort werde ich Euch beraten. Ich werde auch Unterkunft für Euch beschaffen, wo es nicht allzu teuer ist. Ich verbleibe, lieber Bruder in Christo, Euer getreuer

Theophilus Msimangu.«

Sie schwiegen beide, bis sie schließlich sagte: – Nun, lieber Mann?
– Ja?
– Dieser Brief, Stephen; du hast ihn nun gehört.
– Ja, ich habe ihn gehört. Das ist kein leichter Brief.
– Nein, es ist kein leichter Brief. Was wirst du tun?
– Hat das Kind gegessen?
Sie ging zur Küche und kam mit dem Kinde zurück.
– Hast du gegessen, mein Kind?
– Ja, Umfundisi.
– Dann hamba kahle, mein Kind. Und danke, daß du den Brief gebracht hast. Und willst du dem weißen Mann im Laden von mir danken?
– Ja, Umfundisi.
– Dann hamba kahle, mein Kind.
– Sala kahle, Umfundisi. Sala kahle, Mutter.
– Geh in Frieden, Kind.
Also ging das Kind sorgsam zur Tür und schloß sie sacht hinter sich, drehte den Türgriff langsam, als ob es sich scheute, ihn schnell sich drehen zu lassen. Als das Kind gegangen war, sagte sie zu ihm:

– Was wirst du tun, Stephen?
– Wieso tun, liebe Frau?
Geduldig sagte sie: – Wegen dieses Briefes, Stephen.
Er seufzte.
– Bring mir das Sankt-Chad-Geld, sagte er.
Sie ging hinaus und kam mit einer Büchse zurück, einer Büchse, in der sie einmal Kaffee oder Kakao gekauft hatten; die gab sie ihm. Er hielt sie in der Hand und betrachtete sie, als ob vielleicht eine Antwort in ihr enthalten sei, bis sie schließlich sagte: – Es muß sein, Stephen.
– Wie kann ich es nehmen? sagte er. Von diesem Gelde sollte Absalom nach Sankt Chad gehen.
– Absalom wird nie nach Sankt Chad gehen.
– Wie kannst du das sagen? sagte er heftig, wie kannst du so etwas sagen?
– Er ist in Johannesburg, sagte sie müde, wer nach Johannesburg geht, kommt nicht wieder.
– Nun hast du es gesagt, sagte er, nun ist es ausgesprochen. Dies Geld, das für diesen Zweck gespart wurde, wird nie dafür gebraucht werden. Du hast eine Tür aufgemacht, und weil du sie aufgemacht hast, müssen wir hindurchgehen, und Tixo allein weiß, wohin wir gehen.
– Ich habe sie doch nicht aufgemacht, sagte sie, verletzt durch seine Anklage. Sie war schon lange offen, aber du wolltest es nicht sehen.
– Wir hatten einen Sohn, sagte er rauh. Zulus haben viele Kinder, aber wir hatten nur einen Sohn. Er ging nach Johannesburg, und wie du gesagt hast, wer nach Johannesburg geht, kommt nicht wieder. Sie schreiben nicht einmal mehr. Sie gehen nicht nach Sankt Chad, um dort die Dinge zu lernen, ohne die kein schwarzer Mann mehr leben kann. Sie gehen nach Johannesburg, und dort gehen sie verloren, und niemand hört mehr von ihnen. Und dies Geld...
Aber sie fand keine Worte, also sagte er: – Ich habe es hier in meiner Hand.
Und immer noch schwieg sie.
Da sagte er wieder: – Ich habe es hier in meiner Hand.
– Du tust dir selber weh, sagte sie.
– Mir selber weh? Mir selber weh? Ich tu nicht mir selber weh, sie tun mir weh. Mein eigener Sohn, meine eigene Schwester, mein eigener Bruder. Sie gehen fort und schreiben

nicht mehr. Vielleicht glauben sie es nicht, daß uns das weh tut. Vielleicht fragen sie nichts danach.
Seine Stimme schwoll an in lauten, zornigen Worten. – Geh hinauf und frag den weißen Mann, sagte er. Vielleicht sind Briefe da. Vielleicht sind sie hinter den Ladentisch gefallen oder zwischen den Waren versteckt. Sieh doch in den Bäumen nach, vielleicht hat der Wind sie dorthin geweht!
Da rief sie laut: – Du tust auch mir weh!
Er kam zu sich und sagte demütig zu ihr: – Das darf ich nicht tun.
Er hielt ihr die Büchse hin. – Öffne sie, sagte er.
Mit zitternden Händen nahm sie die Büchse und öffnete sie. Sie leerte sie auf den Tisch aus, ein paar alte, schmutzige Scheine und eine Flut von Silber und Kupfer.
– Zähl es, sagte er.
Sie zählte mühsam, drehte Scheine und Münzen um, um sich des Wertes zu vergewissern.
– Zwölf Pfund, fünf Schillinge und sieben Pfennige.
– Ich nehme, sagte er, ich nehme acht Pfund und die Schillinge und Pfennige.
– Nimm alles, Stephen. Vielleicht ist es für den Arzt, für das Krankenhaus oder für andere Dinge nötig. Nimm alles. Und nimm das Postsparbuch, zehn Pfund sind darauf, die mußt du auch nehmen.
– Die habe ich für deinen Herd gespart, sagte er.
– Das hilft nun nichts, sagte sie. Und das andere Geld, wenn wir es auch für Sankt Chad gespart hatten, so dachte ich doch, du solltest neue schwarze Sachen, einen neuen schwarzen Hut und neue weiße Kragen davon haben.
– Das hilft nun auch nichts. Laß sehen, ich fahre –
– Morgen, sagte sie, von Carisbrooke.
– Ich werde jetzt an den Bischof schreiben, daß ich nicht weiß, wie lange ich fortbleiben muß.
Er stand schwerfällig auf und kam und stand vor ihr. – Es tut mir leid, daß ich dich gekränkt habe, sagte er. Ich will in die Kirche gehen und beten.
Er ging zur Tür hinaus, und sie sah ihm durch das kleine Fenster nach, wie er langsam zur Kirchentür ging. Dann setzte sie sich an seinen Tisch und legte stumm den Kopf darauf und litt geduldig, wie schwarze Frauen leiden, wie Ochsen leiden, wie alle stumme Kreatur.

Alle Straßen führen nach Johannesburg. Durch die langen Nächte rollen die Züge nach Johannesburg. Die Lichter aus den schwankenden Eisenbahnwagen fallen auf die Böschungen, auf das Gras und die Steine im schlafenden Land. Glücklich die Augen, die sich schließen dürfen.

III

Klein wie ein Spielzeug klettert der Zug auf seinem schmalen Gleis vom Umsimkulutal hinauf in die Berge. Er klettert nach Carisbrooke hinauf, und wenn er da hält, kannst du einen Augenblick aussteigen und in das große Tal hinunterschauen, aus dem du gekommen bist. Der Zug wird kaum ohne dich abfahren, denn hier gibt es nicht viele Leute, und jeder weiß, wer du bist. Und selbst, wenn er ohne dich abfährt, macht es kaum etwas, denn wenn du nicht ein Krüppel bist oder sehr alt, kannst du ihm nachlaufen und ihn einholen.
Wenn es neblig ist, siehst du nichts von dem großen Tal. Der Nebel quirlt um dich und unter dir, und der Zug und die Menschen sind eine kleine Welt für sich. Manche mögen das nicht und finden es kalt und trübe. Aber andere lieben es und finden etwas Geheimnisvolles und Zauberisches dabei, es scheint ihnen wie ein Vorspiel zu einem Abenteuer und wie eine Kunde aus dem Unbekannten. Der Zug fährt durch eine Märchenwelt, und durch die beschlagenen Scheiben siehst du grün verschattete Halden voller Gras und Farn. Zu ihrer Zeit wachsen hier der blaue Agapanthus, die wilde Gladiole und der rotglühende Feuerpfeil, und manchmal geschieht es auch, daß man in einer Bodendelle eine Arumlilie sieht. Und dahinter immer die undeutliche Wand der Mimosenbäume wie Geister im Nebel.
Es ist unterhaltsam, in Carisbrooke auf den Zug zu warten, der aus dem großen Tal heraufklettert. Die Einheimischen können dir bei jedem warnenden Pfeifen sagen, wo er gerade ist, an welcher Straßenkreuzung, welcher Farm, welchem Fluß. Aber obwohl Stephen Kumalo eine volle Stunde früher da war als nötig, hört er nicht auf diese Dinge. Er muß so weit fortreisen und soviel Geld ausgeben. Und wer weiß denn, wie schlimm es mit der Krankheit seiner Schwester ist und wieviel Geld sie kosten wird? Und wenn er sie heimbrin-

gen muß, was wird das erst kosten? Und Johannesburg ist eine große Stadt mit so vielen Straßen, daß man sagt, es kann einer seine Tage damit zubringen, eine Straße hinauf- und eine andere hinunterzugehen, und doch wird er keine zweimal gehen. Und dann muß man den Omnibus nehmen, aber nicht wie hier, wo der einzige Omnibus, der überhaupt kommt, auch der richtige ist. Denn dort gibt es eine Menge Omnibusse, und nur einer unter zehn, vielleicht einer unter zwanzig ist der richtige. Wenn man den falschen nimmt, fährt man vielleicht ganz woanders hin. Und es soll gefährlich sein, die Straße zu kreuzen, aber man muß doch hinüber. Denn dort hat die Frau des Mpanza aus Ndotsheni, die hingefahren war, als Mpanza im Sterben lag, mitangesehen, wie ihr Sohn Michael auf der Straße getötet wurde. Er war zwölf Jahre alt und voller Aufregung und lief in die Gefahr hinein, aber sie zögerte am Straßenrand. Und vor ihren Augen zermalmte der große Lastwagen ihren Sohn.

Und dann die große Angst: – die größte Angst, denn sie fand selten Worte. Wo war der Sohn? Warum schrieb er nicht mehr?

Noch ein Pfeifensignal, und der Zug ist endlich ganz nah. Der Pfarrer wendet sich seinem Begleiter zu.

– Freund, hab Dank für deine Hilfe.

– Umfundisi, ich bin froh, daß ich helfen konnte. Allein hättet Ihr es nicht geschafft. Der Koffer ist schwer.

Der Zug kommt näher, bald wird er da sein.

– Umfundisi.

– Ja, mein Freund.

– Umfundisi, ich möchte Euch um etwas bitten.

– Sag es nur.

– Ihr kennt den Sibeko?

– Ja.

– Also, Sibekos Tochter hat hier in Ixopo für einen weißen Mann namens Smith gearbeitet. Und als die Tochter dieses Mr. Smith heiratete, ging Sibekos Tochter mit ihnen, um bei ihnen zu dienen. Hier ist die Adresse mit dem Namen der jungen Frau. Aber Sibeko hat seit zehn oder zwölf Monaten nichts von seiner Tochter gehört. Und er bittet, daß Ihr Euch nach ihr erkundigt.

Kumalo nahm das schmutzige, abgegriffene Papier und sah es an. – Springs, sagte er. Davon habe ich gehört. Aber es ist

nicht Johannesburg, obwohl es nicht weit von dort sein soll. Freund, da ist der Zug, ich werde tun, was ich kann.
Er legte das Papier in seine Brieftasche, und sie sahen miteinander den Zug herankommen. Wie alle ländlichen Züge in Südafrika war er voll schwarzer Reisender. In diesem Zug waren kaum andere, denn die Weißen in diesem Gebiet haben alle ihre Wagen und reisen kaum mehr mit der Eisenbahn.
Kumalo kletterte in den Wagen für Schwarze, der schon voll war von einfacheren Leuten seiner Rasse; einige reisten in einem sonderbaren Sammelsurim europäischer Kleidung, andere mit Wolldecken über dem Sammelsurium, wieder andere halbnackt in ihrer eigenen Tracht mit Wolldecken darüber, aber diese waren lauter Frauen. Die Männer reisten nicht mehr in der alten Tracht.
Der Tag war warm, und im Wagen hing ein starker Geruch. Aber Kumalo war ein einfacher Mann, und es machte ihm nicht viel. Sie sahen seinen Pfarrerskragen und rückten zusammen, um dem Umfundisi Platz zu machen. Er sah sich um und hoffte, es möchte jemand da sein, mit dem er sich unterhalten könnte; aber von der Art schien niemand da zu sein. Er wandte sich zum Fenster, um seinem Freund Lebewohl zu sagen.
– Warum ist Sibeko nicht selbst zu mir gekommen? fragte er.
– Er hatte Angst, Umfundisi. Er gehört nicht zu unserer Kirche.
– Gehört er nicht zu unserem Volk? Kann denn ein Mann, wenn er Sorgen hat, nur zu den Leuten seiner Kirche gehen?
– Ich werde es ihm ausrichten, Umfundisi.
Kumalo erhob die Stimme ein wenig, wie es ein Kind tut oder auch wohl ein Erwachsener, wenn er möchte, daß andere ihn hören sollen.
– Sag ihm, wenn ich in Johannesburg bin, werde ich zu diesem Haus in Springs gehen. Er klopfte auf die Tasche, in der das Papier in der Brieftasche sicher verwahrt war. – Sage ihm, ich werde mich nach dem Mädchen erkundigen. Aber sage ihm, daß ich in Johannesburg sehr viel zu erledigen haben werde.
Er wandte sich vom Fenster ab. – So ist es immer, sagte er

wie zu sich selber, aber in Wirklichkeit sollten es die Leute hören.
– Ich danke Euch in seinem Namen, Umfundisi.
Der Zug pfiff und ruckte an. Kumalo wäre fast umgefallen. Sicherer und würdiger wäre es wohl, sich zu setzen.
– Sala kahle, mein Freund.
– Hamba kahle, Umfundisi.
Er ging zu seinem Platz, und die Leute betrachteten ihn mit Interesse und Achtung, den Mann, der so oft nach Johannesburg fuhr. Der Zug fuhr allmählich schneller und machte sich daran, an den Hängen entlang zu kriechen, über den steilen Halden hängend, an Farnkraut und Blumen vorbei, ins Dunkel der Mimosenpflanzungen hinein, an Stainton vorbei, hinunter nach Ixopo.
Die Reise hatte begonnen. Und nun war die Angst wieder da, die Angst vor dem Unbekannten, die Angst vor der großen Stadt, wo Knaben umkommen, wenn sie über die Straße laufen, die Angst vor Gertrudes Krankheit. Und tief innen die Angst um seinen Sohn. Tief innen die Angst eines Mannes, der in einer Welt lebt, die nicht für ihn gemacht ist, dessen eigene Welt im Vergehen ist, im Sterben, im Untergehen, unwiederbringlich. Schon wurden ihm die Knie schwach, dem Manne, der vor einem Augenblick noch ein wenig sich aufgespielt, ein wenig aufgeschnitten hatte vor diesen respektvollen Leuten.
Der einfache Mann griff in die Tasche nach seinem Brevier und fing an zu lesen. Dies war für ihn die einzige gewisse Welt.

IV

Von Ixopo klettert der Spielzeugzug in andere Berge hinauf, in die grün sich dehnenden Berge von Lufafa, Eastwolds, Donnybrook. Von Donnybrook fährt die Hauptbahn ins große Tal des Umkomaas hinunter. Hier leben die Negerstämme, und der Boden ist fast unheilbar krank. Aus dem Tal steigt die Bahn an Hemu-hemu vorüber nach Elandskop. Hinunter ins lange Umsindusital, vorüber an Edendale und den schwarzen Elendsvierteln nach Pietermaritzburg, der wunderschönen Stadt. Hier steigt man um in den großartigsten aller Züge, den Zug nach Johannesburg. Das ist eines der

Wunder, die der weiße Mann geschaffen hat, ein Zug, der keine Lokomotive hat, sondern einen eisernen Käfig obenauf, mit dem er Kraft aus den Metallseilen zieht, die da oben gespannt sind. Steig hinauf, Zug, nach Hilton und Lions River, nach Balgowan, Rosetta, Mooi River, zwischen Bergen hinauf, die so schön sind, daß man nie genug davon singen kann. Donnere durch die Nacht über die Schlachtfelder der alten Zeit, Steig über den Drakensberg hinauf auf die Hochebene.
Aufwachen im schwankenden Wagen im halben Licht vor der Morgendmämmerung. Die Lokomotive dampft nun, und keine Seile sind mehr oben ausgespannt. Dies ist ein neues Land, ein fremdes Land, es dehnt und dehnt sich, so weit das Auge sehen kann. Neue Namen gibt es hier, sie sind schwierig für einen Zulu, der in der Schule nur Englisch gelernt hat. Denn sie gehören einer Sprache an, die man Afrikaans nennt und die er noch nie hat sprechen hören.
– Die Minen, rufen sie, die Minen! Denn viele von ihnen werden in den Minen arbeiten.
– Sind das die Minen, die weißen, flachen Hügel in der Ferne? So kann er sich nun zu fragen getrauen, denn es ist niemand von den Leuten mehr da, die ihn gestern hörten.
– Das ist das Gestein aus den Minen, Umfundisi. Das Gold hat man herausgeholt.
– Wie kommt denn das Gestein heraus?
– Wir fahren hinunter und graben es aus, Umfundisi. Und wenn es zu hart zum Graben ist, gehen wir beiseite, und die Weißen sprengen es mit Feuerstöcken heraus. Dann kommen wir zurück und räumen es weg; wir laden es auf Wagen, und es fährt in einem Käfig hinauf, einen lagen Kamin hinauf, er ist so lang, daß ich's Euch gar nicht sagen kann.
– Wie fährt es da hinauf?
– Es wird hinaufgewunden von einem großen Rad. Wartet, ich will Euch eins zeigen.
Er schweigt, und sein Herz schlägt ein wenig schneller vor Aufregung und Beklemmung.
– Da ist das Rad, Umfundisi, da ist das Rad!
Ein großes, eisernes Gerüst ragt in die Luft, und darüber ist ein großes Rad; es dreht sich so schnell, daß die Speichen das Auge narren. Große Gebäude, dampfende Röhren und Menschen, die eilig hin und her laufen. Ein großer, weißer Hügel

und eine endlose Prozession kleiner Wagen, die auf ihn hinaufklettert bis ganz hoch oben. Unten Autos, Lastwagen, Omnibusse in unglaublichem Durcheinander.
– Ist das Johannesburg? fragt er.
Aber sie lachen überlegen. Manche wissen nämlich Bescheid.
– Das ist noch gar nichts, sagen sie. In Johannesburg gibt es Häuser, so hoch – aber sie können sie nicht beschreiben.
– Bruder, sagt einer, du kennst den Berg, der hinter meines Vaters Kraal so steil dasteht. So hoch wie der.
Der andere Mann nickt, aber Kumalo kennt den Berg nicht. Und nun hören die Häuser nicht mehr auf, die Häuser und die weißen Hügel und die großen Räder, und Straßen ohne Zahl und Wagen und Lastautos und Omnibusse.
– Dies ist doch sicher Johannesburg? sagt er.
Aber sie lachen wieder. Sie werden seiner ein wenig überdrüssig. – Das ist noch gar nichts, sagen sie.
Schienen, Gleise, es ist zum Staunen. Rechts, links, so viele, daß er sie gar nicht zählen kann. Ein Zug saust vorbei mit plötzlichem Aufbrüllen, das ihn von seinem Sitz hochfahren läßt. Und auf der anderen Seite rast ein anderer mit dem ihren um die Wette, aber er bleibt allmählich zurück. Bahnhöfe, Haltestellen, mehr, als er sich je hat vorstellen können. Dort warten Hunderte von Menschen, aber der Zug saust vorbei und läßt sie enttäuscht zurück.
Die Häuser werden höher, die Straßen sind gar nicht mehr zu zählen. Wie kann man nur in diesem Durcheinander seinen Weg finden? Es wird dämmerig, und die Lichter in den Straßen gehen an.
Einer der Männer zeigt es ihm:
– Johannesburg, Umfundisi.
Er sieht großartige, hohe Gebäude; rote und grüne Lichter, fast so groß wie die Häuser. Sie leuchten auf und verlöschen. Wasser kommt aus einer Flasche, bis das Glas voll ist. Dann gehen die Lichter aus. Und wenn sie wieder angehen, sieh nur, da steht die Flasche voll und aufrecht, und das Glas ist leer. Und schon neigt sich die Flasche wieder. Black and White, steht dabei, schwarz und weiß, obwohl es doch rot und grün ist. Das kann man nicht verstehen.
Er ist still, sein Kopf tut weh, er fürchtet sich. Nun kommt der Bahnhof, dieser ungeheure Bahnhof mit all den Tunneln

unter der Erde. Der Zug hält unter einem riesigen Dach, und überall sind Menschen, Tausende. Stufen führen in die Erde hinunter, und hier ist der Tunnel, tief unten. Schwarze Menschen, weiße Menschen, welche kommen, welche gehen, so viele, daß der Tunnel ganz voll ist. Er geht vorsichtig, damit er niemanden anstößt, und hält seinen Koffer sehr fest. Er kommt in eine große Halle, und der Menschenstrom geht die Stufen hinauf, und nun ist er draußen auf der Straße. Der Lärm ist ungeheuer. Wagen und Busse, einer hinter dem anderen, mehr als er sich je hat träumen lassen. Der Menschenstrom geht über die Straße, aber ihm fällt Mpanzas Sohn ein, und er fürchtet sich davor, mitzugehen. Lichter wechseln von Grün zu Rot und wieder zu Grün. Davon hat er gehört. Wenn es grün ist, darf man losgehen. Aber als er losgehen will, biegt ein großer Omnibus vor ihm ein. Da muß eine Vorschrift sein, die er nicht versteht, und er geht wieder zurück. Er sucht sich einen Platz an der Mauer, es wird aussehen, als ob er auf jemanden wartet. Sein Herz klopft wie das Herz eines Kindes, er kann nichts machen, kann es nicht aufhalten. Tixo, behüte mich, sagt er vor sich hin, Tixo, behüte mich.

Ein junger Mann trat an ihn heran und sprach zu ihm in einer Sprache, die er nicht verstand.
– Ich verstehe dich nicht, sagte er.
– Seid Ihr ein Xosa, Umfundisi?
– Ein Zulu, sagte er.
– Wohin wollt Ihr, Umfundisi?
– Nach Sophiatown.
– Kommt mit mir, ich werde Euch führen.
Er war dankbar für die Freundlichkeit, aber halb war er auch ängstlich. Er war froh, daß der Bursche sich nicht erbot, seinen Koffer zu tragen, aber er hatte höflich genug mit ihm gesprochen, wenn auch in fremd klingendem Zulu.
Die Lichter wurden grün und sein Führer betrat die Fahrstraße. Wieder bog ein Wagen ein, aber sein Führer kümmerte sich nicht darum, und der Wagen hielt an. Das gab einem Zutrauen.
Wie der Weg sich wand, den sie zwischen den hohen Häusern zurücklegten, das konnte er unmöglich behalten, aber schließlich, als sein Arm vom Koffertragen schon unerträg-

lich müde war, kamen sie zu einer Stelle, wo viele Omnibusse waren.
– Ihr müßt Euch hier anstellen, Umfundisi. Habt Ihr das Geld für die Fahrkarte?
Schnell und eifrig, als ob er diesem jungen Mann zeigen müsse, wie dankbar er war, stellte er seinen Koffer ab und holte die Börse aus der Tasche. Er wollte nicht gern fragen, wieviel es kostete, und nahm ein Pfund aus der Börse.
– Soll ich Euch die Fahrkarte besorgen, Umfundisi? Dann verliert Ihr Euren Platz nicht, derweil ich zum Schalter gehe.
– Danke, sagte er.
Der Bursche nahm das Pfund und ging zur nächsten Straßenecke. Als er dort verschwand, erschrak Kumalo. Die Schlange rückte vor und er in ihr, er hielt krampfhaft seinen Koffer fest. Und wieder vorwärts, und wieder, und bald würde er in den Bus einsteigen müssen, aber er hatte immer noch keine Fahrkarte. Als ob ihm plötzlich etwas eingefallen sei, trat er aus der Schlange heraus und ging zu jener Straßenecke, aber der Bursche war nirgends zu sehen. Er nahm allen Mut zusammen, jemanden anzusprechen, und ging zu einem älteren Mann, der sauber und ordentlich angezogen war.
– Freund, wo ist der Fahrkartenschalter?
– Welcher Fahrkartenschalter?
– Wo man die Fahrkarte für den Bus kauft.
– Die Karte bekommt Ihr im Bus. Einen Schalter gibt es nicht.
Der Mann machte einen guten Eindruck, und der Pfarrer sprach bescheiden zu ihm. – Ich habe einem jungen Mann ein Pfund gegeben, sagte er, und er versprach, mir die Fahrkarte am Schalter zu holen.
– Ihr seid betrogen worden, Umfundisi. Seht Ihr den Burschen irgendwo? Nein, Ihr werdet ihn nicht wiedersehen. Kommt lieber mit mir. Wohin wollt Ihr, nach Sophiatown?
– Ja, Sophiatown. Zum Missionshaus.
– O ja. Ich bin auch anglikanisch. Ich wartete auf jemanden, aber ich will nun nicht länger warten. Ich werde selber mit Euch gehen. Kennt Ihr den Pfarrer Msimangu?
– Ja, doch, ich habe einen Brief von ihm.
Sie stellten sich wieder ganz am Ende an, und als sie an die

Reihe kamen, nahmen sie ihre Plätze im Omnibus. Und der, als es an der Zeit war, fuhr hinaus in das Durcheinander der Straßen. Der Fahrer rauchte gleichmütig, und soviel Mut erschien sehr bewundernswert. Straße nach Straße, Licht um Licht, als ob es nie enden wolle, manchmal ging es so schnell, daß der Omnibus hin und her schwankte, und der Motor dröhnte in den Ohren.
In einer kleinen Straße stiegen sie aus, und immer noch waren Tausende von Menschen um sie herum. Sie gingen eine lange Weile durch Straßen, die voll waren von Menschen. Sein neuer Freund half ihm den Koffer tragen, aber zu ihm hatte er Vertrauen. Schließlich hielten sie vor einem erleuchteten Hause an und klopften.
Die Tür öffnete sich, und ein hochgewachsener junger Mann in geistlicher Tracht machte ihnen auf.
– Mr. Msimangu, ich bringe Euch einen Freund, den Pfarrer Kumalo aus Ndotsheni.
– Kommt herein, kommt herein, meine Freunde. Mr. Kumalo, wie froh bin ich, Euch zu begrüßen! Seid Ihr zum erstenmal in Johannesburg?
Kumalo konnte nicht mehr aufschneiden. Er war sicher geleitet und freundlich empfangen worden. Er sprach bescheiden.– Ich bin ganz verwirrt, sagte er, ich habe unserem Freunde viel zu danken.
– Ihr seid in gute Hände geraten. Dies ist Mr. Mafolo, einer unserer angesehenen Geschäftsleute und ein treuer Sohn der Kirche.
– Aber zuerst ist er bestohlen worden, sagte der Geschäftsmann.
Also mußte die Geschichte erzahlt werden, und es gab viel Mitgefühl und gute Ratschläge.
– Und sicher seid Ihr hungrig, Mr. Kumalo. Mr. Mafolo, wollt Ihr zum Essen bleiben?
Aber Mr. Mafolo konnte nicht bleiben. Die Tür schloß sich hinter ihm, und Kumalo machte es sich in einem großen Sessel bequem und nahm eine Zigarette, obwohl er nicht gewöhnt war zu rauchen. Das Zimmer war hell, und die verwirrende Riesenstadt war ausgeschlossen. Er rauchte ungeschickt wie ein Kind und war voller Dankbarkeit. Die lange Reise nach Johannesburg war zu Ende, und dieser junge, zuversichtliche Mann gefiel ihm. Wenn es Zeit war, würden sie zweifellos den

Grund seiner Pilgerfahrt, die nun glücklich beendet war, besprechen. Im Augenblick aber war es genug, sich willkommen und geborgen zu fühlen.

V

– Ich habe Unterkunft für Euch gefunden, mein Freund, bei einer alten Frau, Mrs. Lithebe, die ein treues Glied unserer Gemeinde ist. Sie ist eine Msutu, aber sie spricht gut zulu. Es ist eine Ehre für sie, einen Priester zu beherbergen. Es ist billig, nur drei Schillinge die Woche, und die Mahlzeiten könnt Ihr hier mit den Leuten von der Mission einnehmen. Da läutet die Glocke. Wollt Ihr Euch die Hände waschen?
Sie wuschen sich in einem modernen Raum, wo ein weißes Waschbecken war mit kaltem und heißem Wasser und abgenutzte, aber sehr saubere Handtücher und auch eine moderne Toilette. Wenn man fertig ist, drückt man auf einen kleinen Stab, und Wasser rauscht herunter, als ob etwas entzweigegangen sei. Zum Erschrecken wäre das, wenn man nicht schon davon gehört hätte.
Sie gingen in ein Zimmer, wo ein Tisch gedeckt war, und dort wurde er vielen Priestern vorgestellt, weißen und schwarzen, und nachdem das Tischgebet gesprochen war, setzten sie sich und aßen miteinander. Die vielen Teller und Messer und Gabeln machten ihn etwas unsicher, aber er paßte auf, was die anderen taten, und machte es ebenso. Er saß neben einem jungen, rotwangigen Priester aus England; der fragte ihn, woher er komme und wie es dort sei. Und ein anderer schwarzer Priester rief dazwischen: – Ich bin auch aus Ixopo. Mein Vater und meine Mutter leben noch dort im Lufafatal. Wie geht es dort?
Und er erzählte ihnen alles, von den wunderschönen Bergen und Tälern des Landes, das so weit fort war. Und wie er es liebte, das mußte wohl in seiner Stimme mitklingen, denn sie waren alle still und hörten ihm zu. Er erzählte ihnen auch, wie krank das Land war, wie das Gras verschwunden war; von den Dongas, die vom Berg zum Tal und vom Tal wieder über die Hügel hinauf ins Land hineinschneiden; wie es ein Land der alten Männer und Frauen geworden war und der Mütter mit jungen Kindern, wie der Mais kaum mannshoch wuchs;

wie die Volksstämme verfielen; das Haus verfiel und der Mensch verdarb; und wie viele fortgingen und nie wiederkamen und nie mehr schrieben. Und wie dies nicht nur in Ndotsheni geschah, sondern auch im Lufafatal, im Inhlavinital, im Umkomaas- und im Umzimkulutal. Aber von Gertrude und Absalom sprach er nicht.
So sprachen sie alle von der Krankheit des Landes, vom zerbrochenen Volk und vom verfallenen Haus, von jungen Männern und Mädchen, die fortgingen und ihre Sitten vergaßen und ein leichtfertiges, müßiges Leben führten. Sie sprachen von Kindern, die zu Verbrechern wurden, und von älteren und gefährlicheren Verbrechern, und wie das weiße Johannesburg das schwarze Verbrechen fürchtete. Einer von ihnen ging und brachte eine Zeitung, die Johannesburg Mail, und zeigte ihnen in dicken, schwarzen Lettern: – *Altes Ehepaar überfallen und beraubt in einsamem Haus. Vier Schwarze verhaftet.* – Das geschieht fast jeden Tag, sagte er. Und nicht nur die Weißen haben Angst. Auch wir haben Angst, sogar hier in Sophiatown. Es ist noch nicht lange her, daß eine Bande dieser Burschen eines unserer Mädchen angefallen hat; sie nahmen ihr Tasche und Geld weg und hätten sie vergewaltigt, aber die Leute kamen aus den Häusern herbeigelaufen.
– Ihr werdet hier in Johannesburg vieles erfahren, sagte der rotwangige Priester. Nicht nur bei Euch gibt es Verfall. Aber wir müssen mehr miteinander reden. Ich möchte noch viel mehr von Eurem Lande hören; aber jetzt muß ich gehen.
So brachen sie auf, und Msimangu sagte, er werde seinen Gast in sein eigenes Zimmer führen.
– Es gibt viel zu besprechen, sagte er.
Sie gingen in das Zimmer, und als Msimangu die Tür geschlossen hatte, sagte Kumalo zu ihm: – Vergebt, wenn ich Euch dränge, aber ich möchte gern von meiner Schwester hören.
– Ja, ja, sagte Msimangu. Ich glaube wohl, daß Ihr das möchtet. Ihr müßt wohl denken, daß ich es ganz vergessen habe. Aber verzeiht, wenn ich Euch zuerst frage: warum ist sie nach Johannesburg gekommen?
Kumalo gab gehorsam Auskunft, obwohl ihn diese Frage beunruhigte: – Sie kam, um ihren Mann zu suchen, der für die Minen angeworben war. Aber als seine Zeit um war, kam er

nicht zurück, und er schrieb auch keinen einzigen Brief. Sie wußte nicht einmal, ob er vielleicht tot sei. So nahm sie ihren kleinen Sohn und ging ihn suchen. Und dann, da Msimangu nichts sagte, fragte er angstvoll: – Ist sie sehr krank?
Msimangu sagte ernst: – Ja, sie ist sehr krank. Aber es ist keine gewöhnliche Krankheit. Es ist eine andere, schlimmere Krankheit. Ich habe Euch hergerufen einmal, weil sie eine alleinstehende Frau ist, und dann, weil ihr Bruder ein Priester ist. Ich weiß nicht, ob sie ihren Mann je gefunden hat, aber jetzt hat sie keinen Mann.
Er sah Kumalo an. – Richtiger wäre es, zu sagen, daß sie viele Männer hat.
Kumalo sagte: – Tixo! Tixo!
– Sie wohnt in Claremont, nicht weit von hier. Es ist einer der schlimmsten Bezirke von Johannesburg. Wenn die Polizei dagewesen ist, läuft der Schnaps in den Rinnen auf der Straße. Man kann ihn riechen, man kann gar nichts anderes riechen, wo man dort auch geht.
Er lehnte sich zu Kumalo hinüber. – Ich habe auch einmal Schnaps getrunken, sagte er, aber den guten Schnaps, den unsere Väter brannten. Aber jetzt habe ich ein Gelübde getan, keinen Schnaps mehr anzurühren Dies hier ist schlechter Schnaps, stark gebrannt, mit allen möglichen Zutaten, die unser Volk nie gebraucht hat. Und das ist ihre Arbeit, sie macht und verkauft ihn. Ich will Euch nichts verbergen, so weh es mir tut. Diese Frauen schlafen mit jedem Mann, wenn er bezahlt. Einer ist in ihrem Haus umgebracht worden. Sie spielen und trinken und stechen auch wohl. Sie ist mehr als einmal im Gefängnis gewesen.–
Er lehnte sich im Stuhl zurück und schob ein Buch auf dem Tisch hin und her. – Das ist böse Kunde für Euch, sagte er.
Kumalo nickte stumm, und Msimangu holte seine Zigaretten heraus. – Wollt Ihr rauchen? fragte er. Kumalo schüttelte den Kopf. – Eigentlich rauche ich gar nicht, sagte er.
– Manchmal beruhigt es, wenn man raucht. Aber ein Mann sollte eine andere Art von Ruhe in sich tragen, und dann kann er wohl rauchen und sich der Ruhe freuen. In Johannesburg ist es jedoch oft schwer, diese Art Ruhe zu finden.
– In Johannesburg? Das ist überall schwer. Der Friede Gottes läßt sich nicht einfangen.
Und sie schwiegen beide, als ob etwas gesagt worden sei,

wonach man nicht leicht weiterreden kann. Schließlich sagte Kumalo: – Wo ist das Kind?
– Das Kind ist bei ihr. Aber das ist nicht der Ort für ein Kind. Und auch das ist ein Grund, warum ich Euch gerufen habe. Wenn ihr die Mutter vielleicht auch nicht retten könnt, das Kind könnt Ihr retten.
– Wo ist dieses Claremont?
– Es ist nicht weit von hier. Morgen werde ich Euch hinbringen.
– Ich habe noch einen großen Kummer.
– So erzählt mir davon.
– Ich möchte es Euch gern erzählen. Aber dann schwieg er, versuchte wieder zu sprechen und konnte nicht; also sagte Msimangu zu ihm: – Laß dir Zeit, mein Bruder.
– Es ist nicht leicht. Es ist unser größter Kummer.
– Ein Sohn vielleicht? Oder eine Tochter?
– Es ist ein Sohn.
– Ich höre.
– Absalom hieß er. Auch er ging fort, er ging meine Schwester suchen, aber er kam nicht wieder, und nach einer Weile schrieb er auch nicht mehr. Unsere Briefe, seiner Mutter Briefe und die meinen, kamen alle zurück. Und nun, nach allem, was du mir erzählt hast, habe ich noch mehr Angst.
– Wir werden ihn suchen, Bruder. Vielleicht, daß deine Schwester etwas weiß. Du bist müde, ich will dich zu deinem Quartier bringen.
– Ja, das ist wohl das beste.
Sie standen auf, und Kumalo sagte: – Ich bete immer in der Kirche. Willst du mir den Weg zeigen?
– Wir kommen dort vorbei.
Kumalo sagte demütig: – Vielleicht betest du für mich.
– Das will ich von Herzen tun, Bruder, ich muß wohl meine Arbeit tun, aber solange du hier bist, sind meine Hände die deinen.
– Du bist sehr gut.
Etwas in der demütigen Stimme rührte an Msimangus Herz, denn er sagte: – Ich bin nicht gut. Ich bin ein selbstsüchtiger, sündiger Mensch. Gott hat seine Hand auf mich gelegt, das ist alles.
Er nahm Kumalos Koffer, aber ehe sie zur Tür kamen, hielt Kumalo inne.

– Ich muß dir noch etwas sagen.
– Ja.
– Ich habe auch einen Bruder hier in Johannesburg. Auch er schreibt nicht mehr. John Kumalo, ein Zimmermann.
Msimangu lächelte. – Ich kenne ihn, sagte er, er hat keine Zeit zum Schreiben. Er ist einer von unseren großen Politikern.
– Mein Bruder? Ein Politiker?
– Ja, er versteht viel von Politik.
Msimangu hielt inne. – Ich möchte dich nicht noch mehr verletzen. Dein Bruder will von der Kirche nichts mehr wissen. Er sagt, was Gott nicht für Südafrika getan hat, das müssen die Menschen tun. Das sagt er.
– Wie bitter schwer ist diese Reise!
– Das glaube ich wohl.
– Manchmal wird mir bange – was wird der Bischof sagen, wenn er das alles hört? Von einem seiner Priester.
– Was kann ein Bischof sagen? Hier geschieht etwas, was kein Bischof aufhalten kann. Wer kann diese Dinge aufhalten? Sie müssen ihren Lauf nehmen.
– Wie kannst du das sagen? Wie kannst du sagen, sie müssen ihren Lauf nehmen?
– Sie müssen ihren Lauf nehmen, sagte Msimangu ernst. Man kann die Welt nicht aufhalten, sie nimmt ihren Lauf. Mein Freund, ich bin ein Christ. In meinem Herzen ist kein Haß gegen den weißen Mann. Ein weißer Mann hat meinen Vater aus der Dunkelheit herausgeführt. Aber vergib mir doch, wenn ich freimütig spreche. Das Schlimme ist nicht, daß Dinge zerbrochen werden. Das Schlimme ist, daß niemand sie wieder ganz macht. Der weiße Mann hat unseren Stamm zerbrochen. Und ich glaube, sei mir deswegen nicht böse, daß er nicht wieder ganz gemacht werden kann. Aber die verfallenen Häuser, der Mensch, der ausgestoßen wird, wenn das Haus zerbricht – das ist das Schlimme. Das ist der Grund, warum Kinder sich gegen das Gesetz vergehen und alte Leute überfallen und ausgeraubt werden.
Er fuhr sich mit der Hand über die Stirn.
– Es paßte dem weißen Mann, daß unser Stamm zerbrochen wurde, fuhr er ernst fort. Aber es paßt ihm nicht, etwas Neues an Stelle des Zerbrochenen aufzubauen. Ich habe viele Stunden darüber nachgedacht, und ich muß es sagen, denn es ist die Wahrheit, so wie ich sie sehe. Nicht alle sind so. Es gibt

Weiße, die ihr Leben dafür einsetzen, wiederaufzubauen, was zerbrochen ist.
– Aber es sind ihrer nicht genug, sagte er. Sie fürchten sich, das ist wahr. Furcht regiert dieses Land.
Er lachte, als wolle er sich entschuldigen. – Es ist zuviel, als daß wir jetzt darüber sprechen könnten. Über diese Dinge muß man mit großer Ruhe und Geduld sprechen. Du mußt einmal mit Pater Vincent darüber reden. Er ist ein Weißer und kann das sagen, was zu sagen ist. Es ist der mit dem Kindergesicht, der noch mehr von deinem Lande wissen wollte.
– Ja, ich weiß.
– Sie geben uns zu wenig, sagte Msimangu trübe. Sie geben uns fast gar nichts. Komm, laß uns zur Kirche gehen.

– Mrs. Lithebe, hier bringe ich meinen Freund, Pfarrer Stephen Kumalo.
– Willkommen, Umfundisi. Das Zimmer ist klein, aber es ist sauber.
– Sicherlich.
– Gute Nacht, mein Bruder. Wirst du morgen früh um sieben in der Kirche sein?
– Ganz bestimmt.
– Und dann kommst du mit mir zum Essen. Sala kahle, mein Freund. Sala kahle, Mrs. Lithebe.
– Hamba kahle, Freund.
– Hamba kahle, Umfundisi.
Sie führte ihn zu dem kleinen, reinlichen Zimmer und zündete ihm eine Kerze an.
– Wenn Ihr etwas braucht, sagt es mir, Umfundisi.
– Danke.
– Schlaft wohl, Umfundisi.
– Schlaft wohl, Mutter.
Einen Augenblick stand er so im Zimmer. Vor achtundvierzig Stunden hatten er und seine Frau weit fort in Ndotsheni den Koffer gepackt. Vor vierundzwanzig Stunden war der Zug mit dem Käfig obenauf durch unsichtbares Land gedonnert. Und nun draußen Geräusch und Bewegung vieler Menschen, aber hinter ihnen, durch sie hindurch, war das Dröhnen einer Riesenstadt vernehmbar. Johannesburg. Johannesburg.
War es zu glauben?

VI

Nach Claremont ist es nicht weit. Sie liegen nahe beieinander: Sophiatown, wo jeder ein Stück Grund besitzen darf, Western Native Township, das der Stadt Johannesburg gehört, und Claremont, der Schutthaufen der stolzen Stadt. Im Westen grenzen diese drei an den weißen Stadtteil Newlands und im Osten an Westdene.
– Es ist schade, sagte Msimangu. Ich bin nicht für gänzliche Absonderung, aber es ist schade, daß wir nicht für uns sind. Die Straßenbahn kommt aus dem Zentrum von Johannesburg, sie ist zum Teil für die Weißen und zum Teil für uns. Aber oft werden wir von jungen Rowdies aus der Bahn hinausgeworfen. Und unsere eigenen jungen Rowdies sind auch nicht müßig.
– Aber erlaubt das die Behörde?
– Nein, natürlich nicht. Aber sie können nicht auf jede Bahn aufpassen. Und wenn es einen Zwischenfall gibt, wer kann feststellen, wie es angefangen hat, wer sagt denn die Wahrheit? Es ist schade, daß wir nicht für uns sind. Sieh dort, siehst du das große Gebäude?
– Ja.
– Das ist das Gebäude, wo unsere Zeitung gedruckt wird, die Bantu-Druckerei. Natürlich sind auch Weiße daran beteiligt, und das Blatt ist gemäßigt und sagt nicht alles, was man sagen könnte. Dein Bruder John hält nicht viel von der Bantu-Druckerei. Er und seine Freunde nennen sie nicht die Bantu-Druckerei, sondern die Bantu-Unterdrückerei.
So gingen sie, bis sie nach Claremont kamen, und Kumalo erschrak über die Ärmlichkeit und den Schmutz; die Häuser standen sehr eng beieinander, und Unrat lag auf den Straßen.
– Siehst du die Frau dort, mein Freund?
– Ja.
– Sie ist eine von den Queens, von den Schnapsverkäuferinnen. Sie soll so reich sein wie nur irgendeiner von unseren Leuten in Johannesburg.
– Und diese Kinder? Warum sind sie nicht in der Schule?
– Manche, weil sie nicht mögen, andere, weil ihre Eltern sich nicht darum kümmern, aber viele, weil die Schulen überfüllt sind.

Sie gingen die Lilienstraße hinunter und bogen in die Hyazinthenstraße ein, denn schöne Namen haben die Straßen dort.
– Hier ist es, Bruder, Nummer elf. Willst du allein hineingehen?
– Das ist wohl besser.
– Wenn du fertig bist, wirst du mich nebenan in Nummer dreizehn finden. Dort wohnt eine Frau aus unserer Gemeinde, eine gute Frau, sie und ihr Mann geben sich Mühe, ihre Kinder anständig aufzuziehen. Aber es ist schwer. Die älteste Tochter, die zu mir in den Konfirmandenunterricht kam, ist weggelaufen und lebt in Pimville mit einem jungen Taugenichts. Dort klopfe an, mein Freund. Du weißt, wo du mich finden kannst.
Aus dem Haus dringt Gelächter, aber das Gelächter macht einem bange. Vielleicht, weil man sowieso schon Angst hat, vielleicht ist es auch wirklich ein ungutes Gelächter. Die Stimme einer Frau und Männerstimmen. Aber er klopft, und sie öffnet die Tür.
– Ich bin es, Schwester.
Kein Zweifel, es ist Furcht in ihren Augen. Sie tritt einen Schritt zurück, sie kommt ihm nicht entgegen. Sie wendet sich um und sagt etwas, was er nicht verstehen kann. Stühle rücken, etwas wird weggeräumt. Sie wendet sich zu ihm.
– Gleich bin ich bereit, Bruder.
Sie stehen und sehen einander an, er besorgt, sie voller Furcht. Sie wendet sich um und schaut rückwärts ins Zimmer. Eine Tür schließt sich, und sie sagt: – Tritt ein, mein Bruder.
Erst dann gibt sie ihm die Hand. Die Hand ist kalt und feucht, kein Leben ist in ihr. Sie setzen sich, sie sitzt stumm auf ihrem Stuhl.
– Ich bin gekommen, sagt er.
– Ja, gut.
– Du hast nicht geschrieben.
– Nein, ich habe nicht geschrieben.
– Wo ist dein Mann?
– Ich habe ihn nicht gefunden, Bruder.
– Aber du hast nicht geschrieben.
– Ja, das stimmt wohl.
– Wußtest du nicht, daß wir uns sorgten?
– Ich hatte kein Geld zum Schreiben.

– Nicht einmal zwei Pfennige für eine Briefmarke?
Sie antwortet nicht, sie sieht ihn nicht an.
– Aber man sagt, du bist reich.
– Ich bin nicht reich.
– Man sagt, du bist im Gefängnis gewesen.
– Ja, das stimmt wohl.
– War es wegen Schnaps?
Ein Funken Leben erwacht in ihr. Sie muß etwas tun, sie kann nicht weiter schweigen. Sie sagt, es war nicht ihre Schuld. Da war eine andere Frau.
– Wohntest du bei dieser Frau?
– Ja.
– Warum hast du bei so einer Frau gewohnt?
– Ich wußte nicht, wohin.
– Und du hast ihr bei ihrem Handwerk geholfen?
– Ich brauchte Geld für das Kind.
– Wo ist das Kind?
Sie sieht sich ungewiß um. Sie steht auf und geht in den Hof. Sie ruft, aber in ihrer Stimme, die einst so süß war, ist nun etwas Neues, dasselbe, was er in dem Gelächter hörte, das aus dem Hause drang. Das nun offenbart sie ihm, wie sie ist.
– Ich habe nach dem Kinde geschickt, sagt sie.
– Wo ist es?
– Sie holen es schon, sagt sie.
Unruhe ist in ihren Augen, und sie spielt mit der Hand an der Wand. Da steigt der Zorn in ihm auf.
– Wo soll ich schlafen? fragt er.
Die Furcht in ihren Augen ist ganz deutlich. Nun wird sie sich preisgeben, aber sein Zorn beherrscht ihn ganz, er wartet nicht darauf.
– Du hast uns Schande gemacht, sagt er leise, er will nicht, daß andere ihn hören. Eine Schnapshändlerin, eine Hure, hast ein Kind und weißt nicht, wo es ist. Und dein Bruder ist ein Priester. Wie hast du uns das antun können?
Sie sieht ihn stumpf an wie ein gequältes Tier.
– Ich bin gekommen, um dich heimzuholen.
Sie fällt zu Boden und weint; ihr Weinen wird immer lauter, sie hat keine Scham.
– Man wird uns hören, sagt er dringlich.
Sie versucht, ihr Schluchzen zu beherrschen.
– Willst du nach Hause kommen?

Sie nickt. – Ich hasse Johannesburg, sagt sie. Ich bin krank hier. Auch das Kind ist krank.
– Willst du von ganzem Herzen nach Hause kommen?
Sie nickt wieder. Und sie schluchzt. – Ich hasse Johannesburg, sagt sie. Sie sieht ihn aus verzweifelten Augen an, und Hoffnung läßt sein Herz schneller schlagen. – Ich bin eine schlechte Frau, Bruder. So eine Frau darf nicht wieder nach Hause gehen.
Tränen treten ihm in die Augen, seine tiefe Güte flutet in ihn zurück. Er tritt zu ihr und hebt sie vom Boden auf, er hilft ihr auf den Stuhl. Wortlos streichelt er ihr Gesicht, sein Herz ist voll Mitleid.
– Gott vergibt uns, sagt er. Wer bin ich, daß ich nicht vergeben sollte? Wir wollen beten.
Sie knieten nieder, und er betete leise, daß die Nachbarn es nicht hörten, und zu seinen Bitten sagte sie immer wieder Amen. Als er zu Ende war, brach sie in stürmisches Beten aus, in Selbstanklage und dringliches Flehen. Und dann saßen sie versöhnt, Hand in Hand.
– Und nun mußt du mir helfen, sagte er.
– Ja, mein Bruder?
– Unser Sohn, hast du nichts von ihm gehört?
– Ich hörte von ihm, Bruder. Er hatte Arbeit in einer großen Firma in Johannesburg und wohnte in Sophiatown, aber wo, das weiß ich nicht genau. Aber ich weiß, wer es weiß. Der Sohn unseres Bruders John und dein Sohn waren viel zusammen. Er wird es wissen.
– Ich werde zu ihm gehen. Und nun, Schwester, muß ich sehen, ob Mrs. Lithebe ein Zimmer für dich hat. Hast du viele Sachen?
– Nicht sehr viele. Diesen Tisch und die Stühle und ein Bett. Und ein paar Teller und Töpfe, Das ist alles.
– Ich werde sie abholen lassen. Wirst du bereit sein?
– Bruder, hier ist das Kind.
Und ins Zimmer kam sein kleiner Neffe, von einem älteren Mädchen geführt. Seine Kleider waren schmutzig, seine Nase lief, er steckte einen Finger in den Mund und starrte seinen Onkel aus riesigen Augen an.
Kumalo hob ihn auf, putzte ihm die Nase und küßte und liebkoste ihn.
– Für das Kind wird es besser sein, sagte er. Wo er hin-

kommt, da weht der Wind, und eine Schule ist dort auch für ihn.
– Das wird besser sein, stimmte sie zu.
– Ich muß gehen, sagte er, ich habe viel zu tun.
Er ging auf die Straße hinaus, und neugierige Nachbarn starrten ihn an. Er war ja ein Umfundisi. Er suchte seinen Freund und erzählte ihm in Eile alles und fragte ihn, wo sie jemanden finden könnten, der seine Schwester, ihr Kind und die Sachen holen würde.
– Laß uns gleich gehen, sagte Msimangu. Wie ich mich für dich freue, mein Freund!
– Eine große Last ist mir vom Herzen, Freund. Gott gebe, daß auch das andere zurechtkommt.

Denselben Nachmittag holte er sie mit einem Lastwagen, und eine Menge neugieriger Nachbarn stand herum und diskutierte den Fall laut und rückhaltlos, einige mit offenbarer Billigung, andere mit diesem sonderbaren Großstadtlachen. Er war froh, als der Wagen vollgeladen war und sie abfuhren.
Mrs. Lithebe führte sie in ihr Zimmer und gab Mutter und Kind zu essen, während Kumalo zum Missionshaus hinunterging. An diesem Abend sprachen sie ihre Gebete im Eßzimmer, und Mrs. Lithebe und Gertrude sagten das Amen zu seinen Bitten. Kumalos Herz war leicht und froh wie das eines Knaben, wie es seit vielen Jahren nicht gewesen war. Erst einen Tag war er in Johannesburg, und schon war der Wiederaufbau seines Stammes begonnen, und Haus und Seele würden heil werden.

VII

Gertrudes Kleid war schmutzig, wenn sie auch vielleicht einmal reich gewesen war, und die fettige, schwarze Strickkappe, die sie trug, beschämte ihn. Obwohl er wenig Geld hatte, kaufte er ihr ein rotes Kleid und ein weißes Ding, das man Turban nannte, für ihren Kopf. Und auch ein Hemd und eine kurze Hose und eine Jacke für den Jungen und ein paar feste Taschentücher, damit die Mutter ihm die Nase sauberhalten konnte. Er hatte das Postsparbuch in der Tasche, zehn

Pfund waren darauf, die er und seine Frau gespart hatten, um einen Herd zu kaufen, denn so lange schon wünschte sie sich, einen Herd zu haben, das wünscht sich jede Frau. Zehn Pfund zu sparen, wenn man im Monat acht Pfund Gehalt bekommt, das kostet viel Geduld und Zeit, besonders bei einem Pfarrer, der sich in gute, schwarze Sachen kleiden muß. Seine Kragen waren braun und ausgefranst, aber nun mußten sie noch eine Weile halten. Schade um die zehn Pfund, früher oder später würde er sie anbrechen müssen, aber die Eisenbahn nahm einen nicht umsonst mit, – und vielleicht konnten sie ein oder zwei Pfund für Gertrudes Sachen erlösen. Sonderbar, daß sie mit ihrem traurigen Handwerk, das soviel Geld einbringen sollte, nichts gespart hatte.
Gertrude half Mrs. Lithebe im Haus, und ab und zu konnte er hören, wie sie ein wenig vor sich hin sang. Der Kleine spielte im Hof mit Ziegelsteinbrocken und Holzstückchen, welche die Bauleute hatten liegen lassen. Die Sonne schien, und selbst in dieser großen Stadt gab es Vögel, kleine Spatzen, die im Hof tschirpten und ab- und zuflogen. Dort aber kam Msimangu die Straße herauf. Er schob den Brief beiseite, den er eben an seine Frau schrieb, über die Reise im Zug, über die Riesenstadt Johannesburg und den Burschen, der ihm das Pfund gestohlen hatte; wie schnell er Gertrude gefunden hatte, und welche Freude der kleine Junge ihm machte. Und vor allem, daß er noch heute, an diesem Tage noch, die Suche nach ihrem Sohne beginnen werde.
– Bist du bereit, mein Freund?
– Ja, ich bin bereit. Ich schreibe eben an meine Frau.
– Ich kenne sie ja nicht, aber grüße sie von mir.
Sie gingen die Straße hinauf, eine andere hinunter und wieder eine hinauf. Es war schon richtig, was man sich erzählte, daß man bis ans Ende seiner Tage immer eine Straße hinauf und eine andere hinunter gehen konnte und nie dieselbe zweimal.
– Hier ist deines Bruders Werkstatt. Sieh, da steht sein Name.
– Ja.
– Soll ich mitkommen?
– Ja, ich glaube, es ist besser.
Dort auf einem Stuhl saß sein Bruder John und sprach mit zwei anderen Männern. Er war dick geworden und saß da, die Hände auf die Knie gestützt, wie ein Häuptling. Seinen

Bruder erkannte er nicht, denn das Licht von der Straße stand im Rücken seiner Besucher.
– Guten Morgen, Bruder.
– Guten Morgen, Herr.
– Guten Morgen, mein Bruder, Sohn unserer Mutter.
John Kumalo sah ihn genau an und stand auf mit einem breiten, herzlichen Lachen.
– Mein Bruder! Soll man's glauben! Was machst du in Johannesburg?
Kumalo sah die Fremden an. – Ich komme in Geschäften, sagte er.
– Meine Freunde, ihr werdet uns sicherlich entschuldigen. Mein Bruder, der Sohn unserer Mutter, ist gekommen.
Die beiden Männer standen auf, und alle sagten »sala kahle« und »hamba kahle«.
– Kennst du den Pfarrer Msimangu, Bruder?
– Natürlich, jedermann kennt ihn, jedermann kennt den Pfarrer Msimangu. Setzt euch, ihr Herren. Und nun wollen wir miteinander Tee trinken.
Er ging zur Tür und rief in das Hinterzimmer.
– Wie geht es Esther, deiner Frau, Bruder?
John Kumalo lächelte vergnügt und überlegen. – Esther, meine Frau, hat mich schon vor zehn Jahren verlassen, Bruder.
– Und hast du wieder geheiratet?
– Na ja, nicht was die Kirche heiraten nennt, verstehst du. Aber sie ist eine gute Frau.
– Davon hast du uns nichts geschrieben, Bruder.
– Nein, wie konnte ich das schreiben? Ihr dort in Ndotsheni wißt nichts von dem Leben in Johannesburg. Ich dachte, es sei besser, gar nicht zu schreiben.
– Also hast du deshalb nicht geschrieben?
– Ja, vielleicht auch deshalb. Zuviel Mühe, Bruder, unnötige Mühe.
– Aber ich verstehe dich nicht. Wieso ist das Leben in Johannesburg anders?
– Ja, das ist schwer zu sagen. Macht es dir etwas aus, wenn ich englisch spreche? Diese Dinge kann ich auf englisch besser erklären.
– Dann sprich nur englisch, Bruder.
– Siehst du, hier in Johannesburg habe ich meine Erfahrungen

gemacht. Es ist nicht wie in Ndotsheni. Man muß hier leben, um es zu verstehen.
Er sah seinen Bruder an. – Etwas Neues ist hier im Gange, sagte er.
Er setzte sich nicht nieder, sondern sprach mit sonderbar veränderter Stimme weiter. Er ging auf und ab, sah durchs Fenster auf die Straße hinaus und dann zur Decke hinauf und in die Zimmerecken, als ob dort etwas sei, was er hervorholen müsse.
– Drunten in Ndotsheni bin ich niemand, so wie auch du niemand bist, Bruder. Ich bin dem Häuptling untertan, und der ist ein unwissender Mann. Ich muß ihn grüßen und mich vor ihm verbeugen. Hier in Johannesburg bedeute ich doch etwas, habe ich etwas zu sagen. Ich habe ein eigenes Geschäft, und wenn es gutgeht, kann ich zehn bis zwölf Pfund die Woche verdienen.
Er fing an, sich hin und her zu wiegen; er sprach nicht zu ihnen, er sprach zu Leuten, die gar nicht da waren.
– Ich behaupte nicht, daß wir hier frei sind. Ich behaupte nicht, daß wir so frei sind, wie die Menschen sein sollten. Aber wenigstens bin ich den Häuptling los. Wenigstens bin ich den alten, unwissenden Mann los, der ja nur ein hündischer Untertan der Weißen ist. Er ist ja nichts als ein mit List gebrauchtes Werkzeug, das etwas zusammenhalten soll, was der weiße Mann zusammenhalten möchte.
Er lächelte, listig und überlegen, und wandte sich für einen Augenblick unmittelbar an seine Besucher.
– Es wird aber nicht zusammengehalten, sagte er, sie fällt auseinander, unsere Stammesgemeinschaft. Hier in Johannesburg wird die neue Gemeinschaft aufgebaut. Hier ist etwas im Gange, Bruder.
Er hielt einen Augenblick inne; dann sagte er: – Ich möchte Euch nicht kränken, aber die Kirche ist nicht anders als der Häuptling. Du mußt dies und das und jenes tun. Du darfst nicht deine eigenen Erfahrungen machen. Der Mensch muß treu und sanftmütig und gehorsam sein, und er muß sich an das Gesetz halten, was immer auch das Gesetz befiehlt. Zugegeben, daß die Kirche mit schöner Stimme spricht, und daß die Bischöfe gegen die Gesetze Einspruch erheben. Aber das haben sie seit fünfzig Jahren getan, und es wird davon nicht besser, es wird schlimmer.

Seine Stimme wurde lauter, und wieder sprach er zu den Leuten, die gar nicht da waren. – Hier in Johannesburg sind die Minen, sagte er. Die Minen bedeuten alles. Diese hohen Gebäude, das prächtige Rathaus, der schöne Stadtteil Parktown mit den wunderschönen Häusern, – alles das ist mit dem Gold aus den Minen gebaut. Das großartige Krankenhaus für die Weißen, das größte Krankenhaus südlich des Äquators, ist mit dem Gold aus den Minen gebaut.
Seine Stimme veränderte sich, sie wurde lauter, sie war wie die Stimme eines Stiers oder eines Löwen. – Geht in unser Krankenhaus, sagte er, seht, wie unsere Leute auf dem Fußboden liegen. Sie liegen so eng beisammen, daß man dazwischen nicht gehen kann. Aber sie, sie graben das Gold heraus. Für drei Schillinge Tageslohn. Aus der Transkei kommen wir, aus Basutoland und aus Bechuanaland und aus Swaziland und aus Zululand. Und auch aus Ndotsheni. Wir leben in den Minenbaracken; unsere Frauen und Kinder müssen wir zurücklassen. Und wenn man neues Gold findet, so sind es nicht wir, die mehr für ihre Arbeit bekommen. Die Aktien der Weißen steigen, alle Zeitungen sind voll davon. Sie schnappen über, wenn sie neues Gold finden. Sie holen noch mehr von unseren Leuten, damit wir in den Baracken leben und unter der Erde graben für drei Schillinge Tagelohn. Es fällt ihnen nicht ein, daß sie uns nun mehr bezahlen könnten. Es fällt ihnen nur ein, daß sie noch höhere Häuser bauen und noch größere Autos kaufen können. Es ist sehr wichtig, sagen sie, daß Gold gefunden wird, denn ganz Südafrika ist auf den Minen aufgebaut.
Er knurrte, und seine Stimme wurde ganz tief wie rollender Donner. – Aber es ist nicht auf den Minen aufgebaut, sagte er, es ist auf unserem Rücken, unserem Schweiß, unserer Arbeit gegründet. Jede Fabrik, jedes Kino, jedes schöne Haus, – alles haben wir gebaut. Was weiß denn der Häuptling von alledem? Aber hier in Johannesburg wissen wir es alle.
Er hielt inne und schwieg. Und auch die beiden Besucher schwiegen, denn etwas in seiner Stimme brachte einen zum Schweigen. Und Stephen Kumalo saß da und schwieg, denn dies war ein ganz neuer Bruder, den er da vor sich sah.
John Kumalo sah ihn an. – Der Bischof sagt, es ist Unrecht, sagte er, aber er wohnt in einem großen Haus, und seine weißen Priester bekommen vier-, fünf-, sechsmal soviel wie du, mein Bruder.

Er setzte sich nieder und zog ein großes, rotes Taschentuch heraus, mit dem er sich das Gesicht abwischte.
– Da habt ihr meine Erfahrung, sagte er, da habt ihr den Grund, warum ich nicht mehr zur Kirche gehe.
– Und ist das auch der Grund, warum du nicht mehr geschrieben hast?
– Ja, vielleicht auch.
– Das, und deine Frau Esther?
– Ja, wahrscheinlich beides. Man kann das in einem Brief so schwer erklären. Unsere Sitten hier sind so anders.
Und Msimangu sagte: – Gibt es denn hier Sitten?
John Kumalo sah ihn an. – Hier ist etwas Neues im Gange, sagte er. Stärker als jede Kirche, stärker als jeder Häuptling. Eines Tages werdet ihr es einsehen.
– Und deine Frau? Warum hat sie dich verlassen?
– Nun ja, sagte John Kumalo mit seinem überlegenen Lachen, sie konnte meine Erfahrungen nicht verstehen.
– Ihr meint, sagte Msimangu kalt, sie hielt auf Treue?
John sah ihn mißtrauisch an. – Treue, sagte er.
Aber Msimangu hatte schon gemerkt, daß er ihn nicht verstanden hatte.
– Vielleicht sollten wir nun wieder zulu sprechen, sagte er.
Zornig trat die Schlagader an dem starken Stiernacken hervor, und wer weiß, in welch böse Worte der Zorn ausgebrochen wäre, aber Stephen Kumalo griff eiligst ein.
– Hier kommt der Tee, Bruder, wie freundlich von dir!
Die Frau wurde ihnen nicht vorgestellt, sondern reichte bescheiden den Tee herum. Als sie gegangen war, wandte sich Kumalo an seinen Bruder.

Ich habe dir aufmerksam zugehört, Bruder. Vieles, was du gesagt hast, macht mich traurig, – die Art, wie du es gesagt hast, und auch, daß vieles wahr ist. Und nun möchte ich dich etwas fragen. Aber zuerst muß ich dir sagen, daß Gertrude bei mir ist. Sie geht mit mir zurück nach Ndotsheni.
– Nun ja, ich will nicht sagen, daß das nicht richtig ist. Johannesburg ist nicht der Ort für eine alleinstehende Frau. Ich habe selber versucht, sie dazu zu überreden, aber sie wollte nicht, so haben wir uns nicht mehr gesehen.
– Und nun muß ich dich fragen. Wo ist mein Sohn?
Etwas wie Verlegenheit tritt in Johns Augen. Er holt wieder sein Taschentuch heraus.

– Du hast wohl gehört, daß er mit meinem Sohn befreundet ist.
– Ja, das habe ich gehört.
– Nun ja, du weißt, wie so junge Leute sind. Ich will ihnen nicht alle Schuld geben. Siehst du, mein Sohn vertrug sich nicht recht mit seiner zweiten Mutter. Warum eigentlich, habe ich nie herausfinden können. Er vertrug sich auch nicht mit den anderen Kindern. Oft habe ich versucht, alles einzurenken, aber es ging nicht. Also sagte er, er wolle fort. Er hatte eine gute Stellung, so habe ich ihn nicht gehalten. Und dein Sohn ging mit ihm.
– Wohin, Bruder?
– Ich weiß es nicht genau. Aber ich hörte, daß sie in Alexandra ein Zimmer haben. Laß mich nachdenken. Sie arbeiten beide in einer Fabrik. Warte, ich will im Telephonbuch nachsehen.
Er ging zu einem Tisch, auf dem Kumalo das Telephon stehen sah. Er war ein bißchen stolz darauf, daß er der Bruder eines Mannes war, der so etwas besaß.
– Ich hab' es schon. Doornfontein-Webereigesellschaft. Krausestraße 14. Ich will es dir aufschreiben, Bruder.
– Können wir nicht anrufen? fragte Kumalo zögernd.
Sein Bruder lachte. – Weshalb? fragte er. Fragen, ob Absalom Kumalo dort arbeitet? Sie bitten, ihn ans Telephon zu rufen? Oder nach seiner Adresse fragen? So etwas tun sie nicht für die Schwarzen, Bruder.
– Laß nur, sagte Msimangu. Meine Hände sind die deinen, Freund.
Sie verabschiedeten sich und traten auf die Straße.
– Hu, da siehst du, wie es ist.
– Ja, so ist es.
– Er ist hier ein großer Mann, dein Bruder. Sein Laden ist immer voll von Leuten, und sie reden alle so , wie du es eben gehört hast. Aber es heißt, man muß ihn erst mal in einer Versammlung hören; ihn und Dubula und einen braunen Mann, der Tomlinson heißt. Man sagt von ihm, er spricht gewaltig wie ein Stier und brummt in der Kehle wie ein Löwe und könnte die Menschen von Sinnen bringen, wenn er wollte. Aber man sagt auch, daß er das noch nicht wagt, denn er würde dafür eingesperrt werden.
– Eines will ich dir sagen, fuhr Msimangu fort. Vieles von dem, was er gesagt hat, ist wahr.

Er blieb mitten auf der Straße stehen und sprach leise und eindringlich zu seinem Gefährten. – Weil der weiße Mann so mächtig ist, wollen wir auch mächtig sein, sagte er. Aber wenn ein schwarzer Mann reich und mächtig wird, dann muß er schon ein großer Mann sein, wenn er nicht schlecht werden soll. Er will mächtig und reich werden, um aus Unrecht Recht zu machen, und wenn er es ist, ja, dann gefällt es ihm so sehr gut. Dann kann er seine Gelüste befriedigen, kann Mittel und Wege finden, sich die starken Getränke der Weißen zu verschaffen, kann zu Tausenden sprechen und ihr Beifallsklatschen hören. Manche von uns denken: wenn wir erst Macht haben, werden wir uns an den Weißen rächen, die immer so mächtig waren; und weil unser Wunsch böse ist, werden wir selber böse, und unsere Macht hat kein Herz. Aber die meisten Weißen wissen nicht, wie es mit dieser unserer Macht bestellt ist, und sie haben Angst davor, daß wir Macht erlangen könnten.

Er stand still da, als ob er seine Behauptung überprüfe. – Ja, so steht es mit der Macht, sagte er. Es gibt nur eines, das allmächtig ist, und das ist die Liebe. Denn wenn ein Mensch liebt, fragt er nichts nach Macht, und deshalb ist er mächtig. Ich sehe nur eine Hoffnung für unser Land: daß Weiße und Schwarze weder nach Macht noch nach Geld streben, sondern allein nach dem Besten des gemeinsamen Vaterlandes, und sich zusammentun und dafür arbeiten.

Er schwieg im tiefem Ernst; und dann sagte er niedergeschlagen: – Eine große Angst ist in meinem Herzen, daß sie eines Tages, wenn sie sich zu lieben entschließen, finden werden, daß wir uns entschlossen haben zu hassen.

– Aber auf diese Weise kommen wir nicht nach Doornfontein, sagte er. Komm, laß uns eilen.

Und Kumalo folgte ihm schweigend, niedergedrückt von den ernsten, düsteren Worten.

Aber in Doornfontein erreichten sie nichts, obwohl die Weißen sie freundlich behandelten. Msimangu wußte, wie man mit den Weißen reden muß, und sie gaben sich wirklich große Mühe und fanden heraus, daß Absalom Kumalo vor etwa zwölf Monaten fortgegangen war. Einer erinnerte sich, daß Absalom mit einem der Arbeiter, Dhlamini, befreundet gewesen war, und sie ließen den Mann von der Arbeit wegholen. Er berichtete, er habe zuletzt von Absalom gehört, daß er bei einer Mrs. Ndlela wohnte in der Endstraße in Sophiatown, der Straße, die Sophiatown von Westdene, der weißen Vorstadt, trennt. Ganz sicher war er nicht, aber er glaubte, die Hausnummer sei 105.

Also kehrten sie nach Sophiatown zurück und fanden dort wirklich Mrs. Ndlela im Haus Endstraße 105. Sie empfing sie mit ruhiger Freundlichkeit, die Kinder versteckten sich hinter ihren Röcken und schauten schüchtern den Besuch an. Aber Absalom sei nicht mehr da, sagte sie. Aber, einen Augenblick, sie habe einen Brief von ihm, in dem er um seine Sachen schrieb, die er dagelassen hatte. Während nun Kumalo mit den Kindern spielte und Msimangu mit ihren Manne sprach, kramte sie eine große Schachtel hervor, die voll war von Papieren und anderen Sachen, und suchte nach dem Brief. Während sie suchte, sah Msimangu ihr gutes, müdes Gesicht an, sah, wie sie einen Augenblick innehielt und Kumalo ansah, halb neugierig, halb mitleidig. Schließlich fand sie den Brief und zeigte ihnen die Adresse: bei Mrs. Mkize, dreiundzwanzigste Avenue, Nummer 79, Alexandra.

Dann mußten sie eine Tasse Tee trinken, und es war dunkel, als sie aufbrachen, und der Mann trat mit Kumalo auf die Straße hinaus.

– Warum habt Ihr meinen Freund so mitleidig angesehen? fragte Msimangu die Frau.

Sie senkte den Blick und hob ihn wieder. – Er ist ein Umfundisi, sagte sie.

– Ja.

– Seines Sohnes Freunde gefielen mir nicht und meinem Mann auch nicht. Deshalb ist er ausgezogen.

– Ich verstehe. War es vielleicht etwas Ernsteres?

– Nein. Mir ist nichts aufgefallen. Aber seine Freunde gefielen mir nicht.

Ihr Gesicht war offen und ehrlich, und sie senkte den Blick nicht wieder.

– Gute Nacht, Mutter.

– Gute Nacht, Umfundisi.

Draußen auf der Straße sagten sie dem Manne Lebewohl und machten sich auf den Weg zurück zum Missionshaus.

– Morgen, sagte Msimangu, gehen wir nach Alexandra.

Kumalo legte die Hand auf seines Freundes Arm. – Traurige

Dinge haben mich nach Johannesburg gebracht, sagte er, aber daß du bei mir bist, ist eine Freude.
– Hu, sagte Msimangu, hu, laß uns eilen, sonst kommen wir zu spät zum Essen.

VIII

Am nächsten Morgen, nachdem sie im Missionshaus gefrühstückt hatten, machten Msimangu und Kumalo sich auf den Weg nach der großen, breiten Straße, wo die Omnibusse fahren.
– Hier ist jeder Bus der richtige, sagte Msimangu.
Kumalo lächelte, denn das war ein Scherz auf seine Kosten, weil er solche Angst hatte, in den falschen Bus zu geraten.
– Alle diese Busse fahren nach Johannesburg, sagte Msimangu, keine Angst, daß du hier den falschen nimmst.
Also nahmen sie den ersten, der kam, und er brachte sie zu der Stelle, wo Kumalo sein Pfund verloren hatte. Dann gingen sie durch viele Straßen, die von Menschen und Autos wimmelten, bis sie dorthin kamen, wo der Bus nach Alexandra abgeht. Hier aber stießen sie auf ein unerwartetes Hindernis, denn ein Mann trat heran und sagte zu Msimangu: – Wollt Ihr nach Alexandra, Umfundisi?
– Ja, Freund.
– Wir wollen Euch daran hindern, Umfundisi. Gewalt brauchen wir nicht, seht dort – und er wies mit der Hand –, das verhindert die Polizei. Aber wir möchten Euch überzeugen. Wenn Ihr diesen Bus nehmt, so handelt Ihr gegen die Interessen der Schwarzen. Wir haben beschlossen, diese Busse nicht zu benutzen, bis der Fahrpreis wieder auf vier Pfennige heruntergesetzt wird.
– O ja, davon habe ich gehört.
Er wandte sich an Kumalo.
– Wie unbedacht von mir, mein Freund! Ich hatte ganz vergessen, daß es keine Busse gibt; jedenfalls hatte ich den Boykott vergessen.
– Unsere Angelegenheit ist sehr dringend, sagte Kumalo bescheiden.
– Dieser Boykott ist auch dringend, sagte der Mann höflich. Wir sollen sechs Pfennige bezahlen, das ist ein Schilling am

Tag. Sechs Schillinge jede Woche, und viele bekommen nur fünfunddreißig oder vierzig Schillinge.
– Ist es weit zu Fuß? fragte Kumalo.
– Es ist weit, Umfundisi, elf Meilen.
– Das ist sehr weit für einen alten Mann.
– Viele Männer in Eurem Alter machen den Weg täglich, Umfundisi. Und Frauen und auch Kranke und Krüppel und Kinder. Sie brechen um vier Uhr morgens auf und kommen erst abends um acht Uhr heim. Sie essen eine Kleinigkeit, und kaum sind sie eingeschlafen, so müssen sie wieder aufstehen und aufbrechen, viele mit nichts als etwas heißem Wasser im Magen. Ich kann Euch nicht daran hindern, den Bus zu nehmen, Umfundisi; aber diese Sache ist es wert, daß man sich für sie einsetzt. Wenn wir hier verlieren, werden sie auch in Sophiatown und Claremont und Kliptown und Pimville mehr bezahlen müssen.
– Ja, das verstehe ich wohl. Wir werden den Bus nicht benützen.
Der Mann dankte ihm und ging zu einem anderen Reiselustigen.
– Der hat eine silberne Zunge, sagte Kumalo.
– Es ist der berühmte Dubula, sagte Msimangu leise, ein Freund deines Bruders John. Aber man sagt – verzeih, mein Freund–, daß Tomlinson den Verstand hat und dein Bruder die Stimme, aber dieser Mann hat das Herz. Vor ihm hat die Regierung am meisten Angst, weil er selber keine Angst hat. Er will nichts für sich selber. Er soll seinen Posten aufgegeben haben, damit er dies hier tun kann, und seine Frau tut dasselbe in Alexandra, wo die Busse abfahren.
– Darauf kann man wohl stolz sein. Was für erstaunliche Dinge es doch in Johannesburg gibt!
– Einmal gehörten auch sie zu unserer Gemeinde, sagte Msimangu traurig, aber jetzt nicht mehr. Wie dein Bruder sagen sie, die Kirche habe eine sehr schöne Stimme, aber sie bringe nichts zustande. Ja, mein Freund, was machen wir nun?
– Ich bin bereit, zu Fuß zu gehen.
– Elf Meilen, und dann wieder elf Meilen zurück. Das ist ein langer Weg.
– Ich bin bereit. Du weißt, mein Freund, wie groß meine Sorge ist. Ein junger Bursche sollte hier in Johannesburg nicht sich selbst überlassen sein.

– Gut. Also laß uns aufbrechen.
So wanderten sie viele Meilen durch die Stadt der Weißen, die Twist Street hinauf zum Clarendon Circle und dann die Louis-Botha-Avenue hinunter nach Orange Grove. Und Autos und Lastwagen fuhren unaufhörlich in beiden Richtungen. Nach langer Zeit hielt ein Auto, und ein Weißer sprach sie an.
– Wohin wollt ihr beiden? fragte er.
– Nach Alexandra, Herr, sagte Msimangu und zog den Hut.
– Das dachte ich mir. Steigt ein.
Das war ihnen eine große Hilfe, und wo die Straße nach Alexandra einbog, stiegen sie aus und bedankten sich sehr.
– Es ist ein weiter Weg, sagte der weiße Mann, und ich weiß, daß ihr keine Busse habt.
Sie standen und warteten, daß er weiterfuhr, aber er fuhr nicht weiter. Er wendete und war bald wieder auf dem Wege zurück nach Johannesburg.
– Hu, sagte Msimangu, da muß man doch staunen.
Es war noch weit bis zur dreiundzwanzigsten Avenue, und wie sie eine Straße nach der anderen kreuzten, erzählte Msimangu, daß Alexandra außerhalb des Stadtgebietes von Johannesburg liege und daß dort der schwarze Mann Land kaufen und ein Haus besitzen könne. Aber die Straßen waren vernachlässigt, es gab keine Beleuchtung, und die Nachfrage nach Wohnungen war so groß, daß jeder, der nur konnte, im Hinterhof baute und die Räume untervermietete. Diese Hofzimmer waren ein Unterschlupf für viele Diebe und Einbrecher, es gab viel Prostitution, und verbotener Schnaps wurde gebraut.
– Es ist so schlimm, sagte Msimangu, daß die weiße Bevölkerung von Orange Grove und Norwood und Highlands North eine große Petition eingereicht hat, daß Alexandra ganz und gar abgeschafft werden soll. Einer von unseren Burschen hat einer weißen alten Frau die Handtasche weggerissen, und sie fiel zu Boden und starb vor Schreck und Angst. Und dann die furchtbare Sache mit der weißen Frau, die nicht weit von hier allein in einem Hause wohnte, und als sie sich ein paar jungen Einbrechern widersetzte, haben sie sie ermordet. Manchmal kommen auch weiße Liebespaare in ihren Autos und halten eine Weile im Dunkeln unter den Bäumen auf der Landstraße

nach Pretoria; und ein paar von unseren jungen Leuten überfallen sie und berauben sie, manchmal sogar die Frauen. Wohl sind es zuweilen liederliche Frauen, aber trotzdem ist das ein Verbrechen, von dem wir nicht einmal zu reden wagen.

– Es erinnert mich, sagte er, an einen Fall, der am anderen Ende von Johannesburg passiert ist. Dort wohnt ein Freund von mir allein in einem Haus an der Straße nach Potchefstroom. In einer kalten Winternacht, lange vor Morgen, klopfte es an seine Tür. Es war eine Frau, eine weiße Frau, fast nackt unter ein paar Fetzen. Was sie an Kleidern noch hatte, war zerrissen, sie hielt sie mühsam mit den Händen zusammen und war blau vor Kälte. Das hatte ein weißer Mann getan, sie im Auto mitgenommen, und als er erreicht hatte, was er wollte – oder auch nicht, ich weiß es nicht, ich bin nicht dabeigewesen –, warf er sie hinaus in die Kälte und fuhr nach Johannesburg zurück. Aber mein Freund und seine Frau gaben ihr ein altes Kleid und einen Mantel und setzten Wasser auf für Tee und hüllten sie in Decken. Die Kinder wachten auf und fingen zu fragen an, aber mein Freund schickte sie schlafen und ließ sie nicht ins Zimmer. Dann ging er im Dunkeln zum Haus eines weißen Farmers nahebei. Die Hunde waren sehr scharf, und er hatte Angst, aber er gab nicht nach, und als der Weiße herauskam, erzählte er ihm den Vorfall und sagte, man müsse die Sache unauffällig in Ordnung bringen. Der Weiße sagte: – Hu, ich komme mit dir. Er holte sein Auto heraus, und sie fuhren zu meines Freundes Haus. Die weiße Frau hätte sich gern mit Geld dankbar erwiesen, aber sie hatte kein Geld. Mein Freund und seine Frau sagten ihr, daß dies mit Geld nichts zu tun habe. Der Weiße sagte zu meinem Freund, zweimal sagte er es: – Jy is'n goeie Kaffer, du bist ein guter Kaffer. Etwas hatte ihn bewegt, und er sprach es aus, so gut er konnte.

– Auch ich bin bewegt.

– Ja, was ich von der Petition sagen wollte. Unsere weißen Freunde haben dagegen gekämpft, denn sie behaupten, Alexandra habe mehr Vorteile als Nachteile. Es sei doch etwas wert, wenn man sein eigenes Haus haben könne, wo man seine Kinder aufziehen kann, wo man etwas zu sagen hat, wo ein Mann doch etwas gilt in seinem Vaterland. Professor Hoernlé – er ist tot, Gott habe ihn selig –, der war ein großer

Vorkämpfer unserer Sache. Hu, wie schade, daß du ihn nicht mehr hören kannst! Denn er hatte Tomlinsons Verstand, deines Bruders Redegewalt und Dubulas Herz, alle drei in sich vereint. Wenn er sprach, konnte kein weißer Mann ihm widersprechen. Hu, das werde ich nie vergessen. Er konnte sagen: – Dies ist hier, und das ist dort, und jenes ist dort drüben, und niemand konnte das, was er einmal an seinen Platz gestellt hatte, auch nur um einen Zoll verrücken. Ob es nun ein Engländer oder ein Afrikaner war, sie mußten die Dinge dort stehen lassen, wohin er sie gestellt hat.
Er holte sein Taschentuch hervor und wischte sich das Gesicht. – Wieviel ich geredet habe, sagte er, wirklich bis zu dem Haus, nach dem wir suchen.
Eine Frau machte ihnen auf. Sie grüßte nicht, und als sie sagten, warum sie kämen, ließ sie sie nur zögernd herein.
– Ihr sagt, der Junge ist fort, Mrs. Mkize?
– Ja; wohin, das weiß ich nicht.
– Wann ist er fortgegangen?
– Vor vielen Monaten. Es ist wohl schon ein Jahr.
– Hatte er einen Freund?
– Ja, noch einen Kumalo. Einen Sohn von seines Vaters Bruder. Aber sie sind zusammen fortgegangen.
– Und Ihr wißt nicht, wohin?
– Sie haben allerlei geredet. Ihr wißt ja, wie diese jungen Leute reden.
– Wie hat er sich denn aufgeführt, dieser junge Absalom?
Kein Zweifel, Furcht ist in ihren Augen. Kein Zweifel, auch in seinen Augen ist Furcht. Furcht ist in diesem ganzen Hause.
– Ich habe nichts Unrechtes gesehen, sagt sie.
– Aber Ihr ahntet wohl, daß etwas nicht stimmte.
– Nein, nein, es war alles in Ordnung.
– Warum fürchtet Ihr Euch denn?
– Ich fürchte mich ja nicht, sagte sie.
– Warum zittert Ihr denn? fragte Msimangu.
– Mir ist kalt, sagte sie.
Sie sah sie mürrisch und mißtrauisch an.
– Vielen Dank, sagte Msimangu. Sala kahle.
– Hamba kahle, sagte sie.
Draußen auf der Straße sprach Kumalo.
– Da stimmt etwas nicht, sagte er.

– Das will ich nicht leugnen. Freund, wir beide zusammen sind zuviel. Biege du bei der breiten Straße links ein und geh dort den Hügel hinauf, da ist ein kleiner Kiosk. Warte dort auf mich.
Mit schwerem Herzen ging der alte Mann davon, und Msimangu folgte ihm langsam, bis er in die Straße einbog. Dann ging er zu dem Hause zurück. Sie machte ihm wieder auf, so verdrossen wie zuvor; sie hatte sich nun gefaßt und zeigte mehr Verdruß als Furcht.
– Ich komme nicht von der Polizei, sagte er. Ich habe nichts mit der Polizei zu tun, ich will auch nichts mit ihr zu tun haben. Aber der alte Mann leidet, weil er seinen Sohn nicht finden kann.
– Das ist wohl schlimm, sagte sie; aber sie sagte es nur, weil sich das so gehört.
– Ja, es ist schlimm, sagte er, und ich kann nicht fortgehen, ehe du mir nicht gesagt hast, was du nicht sagen wolltest.
– Ich habe nichts zu sagen, sagte sie.
– Du hast nichts zu sagen, weil du Angst hast. Und du zitterst nicht, weil dir kalt ist.
– Warum zittere ich denn? fragte sie.
– Das weiß ich nicht. Aber ich werde nicht fortgehen, bis ich es herausgebracht habe. Und wenn es nötig ist, werde ich doch noch zur Polizei gehen, denn dann bleibt mir nichts anderes übrig.
– Eine Frau, die allein steht, hat es schwer, sagte sie voller Abwehr.
– Ein alter Mann, der seinen Sohn sucht, hat es schwer.
– Ich habe Angst, sagte sie.
– Er hat auch Angst. Konntest du das nicht sehen?
– Doch, ich konnte es wohl sehen, Umfundisi.
– Dann sag mir, was für ein Leben haben die beiden Burschen hier geführt? Aber sie schwieg, Angst in den Augen und beinah schon Tränen. Er sah ein, daß sie schwer zu bewegen war.
– Ich bin ein Priester. Willst du dich nicht auf mein Wort verlassen? Aber sie schwieg.
– Hast du eine Bibel?
– Ja.
– Dann werde ich's dir auf der Bibel zuschwören.
Aber sie schwieg wieder, bis er wiederholte: – Ich will es dir

auf der Bibel zuschwören. Und da er sie nicht in Frieden ließ, stand sie zögernd auf und ging in ein Hinterzimmer und kam nach einer Weile mit einer Bibel zurück.
– Ich bin ein Priester, sagte er. Mein Ja ist immer Ja gewesen, und mein Nein war Nein. Aber weil du es so willst, und weil ein alter Mann so große Angst hat, schwöre ich dir auf diesem Buche, daß dir nichts Böses aus all diesem kommen soll, denn wir suchen nur einen Sohn. So war mir Tixo helfe.
– Wie haben sie hier gelebt? fragte er.
– Sie haben viele Sachen hergebracht, Umfundisi, spät bei der Nacht. Kleider, Uhren, Geld, Konserven und viele andere Sachen.
– War jemals Blut daran?
– Ich habe nie Blut daran gesehen, Umfundisi.
– Das ist wenigstens etwas. Sehr wenig, aber doch etwas.
– Und warum sind sie fortgegangen? fragte er.
– Ich weiß es nicht, Umfundisi, aber ich glaube, man war ihnen auf der Spur.
– Und wann sind sie fort?
– Etwa vor einem Jahr, Umfundisi. Wirklich, ich hab's ja schon gesagt.
– Und willst du bei diesem Buche schwören, daß du nicht weißt, wohin sie gegangen sind?
Sie griff nach dem Buch, aber: – Laß nur, sagte er. Er verabschiedete sich und eilte dem Freunde nach. Aber sie rief ihm nach:
– Sie waren mit einem Taxichauffeur befreundet, er heißt Hlabeni. Er wohnt bei der Haltestelle. Jeder kennt ihn.
– Dafür danke ich Euch sehr. Sala kahle, Mrs. Mkize.
Beim Kiosk fand er seinen Freund.
– Hast du etwas herausbekommen? fragte Kumalo begierig.
– Ich erfuhr, daß sie einen Freund haben, den Taxichauffeur Hlabeni. Laß mich etwas essen, und dann werden wir ihn suchen.
Als Msimangu gegessen hatte, fragte er einen Mann, wo er den Taxichauffeur Hlabeni finden könne. – Dort ist er, an jener Ecke; er sitzt in seinem Taxi, sagte der Mann. Msimangu ging zu dem Taxi und sagte zu dem Mann, der darinnen saß:
– Guten Tag, mein Freund.
– Guten Tag, Umfundisi.

– Ich brauche ein Taxi, mein Freund. Was kostet es nach Johannesburg? Für mich und meinen Freund?
– Elf Schillinge für Euch, Umfundisi.
– Das ist viel Geld.
– Andere würden fünfzehn oder zwanzig Schillinge verlangen.
– Mein Gefährte ist alt und müde. Ich werde elf Schillinge bezahlen.
Der Mann wollte den Motor anwerfen, aber Msimangu hielt ihn an. – Man sagt mir, sagte er, daß Ihr mir helfen könnt, einen jungen Mann namens Absalom Kumalo zu finden.
Kein Zweifel, auch dieser Mann hat Angst. Aber Msimangu beruhigt ihn schnell. – Ich will hier keine Ungelegenheiten machen, sagte er. Ich gebe Euch mein Wort, daß ich weder Euch noch mir selber Ungelegenheiten machen will. Aber mein Gefährte, der alte Mann, der so müde ist, ist der Vater des Burschen, und er ist aus Natal gekommen, um ihn zu suchen. Wohin wir auch gehen, immer werden wir weitergeschickt, und der alte Mann macht sich Sorgen.
– Ja, ich habe den Jungen gekannt.
– Und wo ist er jetzt, mein Freund?
– Ich hörte, er sei nach Orlando gezogen und lebe dort mit den Siedlern in Shanty Town. Aber mehr weiß ich auch nicht.
– Orlando ist groß, sagte Msimangu.
– Die Siedler leben auf engem Raum, Umfundisi. Es sollte nicht schwer sein, ihn zu finden. Leute von der Stadtverwaltung arbeiten bei den Siedlern, und sie kennen sie alle. Könntet Ihr da nicht fragen?
– Da habt Ihr mir gut geraten, Freund. Von diesen Leuten kenne ich einige. Kommt, wir wollen das Taxi nehmen.
Er rief Kumalo und sagte ihm, daß sie im Taxi zurückführen. Sie stiegen ein, und das Taxi ratterte aus Alexandra hinaus auf die breite Landstraße, die von Pretoria nach Johannesburg führt. Es war nun spät am Nachmittag, und der Verkehr drängte sich, denn um diese Zeit geht auf dieser Straße ein Verkehrsstrom aus Johannesburg heraus und ein anderer hinein.
– Seht Ihr alle die Fahrräder, Freund? Tausende von Leuten, die in Alexandra wohnen, kommen jetzt von der Arbeit nach Hause, und gleich werden wir Tausende zu Fuß gehen sehen wegen des Boykotts.

Und wirklich, sie waren noch nicht weit gekommen, da waren die Gehwege voll von Menschen. Es waren so viele, daß sie auch auf die Fahrstraße überquollen, und die Wagen mußten vorsichtig fahren. Manche waren alt, manche waren müde, manche waren sogar Krüppel, wie ihnen schon erzählt worden war; die meisten aber wanderten munter und entschlossen, wie sie es nun schon ein paar Wochen lang getan hatten. Viele Weiße hielten ihre Wagen an und nahmen Schwarze mit, um ihnen auf dem weiten Weg nach Alexandra weiterzuhelfen. Und an einem Robot, wo sie anhalten mußten, hörten sie, wie ein Verkehrsschutzmann zu einem der Weißen sprach und fragte, ob er einen Erlaubnisschein für den Transport von Schwarzen habe. – Ich nehme keine Bezahlung, sagte der Weiße. – Aber Sie befördern Passagiere auf einer Busstrecke, sagte der Schutzmann. – Also zeigen Sie mich an, sagte der Weiße. Aber mehr hörten sie nicht, sie mußten weiter, das Licht war nun grün.
– Davon habe ich reden hören, sagte Msimangu. Man versucht, die Weißen daran zu hindern, daß sie uns mit ihren Wagen helfen, und man zeigt sie sogar an.
Es wurde schon dunkel, aber die Straße war noch voll von Leuten, die nach Alexandra heimwanderten. Und immer noch hielten die Autos, um sie mitzunehmen, besonders die Alten, die Frauen und die Krüppel. Auf Kumalos Gesicht lag ein Lächeln, das seltsame Lächeln, das es in keinem anderen Lande gibt, das Lächeln des Schwarzen, wenn er sieht, wie ein Weißer einem aus seinem Volke vor aller Augen zu Hilfe kommt; denn das ist durchaus nicht selbstverständlich. Und er war ins Zuschauen so versunken, daß er überrascht war, als Msimangu plötzlich ausrief:
– Das ist unglaublich, Freund, unglaublich!
– Was ist unglaublich? Diese Hilfsbereitschaft?
– Nein, nein. Daran habe ich jetzt wirklich nicht gedacht.
Er richtete sich in seinem Sitz auf und schlug sich gewaltig vor die Brust.
– Zeigen Sie mich an, hat er gesagt. Er starrte Kumalo wild an und schlug sich wieder vor die Brust. – Zeigen Sie mich an, hat er gesagt.
Kumalo sah ihn verwirrt an.
– Das finde ich so unglaublich, sagte Msimangu.

IX

Alle Straßen führen nach Johannesburg. Ob du weiß oder schwarz bist, sie führen nach Johannesburg. Wenn es eine Mißernte gibt – in Johannesburg ist Arbeit zu finden. Wenn Steuern zu zahlen sind – in Johannesburg findest du Arbeit. Wenn die Farm zu klein wird und nicht weiter aufgeteilt werden kann, so gehen eben die überzähligen Familienmitglieder nach Johannesburg. Wenn ein Kind heimlich zur Welt kommen muß, in Johannesburg kann es geboren werden.

Die Schwarzen gehen nach Alexandra oder Orlando und versuchen, Zimmer zu mieten oder einen Anteil an einem Haus zu kaufen.

– Habt Ihr ein Zimmer zu vermieten?

– Nein.

– Habt Ihr ein Zimmer zu vermieten?

– Es ist schon vermietet.

– Habt Ihr ein Zimmer zu vermieten?

Ja, ich könnte wohl ein Zimmer vermieten, aber ich möchte es nicht vermieten. Ich habe nur zwei Zimmer, und wir wohnen schon zu sechst darin, und die Buben und Mädchen wachsen heran. Aber Schulbücher kosten Geld, mein Mann kränkelt, und selbst wenn es ihm gut geht, verdient er nur fünfunddreißig Schillinge die Woche. Davon gehen sechs Schillinge auf die Miete und drei Schillinge aufs Fahrgeld und ein Schilling für ein anständiges Begräbnis für uns alle und ein Schilling für die Schulbücher und drei Schillinge für Kleidung, wenig genug, und ein Schilling für Bier für den Mann und ein Schilling für Tabak, das gönne ich ihm, denn er ist ein guter Mann, er spielt nicht und hängt sein Geld nicht an andere Frauen, und ein Schilling für die Kirche und einer für Krankheitsfälle. So bleiben siebzehn Schillinge fürs Essen für sechs, und wir sind immer hungrig. Ja, ich habe wohl ein Zimmer, aber ich möchte es nicht vermieten. Was würdet Ihr denn zahlen?

– Ich könnte drei Schillinge die Woche für das Zimmer zahlen.

– Dafür würde ich es nicht vermieten.

– Drei Schillinge und fünfzig Pfennige?

Drei Schillinge und fünfzig Pfennige. Vom eigenen Heim

wird man nicht satt. Man braucht wohl ein eigenes Heim, wenn die Kinder heranwachsen, aber satt wird man nicht davon. Ja, drei Schillinge und fünfzig Pfennige, dafür könnt Ihr es haben.

Das Haus ist zwar nicht zerstört, aber es ist übervoll. Zehn Menschen in zwei Zimmern, und nur eine Eingangstür, die Leute steigen über dich hinweg, wenn du dich schlafen legst. Aber die Kinder bekommen etwas mehr zu essen, und vielleicht kann man einmal im Monat ins Kino gehen.

– Ich mag es nicht, wie diese Frau meinen Mann ansieht. Ich mag es nicht, wie dieser Bursche meine Tochter ansieht. Ich mag es nicht, wie dieser Mann mich ansieht, ich mag es nicht, wie er meine Tochter ansieht.

– Es tut mir sehr leid, aber Ihr müßt ausziehen.

– Aber wir wissen nicht, wohin.

– Es tut mir sehr leid, aber das Haus ist zu voll. Es hat nicht Raum für so viele.

Wir haben uns für ein Haus eingeschrieben. Könnt Ihr nicht warten, bis wir ein Haus haben?

– Es gibt Leute in Orlando, die warten schon fünf Jahre auf ein Haus.

– Ein Freund von mir hat nur einen Monat gewartet.

– Ja, davon hab' ich wohl gehört. Das geht mit Bestechung.

– Wir haben kein Geld für Bestechung.

– Es tut mir sehr leid, aber das Haus ist voll. Ja, dieses Haus ist voll und jenes Haus ist voll. Denn alle kommen sie nach Johannesburg, aus der Transkei und aus dem Freistaat, aus Zululand und Sekukuniland. Zulus und Swazis, Shangaans und Bavenda, Bapedi und Basuto, Xosas und Tembus, Pondos und Fingos, alle kommen sie nach Johannesburg. – Ich mag diese Frau nicht. Ich mag diesen Burschen nicht. Ich mag diesen Mann nicht. Es tut mir sehr leid, aber Ihr müßt ausziehen.

– Nur noch eine Woche, das ist alles, worum ich Euch bitte.

– Also gut, noch eine Woche.

– Habt Ihr ein Zimmer zu vermieten?

– Nein.

– Habt Ihr ein Zimmer zu vermieten?

– Es ist schon vermietet.

– Habt Ihr ein Zimmer zu vermieten?
Ja, ich habe wohl ein Zimmer, aber ich möchte es nicht vermieten. Denn ich habe mitangesehen, wie Männer ihren Frauen abspenstig gemacht wurden und Frauen ihren Männern. Ich habe mitangesehen, wie Töchter durch fremde Burschen verdorben wurden und Söhne durch fremde Mädchen. Aber mein Mann verdient nur vierunddreißig Schillinge die Woche...

Und was sollen wir anfangen, wir, die wir kein Haus haben? Auf ein Haus kann man fünf Jahre warten, und dann ist man noch nicht weiter als am Anfang.
Man sagt, allein hier in Orlando sind unser zehntausend, die in anderer Leute Häusern wohnen.
– Hast du nicht gehört, was Dubula sagt? Daß wir hier in Orlando unsere eigenen Häuser bauen sollen?
– Wo sollen wir sie bauen?
– Auf dem freien Feld neben der Bahnstrecke, sagt Dubula.
– Woraus sollen wir sie denn bauen?
– Aus allem, was wir finden können. Aus Säcken und Brettern und Gras vom Feld und Stangen aus den Pflanzungen.
– Und wenn es regnet?
– Siyáfa. Dann sterben wir.
– Nein, wenn es regnet, dann müssen sie uns Häuser bauen.
– Das ist alles ganz verrückt. Was sollen wir im Winter tun?
Sechs Jahre auf ein Haus gewartet. Und so voll die Häuser sind, sie werden immer voller, denn immer mehr Menschen kommen nach Johannesburg. Ein großer Krieg hat in Europa und Nordafrika gewütet, und nun werden keine Häuser gebaut.
– Habt Ihr noch kein Haus für mich?
– Nein, noch nicht.
– Steht mein Name ganz bestimmt auf der Liste?
– Ja, Euer Name steht auf der Liste.
– Was ist meine Nummer?
– Ich weiß nicht genau, ungefähr sechstausend.
Nummer sechstausend auf der Liste. Das heißt, daß ich nie ein Haus bekommen werde, und dort, wo ich jetzt wohne, kann ich nicht mehr lange bleiben. Wir haben uns um den Herd gestritten und wegen der Kinder, und ich kann es nicht leiden, wie der Mann mich ansieht. Da ist das freie Feld an

der Bahnstrecke, aber wenn der Regen kommt und der Winter? Wir sollen alle miteinander dorthin gehen, in zwei Wochen. Wir sollen Bretter und Säcke und Wellblech und Stangen sammeln und alle miteinander dorthin ziehen. Jeder soll einen Schilling die Woche an ein Komitee zahlen, dann werden sie den Abfall wegräumen und Abtritte einrichten, so daß es keine Seuchen gibt. Aber der Regen, aber der Winter?
– Habt Ihr noch kein Haus für mich?
– Nein, noch nicht.
– Aber ich stehe schon zwei Jahre auf der Liste.
– Auf dieser Liste seid Ihr noch ein ganz kleines Kind.
– Stimmt es denn, daß, wenn man etwas bezahlt –
Aber der Mann hört nicht mehr zu, er spricht schon mit einem anderen. Aber ein anderer Mann tritt heran, ich weiß nicht, woher so plötzlich, und er sagt etwas, was ich nicht recht verstehe.
– Es tut mir so leid, daß Ihr noch immer kein Haus bekommen könnt, Mrs. Seme. Aber hört doch, meine Frau möchte über die Arbeit im Ausschuß mit Euch sprechen, heute abend um sieben Uhr, hat sie gesagt. Ihr kennt doch unser Haus, Nummer 17825 bei der reformierten Kirche. Ich will Euch die Nummer aufschreiben. Guten Morgen, Mrs. Seme.
Und als ich ihm antworten will, ist er schon fort.
– Hau, dieser Mann hat mich ganz durcheinander gebracht. Wer ist seine Frau, ich kenne sie nicht. Und was für ein Ausschuß ist das, ich weiß gar nichts davon.
– Hau, Ihr seid aber einfältig, Frau. Er will mit Euch besprechen, wieviel Geld Ihr für ein Haus zahlen wollt.
Also, dann werde ich hingehen. Ich hoffe, er verlangt nicht zuviel, viel kann man nicht bezahlen, wenn man siebenunddreißig Schillinge die Woche verdient. Aber wir müssen ein Haus haben. Wo wir jetzt sind, da fürchte ich mich wirklich. Da ist zuviel Kommen und Gehen, wenn alle anständigen Leute schon schlafen. Zuviel junge Burschen kommen und gehen, sie scheinen nie zu schlafen, nie zu arbeiten. Zuviel Kleider und Schuhe, gute Sachen, Sachen von weißen Leuten. Eines Tages wird es etwas geben, und mein Mann und ich, wir sind noch nie in Ungelegenheiten gewesen. Wir müssen ein Haus haben.
– Fünf Pfund ist zuviel. Ich habe nicht soviel Geld.

– Fünf Pfund ist nicht zuviel für ein Haus, Mrs. Seme.
– Was, nur um meinen Namen weiter oben auf die Liste zu schreiben?
– Aber es ist gefährlich. Der weiße Verwalter sagt, er wird jeden streng bestrafen, der die Liste zu fälschen versucht.
– Ja, es tut mir sehr leid. Aber das kann ich nicht bezahlen.
Aber noch ehe ich gehen kann, kommt seine Frau mit einer anderen Frau ins Zimmer.
– Das muß ein Irrtum sein, Mann. Diese Frau kenne ich nicht. Sie gehört nicht zum Ausschuß.
– Oh, entschuldige bitte, liebe Frau. Entschuldigt, Mrs. Seme. Ich dachte, Ihr wäret im Ausschuß. Hamba kahle, geht in Frieden, Mrs. Seme. – Sala kahle.
Aber ich gehe nicht in Frieden. Und es ist mir gleich, ob sie in Frieden bleiben oder nicht. Ich bin so müde und allein. O mein lieber Mann, warum sind wir aus unserer Heimat fortgegangen? Dort gibt es auch nicht viel, aber es ist besser als hier. Es gibt nicht viel zu essen, aber alle teilen es miteinander. Wenn alle arm sind, dann ist es nicht so bitter, arm zu sein. Und es ist schön am Fluß; wenn man die Wäsche spült, läuft das Wasser über die Steine, und der Wind kühlt so schön. Heute in zwei Wochen, da sollen wir ziehen. Komm, lieber Mann, laß uns Bretter und Wellblech und Säcke und Stangen suchen. Denn wo wir jetzt sind, da möchte ich nicht bleiben.
Am Baragwanath-Krankenhaus haben die Bauleute Bretter liegen lassen. Heute nacht wollen wir sie holen. Bei der Erziehungsanstalt liegt Wellblech, sie decken die Ziegelsteine damit zu. Heute nacht wollen wir es holen. An der Haltestelle Nancefield liegen Säcke, sauber in Bündel gepackt. Heute nacht wollen wir sie holen. Bei der Crown Mine stehen Bäume. Heute nacht wollen wir in aller Stille ein paar Stangen schneiden.

In dieser Nacht sind sie in Orlando sehr geschäftig. Fast in jedem Haus brennen Lichter. Ich werde das Wellblech tragen, und du, Frau, das Kind, und du, mein Sohn, zwei Stangen, und du, Kleines, soviel Säcke wie du nur kannst, hinunter auf das freie Feld neben der Bahnstrecke. Viele Leute ziehen dorthin, und man kann sie schon graben und hämmern hören. Wie gut, daß die Nacht warm ist und daß es nicht regnet!

Vielen Dank, Mr. Dubula, dieses Stück Land ist uns schon recht. Vielen Dank, Mr. Dubula, hier ist der Schilling für das Komitee.
Und über Nacht steht Shanty Town. Welche Überraschung, als die Leute am Morgen aufwachen! Rauch steigt aus den Säcken auf, es gibt sogar schon einen oder zwei Schornsteine. Bei der Polizeistation in Kliptown lag ein schönes Ofenrohr, aber so dumm bin ich doch nicht, daß ich das genommen hätte.
Und über Nacht steht Shanty Town. Und alle Zeitungen schreiben über uns. Viele große Worte und Bilder. Sieh, da ist mein Mann, er steht neben dem Haus. Leider war ich zu spät daran. Squatters nennen sie uns. Wir sind die Squatters. Dies große Dorf aus Säcken, Brettern und Wellblech, keine Miete zu zahlen, nur der eine Schilling ans Komitee. Und über Nacht steht Shanty Town. Das Kind hustet so, seine Stirn ist brennend heiß. Ich hatte Angst davor, es vom Lager aufzunehmen, aber gerade in der Nacht mußten wir eben ziehen. Der kalte Wind bläst durch die Säcke herein. Was sollen wir nur tun, wenn es regnet, wenn es Winter wird? Ruhig, mein Kind, die Mutter ist bei dir. Ruhig, mein Kind, huste nicht mehr. Die Mutter ist bei dir. Das Kind hustet so, seine Stirn brennt wie Feuer. Ruhig, mein Kind, die Mutter ist bei dir. Draußen lachen und spaßen sie, graben und hämmern, rufen sich zu in vielen Sprachen, die ich nicht verstehe. Ruhig, mein Kind, in einem schönen Tal bist du geboren. Das Wasser singt über die Steine hin, der Wind kühlt dich. Die Kühe kommen zum Fluß hinunter und stehen unter den Bäumen. Ruhig, mein Kind – o Gott, gib ihr Ruhe. Gott, erbarme dich unser. Christus, erbarme dich unser. Weißer Mann, erbarme dich unser.

– Mr. Dubula, wo ist der Arzt?
– Morgen früh werden wir den Arzt holen. Keine Sorge, das Komitee wird ihn bezahlen.
– Aber das Kind ist am Sterben. Seht hier das Blut an.
– Es ist nicht mehr lang bis zum Morgen.
– Es ist lang, wenn das Kind stirbt, wenn das Herz so bange ist. Können wir ihn nicht jetzt holen, Mr. Dubula?
– Ich will's versuchen, Mutter. Ich gehe jetzt gleich.
– Danke vielmals, Mr. Dubula.

Draußen singen sie, sitzen ums Feuer und singen. Sie singen »Nkosi sikelel' i Afrika«, Gott, errette Afrika. Gott, errette dies Stücklein Afrika, das mein ist, das ich in Schmerzen geboren, an meiner Brust genährt, mit meinem Herzen geliebt habe, denn das ist der Frauen Weise. O lieg doch still, mein Kleines. Doktor, kommt Ihr denn nicht?
– Ich habe nach dem Arzt geschickt. Das Komitee hat ein Auto nach dem Arzt geschickt. Ein schwarzer Arzt, einer von uns.
– Danke vielmals, Mr. Dubula.
– Soll ich die draußen bitten, still zu sein, Mutter?
– Es macht nichts aus, sie weiß nichts davon.
Vielleicht wäre ein weißer Arzt besser gewesen, aber wenn nur überhaupt ein Arzt kommt. Hilft es doch vielleicht, wenn er verstummt, der Lärm im fremden Land? Ich habe solche Angst, lieber Mann. Sie brennt mir unter der Hand wie Feuer.

Wir brauchen keinen Arzt mehr. Kein weißer Arzt, kein schwarzer Arzt kann ihr mehr helfen. O Kind meines Schoßes, Frucht meines Verlangens, wie süß war es, das kleine Gesicht in den Händen zu halten, wie süß, die winzigen Finger greifen zu fühlen, wie süß, wenn der kleine Mund an der Brust sog! Denn das ist der Frauen Weise. Das ist der Frauen Los, zu tragen, zu gebären, zu behüten und zu verlieren.

Die Weißen kommen nach Shanty Town. Sie photographieren und machen Aufnahmen fürs Kino. Sie kommen und überlegen sich, was sie denn nun machen sollen, denn unser sind so viele. Was werden die armen Teufel machen, wenn es regnet? Was werden die armen Teufel im Winter tun? Männer kommen und Maschinen kommen, und dann fangen sie an, Notwohnungen für uns zu bauen. Der Dubula ist ein kluger Mann, er hat ja gesagt, daß sie das tun werden. Und kaum haben sie angefangen, für uns zu bauen, da kommen bei Nacht noch mehr schwarze Leute, aus Pimville und Alexandra und Sophiatown, und auch sie machen sich Häuser aus Säcken und Gras und Blech und Stangen. Und dann kommen die Weißen wieder, aber jetzt sind sie böse und gar nicht mehr mitleidig. Die Polizei jagt die Leute weg. Und einige, die

weggejagt werden, sind sogar aus Orlando. Sie gehen zu den Häusern zurück, die sie verlassen haben, aber manche Zimmer sind schon vergeben, und andere Leute wollen sie nicht wieder aufnehmen.
Man braucht sich nicht zu schämen, daß man in Shanty Town lebt. Die Zeitungen sind ja voll davon, und da steht mein Mann, neben dem Haus. Einer hier hat eine Zeitung aus Durban, und auch in dieser Zeitung ist mein Mann, er steht neben dem Haus. Man kann Shanty Town als Adresse angeben, einfach Shanty Town, jeder weiß, wo das ist, und dann noch die Nummer, die man vom Komitee bekommen hat.
Was machen wir aber, wenn der Regen kommt? Und der Winter? Einige sagen: Sieh die Häuser überm Hügel dort. Sie sind noch nicht fertig, aber die Dächer sind schon darauf. Eines Nachts werden wir alle dorthin ziehen und vor Regen und Winter sicher sein.

X

Während Kumalo darauf wartete, daß Msimangu mit ihm nach Shanty Town ginge, verbrachte er seine Zeit mit Gertrude und ihrem Kinde. Eigentlich aber suchte er seine Freude bei dem Kinde, dem kleinen, ernsthaften Knaben; denn als seine Schwester geboren wurde, war er schon ein junger Mann von einigen zwanzig Jahren, und sie waren nie sehr vertraut miteinander gewesen. Und schließlich war er ein Pfarrer, nüchtern und wohl auch ziemlich langweilig, und sein Haar wurde schon langsam weiß, sie aber war noch eine junge Frau. Er konnte auch nicht erwarten, daß sie mit ihm über die untergründigen Dinge sprach, die hier in Johannesburg vorgingen; denn inmitten dieser Dinge, die ihn traurig machten und verwirrten, hatte sie ihr Leben und ihren Unterhalt gefunden. Hier gab es ja so schwierige Dinge, viel zu schwierig für eine Frau, die nur ein paar Jahre in die Dorfschule gegangen war. Sie begegnete ihm respektvoll, wie es dem älteren Bruder und dem Pfarrer zukam, und sie unterhielten sich höflich miteinander; aber sie sprachen nie mehr von den Dingen, derentwegen sie weinend und jammernd zu Boden gefallen war.
Aber die gute Mrs. Lithebe war ja da, und sie und Gertrude

unterhielten sich lange auf ihre einfache Art über das, was dem Herzen einer Frau am nächsten ist, und sie arbeiteten und sangen miteinander bei den täglichen Haushaltspflichten.
Er aber suchte seine Freude bei dem kleinen, ernsthaften Knaben. Er hatte dem Kinde ein paar billige Bauklötze gekauft, und der Kleine spielte endlos und ganz versunken damit, mit einer Zielbewußtheit, die kein Erwachsener verstand, die ihn aber völlig in Anspruch nahm. Kumalo nahm wohl das Kind auf und schob seine Hand unter das Hemdchen, um den kleinen, warmen Körper zu fühlen, er kitzelte und krabbelte ihn, bis das ernsthafte Gesichtchen einem Lächeln nachgab und aus dem Lächeln ein hemmungsloses Lachen wurde. Oder er erzählte ihm wohl von dem schönen, großen Tal, wo er geboren war, sagte ihm die Namen der Flüsse und Berge, der Schule, in die er gehen sollte, und wie der Nebel um die Berggipfel von Ndotsheni hing. Davon verstand das Kind nichts; aber doch begriff es etwas, denn es lauschte fast feierlich auf die tiefen, melodischen Namen und sah den Onkel unverwandt aus großen, ernsten Augen an. Und das tat dem Onkel im tiefsten Herzen wohl, denn er hatte Heimweh in dieser großen Stadt; und etwas in ihm sättigte sich verborgen an diesem Erzählen. Manchmal hörte ihn Gertrude, kam herbei und stand schüchtern an der Tür und lauschte den Worten von der Schönheit ihrer Heimat. Das machte seine Freude noch tiefer, und manchmal fragte er sie wohl: – Weißt du noch? Und dann antwortete sie: – Ja, ich weiß es noch, und freute sich, daß er sie gefragt hatte.
Aber dann wieder, recht wenn es am schönsten war, fiel ihm sein Sohn ein. Und augenblicklich sah er dann die Berge mit den tiefen, melodischen Namen wüst und trostlos unter der unbarmherzigen Sonne stehen, die Flüsse vertrocknet, das Vieh wanderte mager und müde über die rote, wurzellose Erde. Es war das Land der alten Frauen, der Mütter mit jungen Kindern, aus jedem Haus war etwas fortgegangen. Dann wurde seine Stimme unsicher und versagte schließlich, und er saß schweigend und grübelnd da. Vielleicht deswegen oder weil er plötzlich den kleinen Zuhörer zu heftig an sich preßte, löste sich dieser aus der Verzauberung und zappelte in seiner Umarmung, um wieder auf den Fußboden hinunter zu

kommen und mit seinen Klötzchen zu spielen. Und als ob er nach etwas suche, was diesem plötzlichen, unwillkommenen Schmerz ein Ende bereiten sollte, fiel ihm dann seine Frau ein und die vielen Freunde, die er hatte, und wie die Kinder zur Schule hinuntergelaufen kamen, manchmal, als ob sie aus dem Bergnebel herausfielen. Das alles liebte er so sehr, daß der Schmerz vorüberging, und er dachte ruhig und fast friedlich an alles, was er liebte.

Wer kennt denn das Geheimnis irdischer Pilgerfahrt? Wer weiß, warum es Trost gibt in einer trostlosen Welt? Dank sei Gott, daß es einen geliebten Menschen gibt, der dem Herzen beisteht, wenn es leidet; daß man angesichts allen Jammers doch mit einem Kinde spielen kann. Dank sei Gott für die Musik im Namen eines Berges, für die Heilkraft im Namen eines Flusses. Ach, selbst eines Flusses, der nicht mehr fließt.

Wer weiß denn aber das Geheimnis irdischer Pilgerfahrt? Wer weiß, warum wir leben, uns mühen und sterben? Wer weiß, was uns am Leben und Mühen erhält, wenn doch alles um uns her auseinanderfällt? Wer weiß, warum es ein solcher Trost ist, den warmen Körper eines Kindes zu fühlen, wenn doch das eigene Kind unwiederbringlich verloren ist? Kluge Männer schreiben viele Bücher, man kann sie kaum verstehen. Dies aber, der Sinn unseres Lebens, der Zweck unserer Mühe, dies ist jenseits aller menschlichen Weisheit. O Gott, mein Gott, verlasse du mich nicht. Wenn ich auch wandere im finsteren Tal, fürchte ich kein Unglück, denn du bist bei mir …

Aber nun stand er auf. Er hörte Msimangu an der Haustür sprechen. Es war an der Zeit, wieder auf die Suche zu gehen.

– Dies also ist Shanty Town, mein Freund.

Sogar hier gibt es Kinderlachen in den engen Gassen zwischen den traurigen Behausungen. Ein Stück Wellblech, ein paar Bretter, Sackleinwand und Gras, eine alte Tür von irgendeinem vergessenen Haus. Rauch ringelt sich aus Abzugsrohren, die geschickt angebracht sind, es riecht nach Essen, man hört Stimmen, nicht laut in Schmerz oder Zorn, sondern von alltäglichen Dingen redend, daß hier eines geboren und dort eines gestorben sei, daß hier einer in der Schule gut weiterkomme und daß einer im Gefängnis sei. Trockenheit herrscht

im Lande, und die Sonne scheint warm vom wolkenlosen Himmel. Was aber werden sie tun, wenn es regnet, was werden sie tun, wenn der Winter kommt?
– Wie traurig das anzusehen ist!
– Aber sieh, dort drüben bauen sie. Das haben sie viele Jahre nicht getan. Daraus kann etwas Gutes werden. Auch das hat Dubula erreicht.
– Er scheint überall zu sein.
– Sieh, da ist eine unserer Krankenschwestern. Sieht sie nicht prächtig aus in Rot und Weiß und mit der Haube?
– Ja, sie sieht gut aus.
– Die Weißen lassen immer mehr von unseren Mädchen die Krankenpflege lernen. Seltsam, wie wir in manchem vorwärtskommen und in anderem stillstehen oder gar zurückgehen. Aber in dieser Sache helfen uns viele weiße Freunde. Erst gab es ein großes Geschrei, als beschlossen wurde, daß ein paar von unseren jungen Leuten sich an der Universität der Weißen am Witwatersrand zu Ärzten ausbilden dürften. Aber unsere Freunde waren hartnäckig, und sie werden dort studieren, bis wir eine eigene Universität haben. Guten Morgen, Schwester.
– Guten Morgen, Umfundisi.
– Arbeitet Ihr hier schon lange?
– Ja, solange es hier überhaupt etwas gibt.
– Habt Ihr vielleicht einen jungen Mann namens Absalom Kumalo kennengelernt?
– O ja, freilich. Aber er ist im Augenblick nicht hier. Ich kann Euch sagen, wo er wohnte. Er wohnte bei den Hlatshwayos, die sind noch hier. Seht Ihr die Stelle dort, wo so viel Steine sind, daß man nicht bauen kann? Seht, ein kleiner Junge steht dort.
– Ja, das sehe ich.
– Und dahinter ein Haus mit einem Rohr, aus dem der Rauch steigt?
– Ja.
– Geht diese Gasse hinunter, so werdet Ihr die Hlatshwayos im dritten oder vierten Hause finden, auf der Seite der Hand, mit der man ißt.
– Danke, Schwester, so wollen wir gehen.
Ihre Anweisungen waren so klar, daß sie das Haus leicht fanden.

– Guten Morgen, Mutter.
Die Frau war sauber und sah nett aus, und sie lachte sie freundlich an.
– Guten Morgen, Umfundisi.
– Mutter, wir suchen einen jungen Mann, Absalom Kumalo.
– Er wohnte bei mir, Umfundisi. Er tat uns leid, denn er kam nirgendwo unter. Aber leider muß ich Euch sagen, daß sie ihn geholt haben, und der Magistrat soll ihn in die Erziehungsanstalt geschickt haben.
– Die Erziehungsanstalt?
– Ja, die große Schule dort drüben, hinter dem Militärkrankenhaus. Es ist nicht weit zu gehen.
– Ich danke Euch vielmals, Mutter. Sala kahle. Komm, mein Freund.
Schweigend gingen sie weiter, denn keiner von ihnen wußte ein Wort zu sagen. Kumalo stolperte fast, obwohl die Straße gerade und eben war, und Msimangu nahm seinen Arm.
– Fasse Mut, Bruder.
Er sah seinen Freund an, aber Kumalos Augen waren gesenkt. Und wenn auch Msimangu sein Gesicht nicht sehen konnte, so sah er doch den Tropfen, der zu Boden fiel, und er faßte seinen Freund fester.
– Fasse Mut, Bruder.
– Manchmal scheint mir, ich habe kein bißchen Mut mehr.
– Ich habe von dieser Anstalt gehört. Dein Freund, der englische Priester, hält große Stücke auf sie. Er hat einmal gesagt, wenn ein Junge sich wirklich bessern will, so hilft man ihm dort. Also fasse Mut.
– Genau dies habe ich befürchtet.
– Ja, auch ich habe es befürchtet.
– Ja, ich weiß wohl, wann du anfingst, es zu befürchten. An dem Tag in Alexandra, als du mich vorausgeschickt hast und zurückgegangen bist, um noch einmal mit der Frau zu sprechen.
– Ich kann dir wohl nichts verbergen.
– Nicht etwa, weil ich so klug wäre. Aber es ist mein Sohn.
Sie ließen Shanty Town hinter sich und kamen nach Orlando und hinaus auf die geteerte Straße, die zur Landstraße nach Johannesburg führt, dorthin, wo am Eingangstor von Orlando die große Tankstelle der Weißen steht; denn die Schwarzen dürfen in Orlando keine Tankstelle haben.

– Was hat die Frau dir erzählt, Freund?
– Sie sagte, daß die jungen Leute irgendwelchen Unfug trieben. Viele Sachen, Sachen von weißen Leuten, wurden ins Haus gebracht.
– Diese Erziehungsanstalt, können sie da wirklich jemand besser machen?
– Ich weiß nicht viel davon. Manche sagen das und manche jenes. Aber dein Freund hält viel davon.
Und nach langer Zeit, als Msimangus Gedanken schon abgeschweift waren, sagte Kumalo: – Das ist meine ganze Hoffnung, daß sie dort jemanden besser machen können.
– Die meine auch, mein Bruder.
Als sie etwa eine Stunde gegangen waren, kamen sie zu der Straße, die zur Erziehungsanstalt führt. Es war Mittag, als sie ankamen, und von allen Seiten kamen Knaben und Burschen anmarschiert und verschwanden im Torweg der Anstalt.
– Wie viele hier sind, Freund!
– Ja, ich habe auch nicht gewußt, daß es so viele sind.
Einer aus ihrem Volke, ein netter Mann mit freundlichem Gesicht, kam heran und fragte sie, was sie wollten; und sie sagten ihm, sie suchten Absalom Kumalo. Also führte er sie in ein Amtszimmer, wo ein junger Weißer sie auf afrikaans nach ihrem Anliegen fragte.
– Wir suchen den Sohn meines Freundes, Herr, Absalom Kumalo, antwortete Msimangu in derselben Sprache.
– Absalom Kumalo. Ja, den kenne ich gut. Sonderbar, er sagte mir, er habe keine Verwandten.
– Dein Sohn, mein Freund, sagte ihm, er habe keine Verwandten, sagte Msimangu auf zulu.
– Er hat sich wohl geschämt, sagte Kumalo. – Es tut mir leid, sagte er auf zulu zu Msimangu, daß ich nicht Afrikaans kann. Denn er hatte gehört, daß Schwarze, die nicht afrikaans sprechen, manchmal nicht gern gesehen sind.
– Ihr könnt sprechen, was Ihr wollt, sagte der junge Mann. Euer Sohn hat sich hier gut geführt, sagte er. Er wurde einer unserer Gruppenleiter, und ich setze große Hoffnungen in seine Zukunft.
– Ihr meint, er ist nicht mehr hier?
– Nein, er ging vor etwa einem Monat. Wir machten in seinem Fall eine Ausnahme, einmal, weil er sich so gut geführt

hat, zweitens seines Alters wegen, hauptsächlich aber, weil ein Mädchen ein Kind von ihm erwartete. Sie hat ihn hier besucht, und er schien sie sehr gern zu haben und besorgt zu sein um das Kind, das zur Welt kommen sollte. Und auch das Mädchen schien ihn gern zu haben, also aus all diesen Gründen und da er feierlich versprach, für das Kind und seine Mutter zu arbeiten, baten wir den Minister, ihn zu entlassen. Natürlich gehen solche Fälle nicht immer gut aus, aber wenn zwei sich wirklich gern zu haben scheinen, dann riskieren wir's und hoffen, daß es gut ausgeht. Eins ist sicher, wenn es fehlschlägt, so hätte auch nichts anderes geholfen.
– Ist er denn jetzt verheiratet?
– Nein, Umfundisi. Aber es ist alles abgemacht. Das Mädchen hat keine Verwandten, und Euer Sohn sagte, er habe keine Verwandten, also haben ich und mein Gehilfe hier alles vorbereitet.
– Das ist sehr freundlich. Ich danke Euch ihrethalben.
– Es ist unsere Pflicht. Ihr müßt Euch nicht zuviel Gedanken über diese Sache machen, weil sie noch nicht verheiratet waren, sagte der junge Mann mit freundlichem Zureden. Die Hauptsache ist, daß er für die beiden sorgen und ein anständiges Leben führen will.
– Ja, das sehe ich ein, obwohl ich zuerst erschrocken bin.
– Das verstehe ich wohl. Nun kann ich Euch wirklich in dieser Sache behilflich sein. Wenn Ihr Euch draußen hinsetzen wollt, bis ich hier fertig bin, dann bringe ich Euch nach Pimville, wo Absalom und das Mädchen wohnen. Er wird nicht da sein, denn ich habe in der Stadt Arbeit für ihn gefunden, und sein Arbeitgeber hat Gutes über ihn berichtet. Ich habe ihn dazu veranlaßt, ein Postsparbuch zu nehmen, und er hat schon drei oder vier Pfund darauf eingezahlt.
– Ich kann Euch nicht genug danken, Herr.
– Wir tun unsere Pflicht, sagte der junge Mann. – Also wenn Ihr jetzt hinausgehen wollt, werde ich hier fertigmachen und Euch dann nach Pimville bringen.
Draußen kam wieder der Mann mit dem freundlichen Gesicht heran und sprach mit ihnen, und als er von ihrem Vorhaben hörte, lud er sie in sein Haus ein, wo einige der Jungen unter seiner und seiner Frau Aufsicht lebten, solche, die aus der großen Anstalt entlassen waren und nun hier in diesen freien Häusern wohnten. Er setzte ihnen Tee vor und etwas zu

essen, und auch er erzählte, daß Absalom Gruppenleiter geworden sei und sich in der Anstalt gut geführt habe. Dann sprachen sie über die Anstalt und über die Kinder, die in Johannesburg aufwuchsen, ohne Heim, ohne Schule, ohne Sitte, über die zerfallenen Stämme und über die Krankheit des Landes, bis ein Bote von dem jungen Mann kam und sagte, er sei nun bereit.

Nach kurzer Zeit war das Auto in Pimville, einem Dorf aus halben Wassertanks, die wie Häuser bewohnt werden; vor vielen Jahren ist es als Notbehelf errichtet worden, und bis auf diesen Tag ist es noch bewohnt. Denn es hat nie genug Häuser gegeben für alle, die nach Johannesburg kamen. Am Tor kamen sie um die Erlaubnis ein, nach Pimville hineinzugehen, denn kein Weißer darf ohne Erlaubnis hinein.

Vor einem dieser Tankhäuser hielten sie an, und der junge Mann führte sie hinein; ein junges Mädchen, fast noch ein Kind, begrüßte sie.

– Wir möchten uns nach Absalom erkundigen, sagte der junge Mann. – Dieser Umfundisi ist sein Vater.

– Er ist am Samstag nach Springs gegangen, sagte sie, und noch nicht zurückgekommen.

Der junge Mann schwieg eine Weile und runzelte die Stirn in Überraschung oder Ärger.

– Aber heute ist Dienstag, sagte er. Hast du nichts von ihm gehört?

– Nein, sagte sie.

– Wann kommt er wieder? fragte er.

– Ich weiß es nicht, sagte sie.

– Kommt er überhaupt wieder? fragte er in absichtlich gleichgültigem, nachlässigem Ton.

– Ich weiß nicht, sagte sie. Sie sagte es tonlos, hoffnungslos, wie jemand, der gewöhnt ist zu warten, verlassen zu sein. Sie sagte es wie jemand, der von den siebzig Jahren seines Erdenlebens nichts zu erwarten hat. Sie würde sich nie auflehnen, nichts fordern, nie böse sein. Sie wird nichts sein als die Mutter von Kindern, deren Väter sie gebrauchen, verlassen und vergessen. Und so zart war ihr Körper, so jung war sie, daß Kumalo trotz des eigenen Schmerzes Mitleid empfand.

– Was wirst du denn machen? fragte er.

– Ich weiß nicht, sagte sie.

– Vielleicht findest du einen anderen Mann, sagte Msimangu bitter. Und ehe Kumalo noch sprechen konnte, um die Bitterkeit beiseitezuschieben und vor ihr zu verbergen, sagte sie: – Ich weiß nicht.
Und wiederum, ehe Kumalo sprechen konnte, wandte Msimangu dem Mädchen den Rücken und sagte leise zu ihm:
– Hier kannst du nichts ausrichten, sagte er. Laß uns gehen.
– Mein Freund...
– Ich sage dir, du kannst nichts machen. Hast du noch nicht genug Sorgen? Wie sie gibt es Tausende in Johannesburg. Und wenn dein Rücken so breit wie der Himmel wäre und deine Börse voller Gold und dein Mitleid von hier bis zur Hölle reichte, du könntest nichts machen.
Sie gingen schweigend hinaus. Sie schwiegen alle, der junge Weiße vor Enttäuschung, der alte Mann vor Kummer, Msimangu noch ganz erfüllt von der Bitterkeit seiner Worte. Kumalo blieb vor dem Wagen stehen, obwohl die anderen schon darinnen saßen.
– Du kannst es wohl nicht verstehen, sagte er. – Das Kind wird mein Enkelkind sein.
– Nicht einmal das weißt du gewiß, sagte Msimangu zornig. – Und wenn es so ist, wie viele Enkel hast du außerdem noch? Sollen wir sie suchen gehen, Stunde um Stunde, Tag um Tag? Ist da ein Ende abzusehen?
Kumalo stand im Straßenstaub, als ob ihn jemand geschlagen hätte. Er sagte nichts mehr, sondern stieg in das Auto ein.
Wieder hielten sie am Eingangstor, und der junge Mann stieg aus und ging in die Amtsstube des weißen Verwalters. Als er zurückkam, war sein Gesicht grimmig und traurig.
– Ich habe die Fabrik angerufen, sagte er. – Es ist wahr. Er ist diese Woche nicht zur Arbeit gekommen.
Am Tor von Orlando vor der großen Tankstelle hielten sie wieder.
– Wollt Ihr hier aussteigen? fragte der junge Mann. Sie stiegen aus, und er wandte sich an Kumalo.
– Es tut mir sehr, sehr leid, sagte er.
– Ja, es ist hart. Als ob sein Englisch zu Ende sei, wandte er sich auf zulu an Msimangu.
– Es tut mir leid, daß dies der Lohn für alle seine Mühe ist.
– Auch ihm ist es leid, daß dies der Lohn für Eure Mühe ist, sagte Msimangu auf afrikaans.

– Ja, meine Mühe ist es wohl, aber es ist sein Sohn. Er wandte sich an Kumalo und sagte auf englisch: – Laßt uns die Hoffnung nicht ganz aufgeben. Es kommt manchmal vor, daß ein Bursche verhaftet wird oder einen Unfall hat und ins Krankenhaus kommt, und wir erfahren nichts davon. Gebt die Hoffnung nicht auf, Umfundisi. Ich werde weitersuchen.
Sie sahen ihm nach, wie er wegfuhr. – Er ist ein guter Mensch, sagte Kumalo. – Komm, laß uns gehen.
Aber Msimangu rührte sich nicht. – Ich schäme mich, mit dir zu gehen, sagte er. Sein Gesicht war verzerrt wie das eines Mannes, der ganz verzweifelt ist.
Kumalo sah ihn erstaunt an.
– Verzeih mir meine bösen Worte, sagte Msimangu.
– Meinst du wegen unserer Nachforschungen?
– Du hast sie also verstanden?
– O ja, ich habe sie wohl verstanden.
– Du verstehst so schnell.
– Ich bin alt und habe manches lernen müssen. Ich verzeihe dir.
– Manchmal denke ich, ich bin nicht würdig, ein Priester zu sein. Ich könnte dir viel erzählen . . .
– Das macht alles nichts. Du hast gesagt, du seiest schwach und selbstsüchtig, aber Gott hat seine Hand auf dich gelegt. Das scheint wahr zu sein.
– Hu, wie du mich tröstest!
– Aber ich muß dich um etwas bitten.
Msimangu sah ihm forschend ins Gesicht und sagte dann: – Ich bin einverstanden.
– Womit bist du einverstanden?
– Daß ich dich wieder zu diesem Mädchen bringe.
– Auch du bist scheint's nicht gerade dumm.
– Hu, es taugt doch nichts, wenn nur einer gescheit ist.
Aber es war ihnen eigentlich nicht nach Späßen zumute. Sie gingen miteinander auf der heißen Straße nach Orlando, und beide schwiegen, und jeder dachte wohl über vieles nach.

XI

– Ich glaube, sagte Msimangu, als sie im Zuge saßen, der sie nach Sophiatown zurückbrachte, es ist Zeit, daß du dich etwas ausruhst.
Kumalo sah ihn an. – Wie kann ich mich ausruhen? sagte er.
– Du verstehst mich schon. Ich weiß, was für Sorgen du hast, aber der junge Mann von der Anstalt wird besser nachforschen, als du und ich es können. Heute ist also Dienstag; übermorgen muß ich nach Ezenzeleni gehen, wo unsere Blinden leben, und ihnen einen Gottesdienst halten und unsere Leute besuchen. Ich werde dort übernachten und am Tage darauf zurückkommen. Ich will den Leiter der Anstalt anrufen und fragen, ob ich dich mitbringen darf. Während ich arbeite, kannst du dich ausruhen. Es ist schön dort; es ist auch eine Kapelle da, und von dort fällt der Hang steil ab ins Tal hinunter. Es wird dir wohltun, wenn du siehst, was die Weißen für unsere Blinden tun. Dann werden wir zurückfahren, gestärkt für das, was uns noch bevorsteht.
– Aber deine Arbeit, mein Freund?
– Ich habe mit meinen Vorgesetzten darüber gesprochen. Sie sind einverstanden, daß ich dir helfe, bis wir den Jungen gefunden haben.
– Wie freundlich sie sind! Also gut, dann werden wir dorthin gehen.

Es war ein friedlicher Abend im Missionshaus. Pater Vincent, der Priester mit den roten Wangen, war da, und sie sprachen über den Ort, wo Kumalo lebte und arbeitete. Und der Weiße wiederum erzählte von seiner eigenen Heimat, von den Hecken und Feldern, von Westminster Abbey und den großen Kathedralen überall im Land. Doch auch diese Freude blieb nicht ungestört, denn einer der weißen Priester kam von der Stadt heim mit dem »Evening Star« und zeigte ihnen die fettgedruckten schwarzen Buchstaben: *Mord in Parkwold. Bekannter Johannesburger Ingenieur erschossen. Mörder wahrscheinlich Schwarze.*
– Das ist ein böser Verlust für Südafrika, sagte der weiße Priester. Denn dieser Arthur Jarvis war ein mutiger junger Mann und großer Vorkämpfer für die Gerechtigkeit. Und auch für die Kirche ist es ein großer Verlust, denn er

war einer der Besten unter unseren jungen Gemeindemitgliedern.
– Jarvis? Ja, das ist furchtbar, sagte Msimangu. Er war der Vorsitzende unseres African-Boys-Klubs hier in Claremont, in der Gladiolenstraße.
– Vielleicht habt Ihr ihn gekannt, sagte Pater Vincent zu Kumalo. Es heißt hier, er sei das einzige Kind eines Mr. James Jarvis auf High Place, Carisbrooke, gewesen.
– Ich kenne den Vater, sagte Kumalo traurig. Das heißt, ich kenne ihn gut von Ansehen und Namen, aber ich habe nie mit ihm gesprochen. Seine Farm ist in den Bergen oberhalb von Ndotsheni, und manchmal kam er an unserer Kirche vorbeigeritten. Aber den Sohn habe ich nicht gekannt.
Er schwieg, und dann sagte er: – Doch, ich erinnere mich nun, es war ein kleiner, hellblonder Junge da, auch er kam manchmal an unserer Kirche vorbeigeritten. Ein kleiner, hellblonder Junge, ich weiß es noch, aber nicht mehr sehr genau.
Er schwieg wieder, denn muß man nicht schweigen, wenn jemand tot ist, der einmal ein kleiner, blonder Junge war?
– Soll ich es vorlesen? sagte Pater Vincent.
– »Heute um ein Uhr dreißig nachmittags wurde Mr. Arthur Jarvis, Plantation Road, Parkwold, in seinem Hause von einem Einbrecher erschossen, der wahrscheinlich ein Schwarzer war. Anscheinend sind Mrs. Jarvis und die beiden Kinder auf kurze Zeit verreist, und Mr. Jarvis hatte seinem Partner telephonisch mitgeteilt, daß er einer leichten Erkältung wegen zu Hause bleiben werde. Es scheint, daß ein Schwarzer, wahrscheinlich mit zwei Helfershelfern, durch die Küche ins Haus eindrang in dem Glauben, daß niemand im Hause sei. Der schwarze Bediente in der Küche wurde niedergeschlagen und verlor das Bewußtsein, und Mr. Jarvis muß den Lärm gehört haben und heruntergekommen sein, um nachzusehen. Er wurde ganz aus der Nähe im Flur erschossen, der von der Treppe zur Küche führt. Es fanden sich keine Anzeichen eines Kampfes.
Drei schwarze Burschen wurden kurz vor der Tragödie beobachtet, wie sie in der Plantation Road herumlungerten, und eine große Anzahl von Polizisten wurde sofort hingeschickt. Umfassende Nachforschungen sind im Gange, und die Pflanzungen am Parkwold Ridge werden systematisch durchsucht. Der Bediente, Richard Mpiring, liegt bewußtlos

im Krankenhaus, und man hofft, daß er der Polizei wichtige Aufschlüsse wird geben können, sobald er zum Bewußtsein kommt. Sein Zustand ist ernst.
Ein Nachbar, Mr. Clarke, hörte den Schuß, ging sofort nachsehen und entdeckte die Tragödie. Die Polizei war innerhalb weniger Minuten da. Auf dem Tisch neben dem Bett des Ermordeten fand man ein unvollendetes Manuskript mit dem Titel: ›Die Wahrheit über schwarze Verbrecher‹, und es scheint, daß er eben daran schrieb, als er aufstand und in den Tod ging. Eine Pfeife, die man auf dem Tisch fand, war noch warm.
Mr. Jarvis hinterläßt seine Witwe, einen neunjährigen Sohn und eine fünfjährige Tochter. Er war der einzige Sohn von Mr. James Jarvis auf High Place Farm, Carisbrooke, Natal, und ein Partner der Johannesburger Ingenieurfirma Davis, van der Walt & Jarvis. Der Tote war durch sein großes Interesse an sozialen Fragen und durch seine Bemühungen um die Wohlfahrt der Eingeborenen unserer Stadtgemeinde bekannt.«

Jetzt gibt es nicht mehr viel zu sagen. Schweigen liegt auf allen. Jetzt kann man nicht mehr von Hecken und Feldern reden, noch von der Schönheit irgendeines Landes. Kummer und Angst und Haß, wie sie in Herz und Seele aufsteigen, wann immer man die Seiten dieser Unglücksboten aufschlägt. O um den zerbrochenen Stamm, das tote Gesetz, die vergessene Sitte! O um den Toten, die verlassene Frau und die verwaisten Kinder! O um das teure Land, denn das ist noch nicht das Ende! Die Sonne strahlt nieder auf die Erde, auf das wunderschöne Land, dessen der Mensch nicht froh werden kann. Denn er weiß nur von der Angst in seinem Herzen.
Kumalo stand auf. – Ich will heimgehen, sagte er. Gute Nacht miteinander.
– Ich komme mit dir, Freund.
Zusammen gingen sie zu dem kleinen Haus der Mrs. Lithebe. Kumalo erhob sein leiderfülltes Gesicht zu seinem Freunde.
– Diese Sache, sagte er, diese Sache. In meinem Herzen hier ist nichts als Angst. Angst, Angst, Angst.
– Ich verstehe dich. Aber trotzdem, es ist unvernünftig, gerade vor dieser Sache solche Angst zu haben in dieser Riesenstadt, wo es soviel tausend Menschen gibt.

– Es hat mit Klugheit und Unvernunft nichts zu tun. Es ist einfach Angst.
– Übermorgen gehen wir nach Ezenzeleni. Vielleicht wirst du dort etwas Gutes finden.
– Sicherlich, sicherlich. Nur das nicht, wonach ich mich am meisten sehne.
– Komm mit mir beten.
– In mir ist kein Beten mehr. Hier innen bin ich stumm. Ich finde nicht ein einziges Wort.
– Gute Nacht, Bruder.
– Gute Nacht.
Msimangu sah ihm nach, wie er den schmalen Pfad hinaufging. Er sah sehr alt aus. Dann wandte er sich und ging zur Mission zurück. Es gibt wohl Zeiten, da es scheint, als ob Gott die Welt ganz und gar verlassen hätte.

XII

Kein Zweifel, Furcht beherrscht das Land. Denn was kann man dagegen tun, daß so viele das Gesetz mißachten? Wer kann des schönen Landes froh werden, wer kann seiner siebzig Erdenjahre froh werden und der Sonne, die sich auf die Erde ergießt, wenn im Herzen die Furcht wohnt? Wer kann sich ruhig im Schatten der Jakarandas ergehen, wenn ihre Schönheit zur Gefahr geworden ist? Wer kann friedlich auf seinem Bette liegen, wenn die Dunkelheit ein Geheimnis birgt? Wie können Liebende selig unter dem Sternenhimmel liegen, wenn sie, je einsamer, desto bedrohter sind?
Stimmen fordern, hundert, tausend Stimmen, und sagen, was getan werden muß. Aber sie sind nicht viel nütze, wenn man wirklich der Sache auf den Grund geht und nach einer Lösung sucht, denn der eine fordert dies, der andere das und ein Dritter etwas, was weder dies noch das ist.
Es ist ein schreiender Skandal, meine Damen und Herren, daß wir so wenig Polizei haben. Unser Stadtbezirk zahlt mehr Steuern als die meisten anderen Bezirke von Johannesburg, und was haben wir davon? Eine drittklassige Polizeiwache, ein Mann ist auf Patrouille und ein zweiter am Telephon. Dies ist das zweite Verbrechen dieser Art innerhalb von sechs

Monaten, und wir müssen mehr Schutz verlangen. (Beifall.)
Mr. McLaren, wollen Sie so freundlich sein, der Versammlung den Entwurf unseres Gesuches vorzulesen?

Meiner Ansicht nach wird das schwarze Verbrechen solange eine ernste Gefahr sein, bis die Eingeborenen dieses Landes einen Zweck und ein Ziel sehen, die ihrer Arbeit wert sind. Nur weil sie weder Zweck noch Ziel sehen, wenden sie sich dem Trunk, dem Verbrechen und der Prostitution zu. Was ist uns denn lieber, eine schwarze Bevölkerung, die das Gesetz achtet und fleißig und zielbewußt arbeitet, oder ein Volk von Gesetzesverächtern und faulen Taugenichtsen? Im Grunde wissen wir es nämlich selber nicht, denn wir haben vor beidem Angst. Und solange wir schwanken, werden wir teuer bezahlen für das zweifelhafte Vergnügen unserer Entschlußunfähigkeit. Mehr Polizei, mehr Schutz, – das ist nur eine Interimslösung. (Beifall.)
Sie glauben also, Mr. de Villiers, daß das Verbrechertum unter den jugendlichen Schwarzen nachlassen würde, wenn es mehr Schulen für sie gäbe?
– Ich bin dessen ganz sicher, Herr Vorsitzender.
– Können Sie uns den Prozentsatz der Kinder angeben, die überhaupt zur Schule gehen, Mr. de Villiers?
– In Johannesburg, Herr Vorsitzender, gehen nicht mehr als vier von zehn Kindern zur Schule. Aber von den vieren wird nicht einmal ein einziges die Schule abschließen. Die übrigen sechs erhalten ihre Erziehung auf der Straße.
– Darf ich eine Frage an Mr. de Villiers richten, Herr Vorsitzender?
– Selbstverständlich, Mr. Scott.
– Wer soll Ihrer Ansicht nach für diese Schulen bezahlen, Mr. de Villiers?
– Wir müssen dafür bezahlen. Wenn wir warten wollen, bis die Eltern dafür bezahlen können, wird uns das auf andere Weise weit mehr kosten.
– Glauben Sie nicht, Mr. de Villiers, daß mehr Schulen nur gerissenere Verbrecher zur Folge haben würden?
– Das ist ganz bestimmt nicht der Fall.
– Lassen Sie mich ein Beispiel geben. Bei mir arbeitete ein Schwarzer, der die Schule bis zum Abschluß besucht hatte.

Ein richtiger Herr. Selbstbinder, Hut auf einem Ohr, hochmoderne Socken. Ich habe ihn gut behandelt und gut bezahlt. Aber wissen Sie, Mr. de Villiers, was dieser Schurke...

– Man sollte das Paßgesetz strenger durchführen, Jackson.
– Aber ich sage dir doch, das Paßgesetz ist gänzlich unwirksam.
– Es würde wirken, wenn es wirklich durchgeführt würde.
– Aber man kann es nicht zwingend durchführen. Weißt du, daß wir jedes Jahr hunderttausend Schwarze ins Gefängnis stecken, wo sie mit wirklichen Verbrechern in Kontakt kommen?
– Das stimmt doch nicht ganz, Jackson. Ich weiß, daß man mit Arbeitslagern und Landarbeit und anderen Dingen experimentiert.
Vielleicht weißt du es besser. Aber das ändert nichts an meiner Behauptung, daß das Paßgesetz undurchführbar ist. Du kannst sie in Arbeitslager oder auf Farmen schicken oder wohin du in Dreiteufels Namen willst, aber du kannst mir nicht einreden, daß da alles in Ordnung ist, wenn einhunderttausend Leute verurteilt werden.
– Also was würdest du vorschlagen?
– Ja, da fragst du mich zuviel. Ich habe keine Ahnung. Ich weiß nur, daß das Paßgesetz gänzlich unwirksam ist.

– Wir sind zum Anlagensee gegangen, Beste. Aber es ist einfach unmöglich. Ich kann wirklich nicht verstehen, warum sie nicht für die Schwarzen bestimmte Tage festsetzen.
– Ich gehe einfach sonntags nicht mehr hin, Liebste. Wir gehen an irgendeinem anderen Tag mit John und Penelope. Aber ich möchte nicht ungerecht sein. Wo sollen denn die armen Teufel hin? – Warum kann man denn für sie nicht getrennte Anlagen machen?
– Als man das auf einem Stück vom Hillside-Golfplatz tun wollte, gab es einen solchen Stunk, daß man es aufgeben mußte.
– Aber, Beste, das wäre ja auch unmöglich gewesen. Der Lärm wäre unerträglich geworden.
– So lungern sie also auf den Straßen und an den Ecken herum. Und glauben Sie mir, auch da ist der Lärm unerträglich. Aber in Ihrer Gegend merkt man das ja nicht so.

– Nur kein Neid, meine Gute! Aber warum kann man nicht große Parks irgendwo anlegen und sie umsonst mit dem Bus oder mit der Straßenbahn dorthin befördern?
– Wo denn zum Beispiel?
– Sie sind aber gründlich, Beste. Warum nicht irgendwo in der Stadt?
– Und wie lange dauert es, bis sie dorthin kommen? Und wieder zurück? Wie viele Stunden haben denn Ihre Dienstboten am Sonntag frei?
– Ach, es ist viel zu heiß zum Reden. Wo haben Sie Ihren Tennisschläger – man ruft uns schon. Schau an, gegen Mrs. Harvey und Thelma. Sie müssen spielen wie ein Dämon, verstanden?

Und es gibt Leute, die verlangen, daß Südafrika sofort in getrennte Bezirke aufgeteilt wird, wo die Weißen ohne die Schwarzen und die Schwarzen ohne die Weißen leben können; wo die Schwarzen ihr eigenes Land bebauen und ihre eigenen Bergwerke haben und ihre eigenen Gesetze machen. Und andere verlangen, daß das Barackensystem abgeschafft wird, das die Männer zwingt, ohne Frauen und Kinder in der Stadt zu leben, und die Volksstämme zerstört und das Haus und den Menschen, sie verlangen, daß für die Minen- und Bergarbeiter Dörfer gebaut werden.
Auch die Kirchen erheben die Stimme. Die englischen Kirchen verlangen mehr Unterricht, bessere Chancen, Abschaffung der Gesetze, die die schwarze Arbeit und das schwarze Unternehmertum einengen. Und die afrikaans Kirchen verlangen, daß die Schwarzen sich ihren eigenen Möglichkeiten gemäß entwickeln sollen, und werfen ihren Anhängern vor, daß der Verfall des religiösen Lebens innerhalb der Familie, an dem die Dienstboten teilnehmen, an dem moralischen Verfall unter den Schwarzen schuld ist. Aber Gleichberechtigung innerhalb von Kirche oder Staat darf es natürlich nicht geben.

Ja, hundert, tausend Stimmen erheben sich. Aber was soll man denn tun, wenn der eine dies und der andere jenes fordert? Wer weiß denn, wie man den Frieden in einem Lande schafft, in dem es so ungeheuer viel mehr Schwarze als Weiße gibt? Manche behaupten, die Erde hat Raum und Nahrung

für alle, und wenn man dem einen mehr gibt, so heißt das noch nicht, daß man dem anderen weniger zu geben braucht, und wenn einer vorwärtskommt, so braucht es deshalb mit dem anderen noch nicht bergab zu gehen. Sie behaupten, schlecht bezahlte Arbeit mache ein Volk arm, und besser bezahlte Arbeit habe ausgedehntere Absatzgebiete und größere Möglichkeiten für die Industrie zur Folge. Und wieder andere behaupten, eben da liege die Gefahr, denn besser bezahlte Arbeiter werden nicht nur mehr kaufen, sondern auch mehr lesen, mehr denken, mehr fragen und nicht damit zufrieden sein, daß sie kein Stimmrecht haben und als minderwertig betrachtet werden.
Wer weiß denn, wie man ein solches Land aufbauen und gestalten muß? Wir fürchten ja nicht nur den Verlust unseres Eigentums, sondern den Verlust unserer Überlegenheit und unseres Weiß-Seins. Manche sagen, es stimme schon, das Verbrechertum sei furchtbar, aber wäre denn dies nicht noch furchtbarer? Ist es nicht besser, sich an das zu klammern, was man hat, und den Kaufpreis der Furcht dafür zu zahlen? Und wieder andere sagen, wie man denn diese Furcht auf die Dauer aushalten könne? Denn ist sie nicht die Ursache, daß man sich über all dies so schwere Gedanken macht?

Wir wissen es nicht, wir wissen es nicht. Von einem Tag auf den anderen leben wir, wir hängen noch mehr Schlösser an unsere Türen, wir schaffen uns einen schönen, scharfen Hund an, sobald des Nachbars schöne, scharfe Hündin Junge hat, und wir klemmen unsere Handtaschen fester unter den Arm; und auf die Schönheit der Bäume bei Nacht, das Verzücktsein Verliebter unter dem Sternenhimmel, darauf müssen wir eben verzichten. Wir verzichten darauf, durch mitternächtige Straßen so schön betrunken nach Hause zu gehen, und auch auf den Abendgang übers Feld im Sternenlicht verzichten wir. Wir werden immer auf der Hut sein und dies und jenes aus unserem Leben ausschalten und uns mit Sicherheit und Vorsicht umzäunen. Unser Leben wird enger und ärmer sein, aber es wird noch ein Herrenleben sein; und wenn wir schon in Furcht leben, so wird es wenigstens nicht die Furcht vor dem Unbekannten sein. Und das Gewissen wird darniedergehalten; das Licht des Lebens wird nicht ausgelöscht, aber doch unter den Scheffel gestellt, und dort wird es behütet für ein Geschlecht, das einmal wieder davon leben wird, irgendwann, noch lange nicht; und wie es dazu kommen wird und wann, darüber wollen wir lieber gar nicht nachdenken.

Heute abend ist eine Versammlung in Parkwold, und gestern war eine in Turffontein, und morgen wird in Mayfair eine sein. Die Leute werden mehr Polizei verlangen und härtere Strafen für schwarze Einbrecher und die Todesstrafe für alle Einbrecher, die eine Waffe bei sich tragen. Und manche werden fordern, daß eine neue, schwarze Polizei geschaffen wird, die wird dann den Schwarzen schon beibringen, wer Herr im Hause ist, und daß der Tätigkeit der »Kaffirboeties« und der Kommunisten ein Riegel vorgeschoben wird.
Und im Left Club findet auch eine Versammlung statt, das Thema heißt: »Politik auf lange Sicht in der Frage des schwarzen Verbrechens«, und der Klub hat weiße und schwarze Redner aufgefordert, sich dazu zu äußern. Und in der Cathedral Guild wird auch eine Versammlung gehalten, das Thema heißt: »Die eigentlichen Ursachen des schwarzen Verbrechertums«. Aber das wird eine trübselige Versammlung sein, denn der Hauptredner des Abends, Mr. Arthur Jarvis, ist eben in seinem Hause in Parkwold erschossen worden.

Weine, mein Land, um den ungeborenen Sohn, der unsere Furcht erben wird. Laß ihn die Erde nicht zu sehr lieben. Laß ihn nicht zu fröhlich lachen, wenn das Wasser ihm durch die Finger rinnt, und nicht so ganz und gar verstummen, wenn die Abendsonne das Feld mit Feuerbränden färbt. Laß es ihm nicht zu sehr ans Herz gehen, wenn die Vögel der Heimat singen, und laß ihn seine Liebe nicht an Täler und Berge hängen. Denn Furcht wird ihm alles nehmen, wenn er zuviel gibt.

– Mr. Msimangu?
– Oh, das ist ja Mrs. Ndlela aus der End Street!
– Mr. Msimangu, die Polizei ist bei mir gewesen.
– Die Polizei?
– Ja, sie fragten nach dem Sohn des alten Umfundisi. Sie suchen ihn.
– Weshalb, Mutter?

– Das haben sie nicht gesagt, Mr. Msimangu.
– Ist es schlimm, Mutter?
– Es sieht so aus, als ob es schlimm wäre.
– Und dann, Mutter?
– Ich hatte Angst, Umfundisi. Da habe ich ihnen die Adresse gegeben. Mrs. Mkize dreiundzwanzigste Avenue, Nummer 79, Alexandra. Und dann sagte einer: O ja, die Frau weiß mit solchen Sachen Bescheid.
– Ihr habt ihnen die Adresse gegeben?
Er stand in der Tür und schwieg.
– Hab' ich Unrecht getan, Umfundisi?
– Nein, Mutter.
– Ich hatte Angst.
– Es ist das Gesetz, Mutter. Wir müssen dem Gesetz gehorsam sein.
– Ich bin froh, daß Ihr mich nicht tadelt, Umfundisi.
Er dankt der einfachen Frau und sagt: – Hamba kahle. Er steht einen Augenblick bewegungslos, wendet sich dann schnell und geht in sein Zimmer. Er nimmt einen Briefumschlag aus einer Schublade und nimmt einige Scheine heraus. Er sieht sie wehmütig an und steckt sie dann entschlossen in die Tasche, und mit derselben Entschlossenheit nimmt er seinen Hut vom Nagel. Und so, fertig angezogen, schaut er unentschlossen aus dem Fenster nach dem Haus der Mrs. Lithebe hinüber und schüttelt den Kopf. Aber es ist zu spät, denn als er seine Tür öffnet, steht Kumalo vor ihm.
– Willst du ausgehen, Freund?
Msimangu schweigt. – Ich wollte ausgehen, sagt er schließlich.
– Aber du hattest gesagt, du wolltest heute zu Hause arbeiten.
Und Msimangu hätte fast erwidert: – Kann ich denn nicht tun, was ich will – aber etwas verschloß ihm den Mund. – Komm herein, sagte er.
– Ich möchte dich nicht stören, Freund.
Komm herein, sagte Msimangu und schloß die Tür. – Freund, eben hat mich Mrs. Ndlela besucht, hier in Sophiatown, die Frau aus dem Haus in der End Street, wo wir waren.
Kumalo hört den Ernst in seiner Stimme. – Gibt es etwas Neues? fragt er, aber mit Angst, nicht mit Begier.
– Nur das, sagt Msimangu, daß die Polizei bei ihr war und den

Jungen sucht. Sie hat ihnen die Adresse der Mrs. Mkize gegeben, Nummer 79 in der Dreiundzwanzigsten Avenue in Alexandra.
– Warum suchen sie den Jungen? fragt Kumalo mit leiser, bebender Stimme.
– Das wissen wir nicht. Ich wollte eben hingehen, als du kamst.
Kumalo sah ihn aus so traurigen, dankbaren Augen an, daß seine Gereiztheit hinschmolz. – Wolltest du allein gehen? fragte der alte Mann.
– Ja, ich wollte allein gehen. Aber da ich es dir nun gesagt habe, kannst du mitkommen.
– Wie willst du denn hinkommen, Freund? Es gibt keinen Bus.
– Ich wollte ein Taxi nehmen. Ich habe Geld.
– Ich habe auch Geld. Dafür darf niemand bezahlen als ich.
– Es wird aber sehr viel Geld kosten.
Kumalo knöpfte den Rock auf und holte eifrig seine Geldbörse hervor. – Hier ist mein Geld, sagte er.
– Also werden wir es nehmen. Komm, laß uns ein Taxi suchen.

– Mrs. Mkize!
Sie trat feindselig zurück.
– Ist die Polizei hiergewesen?
– Ja, es ist noch nicht lange her.
– Und was wollten sie?
– Den Jungen.
– Und was habt Ihr gesagt?
– Ich habe gesagt, daß er vor einem Jahr ausgezogen ist.
– Und wohin sind sie dann gegangen?
– Nach Shanty Town. Sie tritt einen Schritt zurück, es ist ihr etwas eingefallen.
– Zu der Adresse, die Ihr gar nicht wußtet, sagte er kalt.
Sie sieht ihn verdrossen an. – Was konnte ich machen? sagte sie. Es war schließlich die Polizei.
– Das ist ja nun auch gleich. Wie ist die Adresse?
– Die Adresse weiß ich nicht. Shanty Town habe ich gesagt.
Und der Ärger flackert in ihr auf. – Ich hab' Euch ja gesagt, daß ich die Adresse nicht weiß, sagte sie.

– Mrs. Hlatshwayo!
Die Frau mit dem freundlichen Gesicht begrüßte sie lächelnd und trat beiseite, um sie hereinzulassen in das Haus aus Sackleinwand.
– Wir möchten uns nicht aufhalten. War die Polizei hier?
– Ja, Umfundisi.
– Was wollten sie?
– Den Jungen, Umfundisi.
– Warum, Mutter?
– Ich weiß nicht, Umfundisi.
– Und wohin sind sie gegangen?
– Zur Schule, Umfundisi.
– Sagt mir doch, sagte er vertraulich, sah es böse aus?
– Ich weiß es wirklich nicht, Umfundisi.
– Sala kahle, Mrs. Hlatshwayo.
– Hamba kahle, Umfundisi.

– Guten Morgen, Freund.
– Guten Morgen, Umfundisi, sagte der schwarze Gehilfe.
– Wo ist der junge Weiße?
– Er ist zur Stadt gegangen, eben erst, gerade eben.
– War die Polizei hier?
– Ja. Eben, gerade eben sind sie wieder fort.
– Was wollten sie?
– Sie wollten Absalom Kumalo, den Sohn des alten Mannes, der dort im Taxi wartet.
– Warum?
– Ich weiß nicht. Ich hatte zu tun und ging hinaus, derweil sie mit dem Weißen hereinkamen.
– Und Ihr wißt nicht, was sie wollten?
– Ganz bestimmt nicht, Umfundisi.
Msimangu schwieg. – Sah es böse aus? fragte er schließlich.
– Ich weiß nicht. Ich kann es wirklich nicht sagen.
– War der Weiße – nun ja, war er aufgeregt?
– Ja, das war er.
– Woher wißt Ihr das?
Der Gehilfe lachte. – Ich kenne ihn, sagte er.
– Und wohin sind sie gegangen?
– Nach Pimville, Umfundisi. Wo das Mädchen wohnt.
– Jetzt eben, sagt Ihr?
– Ja, gerade eben erst.

– Also werden wir gehen. Sala kahle. Sagt dem weißen Mann, daß wir hier waren.
– Hamba kahle, Umfundisi. Ich werde es ihm ausrichten.

– Mein Kind.
– Umfundisi.
– Ist die Polizei hiergewesen?
– Ja, gerade eben, jetzt eben.
– Was wollten sie?
– Sie wollten Absalom, Umfundisi.
– Und was hast du ihnen gesagt?
– Ich habe gesagt, daß ich ihn seit Samstag nicht gesehen habe.
– Und was wollten sie von ihm? schrie Kumalo in seiner Qual.
Sie fuhr erschreckt zurück. – Ich weiß nicht, sagte sie.
– Und warum hast du nicht gefragt? schrie er.
Tränen traten in ihre Augen. – Ich hatte Angst, sagte sie.
– Hat denn niemand gefragt?
– Die anderen Frauen waren in der Nähe. Vielleicht hat eine gefragt.
– Was für Frauen? sagte Msimangu. Zeig uns die Frauen.
Also zeigte sie ihnen die Frauen, aber die wußten auch nichts.
– Sie wollten es uns nicht sagen, sagte eine Frau.
Msimangu sprach vertraulich zu ihr. – Sah es böse aus? fragte er.
– Es sah schon böse aus, Umfundisi. Was ist denn passiert? fragte sie.
– Wir wissen es nicht.
– Überall in der Welt passiert halt etwas, sagte sie. Er ging zum Taxi zurück, und Kumalo folgte ihm. Und das Mädchen lief ihnen nach, wie eben ein schwangeres Mädchen läuft.
– Sie haben gesagt, ich muß es melden, wenn er kommt.
Ihre Augen waren voll Angst. – Was soll ich denn tun? sagte sie.
– Das mußt du schon tun, sagte Msimangu. Und uns wirst du es auch mitteilen. Also, du mußt zur Amtsstube des Verwalters gehen und ihn bitten, daß er das Missionshaus in Sophiatown anruft. Ich schreibe dir hier die Nummer auf. 49-3041.

– Ich verspreche es, Umfundisi.
– Sag doch, haben die Polizisten gesagt, wohin sie nun gehen?
– Nein, Umfundisi. Aber ich hörte sie sagen: die spoor loop dood, – die Spur verläuft sich.
– Sala kahle, Kind.
– Hamba kahle, Umfundisi.
Sie wandte sich, um dem anderen Lebewohl zu sagen, aber er war schon im Taxi, tief über seinen Stock gebeugt.
– Was sind wir dir nun schuldig, Freund? fragt Msimangu.
– Zwei Pfund und zehn Schillinge, Umfundisi.
Kumalo tastet mit zitternden Händen nach seiner Börse.
– Ich möchte so gern dazu beitragen, sagt Msimangu. Es wäre mir eine Freude.
– Du bist sehr freundlich, sagt Kumalo zitternd, aber dies muß ich allein bezahlen. Und er zieht die Scheine aus dem dahinschwindenden Vorrat hervor.
– Du zitterst, Freund.
– Mir ist kalt, furchtbar kalt.
Msimangu schaut zum wolkenlosen Himmel hinauf, von dem die afrikanische Sonne sich auf die Erde ergießt. – Komm zu mir nach Hause, sagt er. Wir wollen Feuer machen, daß du wieder warm wirst.

XIII

Das war eine schweigsame Reise nach Ezenzeleni, und wenn auch Msimangu versuchte, auf dem Wege von der Bahn zum Blindenheim sich mit seinem Freunde zu unterhalten, so hatte doch der alte Mann wenig Lust zu sprechen, und nahm wenig Anteil an seiner Umgebung.
– Was willst du nun tun, solange ich hier bin? fragte Msimangu.
– Ich möchte irgendwo still sitzen, und wenn du fertig bist, zeigst du mir vielleicht dieses Ezenzeleni.
– Wie du willst.
– Bitte, sei nicht enttäuscht von mir.
– Ich verstehe dich ganz und gar. Darüber brauchen wir nicht zu sprechen.
Also stellte er Kumalo dem weißen Leiter der Anstalt vor, der

ihn Mr. Kumalo anredete, was an sich nicht üblich ist. Und Msimangu hatte wohl vertraulich mit dem Leiter gesprochen, denn sie belästigten ihn nicht mit Aufforderungen, sich ihnen anzuschließen; statt dessen führte ihn der Leiter zu der Stelle, wo der Berg steil abfiel, und sagte, sie würden ihn zur Essenszeit rufen.

Dort saß er ein paar Stunden in der Sonne, und ob es ihre Wärme war oder der Anblick der weiten Ebene, die sich unter ihm zu den fernen, blauen Bergen hindehnte, oder nur das, daß die Zeit verging oder daß Kräfte von oben der verzweifelnden Seele beistehen, – das wußte er nicht. Aber sein Geist kräftigte sich, die Angst wich ein wenig von ihm. Ja, was Msimangu gesagt hatte, das war schon richtig. Warum sollte man gerade das fürchten in dieser Riesenstadt, wo es Tausende und Tausende von Menschen gab? Sein Sohn hatte sich in der großen Stadt verloren, wie so mancher vor ihm sich verloren hatte und so mancher nach ihm sich verlieren würde, so lange, bis das große Geheimnis entdeckt werden würde, das noch niemand wußte. Aber daß er einen Menschen, einen Weißen getötet haben sollte! Er konnte sich an nichts, aber auch an gar nichts erinnern, was dies als möglich erscheinen ließ.

Seine Gedanken richteten sich auf das Mädchen und auf das Kind, das sein Enkelkind sein würde. Ein Jammer, daß er, ein Priester, so zu einem Enkelkinde kam. Aber das konnte wieder gutgemacht werden. Wenn sie heirateten, dann konnte er wieder aufbauen, was zerbrochen worden war. Vielleicht würden sein Sohn und dieses Mädchen mit ihm nach Ndotsheni zurückkehren, und er und seine Frau konnten vielleicht diesem Kinde geben, was sie dem eigenen nicht hatten geben können. Und doch – was hatten sie nicht gegeben? Was hatten sie getan oder unterlassen, daß ihr Sohn ein Dieb geworden war und wie ein Vagabund von einem Ort zum anderen zog und mit einem Mädchen lebte, das selbst noch ein Kind war, und der Vater eines Kindes war, das keinen Namen haben würde? Aber, tröstete er sich, so war es eben in Johannesburg. Und doch wieder, und die Angst befiel ihn schrecklicher als zuvor, sein Sohn hatte das Mädchen und sein ungeborenes Kind verlassen, den Arbeitsplatz verlassen, den ihm der junge Weiße verschafft hatte, und lebte wieder wie ein Vagabund. Und wie lebten denn Vagabunden? Lebten sie

nicht ohne Gesetz und Sitte, ohne Glauben und Sinn, konnten sie dann nicht auch die Hand erheben gegen einen anderen, irgendeinen anderen, der zwischen ihnen und dem jämmerlichen Gewinn stand, auf den sie aus waren?
Was zerbrach denn in einem Menschen, wenn er es über sich brachte, einen anderen zu töten? Was zerbrach, wenn er es über sich gewann, das Messer in den warmen Körper zu stoßen, die Axt auf das lebendige Haupt zu schmettern, es zu spalten zwischen den Augen, die ihn doch ansahen, den Schuß zu feuern, der ins schlagende Herz den Tod hineintrieb?
Schaudernd wandte er sich ab von dem Gedanken über das Entsetzliche. Und doch hatte ihn das Nachdenken beruhigt. Denn nichts während all jener Jahre in Ndotsheni, nichts in den Knabenjahren seines Sohnes deutete darauf hin, daß er einer so furchtbaren Tat fähig sei. Doch, Msimangu hatte recht. Es war die Ungewißheit, das Nichtwissen, das ihn dies eine fürchten ließ in der Riesenstadt, wo es Tausende und Tausende von Menschen gab.
Erleichtert wandte er sich den Gedanken an den Wiederaufbau zu, an das Heim, das sie schaffen würden, er und seine Frau, an ihrem Lebensabend: für Gertrude und ihren Sohn, für seinen Sohn und das Mädchen und das Kind. Nachdem er Johannesburg kennengelernt hatte, würde er mit tieferem Verständnis nach Ndotsheni zurückkehren. Ja, und auch mit größerer Demut. Denn war nicht seine Schwester eine Hure und sein Sohn ein Dieb geworden? Und hätte er nicht der Großvater eines namenlosen Kindes werden können? Daran dachte er ohne Bitterkeit, wenn auch mit Schmerz. Nun konnte er zurückgehen und wußte besser Bescheid über alle die Dinge, die er bekämpfte, und wußte auch besser, was es aufzubauen galt. Er würde zurückkehren mit einem neuen, lebhafteren Interesse an der Schule, denn sie war der Ort, wo die Kinder nicht nur lesen und schreiben und rechnen lernen sollten, sondern wo sie für das Leben vorbereitet werden mußten, das sie erwartete, wo immer sie auch hingingen. Ach, und daß doch sein Volk lernen möchte, daß es Schulen gäbe überall im Land, daß dort etwas in ihnen aufgebaut werden möchte, was das Gesetz und die Sitte des Stammes ersetzen könnte! Einen Augenblick lang war er wie verzückt, wie es dem Menschen oftmals ergeht, wenn er inmitten von Asche

und Zerstörung sitzt. Ja, – es war also wahr. Er hatte es sich selber eingestanden. Der Stamm war zerbrochen, und dafür gab es keine Heilung. Er beugte den Kopf. Das war, als ob einer, der eben noch in den Lüften flog, fühlte, wie die Wunderflügel von ihm abfielen, so daß er mit Angst und Schrecken zur Erde hinuntersah. Der Stamm war zerbrochen, und dafür gab es keine Heilung. Der Stamm, der ihn hervorgebracht hatte, seinen Vater und seines Vaters Vater, war zerbrochen. Denn die Männer waren fort, die jungen Männer und Mädchen waren fort, und der Mais wuchs kaum noch mannshoch.
– Jetzt gibt es Essen, mein Bruder.
– Schon?
– Du hast lange hier gesessen.
– Ich habe es nicht gemerkt.
– Und was hast du herausgefunden?
– Nichts.
– Nichts?
– Nein, nichts. Nur immer mehr Angst und Schmerz. Es ist nichts mehr in der Welt als Angst und Schmerz.
– Bruder –
– Ja?
– Ich wage kaum, zu dir zu sprechen.
– Du hast ein Recht darauf, zu mir zu sprechen. Mehr Recht als irgendeiner.
– Dann sage ich: – es ist an der Zeit umzukehren. Dies ist Wahnsinn, das ist schlimm genug. Aber es ist auch Sünde, und das ist schlimmer. Ich spreche als Priester zu dir.
Kumalo neigte das Haupt. – Ihr habt recht, Vater, sagte er. Ich darf nicht länger hier sitzen.

Ein wunderbarer Ort war dies Ezenzeleni. Denn den Blinden, die mühevoll ihre Zeit ablebten in einer Welt, die sie nicht sehen konnten, wurden hier Augen gegeben. Hier verfertigten sie Dinge, die er mit seinen Augen niemals hätte machen können. Kräftige, starke Körbe aus buntgefärbten Weidenruten, und die Ruten verflochten sich wie durch Zauber ineinander, so daß er es nicht verstehen konnte, und brachten Muster zuwege, die roten mit den roten, die blauen mit den blauen unter den sehend blinden Händen. Er sprach mit den Leuten, und die blinden Augen leuchteten auf, das

konnte nur das Feuer der Seele sein. Weiße taten dieses Werk der Barmherzigkeit, einige davon sprachen englisch und einige afrikaans. Ja, die englisch sprachen und die afrikaans sprachen, taten sich zusammen, um die Augen der blinden Schwarzen zu öffnen.
Sein Freund Msimangu würde am Nachmittag in der Kapelle predigen, die er gesehen hatte. Aber da hier nicht alle derselben Kirche angehörten, gab es keinen Altar mit einem Kreuz, sondern das Kreuz war in der Wand, zwei Mauerspalten, die nicht mit Ziegeln ausgefüllt waren. Und Msimangu würde nicht im Ornat sein wie in Sophiatown; das würde er nur am Morgen anlegen, wenn er seiner eigenen Gemeinde den Gottesdienst hielt.

Msimangu schlug die Bibel auf und las zuerst daraus vor. Und Kumalo hatte nicht gewußt, daß sein Freund eine solche Stimme hatte. Denn die Stimme war aus Gold, und es war eine große Liebe in der Stimme für die Worte, die sie las. Die Stimme schwankte und zitterte nicht, wie die Stimme eines alten Mannes schwankt und zittert, auch nicht, wie ein Blatt schwankt und zittert, sondern wie eine tiefe Glocke, wenn man sie läutet. Denn es war nicht nur eine Stimme aus Gold, sondern die Stimme eines Mannes mit einem goldenen Herzen, der aus einem Buch voll goldener Worte vorlas. Und die Leute waren ganz still, und Kumalo war ganz still, denn wann findet man je diese drei Dinge beieinander?

> Ich, der Herr, habe dich gerufen in Gerechtigkeit und habe dich bei deiner Hand gefasset und habe dich behütet und habe dich zum Bund unter das Volk gegeben, zum Licht der Heiden, daß du sollst öffnen die Augen der Blinden und die Gefangenen aus dem Gefängnis führen, und, die da sitzen in Finsternis, aus dem Kerker.

Und die Stimme erhob sich, die Sprache der Zulus erhob und verwandelte sich, der Mensch selber wurde erhoben wie einer, dem etwas begegnet, das größer ist als wir alle. Und die Leute waren ganz still, denn waren sie nicht die Leute mit den blinden Augen? Und Kumalo war ganz still, er wußte, für welchen Blinden Msimangu diese Worte las: –

> Aber die Blinden will ich auf dem Wege leiten, den sie nicht wissen; ich will sie führen auf den Steigen, die sie nicht kennen; ich will die Finsternis vor ihnen her zum Licht

machen und das Höckrichte zur Ebene. Solches will ich ihnen tun und sie nicht verlassen.

Ja, er spricht zu mir, das ist ganz klar. Er sagt, wir sind nicht verlassen. Denn da ich noch grüble, warum wir leben und uns mühen und sterben, und grüble, was uns denn am Leben und Mühen erhält, werden Männer ausgesandt, den Blinden zu dienen, weiße Männer werden ausgesandt, den schwarzen Blinden zu dienen. Wer gibt mir denn jetzt, in dieser Stunde, einen Freund, der meine Dunkelheit licht macht? Wer, in dieser Stunde gibt dem Freunde, der noch so jung ist, Weisheit genug, mich Alten zu trösten? Wer gibt mir Mitleid ins Herz für das Mädchen, das mein Sohn verlassen hat?

Ja, er spricht zu mir, mit so stillen und einfachen Worten. Wir sind dankbar, sagt er, daß es Heilige gibt, die dem Herzen in Tagen der Trauer beistehen. Sollten wir denn weniger tun? Denn wenn wir weniger tun, so gibt es keine Heiligen, die dem Herzen beistehen. Wenn Christus er selber ist, sagt er, wahrlich der Herr des Himmels, wahrlich der Herr der Menschen, was gibt es dann, was wir nicht tun können, wie groß auch unser Leid ist?

Ich höre dich, Bruder, kein Wort geht mir verloren. Er kommt zu Ende, ich höre es an seiner Stimme. Man kann hören, daß es ausgesagt ist, gerundet, abgeschlossen, vollkommen. Er schlägt das Buch wieder auf und liest mir vor: –

Weißt du nicht? Hast du nicht gehört? Der Herr, der ewige Gott, der die Enden der Welt geschaffen hat, wird nicht müde noch matt.

Und wieder erhebt sich die Stimme, und die Sprache der Zulus wird erhoben und verwandelt, und der Mensch selbst wird erhoben: –

Die Knaben werden müde und matt, und die Jünglinge fallen; aber die auf den Herrn harren, kriegen neue Kraft, daß sie auffahren mit Flügeln wie Adler, daß sie laufen und nicht matt werden, daß sie wandeln und nicht müde werden.

Da seufzen die Leute auf, und Kumalo seufzt auf, als ob dies ein ganz großes Wort ist, das da gesprochen wurde. Und Msimangu ist ja auch ein wohlbekannter Prediger. Das kommt der Regierung zustatten, sagen sie in Johannesburg, daß Msimangu von einer Welt predigt, die nicht mit Menschenhänden gemacht ist; denn er rührt den Leuten ans Herz und führt sie auf den Weg zum Himmel statt nach Pretoria.

Und es gibt auch Weiße, die staunend sagen, was das für Worte sind, die der Sohn eines Barbarenvolkes findet, das unlängst noch zu Zehntausenden unter dem schrecklichsten aller Häuptlinge mordete und plünderte.

Dennoch verachten ihn manche, denn seine goldene Stimme, die ein ganzes Volk aufstören könnte, spricht immer nur so. Denn dieser Ort des Leides, aus dem die Menschen entrinnen könnten, wenn eine solche Stimme sie zusammenschmiedete, der ist für ihn keine bleibende Statt. Sie sagen, er predigt von einer Welt, die nicht von Menschenhänden erbaut ist, derweil um ihn her auf den Straßen die Menschen leiden und sich abmühen und sterben. Sie sagen, was das für eine Torheit sei, die diesen Mann ergriffen habe und so viele andere, die die Hungrigen geduldig macht, die Leidenden zur Ruhe bringt und die Sterbenden zum Frieden. Und was für Toren die seien, die ihm zuhören, schweigend und hingerissen, die aufseufzen, wenn er zu Ende ist, und ihre leeren Mägen mit seinen leeren Worten füllen.

Kumalo tritt zu ihnen heran.

– Bruder, mir ist wieder wohl.

Msimangus Gesicht leuchtet auf, aber er spricht demütig, kein Stolz ist in ihm und auch keine falsche Scham.

– So sehr ich nur konnte, sagt er, habe ich versucht, an dich heranzukommen, aber ich konnte es nicht. So sage nun Dank und gib dich zufrieden.

XIV

An dem Tage, an dem sie von Ezenzeleni zurückkamen, nahm Kumalo sein Mittagsmahl im Missionshaus und kehrte dann zum Hause der Mrs. Lithebe zurück, um mit Gertrudes kleinem Sohn zu spielen. Dort war ein großes Feilschen im Gange, denn Mrs. Lithebe hatte einen Käufer für Gertrudes Tisch und Stühle und Töpfe und Pfannen gefunden. Alles zusammen wurde für drei Pfund verkauft, und das war kein schlechter Erlös für einen Tisch mit Schrammen und Flecken, – woher die Flecken kamen, danach fragte er lieber nicht. Auch die Stühle waren nicht sehr fest, man mußte sich schon mit Vorsicht darauf setzen. Hauptsächlich galt wohl der Preis den Töpfen und Pfannen aus sogenanntem Aluminium. Für

gewöhnlich kaufen Schwarze nicht solche Töpfe, aber seine Schwester sagte, sie habe sie von einem Freunde geschenkt bekommen, und auch in diesem Zusammenhang stellte er lieber keine weiteren Fragen.
Mit dem Geld wollte sie Schuhe kaufen und einen Mantel, denn jetzt kam die Zeit, wo es oft und heftig regnete; und damit war er einverstanden, denn ihr alter Mantel und die alten Schuhe standen schlecht zu dem roten Kleid und dem weißen Turban, die er ihr gekauft hatte.
Als das letzte Stück verladen und der Preis bezahlt und der Lastwagen abgefahren war, wollte er gehen und mit dem Kleinen spielen, aber da sah er, und Furcht überfiel ihn wie ein körperlicher Schmerz, daß Msimangu und der junge Weiße die Straße herauf- und auf das Haus zukamen. Aus der Gewohnheit heraus, die das Ergebnis langer Erfahrung ist, zwang er sich, ihnen bis zum Gartentor entgegenzugehen, und voller Angst sah er, wie ernst ihre Gesichter waren, und hörte, wie leise sie sprachen.
– Guten Tag, Umfundisi. Können wir hier irgendwo ungestört miteinander reden? fragte der junge Mann.
– Kommt in mein Zimmer, sagte er, und seine Stimme versagte fast.
– Ich habe gehört, was Ihr befürchtet, sagte der junge Mann.
– Es ist wahr.
Und Kumalo stand gebückt und konnte ihnen nicht ins Gesicht sehen. Er setzte sich in seinen Stuhl und sah zu Boden.
Was soll man denn nun sagen? Soll man ihm vielleicht den Arm um die Schulter legen oder seine Hand berühren? Als ob sie es auch nicht recht wüßten, sprachen Msimangu und der junge Mann leise miteinander, wie man in einem Zimmer spricht, wo ein Toter liegt.
Der junge Mann zuckte die Achseln. – Das wird der Anstalt sehr schaden, sagte er lauter, es klang sogar gleichgültig.
Und Kumalo nickte, nicht ein- oder zweimal, sondern drei- und viermal, als wollte er sagen: – Ja, das wird der Anstalt sehr schaden.
– Ja, sagte der junge Mann, es wird uns schaden. Man wird sagen, wir haben ihn zu früh herausgelassen. Natürlich, sagte er, muß man auch bedenken, daß die anderen beiden nicht aus der Anstalt kamen. Aber er, er hat geschossen.

– Mein Freund, sagte Msimangu, und er gab sich Mühe, daß seine Stimme ganz alltäglich klingen sollte, einer der beiden anderen ist deines Bruders Sohn.
Da nickte Kumalo wieder, ein-, zwei-, drei-, viermal, und als er damit fertig war, fing er wieder von vorne an, als ob er sagen wollte: – Einer von den beiden anderen ist meines Bruders Sohn.
Dann stand er auf und sah sich im Zimmer um, und sie sahen ihm zu. Er nahm seinen Rock vom Haken und zog ihn an, setzte den Hut auf und nahm den Stock in die Hand. Und als er sich so fertiggemacht hatte, wandte er sich zu ihnen und nickte wieder. Aber diesmal wußten sie nicht, was er damit sagen wollte.
– Willst du ausgehen, Freund?
– Wollt Ihr zum Gefängnis gehen, Umfundisi? Ich habe Euch dort angemeldet.
Und Kumalo nickte. Er wandte sich und sah sich im Zimmer um und stellte fest, daß er Rock und Hut schon angezogen hatte, und sah auf den Stock in seiner Hand.
– Zuerst zu meinem Bruder, sagte er, wenn du mir nur den Weg zeigen willst.
– Ich will dir den Weg zeigen, mein Freund.
– Und ich werde im Missionshaus warten, sagte der junge Mann.
Als Msimangu die Tür öffnen wollte, hielt Kumalo ihn auf. – Ich werde langsam die Straße hinaufgehen, sagte er, du mußt es den anderen sagen – und er wies mit der Hand.
– Ich will es ihnen sagen, Freund.
Also sagte er es, und danach schloß er die Haustür über dem Klagen der Frauen, denn das ist ihre Art. Langsam folgte er der gebeugten Gestalt des Freundes die Straße hinauf und sah, wie er im Gehen vor sich hin nickte, wie die Leute sich nach ihm umwandten. Würde er nun sehr schnell alt werden? Würde dies schreckliche Nicken Tag für Tag anhalten, und würden die Leute laut in seiner Gegenwart sagen: – Laßt nur, er ist eben alt und vergißt alles? Und würde er dann nicken, als ob er sagen wollte: – Ja, laßt mich nur, ich bin eben alt und vergesse alles? Und würde denn irgend jemand wissen, daß er sagen wollte: – Ich kann nicht vergessen?
Msimangu holte ihn ein, wo die Straße bergan ging, und nahm seinen Arm. Es war, als ob er mit einem Kinde ginge oder mit

einem Kranken. So kamen sie zum Laden. Beim Laden wandte sich Kumalo um, er schloß die Augen und seine Lippen bewegten sich.
– Komm nicht mit, sagte er. Dies muß ich allein tun. Und dann ging er in den Laden.
Ja, da war die Stimme des Stiers, laut und zuversichtlich. Da saß sein Bruder John auf einem Stuhl und sprach mit zwei anderen Männern, er saß da wie ein Häuptling. Er erkannte seinen Bruder nicht, denn das Licht von der Straße stand hinter ihm.
– Guten Tag, Bruder.
– Guten Tag, mein Herr.
– Guten Tag, Bruder, Sohn unserer Mutter.
– Oh, du bist es, mein Bruder. Das freut mich, dich zu sehen. Willst du dich zu uns setzen?
Kumalo sah die Besucher an. – Es tut mir leid, sagte er, aber ich komme wieder in einer sehr dringenden Angelegenheit.
– Dann werden meine Freunde uns wohl entschuldigen. Verzeiht, Freunde!
So sagten sie alle: – Sala kahle und hamba kahle, und die beiden Männer gingen hinaus.
– Ja, wirklich, das ist nett, daß du kommst, Bruder. Wie steht es um deine Sache? Hast du den verlorenen Sohn gefunden? Siehst du, ich habe noch nicht ganz vergessen, was ich als Kind gelernt habe.
Und dabei lachte er das große Stierlachen. – Aber jetzt wollen wir Tee trinken, sagte er, ging zur Tür und rief in die Hinterstube hinaus.
– Immer noch dieselbe Frau, sagte er, auch ich habe einen Begriff von – wie nennt man es auf englisch? Und wieder lachte er sein mächtiges Lachen, denn er spaßte ja nur mit seinem Bruder. Treue, das war das Wort. – Ein gutes Wort, das werde ich nicht so leicht vergessen. Ein gescheiter Mann, unser Mr. Msimangu. Aber der verlorene Sohn – hast du ihn gefunden?
– Ich habe ihn gefunden, Bruder. Aber nicht wie in der Geschichte, die wir als Kinder gelernt haben. Er ist im Gefängnis, er wurde verhaftet, weil er einen Weißen ermordet hat.
– Mord? Nun ist es kein Spaß mehr. Mit Mord spaßt man nicht. Zumal, wenn es sich um einen Weißen handelt.
– Ja, Mord. Er hat eingebrochen, ein Haus in der Gegend, die

Parkwold genannt wird, und hat den Weißen umgebracht, der ihm in den Weg trat.
– Was? Nun fällt es mir ein! Erst gestern oder vorgestern? Am Dienstag?
– Ja.
– Ja, ich erinnere mich.
Ja, er erinnert sich. Auch daran, daß sein eigener Sohn und seines Bruders Sohn Freunde sind. An seinem Stiernacken stehen die Adern hervor, und auf seiner Stirn steht der Schweiß. Und kein Zweifel, Furcht ist in seinen Augen. Er wischt sich die Stirn mit seinem Tuch. Er könnte viele Fragen stellen, ehe er auf die Sache selber kommt. Aber er sagt nur:
– Ja, tatsächlich, ich erinnere mich. Sein Bruder ist voller Mitleid. Er wird versuchen, es ihm schonend zu sagen.
– Bruder, es tut mir so leid.
Was sagt man nun? Sagt man: – Natürlich tut es dir leid? Sagt man: – Natürlich, es ist ja dein Sohn? Wie kann man das sagen, wenn man doch weiß, was es heißt? Also schweigt man lieber, aber man fühlt doch den Blick. Und man weiß, was er bedeutet.
– Willst du sagen – fragte er.
– Ja: Er war auch dabei.
John Kumalo flüstert: – Tixo, Tixo. Und wieder: – Tixo, Tixo. Kumalo tritt zu ihm und legt ihm die Hand auf die Schulter.
– Nun könnte ich vieles sagen, sagt er.
– Nun könntest du vieles sagen.
– Aber ich sage es nicht. Ich sage nur: ich weiß, wie dir zumute ist.
– O ja, wer könnte es wohl besser wissen?
– Ja, das könnte ich zum Beispiel wohl sagen. Im Missionshaus ist ein junger Mann, er wartet auf mich und will mich jetzt mitnehmen zum Gefängnis. Vielleicht würde er dich auch mitnehmen.
– Laß mich meinen Rock und Hut holen, Bruder.
Auf den Tee warten sie nicht, sie machen sich auf den Weg zum Missionshaus. Msimangu, der ängstlich auf sie gewartet hat, sieht sie kommen. Der alte Mann geht nun sicherer, der andere scheint gebeugt und gebrochen.
Pater Vincent, der rotwangige Priester aus England, nimmt Kumalos Hand in seine beiden.

– Alles, sagt er, alles. Sagt es mir nur. Ich will gerne alles tun, was ich nur tun kann.
Sie gehen durch das große Tor in der schrecklichen, hohen Mauer. Der junge Mann spricht ihrethalben vor, und es geht alles ganz glatt. John Kumalo wird in ein Zimmer geführt, und der junge Mann geht mit Stephen Kumalo in ein anderes. Und da wird der Sohn zu ihnen hereingeführt.
Sie geben sich die Hand, ja, der alte Mann nimmt seines Sohnes Hand in seine beiden Hände, und seine heißen Tränen fallen darauf nieder. Unglückselig steht der Junge da, in seinen Augen ist keine Freude. Er wendet den Kopf hin und her, als ob der lose Kragen ihm zu eng sei.
– Mein Kind, mein Kind.
– Ja, mein Vater.
– Endlich habe ich dich gefunden.
– Ja, mein Vater.
– Und nun ist es zu spät.
Darauf antwortet der Junge nicht. Als ob er aus seinem Schweigen Hoffnung schöpfe, drängt ihn der Vater. – Ist es denn nicht zu spät? fragt er. Aber die Antwort bleibt aus. Und hartnäckig, fast eifrig fragt er: – Ist es denn nicht zu spät? Der Junge wendet den Kopf hin und her, seine Augen begegnen denen des jungen Mannes und wenden sich schleunigst ab. – Vater, es ist so, wie mein Vater sagt, antwortet er.
– Ich habe überall nach dir gesucht.
Auch darauf keine Antwort. Der alte Mann öffnet die Hände, und die Hand seines Sohnes entgleitet ihnen, als ob sie ohne Leben sei. Eine Schranke ist da, eine Wand, etwas, was sie voneinander trennt.
– Warum hast du nur dies Furchtbare getan, mein Kind?
Der junge Weiße regt sich und horcht auf; der weiße Gefängnisaufseher aber rührt sich nicht, vielleicht versteht er ihre Sprache nicht. Dem Burschen werden die Augen feucht, er wendet den Kopf hin und her und antwortet nicht.
– Antworte mir, mein Kind.
– Ich weiß es nicht, sagt er.
– Warum hattest du einen Revolver bei dir?
Nun rührt sich auch der weiße Aufseher, denn dieses Wort ist dasselbe auf zulu wie auf englisch und afrikaans. Auch der Junge wird lebendiger.

– Zum Schutze, sagt er. Dies Johannesburg ist gefährlich. Man weiß nie, ob man nicht überfallen wird.
– Warum aber ihn in dieses Haus mitnehmen?
Und darauf gibt es wieder keine Antwort.
– Haben sie ihn gefunden, mein Kind?
– Ja, Vater.
– Und sie sind ganz sicher, daß es deiner ist?
– Ich habe es ihnen gesagt, Vater.
– Was hast du ihnen gesagt?
– Ich habe gesagt, daß ich Angst hatte, als der weiße Mann kam. So schoß ich auf ihn. Ich wollte ihn nicht töten.
– Und dein Vetter? Und der andere?
– Ja, ich habe es ihnen gesagt. Sie waren mitgekommen, aber ich habe den Weißen erschossen.
– Wolltest du dort stehlen?
Und darauf gibt es wieder keine Antwort.
– Du warst in der Erziehungsanstalt, Kind?
Der Bursche sah auf seinen Schuh nieder und schob ihn auf dem Boden vor. – Ja, dort war ich, sagte er.
– Haben sie dich gut behandelt?
Wieder glänzt es feucht in den Augen, wieder dreht er den Kopf hin und her, senkt die Augen auf den Schuh, der sich auf dem Fußboden vor und zurück schiebt. – Sie haben mich gut behandelt, sagt er.
– Und so vergiltst du's ihnen, Kind?
Und darauf wieder keine Antwort. Der junge Weiße tritt näher, denn er weiß, daß das alles zu nichts führt. Vielleicht kann er es auch nicht mitansehen, wie die beiden einander quälen.
– Nun, Absalom?
– Sir?
– Warum hast du die Stellung aufgegeben, die ich dir verschafft hatte?
Aber auch du, junger Mann, bekommst keine Antwort. Auf solche Fragen kann man nicht antworten.
– Warum hast du die Arbeit aufgegeben, Absalom? Aber auf solche Fragen gibt es keine Antwort.
– Und dein Mädchen. Deretwegen sie dich gehen ließen, weil du so besorgt um sie warst, daß du uns leid tatest.
Wieder sind Tränen in den Augen. Wer weiß, ob er um das Mädchen weint, das er verlassen hat? Wer weiß, ob er um ein gebrochenes Versprechen weint? Wer weiß, ob er um ein

anderes Ich weint, das für eine Frau sich abgeplagt hätte, die Steuern bezahlt, Geld gespart, dem Gesetz gehorcht, seine Kinder geliebt hätte, ein anderes Ich, das immer unterlegen ist? Oder weint er nur um sich selbst, weil er in Ruhe gelassen werden möchte, für sich allein, befreit von dem unbarmherzigen Regen der Fragen: Warum, warum, warum, wenn er doch nicht weiß, warum? Sie sprechen nicht mit ihm, sie scherzen nicht mit ihm, sie sitzen nicht bei ihm und lassen ihn er selber sein, sondern sie fragen, fragen, fragen, warum, warum, warum? – Sein Vater, der Weiße, die Gefängnisbeamten, die Polizei, der Magistrat – warum, warum, warum?

Der junge Mann zuckt die Achseln und lächelt gleichgültig. Aber er ist nicht gleichgültig. Ein schmerzliches Zeichen steht zwischen seinen Brauen.

– Das ist der Lauf der Welt, sagt er.

– Antworte mir auf meine Frage, mein Kind; willst du mir antworten?

– Ich kann wohl antworten, Vater.

– Du hast nicht geschrieben, hast keine Botschaft geschickt. Du hast schlechte Freunde gehabt. Du hast gestohlen und eingebrochen und – ja, alles das hast du getan. Aber warum?

Der Junge greift nach dem Wort, das sich ihm bietet. – Die schlechten Freunde waren es, sagt er.

– Daß das keine Antwort ist, brauche ich dir nicht zu sagen, sagt Kumalo. Aber er weiß doch, auf diese Weise wird er keine andere bekommen. – Ja, ich verstehe schon, sagt er, schlechte Freunde. Ja, ich verstehe das. Aber du, du selbst, was hat dich dazu gebracht?

Wie sie einander quälen. Und der Bursche, so gequält er ist, gibt wieder ein Lebenszeichen.

– Es war der Teufel, sagt er.

O Knabe, kannst du nicht sagen, daß du mit dem Teufel gekämpft hast, mit ihm gerungen hast, dich abgemüht Tag und Nacht, bis der Schweiß dir ausbrach und du ganz erschöpft warst? Kannst du nicht sagen, daß du um deine Sünden geweint hast und geschworen, dich zu bessern, dich gehalten hast und dann wieder gestolpert und gefallen bist? Das wäre doch ein Trost für den armen, gequälten Mann, der dich so verzweifelt fragt, warum du dich nicht gegen den Teufel gewehrt hast.

Und der Bursche sieht auf seine Füße nieder und sagt: – Ich weiß es nicht.
Der alte Mann ist erschöpft, der Junge ist erschöpft, die Zeit ist fast schon um. Der junge Weiße tritt wieder heran. – Will er das Mädchen noch heiraten? fragt er Kumalo.
– Willst du dieses Mädchen heiraten, mein Sohn?
– Ja, Vater.
– Ich werde sehen, was ich tun kann, sagt der junge Mann. Ich glaube, wir müssen jetzt gehen.
– Dürfen wir wiederkommen?
– Ja, ihr dürft wiederkommen. Wir wollen am Tor nach der Besuchszeit fragen.
– Sala kahle, Kind.
– Hamba kahle, Vater.
– Mein Kind, ich glaube, du darfst hier Briefe schreiben. Aber schreibe nicht an die Mutter, ehe ich dich noch einmal gesehen habe. Ich muß erst an sie schreiben.
– Ja, gut, Vater.
Sie gehen, und draußen vor dem Tor treffen sie John Kumalo. Ihm geht es deutlich besser, diesem großen Stier von Mann. – Nun ja, sagt er, nun müssen wir sofort zu einem Anwalt gehen.
– Ein Anwalt, Bruder? Warum sollen wir dafür Geld ausgeben? Die Sache liegt so klar, da gibt es keinen Zweifel.
– Wie liegt denn die Sache? fragt John Kumalo.
– Diese Sache? Diese drei Burschen gingen zu einem Hause, das sie leerstehend glaubten. Sie schlugen den Diener zu Boden. Der weiße Mann hörte den Lärm und kam nachsehen. Und dann, – und dann – schoß mein Sohn – meiner, nicht deiner – auf ihn. Er hatte Angst, sagt er.
– Nun ja, sagt John Kumalo, das ist eine Darstellung der Sache. Er scheint sehr beruhigt zu sein. – Nun ja, so kann man die Sache ansehen. Und das hat er dir in Gegenwart der anderen erzählt?
– Warum denn nicht, wenn es doch die Wahrheit ist?
John Kumalo scheint sehr beruhigt zu sein. – Vielleicht brauchst du keinen Anwalt, sagt er. Wenn er auf den Weißen geschossen hat, so ist dazu vielleicht nichts mehr zu sagen.
– Wirst du denn einen Anwalt nehmen?
John Kumalo lächelt seinen Bruder an. – Vielleicht werde ich einen Anwalt nehmen, sagt er. Und wenn es nur deswegen ist,

weil ein Anwalt unter vier Augen mit meinem Sohn reden kann.
Er scheint nachzudenken, dann sagt er zu seinem Bruder: – Siehst du wohl, Bruder, es gibt gar keinen Beweis dafür, daß mein Sohn oder dieser andere junge Mann überhaupt dabei waren.
Ja, darüber muß John Kumalo lachen, er hat sich nun scheint's ganz erholt von seinem Schreck.
– Nicht dabei waren? Aber mein Sohn...
– Ja, ja, unterbricht ihn John Kumalo und grinst ihn an, aber wer wird schon deinem Sohn glauben? fragt er.
Das sagt er bedeutungsvoll, grausam und mitleidslos bedeutungsvoll. Kumalo steht gottverlassen da, und der junge Weiße steigt in sein Auto ein. Kumalo blickt ihn ratsuchend an, aber der junge Mann zuckt die Achseln. – Tut, was Ihr wollt, sagt er. Das ist nicht meine Sache, Anwälte zu suchen. Aber wenn Ihr nach Sophiatown zurück wollt, nehme ich Euch mit.
Kumalo, den diese Gleichgültigkeit noch ängstlicher gemacht hat, steht unentschlossen draußen. Seine Unentschlossenheit scheint den jungen Mann zu reizen, er lehnt sich aus dem Wagenfenster und sagt sehr laut:
– Es ist nicht meine Sache, einen Anwalt zu suchen, sagt er. Meine Aufgabe ist Bessern, Helfen, Weiterbringen.
Mit der Hand macht er eine zornige Bewegung, als ob er ein Gewicht hebt, und dann zieht er den Kopf in den Wagen zurück und tut, als ob er abfahren will. Aber er besinnt sich eines anderen und lehnt sich noch einmal heraus.
– Eine wundervolle Aufgabe, sagt er, eine wundervolle Aufgabe. Eine edle Aufgabe.
Wieder schlüpft er hinein, und dann lehnt er sich wieder heraus und wendet sich an Kumalo.
– Ihr braucht nicht zu denken, daß sie der Aufgabe eines Priesters nachsteht, sagt er.
Vielleicht hat er jetzt zu laut gesprochen, denn nun senkt er die Stimme und spricht durch schmale, zornig geschlossene Lippen:
– Ihr rettet Seelen, sagt er, als ob es ein grimmiger Spaß sei, Seelen zu retten. Aber ich rette auch Seelen. Ihr seid Zeuge, wie die Menschen in die Welt hineinkommen und sie wieder verlassen. Das weiß ich auch. Ich war Zeuge, als dieser Ab-

salom in eine neue Welt hineingeboren wurde, und nun werde ich Zeuge davon sein, wie er sie wieder verläßt.
Er sieht Kumalo böse an. – Wir werden Zeugen sein, wie er sie verläßt, sagt er. Er zieht sich wieder in den Wagen zurück und umklammert das Steuerrad, als ob er es zerbrechen wollte. – Kommt Ihr mit nach Sophiatown? sagt er.
Aber Kumalo schüttelt den Kopf, denn wie kann er es über sich bringen, zu diesem Fremden in den Wagen einzusteigen? Der junge Mann sieht John Kumalo an, er steckt seinen Kopf wieder heraus und sagt zu ihm: – Ihr seid ein gescheiter Mann, sagt er, aber Gott sei's gedankt, daß Ihr nicht mein Bruder seid. Mit großem Getöse wirft er den Motor an und fährt davon, die Räder quietschen laut, und er spricht immer noch zornig vor sich hin.
Kumalo sieht seinen Bruder an, aber der Bruder sieht ihn nicht an. Nein, der Bruder geht von dannen. Müde, so müde geht er aus dem großen Tor in der Mauer auf die Straße hinaus. – Tixo, sagt er, Tixo, verlaß mich nicht. Pater Vincents Worte fallen ihm ein: – Alles, alles, hat er gesagt, Ihr braucht es nur zu sagen. Nun wird er also zu Pater Vincent gehen.

XV

Müde und mutlos kehrte Kumalo zu Mrs. Lithebes Haus zurück. Die Frauen sagten nichts, und er hatte auch kein Verlangen danach, mit ihnen zu reden, noch wollte er mit dem kleinen Neffen spielen. Er zog sich in sein Zimmer zurück, und dort saß er in der Stille und wartete darauf, daß er die Kraft aufbringen würde, zum Missionshaus zu gehen. Als er noch saß, klopfte es an seine Tür, und da stand Mrs. Lithebe mit dem jungen Weißen von der Anstalt. Der Schmerz der Kränkung war noch ganz frisch in Kumalo, und er trat unwillkürlich zurück; und als der junge Mann das sah, verdunkelte sich sein Gesicht, und er sprach auf sesuto zu Mrs. Lithebe, so daß sie sie allein ließ.
Kumalo stand da, ein alter, gebeugter Mann. Er suchte nach demütigen, flehenden Worten, aber er fand keine. Und da er es nicht über sich brachte, den jungen Mann anzusehen, sah er zu Boden.
– Umfundisi.

– Sir?
Der junge Mann sah zorniger aus als je zuvor. – Es tut mir leid, Umfundisi, daß ich so böse Worte gesagt habe, sagte er. Ich bin gekommen, um wegen eines Anwalts mit Euch zu sprechen.
– Sir?
Wirklich, es war schon sehr schwer, mit einem Manne zu reden, der so vor einem stand. – Umfundisi, wollt Ihr mit mir sprechen?
Kumalo kämpfte mit sich. Denn so ist es mit einem Schwarzen, der zur Unterwürfigkeit erzogen worden ist und doch auch er selber sein möchte.
– Sir, sagte er wieder.
– Umfundisi, sagte der junge Mann geduldig, ich verstehe schon. Wollt Ihr Euch nicht niedersetzen?
Kumalo setzte sich, und der junge Mann, der immer noch zornig aussah, stand da und sprach zu ihm.
– Ich habe das alles gesagt, weil ich so traurig war und weil ich versuche, ganz in meiner Arbeit aufzugehen. Und wenn damit etwas schief geht, so tu ich mir selber weh und anderen auch. Aber dann schäme ich mich, und darum bin ich gekommen.
Und dann, da Kumalo immer noch schwieg, sagte er: – Versteht Ihr das?
Und Kumalo sagte: – Ja, ich verstehe es. Er wandte das Gesicht, damit der junge Mann sehen konnte, daß kein Schmerz mehr darin war. – Ich verstehe es ganz und gar, sagte er.
Da sah der junge Mann nicht mehr zornig aus. –
– Wegen des Anwalts, sagte er, ich glaube, Ihr solltet einen Anwalt haben. Nicht etwa, weil die Wahrheit verschwiegen werden soll, aber weil ich Eurem Bruder nicht traue. Ihr könnt sehen, was er im Sinne hat. Er will ableugnen, daß sein Sohn und jener Dritte überhaupt dabei waren. Ihr und ich, wir können nicht wissen, ob das die Sache schlimmer macht oder nicht, aber ein Anwalt wird es wissen. Und noch etwas, Absalom sagt, daß er geschossen hat, weil er Angst hatte, daß er aber nicht die Absicht hatte, den Weißen zu töten. Dazu brauchen wir einen Anwalt, damit das Gericht glaubt, daß das wahr ist.
– Ja, das sehe ich ein.

– Kennt Ihr einen Anwalt? Vielleicht einen, der zu Eurer Kirche gehört?
– Nein, Sir, ich kenne keinen. Aber ich hatte die Absicht, Pater Vincent im Missionshaus zu besuchen, nachdem ich etwas ausgeruht hätte.
– Habt Ihr Euch nun ausgeruht?
– Euer Besuch, Sir, hat mir neuen Mut gegeben. Ich dachte...
– Ja, ich weiß.
Der junge Mann sah wieder zornig aus und sagte wie zu sich selber: – Das ist mein großer Fehler. Sollen wir also gehen?
Also gingen sie zum Missionshaus und wurden in Pater Vincents Zimmer geführt, und dort sprachen sie lange mit dem rotwangigen Priester aus England.
– Ich glaube, ich könnte wohl einen fähigen Mann dazu bewegen, den Fall zu übernehmen, sagte Pater Vincent. Ich glaube, wir sind uns alle darüber einig, daß wir die Wahrheit und nichts als die Wahrheit sagen wollen, und die Verteidigung wird sich darauf stützen, daß Absalom aus Angst geschossen hat und nicht mit der Absicht zu töten. Unser Anwalt wird uns sagen, wie wir uns in der anderen Sache zu verhalten haben, wegen der Möglichkeit, mein Freund, daß Euer Neffe und der andere junge Mann abstreiten werden, daß sie überhaupt dabei gewesen sind. Es scheint so, als ob nur Euer Sohn behauptet, daß sie dabei waren. Was uns betrifft, so werden wir die Wahrheit und nichts als die Wahrheit sagen, und der Mann, an den ich denke, würde auch sonst den Fall gar nicht übernehmen. Ich werde so bald wie möglich zu ihm gehen.
– Und die Heirat? fragte der junge Mann.
– Darüber will ich ihn auch fragen. Ich weiß nicht, ob es möglich ist, aber ich will sie gerne trauen, wenn es geht.
Also standen sie auf, um sich zu verabschieden, und Pater Vincent legte seine Hand auf des alten Mannes Arm. – Faßt Mut, sagte er. Was auch geschieht, Euer Sohn wird wohl hart bestraft werden, aber wenn die Verteidigung durchdringt, wird es nicht die Todesstrafe sein. Und so lange das Leben währt, bleibt auch die Hoffnung auf Besserung in diesem Leben.
– Daran denke ich immerfort, sagte Kumalo, aber ich habe wenig Hoffnung.

– Bleibt hier und laßt uns miteinander reden, sagte Pater Vincent.

– Und ich muß gehen, sagte der junge Mann. Aber, Umfundisi, ich will Euch gern helfen, wenn immer ich helfen kann.

Als der junge Mann gegangen war, setzten Kumalo und der englische Priester sich nieder, und Kumalo sagte zu dem anderen:

– Ihr könnt wohl verstehen, daß dies eine traurige Reise ist.

– Das verstehe ich wohl, mein Freund.

– Zuerst war es das Suchen. Zu Anfang war ich eifrig dabei, aber je länger die Suche dauerte, Schritt für Schritt, wurde der Eifer zur Furcht, und die Furcht wurde schlimmer, Schritt für Schritt. In Alexandra hatte ich zuerst wirkliche Angst, aber hier in Eurem Haus, als wir von dem Mord erfuhren, wurde meine Angst so groß, daß ich sie nicht mehr ertragen konnte.

Der alte Mann hielt inne und sah zu Boden, es kam ihm alles wieder, er verlor sich ganz in der Erinnerung. Er starrte lange den Fußboden an, und dann sagte er: – Msimangu sagte zu mir: warum hast du solche Angst vor diesem Einen in einer Stadt, wo soviel Tausende von Menschen sind?

– Das tröstete mich, sagte er.

Und wie er das sagte: – das tröstete mich –, das war für Pater Vincent so unerträglich, daß er starr dasaß, fast ohne zu atmen, und nur hoffte, daß all dies bald vorüber sein möge.

– Das tröstete mich, sagte Kumalo, und doch tröstete es mich auch nicht. Und selbst jetzt kann ich es kaum glauben, daß dies, das ein Mal von tausend Malen geschieht, gerade mir geschehen ist. Ja, manchmal kann ich sogar einen oder zwei Augenblicke lang glauben, daß es nicht geschehen ist, daß ich aufwachen werde und wissen, daß es nicht wahr ist. Aber nur einen oder zwei Augenblicke lang.

– Zu denken, sagte Kumalo, daß meine Frau und ich in aller Unschuld in Ndotsheni dahinlebten und nichts davon wußten, daß dies Schritt für Schritt auf uns zukam.

– Ach, sagte er, wenn uns nur jemand gesagt hätte: jetzt ist dieser Schritt gemacht, und jetzt kommt gleich der nächste. Wenn uns das nur jemand gesagt hätte!

– Aber niemand hat es uns gesagt, fuhr Kumalo fort. Jetzt können wir wohl das Ganze übersehen, aber damals konnten wir es nicht. Und doch haben andere es sehen können.

Anderen war es offenbar, denen es gar nicht soviel bedeutete. Sie sahen es geschehen, Schritt für Schritt. Sie sagten, es ist eben Johannesburg, da kommt ein Junge auf die schiefe Bahn, das ist schon vielen so gegangen in Johannesburg. Aber uns, für die es Leben oder Tod bedeutet, war es verborgen.
Pater Vincent legte die Hand über die Augen, damit das Licht nicht auf sie fiele, damit der Mann, der nun sprach, sie nicht sähe. Er hätte gern etwas gesagt, um den schmerzhaften Bann zu brechen, der sich auf ihn legte, aber da war etwas, das zu ihm sagte: laß es gehen. Und außerdem fiel ihm auch nicht ein einziges Wort ein.
– Da liegt ein Mann im Gras und schläft, sagte Kumalo, und über ihm zieht sich das schlimmste Gewitter seines Lebens zusammen. Es wird ein solches Blitzen und Donnern geben, wie man es noch nie gesehen und gehört hat, und es bringt Tod und Zerstörung. Die Leute eilen an ihm vorbei nach Hause, wo sie vor der Gefahr sicher sind. Und ob sie ihn nun nicht sehen, wie er da im Grase liegt, oder ob sie selber Angst haben, sich auch nur einen Augenblick aufzuhalten, sie wecken ihn nicht, sie lassen ihn liegen.
Danach schien Kumalo am Ende zu sein, und sie schwiegen eine lange Zeit. Pater Vincent überlegte etwa ein Dutzend Sätze, aber keiner schien zu passen. Aber doch sagte er: – Mein Freund. Und obwohl er nichts anderes sagte, hoffte er doch, daß Kumalo es als ein Zeichen nehmen würde, daß noch mehr käme, und selber nichts mehr sagen würde.
Also sagte er wieder: – Mein Freund.
– Vater?
– Mein Freund, dein Eifer wurde zur Angst, deine Angst zum Herzeleid. Aber Herzeleid ist besser als Angst. Denn von Angst wird man nur ärmer, aber Herzeleid kann einen reicher machen.
Kumalo sah ihn mit einer Eindringlichkeit an, die bei einem so einfachen Mann befremdend wirkte und die nicht leicht zu bestehen war.
– Ich merke nichts davon, daß ich reicher geworden bin, sagte er.
– Herzeleid ist besser als Angst, sagte Pater Vincent hartnäkkig. Angst ist wie eine Reise, eine schreckliche Reise, aber Herzeleid ist wenigstens ein Ankommen.
– Und wo bin ich angekommen? fragte Kumalo.

– Wenn der Sturm aufzieht, dann hat ein Mann Angst um sein Haus, sagte Pater Vincent in der Gleichnissprache, die dem Zulu so vertraut ist. Aber wenn das Haus zerstört ist, dann gibt es etwas zu tun. Er kann nichts tun, um den Sturm abzuwenden, aber er kann ein Haus von neuem bauen.
– Wenn man so alt ist wie ich? fragte Kumalo. Seht doch, was ist aus dem Haus geworden, das ich baute, als ich jung und stark war. Was für ein Haus soll ich denn nun bauen?
– Gottes Wege sind unerforschlich, sagte Pater Vincent verzweifelt.
Kumalo sah ihn an, weder bitter noch anklagend noch vorwurfsvoll.
– Ich glaube, Gott hat sich von mir abgewandt, sagte er.
– Das mag so aussehen, sagte Pater Vincent, aber es geschieht niemals; niemals, niemals kann das geschehen.
– Es tut mir wohl, Euch zuzuhören, sagte Kumalo demütig.
– Wir haben von einer Besserung in diesem Leben gesprochen, sagte der weiße Priester. Von der Besserung im Leben Eures Sohnes. Und weil Ihr ein Priester seid, muß Euch das wichtiger sein als alles andere, mehr als Euer Herzeleid und das Eurer Frau.
– Das ist wohl wahr. Aber ich kann mir nicht vorstellen, wie ein solches Leben gebessert werden kann.
– Daran könnt Ihr doch nicht zweifeln. Ihr seid ein Christ. Einer derer, die gekreuzigt wurden, war ein Dieb.
– Mein Sohn war kein Dieb. Es lebte ein weißer Mann, ein guter Mann, er liebte seine Frau und seine Kinder. Und, das ist das Schlimmste, er liebte unser Volk. Und seine Frau ist eine Witwe, seine Kinder sind verwaist, – das hat mein Sohn getan. Ich kann mir keine größere Missetat vorstellen.
– Der Mensch kann jede Missetat bereuen.
– Er wird sie bereuen, sagte Kumalo bitter. Wenn ich ihn frage: bereust du? dann sagt er: – Wie mein Vater sagt. Wenn ich sage: war dies nicht Sünde? – dann wird er sagen: – Es ist Sünde. Aber wenn ich anders rede, ihm nicht die Worte in den Mund lege, dann sagt er: – Ich weiß es nicht; oder er sagt: – Wie mein Vater will.
Kumalos Stimme erhob sich im äußersten Schmerz. – Er ist mir fremd, sagte er, ich kann nicht an ihn heran, ich kann ihn nicht erreichen. Er schämt sich seiner Tat nicht, er hat kein

Mitleid für die, denen er diesen Schmerz angetan hat, ich kann davon nichts bei ihm sehen. Wohl sind Tränen in seinen Augen, aber es kommt mir vor, als weine er nur um sich selbst, nicht weil er schuldig ist, sondern weil er in Gefahr ist.

Und er schrie laut: – Kann denn ein Mensch den Sinn für das Böse ganz und gar verlieren? Ein Knabe, der so aufwuchs wie er? Ich sehe nur, daß er sich selbst bemitleidet, er, der zwei Kindern den Vater genommen hat. Wahrlich, ich sage euch, wer aber ärgert dieser Geringsten einen, dem wäre besser...

– Haltet ein! rief Pater Vincent. Ihr seid außer Euch. Geht und betet. Geht und ruhet aus. Und richtet Euren Sohn nicht voreilig. Vielleicht ist auch er so furchtbar erschrocken, daß er nur schweigen kann. Vielleicht sagt er darum zu Euch: – Wie mein Vater will, und: – Ja, so ist es, und: – Ich weiß es nicht.

Kumalo stand auf. – Das mag wohl so sein, sagte er. Aber ich habe keine Hoffnung mehr. Was, sagtet Ihr, soll ich tun? Ja, beten und ausruhen.

Keine Spur von Spott war in seiner Stimme, und Pater Vincent wußte, daß es dem Wesen dieses Mannes fremd war, ironisch zu reden. Aber doch war in diesen Worten ein solcher Hohn, daß der weiße Priester ihn beim Arm ergriff und dringlich sagte: – Setzt Euch, ich muß als Priester mit Euch reden.

Und als Kumalo sich gesetzt hatte, sagte Pater Vincent zu ihm: – Ja, ich sagte: Bete und ruhe dich aus. Und wenn du nichts als Worte betest, und wenn dein Ausruhen nur darin besteht, daß du auf einem Bette liegst. Und bete nicht für dich selbst, und bete nicht darum, daß du Gottes Wege verstehen mögest. Denn sie sind verborgen. Wer weiß denn, was das Leben ist? Denn das Leben ist ein Geheimnis. Und warum du dich eines Mädchens erbarmst, wenn du selber kein Erbarmen findest, – das ist ein Geheimnis. Und warum du dich weiter plagst, wenn Sterben viel besser wäre, das ist ein Geheimnis. Bete jetzt nicht wegen dieser Dinge, und grüble nicht darüber nach, dafür ist später Zeit. Bete für Gertrude und für ihr Kind und für das Mädchen, das deines Sohnes Frau sein wird, und für das Kind, das dein Enkelkind sein wird. Bete für deine Frau und alle in Ndotsheni. Bete für die Frau und die Kinder, die verwaist sind. Bete für die Seele des

Ermordeten. Bete für uns hier im Missionshaus und für alle, die in Ezenzeleni inmitten der Zerstörung aufzubauen versuchen. Bete, daß du selber von neuem gebaut werdest. Bete, für alle Weißen, für die, die Gerechtigkeit üben, und für die, die es tun würden, wenn sie nicht Angst hätten. Und fürchte dich nicht davor, für deinen Sohn zu beten und für seine Besserung.

– Ich höre, sagte Kumalo demütig.

– Und danke für alles, wofür du nur danken kannst. Denn nichts ist besser. Hast du nicht deine Frau und Mrs. Lithebe und Msimangu und den jungen Mann von der Erziehungsanstalt? Also, was deinen Sohn betrifft und seine Besserung, so überlasse das mir und Msimangu; denn du bist zu verzweifelt, um Gotten Willen zu sehen. Und nun, mein Sohn, geh und bete, geh und ruhe aus.

Er half dem alten Mann auf die Füße und gab ihm seinen Hut. Und als Kumalo ihm danken wollte, sagte er: – Wir tun nur das, was in uns ist, und warum es in uns ist, das ist auch ein Geheimnis. Christus ist in uns, und er fordert, daß den Menschen geholfen und vergeben werde, auch wenn er selbst ganz verlassen ist.

Er führte den alten Mann zur Tür des Missionshauses, und dort schied er von ihm.

– Ich werde Tag und Nacht für Euch beten, sagte er, Tag und Nacht. Das werde ich tun und alles, worum Ihr sonst noch bittet.

XVI

Am nächsten Tag nahm Kumalo, der allmählich lernte, sich in der großen Stadt zurechtzufinden, den Zug nach Pimville, um das Mädchen zu besuchen, das mit dem Kinde seines Sohnes schwanger war. Er wählte die Zeit so, daß Msimangu ihn nicht begleiten konnte, nicht, weil er gekränkt war, sondern weil er das Gefühl hatte, er werde es allein besser zustande bringen. Er dachte langsam und handelte langsam, das kam daher, daß er noch im langsamen Rhythmus seines Stammes lebte; und er hatte gemerkt, daß dies seine Gefährten manchmal reizte, und fühlte auch deutlich, daß er ohne sie sicherer zum Ziel kommen werde.

Nicht ohne Mühe fand er das Haus und klopfte an die Tür, und das Mädchen öffnete ihm. Und sie lächelte ihn ungewiß an, halb furchtsam und halb kindlich und erfreut.
– Wie geht es dir, mein Kind?
– Es geht mir gut, Umfundisi.
Er setzte sich auf den einzigen Stuhl im Zimmer, setzte sich sorgsam nieder und trocknete sich die Stirn.
– Hast du etwas von deinem Manne gehört? fragte er. Nur bedeutete das Wort, das er brauchte, nicht ganz dasselbe wie das Wort Ehemann.
Das Lächeln erlosch auf ihrem Gesicht. – Ich habe nichts von ihm gehört, sagte sie.
– Was ich dir sagen muß, ist schwer, sagte er. Er ist im Gefängnis.
– Im Gefängnis?
– Er ist im Gefängnis wegen des schlimmsten Verbrechens, das ein Mensch begehen kann.
Aber das Mädchen verstand ihn nicht. Geduldig wartete sie, daß er weiterspräche. Sicherlich, sie war nur erst ein Kind.
– Er hat einen weißen Mann ermordet.
– Hau! Der Schreckensruf brach aus ihr hervor. Sie legte die Hände übers Gesicht. Und Kumalo selbst konnte nicht weitersprechen, denn die Worte waren wie Messer, sie schnitten in eine Wunde hinein, die noch ganz frisch und offen war. Sie setzte sich auf eine Kiste und sah zu Boden, und Tränen liefen langsam ihre Wangen hinunter.
– Ich möchte nicht davon reden, Kind. Kannst du lesen? Die Zeitung der Weißen?
– Ein wenig.
– Dann lasse ich sie dir hier. Aber zeige sie nicht den anderen.
– Den anderen werde ich sie nicht zeigen, Umfundisi.
– Ich möchte davon nicht mehr sprechen. Ich bin gekommen, um über etwas anderes mit dir zu sprechen. Willst du meinen Sohn heiraten?
– Wie der Umfundisi will.
– Aber ich frage dich um deine Entscheidung, mein Kind.
– Ich könnte schon wollen.
– Und warum könntest du wollen?
Sie sah ihn an, denn solche Fragen verstand sie nicht.
– Warum willst du ihn heiraten? fragte er hartnäckig.

Sie löste einen Holzsplitter von der Kiste und lächelte, weil sie so verdutzt war. – Er ist mein Mann, sagte sie, und gebrauchte das Wort, das nicht ganz dasselbe bedeutet wie das Wort Ehemann.
– Aber bisher wolltest du ihn nicht heiraten?
Diese Fragen machten sie verlegen; sie stand auf, aber es gab nichts weiter zu tun, also setzte sie sich wieder und fingerte an der Kiste herum.
– Sprich, mein Kind.
– Ich weiß nicht, was ich sagen soll, Umfundisi.
– Ist es dein aufrichtiger Wunsch, ihn zu heiraten?
– Es ist mein aufrichtiger Wunsch, Umfundisi.
– Ich muß ganz sicher sein. Ich möchte dich nicht in meine Familie aufnehmen, wenn du es nicht willst.
Bei diesen Worten sah sie begierig zu ihm auf. –
– Ich will, sagte sie.
– Wir leben sehr weit von hier, sagte er. Dort gibt es keine Straßen, keine Lichter und Autobusse. Nur ich und meine Frau sind da, und es ist sehr still. Bist du ein Zulumädchen?
– Ja, Umfundisi.
– Wo bist du geboren?
– In Alexandra.
– Und deine Eltern?
– Mein Vater hat meine Mutter verlassen, Umfundisi. Und meinen zweiten Vater konnte ich nicht verstehen.
– Warum ist dein Vater fortgegangen?
– Sie stritten sich, Umfundisi. Weil meine Mutter so oft betrunken war.
– Also ging dein Vater fort. Und er verließ auch dich?
– Er verließ uns, meine beiden Brüder und mich, meine jüngeren Brüder.
– Und wo sind deine Brüder?
– Einer ist in der Schule, Umfundisi, in die Absalom geschickt wurde. Und der andere ist in Alexandra. Aber er ist ungehorsam, und ich habe gehört, daß er auch in jene Schule gehen soll.
– Aber wie konnte dein Vater euch so verlassen?
Sie sah ihn seltsam unschuldig an. – Ich weiß nicht, sagte sie.
– Und deinen zweiten Vater konntest du nicht verstehen? Was hast du dann getan?

– Ich bin von dort fortgegangen.
– Und was hast du getan?
– Ich lebte in Sophiatown.
– Allein?
– Nein, nicht allein.
– Mit deinem ersten Manne? fragte er kalt.
– Mit meinem ersten, bejahte sie, ohne seine Kälte zu bemerken.
– Wie viele waren es denn?
Sie lachte verlegen und sah auf ihre Hand nieder, die noch an der Kiste fingerte. Sie sah auf, sah, daß er die Augen voll auf sie richtete, und war verwirrt. – Nur drei, sagte sie.
– Und was geschah mit dem ersten?
– Er wurde verhaftet, Umfundisi.
– Und der zweite?
– Er wurde auch verhaftet.
– Und nun ist auch der dritte verhaftet worden.
Er stand auf, er fühlte ein Verlangen, ihr weh zu tun. Obwohl er wußte, daß es ihm nicht anstand, gab er dem Verlangen nach und sagte zu ihr: – Ja, dein Dritter ist auch erwischt worden, aber diesmal ist es wegen Mord. Hast du schon einmal einen Mörder gehabt?
Er machte einen Schritt auf sie zu, und sie schmolz auf ihrer Kiste in sich zusammen und rief: – Nein, nein! Und er, da er Angst hatte, daß man ihn draußen hören könnte, sprach nun leiser und sagte, sie brauche sich nicht zu fürchten, und trat wieder einen Schritt zurück. Aber sobald sie sich wieder erholt hatte, ergriff ihn wieder das Verlangen, sie zu kränken. Und er sagte zu ihr: – Wirst du nun einen vierten Mann nehmen? Und verzweifelt sagte sie: – Nein, nein, ich will keinen Mann mehr.
Da kam Kumalo in seiner wilden, grausamen Verfassung ein verrückter Gedanke.
– Auch nicht, wenn ich dich wollte?
– Ihr? sagte sie und fuhr wieder vor ihm zurück.
– Ja, ich, sagte er.
Sie sah sich um, als ob sie in einer Falle säße. –
– Nein, nein, sagte sie, das wäre nicht recht.
– War es denn vorher recht?
– Nein, es war nicht recht.
– Also würdest du wollen?

Sie lachte nervös und sah umher und löste Holzsplitter von der Kiste. Aber sie fühlte seine Augen auf sich und sagte ganz leise: – Ich könnte wohl.
Er setzte sich und legte das Gesicht in die Hände; und als sie ihn so sah, fing sie an zu schluchzen, eine geschändete, gequälte Kreatur. Und er, als er sie sah, ihren zarten, mageren Körper, schämte er sich auch; aber er schämte sich seiner Grausamkeit, nicht ihrer Willfährigkeit.
Er ging zu ihr hinüber und sagte: – Wie alt bist du, mein Kind?
– Ich weiß nicht, schluchzte sie, aber ich glaube, ich bin sechzehn.
Und das tiefe Mitleid stieg in ihm auf, und er legte die Hand auf ihren Kopf. Und ob es die priesterliche Berührung war, oder ob das tiefe Mitleid in seine Handfläche und in seine Finger floß, oder ob es einen anderen Grund hatte – aber das Schluchzen stillte sich, und er fühlte, wie der Kopf unter seiner Hand ruhig wurde. Und er hob ihre Hände mit seiner anderen Hand auf und fühlte die Schwielen, die die sinnlose Hausarbeit in diesem hoffnungslosen Heim hinterlassen hatte. – Es tut mir leid, sagte er. Ich schäme mich, daß ich dich das gefragt habe.
– Ich wußte nicht, was ich sagen sollte, sagte sie.
– Ich wußte wohl, daß du das nicht wissen würdest. Deshalb schäme ich mich. Sag mir, willst du wirklich meinen Sohn heiraten?
Sie griff nach seinen Händen. – Ich will es, sagte sie.
– Und an einen ruhigen Ort gehen, weit fort, und unsere Tochter sein?
Die Freude in ihrer Stimme war unverkennbar. –
– Ich will es, sagte sie.
– Wirklich sehr?
– Wirklich sehr, sagte sie.
– Mein Kind.
– Umfundisi.
– Ich muß dir noch etwas Schweres sagen.
– Ich höre, Umfundisi.
– Was wirst du tun an diesem ruhigen Ort, wenn das Verlangen dich überkommt? Ich bin ein Priester und wohne neben meiner Kirche, und mein Leben ist ruhig und ordentlich. Ich will nicht etwas von dir verlangen, was du nicht tun kannst.

– Ich verstehe Euch, Umfundisi, ich verstehe ganz und gar. Sie sah ihn unter Tränen an. – Ihr sollt Euch meiner nicht schämen. Ihr braucht meinetwegen nichts zu fürchten. Ihr braucht keine Angst zu haben, weil es ruhig ist. Mein Verlangen ist nur nach Ruhe.
Und dieses Wort, das Wort Verlangen, ließ sie aufleuchten. – Das soll mein Verlangen sein, sagte sie; dieser Art ist das Verlangen, das mich erfüllen wird, – so daß er sich wundern mußte.
– Ich verstehe dich, sagte er, du bist klüger, als ich dachte.
– Ich war nicht dumm in der Schule, sagte sie eifrig.
Das machte ihn plötzlich lachen, und er stand und horchte verwundert auf den Klang seines eigenen Lachens.
– Zu welcher Kirche gehörst du?
– Zur anglikanischen Kirche, Umfundisi, – auch dies kam so eifrig.
Wieder lachte er über ihre kindliche Art und war dann plötzlich ernst. – Ich möchte ein Versprechen von dir haben, ein feierliches Versprechen.
Und auch sie wurde ernst. – Ja, Umfundisi?
– Wenn dir all dies leid wird, entweder hier oder wenn wir zu Hause sind, so mußt du es nicht in dir verbergen oder weglaufen wie von deiner Mutter. Versprich mir, daß du es mir sagen wirst, wenn es dir leid wird.
– Ich verspreche es, sagte sie ernsthaft; und dann eifrig: – Es wird mir nie leid werden.
Da lachte er wieder und ließ ihre Hände los und nahm seinen Hut. – Ich werde dich holen kommen, wenn alles bereit ist für die Trauung. Hast du etwas anzuziehen?
– Ja, ein paar Sachen, Umfundisi, ich werde sie in Ordnung bringen.
– Und hier darfst du nicht wohnen bleiben. Soll ich eine Unterkunft für dich in meiner Nähe suchen?
– Das möchte ich sehr gern, Umfundisi. Sie schlug die Hände zusammen wie ein Kind. – Bald, bitte, sagte sie, dann will ich das Zimmer hier aufgeben.
– Sala kahle, mein Kind.
– Hamba kahle, Umfundisi.
Er verließ das Haus, und sie folgte ihm bis zu dem kleinen Gartentor. Als er sich nach ihr umwandte, lächelte sie ihm zu. Er ging weiter wie einer, dessen Schmerz ein wenig nachge-

lassen hat, nicht ganz, aber ein wenig. Es fiel ihm auch ein, daß er gelacht hatte und daß es ihn körperlich geschmerzt hatte wie einen Kranken, der nicht lachen darf. Und es fiel ihm auch ein, plötzlich und durchdringend, daß Pater Vincent gesagt hatte: – Ich werde beten, Tag und Nacht. An der Ecke wandte er sich um und sah zurück und sah, daß das Mädchen ihm immer noch nachblickte.

XVII

Nur wenig Leute gibt es, die kein Zimmer vermieten, und Mrs. Lithebe ist unter den wenigen. Ihr Mann war ein Bauarbeiter, ein guter, ehrlicher Mann, aber sie waren nicht mit Kindern gesegnet. Er baute dies große, schöne Haus für sie, es hat ein Eß- und Wohnzimmer und drei Schlafzimmer. Eines hat sie für sich und eines für den Priester, den sie gern aufgenommen hat, denn es ist gut, einen Priester bei sich wohnen zu haben, es ist gut, wenn im Hause gebetet wird. Und eines ist für Gertrude und das Kind, denn gehören sie nicht auch zu dem Priester? Aber Fremde will sie wirklich nicht haben, sie hat ja Geld genug.

Es ist eine traurige Sache mit dem Priester, eine traurige Sache mit dieser Gertrude und ihrem Kinde, aber am traurigsten ist es mit dem Sohn. Aber an Kumalos Rechtschaffenheit hat sie keinen Zweifel. Er ist gut und sanft und begegnet ihr mit Höflichkeit und Respekt und vergißt nie, daß es ihr Haus ist. Und sie bewundert ihn, weil er Gertrude und ihr Kind gerettet hat, seiner Schwester ein neues Kleid und ein sauberes Kopftuch gekauft und dem Kinde ein Hemd und eine Jacke und Höschen. Wie es die Sitte verlangt, hat auch sie ihm für diese Gaben gedankt.

Es ist auch sehr nett, Gertrude und das Kind im Hause zu haben. Das Mädchen ist gefällig und sauber, obwohl sie eine sonderbare Gleichgültigkeit an sich hat, und dann spricht sie so hemmungslos mit fremden Leuten, vor allem mit Männern. Denn Mrs. Lithebe weiß ja, daß sie verheiratet ist, und Gertrude weiß, daß die alte Frau es in ihrem Hause genaunimmt, und sie begreift es und gehorcht.

Aber das Schlimmste von allem ist die Sache mit dem Sohn, und wie es die Sitte verlangt, haben sie um ihn geweint und gejammert. Sie und Gertrude sprechen endlos darüber, es ist eigentlich ihr einziger Gesprächsgegenstand. Der alte Mann schweigt, und sein Gesicht ist zu einer Maske des Leides geworden. Aber aus seinen Gebeten hört sie es immer wieder, und ihr Herz fühlt mit ihm. Und obwohl er stundenlang in seinem Stuhl sitzt und mit traurigen Augen vor sich hinstarrt, wird er doch ein wenig lebendig, wenn sie mit ihm spricht, und sein Lächeln hebt sein Gesicht aus der Leidensmaske heraus, und nie ist er anders als sanft und höflich zu ihr. Ja, wenn er mit dem Kinde spielt, dann geht sogar etwas von ihm aus, das ihn verändert. Aber selbst dann gibt es manchmal ein Schweigen, und sie hört das Kind fragen und ohne Antwort weiter fragen, und dann schaut sie zur Tür hinein, und er sitzt schweigend da, allein mit seinen Gedanken, und sein Gesicht ist ganz in der Leidensmaske.

– Mrs. Lithebe.
– Umfundisi?
– Mrs. Lithebe, Ihr seid schon so freundlich gewesen, und nun muß ich Euch um noch eine Freundlichkeit bitten.
– Vielleicht läßt es sich machen.
– Mrs. Lithebe, Ihr habt von dem Mädchen gehört, das von meinem Sohne ein Kind bekommt.
– Ich habe von ihr gehört.
– Sie wohnt in Pimville, in einem Zimmer bei anderen Leuten. Sie möchte meinen Sohn heiraten, und ich glaube, das wird möglich sein. Dann, was auch immer geschieht, wird sie mit mir nach Ndotsheni gehen und dort in einem sauberen, anständigen Heim ihr Kind bekommen. Aber ich möchte sie so gern von dort weghaben, und ich dachte... Aber ich möchte nicht zuviel verlangen, Mutter.
– Möchtet Ihr sie gerne hierher bringen, Umfundisi?
– Das wäre wirklich sehr freundlich von Euch.
– Ich will sie aufnehmen, sagte Mrs. Lithebe. Sie kann in dem Zimmer schlafen, wo wir essen. Aber ich habe kein Bett für sie.
– Das würde nichts machen. Es ist besser für sie, in einem anständigen Haus auf dem Fußboden zu schlafen, als...
– Ja, o ja.
– Mutter, ich bin Euch sehr dankbar. Ihr seid mir wirklich wie eine Mutter.

– Warum leben wir denn sonst? sagte sie.
Und danach war er heiter und rief den Kleinen herbei und setzte ihn auf seine Knie und ließ ihn schnell auf und ab hopsen, wie sich ein Mann zu Pferde bewegt. Aber das ist kein gutes Spiel, denn ein alter Mann ermüdet leicht und ein Kind nicht. Also holten sie die Bauklötze heraus und bauten hohe Häuser wie die Häuser in Johannesburg und warfen sie mit viel Lärm und Gelächter wieder um. – Und nun muß ich gehen, sagte Kumalo, ich muß dir eine neue Schwester bringen.
Er zählte sein Geld. Nur ein Schein oder zwei waren übrig. Bald würde er das Geld vom Postsparbuch anbrechen müssen. Er seufzte ein wenig, zog seinen Rock an und nahm Hut und Stock. Seine Frau würde um so länger auf ihren Herd warten müssen und er auf seine neuen schwarzen Sachen und auf die Kragen, die ein Pfarrer tragen muß.

Das Mädchen ist nicht wie Gertrude. Sie ist ganz unverhohlen glücklich, daß sie nun in diesem Hause ist. Sie hat wenig Kleider, aber das Wenige ist sauber, denn sie hat alles sorgfältig in Ordnung gebracht; und außer dem hat sie gar nichts. Sie macht die Türen auf und schaut in die Zimmer hinein und freut sich, denn in einem solchen Hause hat sie noch nie gewohnt. Sie nennt Mrs. Lithebe Mutter, und das gefällt der guten Frau; und es macht ihr auch Freude, daß das Mädchen sesuto sprechen kann, wenn auch gebrochen und unbeholfen. Auch Gertrude ist sie willkommen, denn es ist ihr zweifellos langweilig in diesem Hause. Sie werden viel miteinander schwatzen.
Ja, Mrs. Lithebe überrascht sie dabei, wie sie miteinander lachen. Sie verstummen plötzlich, Gertrude mit belustigtem Ausdruck, aber das Mädchen ist verwirrt. Mrs. Lithebe mag dieses Lachen nicht, es ist das leichtsinnige Lachen, das sie nicht leiden kann. Sie ruft das Mädchen zum Helfen in die Küche und sagt ihr, daß sie es nicht mag.
– Du bist nun in einem anständigen Hause, mein Kind.
– Ja, Mutter, sagt das Mädchen mit niedergeschlagenen Augen.
– Und ein guter, herzensguter Mann hat dich hergebracht, er ist so gut, daß man es gar nicht sagen kann.
Das Mädchen blickt begierig zu ihr auf. – Das weiß ich wohl, sagt sie.

– Wenn du also von Herzen damit einverstanden bist, daß er dich hergebracht hat, dann mußt du nicht so leichtsinnig lachen.
– Ja, Mutter.
– Du bist ja nur ein Kind, und Lachen ist gut für ein Kind. Aber es gibt eine Art von Lachen und auch eine andere.
– Ja, Mutter.
– Verstehst du, was ich meine?
– Ich verstehe es sehr gut.
– Dieser alte Mann hat großen Kummer erfahren. Verstehst du, was ich meine?
– Ich verstehe es sehr gut.
– Und er soll nicht noch mehr Kummer haben, nicht hier in meinem Hause.
– Ich verstehe Euch.
– Dann geh, mein Kind. Aber sprich nicht über das, wovon wir geredet haben.
– Ich verstehe Euch.
– Mein Kind, ist es dir denn von Herzen recht, daß du hierher gebracht worden bist?
Das Mädchen sah sie freimütig an. Sie breitete die Hände aus, nach einer Geste suchend, die ihr Gefühl ausdrücken könnte.
– Es ist mir von Herzen recht, sagte sie. Ich will nirgend anders sein, als wo ich jetzt bin. Ich wünsche mir keinen Vater als den Umfundisi. Ich wünsche mir nichts, was nicht hier ist.
– Ich kann schon sehen, daß es dir hier wohl ist. Und noch etwas, mein Kind, wenn der Kleine mit dir spielt, laß ihn sich nicht so fest an dich drücken. Du mußt jetzt vorsichtig sein.
– Ich verstehe.
– Dann geh, mein Kind. Du bist hier zu Hause.
Danach gab es kein leichtsinniges Gelächter mehr, und das Mädchen war still und fügsam. Und Gertrude sah ein, daß sie ein Kind war, und ließ sie in Ruhe und war auf ihre eigene Art gleichgültig und belustigt.

Wieder schritt er durch das hohe Tor in der düsteren, hohen Mauer, und sie brachten ihm den Sohn. Wieder nahm er die leblose Hand in die seine, und wiederum kamen ihm die Tränen, diesmal, weil sein Sohn so mutlos schien.
– Bist du gesund, mein Sohn?

Da stand der Sohn, drehte den Kopf auf die Seite und sah eine Weile nach dem einen Fenster, dann nach dem anderen, aber er sah den Vater nicht an.
– Ich bin gesund, Vater.
– Ich muß etwas mit dir besprechen, mein Sohn. Ist es dir Ernst damit, daß du dieses Mädchen heiraten willst?
– Ja, das kann ich wohl tun.
– Ich habe einen Freund, einen weißen Priester, und er wird versuchen, es zu ermöglichen; er wird zum Bischof gehen und darum bitten, daß es bald geschehen kann. Und er wird auch einen Anwalt für dich beschaffen.
Ein Funke von Leben ist in seinen Augen, ein Hoffnungsfunke vielleicht.
– Möchtest du gern einen Anwalt haben?
– Sie sagen, daß ein Anwalt einem helfen kann.
– Hast du der Polizei gesagt, daß die beiden anderen dabei waren?
– Ja, ich habe es gesagt. Und ich habe es auch jetzt wieder gesagt.
– Und dann?
– Und dann hat man nach ihnen geschickt und sie aus ihren Zellen geholt.
– Und dann?
– Und dann waren sie wütend auf mich und beschimpften mich in Gegenwart der Polizei und sagten, ich versuche nur, sie mit hineinzuziehen.
– Und dann?
– Und dann fragten sie, was für Beweise ich habe. Und ich hatte nur den Beweis, daß es eben wahr war, daß es diese beiden waren und niemand anders, und daß sie dort mit mir in jenem Hause waren; ich stand hier und sie dort drüben.
Er wies es dem Vater mit der Hand, Tränen traten in seine Augen, und er sagte: – Dann schimpften sie wieder auf mich und standen und sahen mich böse an und sagten zueinander: Wie kann er bloß so lügen?
– Waren sie deine Freunde.
– Ja, sie waren meine Freunde.
– Und nun lassen sie dich allein büßen?
– Ja, das sehe ich nun.
– Und bis dahin waren sie Freunde, denen du trauen konntest?

– Ja, ich konnte ihnen trauen.
– Wenn ich dich richtig verstehe, dann waren sie also Freunde, wie ein guter Mann sie sich wählen würde, anständige, fleißige Leute, die dem Gesetz gehorsam sind?
Laß ihn doch in Ruhe, alter Mann. So weit hast du ihn gebracht, und nun fällst du ihn aus dem Hinterhalt an. Er sieht dich verdrossen an, bald wird er dir gar nicht mehr antworten.
– Sag mir, waren sie solche Freunde?
Der Bursche antwortet nicht.
– Und jetzt lassen sie dich im Stich?
Schweigen; dann: – Ich sehe es ein.
– Und vordem hast du es nicht gesehen?
Zögernd sagt er: – Ich sah es wohl. Der alte Mann war versucht, zu fragen: Warum denn, warum hast du's weiter mit ihnen gehalten? Aber des Burschen Augen standen voll Tränen, und in dem Vater kämpfte das Mitleid mit der Versuchung und gewann die Oberhand. Er nahm des Sohnes Hände, und diesmal waren sie nicht ganz leblos, sondern es war Gefühl in ihnen, und er umfaßte sie stark und tröstend.
– Fasse Mut, mein Sohn. Vergiß nicht, du hast einen Anwalt. Aber du mußt ihm nichts sagen als die volle Wahrheit.
– Ich werde ihm nur die Wahrheit sagen, Vater.
Er öffnete den Mund, als wollte er etwas sagen, aber er sagte es nicht.
– Sprich nur ohne Scheu, mein Sohn.
– Er muß bald kommen, Vater.
Er sah nach dem Fenster, und wieder füllten sich seine Augen mit Tränen. Er versuchte, leichthin zu sprechen. – Oder es wird vielleicht zu spät sein, sagte er.
– Das mußt du nicht fürchten. Er wird bald kommen. Soll ich jetzt gehen und fragen, wann er kommen wird?
– Ja, geh jetzt, bald, bald, Vater.
– Und Pater Vincent wird dich besuchen kommen; du kannst die Beichte bei ihm ablegen und Vergebung empfangen und dein Leben bessern.
– Das ist gut, Vater.
– Und die Heirat wird stattfinden, wenn es nur irgend möglich ist. Und das Mädchen – das habe ich dir noch nicht erzählt –, sie wohnt bei mir in Sophiatown. Sie geht mit mir nach Ndotsheni, und dort wird das Kind zur Welt kommen.

– Das ist gut, Vater.
– Und nun darfst du auch an die Mutter schreiben.
– Ich werde schreiben, Vater.
– Und wische nun deine Tränen ab.
Der Bursche stand auf und wischte sich die Augen mit dem Tuch, das sein Vater ihm gab. Und sie gaben sich die Hand, und in der Hand des Sohnes war nun Leben. Der Wärter sagte zu ihm: – Du kannst gleich hierbleiben, der Anwalt will dich sprechen. Du, Alter, du mußt gehen.
Also verließ ihn Kumalo, und an der Tür stand ein weißer Mann, im Begriff einzutreten. Er war hochgewachsen und sehr ernst wie jemand, der an schwierige Dinge gewöhnt ist, und der Wärter kannte ihn und war sehr ehrerbietig. Er sah aus wie jemand, der immer etwas Wichtiges vorhat, viel Wichtigeres als die Verteidigung eines schwarzen Burschen, der jemanden ermordet hat, und er trat so gewichtig in das Zimmer ein, wie ein Häuptling eintreten würde.

Kumalo kehrte zum Missionshaus zurück und trank mit Pater Vincent Tee. Als sie damit fertig waren, klopfte es an die Tür, und der hochgewachsene, ernste Mann wurde hereingeführt. Und Pater Vincent war auch sehr respektvoll und nannte ihn Sir und dann Mr. Carmichael. Er stellte ihm Kumalo vor, und Mr. Carmichael gab ihm die Hand und nannte ihn Mr. Kumalo, und das ist ungebräuchlich. Sie tranken noch mehr Tee und fingen an, den Fall zu besprechen.
– Ich werde ihn übernehmen, Mr. Kumalo, sagte Mr. Carmichael. Ich werde ihn pro deo übernehmen, wie wir das nennen. Es ist ein ganz klarer Fall, denn der Junge sagt ganz eindeutig, daß er geschossen hat, weil er Angst hatte, und nicht, weil er töten wollte. Und es wird ganz vom Richter und den Beisitzern abhängen, – ich denke, wir werden dieses Verfahren wählen und nicht das Schwurgericht. Aber was die beiden anderen Burschen betrifft, so weiß ich nicht, was ich sagen soll. Ich habe gehört, Mr. Kumalo, daß Ihr Bruder einen anderen Anwalt für sie genommen hat, und ich könnte sie auch wirklich nicht verteidigen, denn ich höre, sie werden aussagen, daß sie überhaupt nicht dabei waren und daß Ihr Sohn seine besonderen Gründe dafür hat, sie als Komplicen hinzustellen. Ob das wahr ist oder nicht, muß der Richter

entscheiden, aber ich bin geneigt, Ihrem Sohne zu glauben, daß er die Wahrheit spricht und daß er keinen Grund hat, sie fälschlich zu verdächtigen. Nun ist es an mir, den Gerichtshof zu überzeugen, daß er die volle Wahrheit sagt; daß er auch die volle Wahrheit sagt, wenn er behauptet, nur aus Angst geschossen zu haben, und deshalb könnte ich natürlich nicht diese beiden verteidigen, die behaupten, daß er nicht die Wahrheit sagt. Ist das ganz klar, Mr. Kumalo?
– Ja, das ist klar, Sir.
– Nun muß ich alles von Ihrem Sohne wissen, Mr. Kumalo, wann und wo er geboren wurde, wie er als Kind war, ob er gehorsam und wahrheitsliebend war und wann und warum er von Hause fortgegangen ist und was er seit seiner Ankunft in Johannesburg getan hat. Verstehen Sie?
– Ich verstehe, Sir.
– Alles das muß ich so bald wie möglich wissen, Mr. Kumalo, denn der Fall wird wohl bei den nächsten Sitzungen drankommen. Sie müssen herausfinden, was er getan hat, nicht nur von ihm, sondern auch von anderen. Sie müssen die Berichte miteinander vergleichen, verstehen Sie? Und wenn sie voneinander abweichen, so müssen Sie mir auch das sagen. Und ich werde meinerseits dasselbe tun. Verstehen Sie das alles?
– Ich verstehe, Sir.
– Und jetzt, Pater Vincent, könnten wir miteinander die Schulfrage besprechen?
– Mit Freuden! Mr. Kumalo, wollt Ihr uns entschuldigen?
Er begleitete Kumalo zur Tür, trat mit ihm hinaus und schloß die Tür hinter sich.
– Ihr könnt Gott danken, daß wir diesen Mann haben, sagte er. Er ist ein bedeutender Mann, einer der bedeutendsten Anwälte in Südafrika und einer der besten Freunde Eures Volkes.
– Ich danke Gott wahrlich und auch Euch, Pater. Aber sagt mir, ich habe eine Sorge: was wird es kosten? Mein bißchen Geld ist fast aufgebraucht.
– Habt Ihr nicht gehört, wie er gesagt hat, er übernehme den Fall pro deo? Ach ja, das habt Ihr wahrscheinlich noch nie gehört. Es ist lateinisch und heißt um Gottes willen. Also wird es Euch nichts kosten oder doch nur sehr wenig.
– Er tut es um Gottes willen?

– Ja, früher, als es noch Glauben gab, nannte man es so, wenn auch inzwischen viel von diesem Sinn verlorengegangen ist. Aber es bedeutet immer noch, daß der Fall unentgeltlich übernommen wird.
Kumalo stammelte. – Noch nie habe ich solche Güte erfahren, sagte er. Er wandte das Gesicht ab, denn in diesen Tagen hatte er nahe am Wasser gebaut. Pater Vincent lächelte ihm zu. – Hamba kahle, sagte er und ging zu dem Anwalt zurück, der den Fall um Gottes willen übernommen hatte.

ZWEITES BUCH

I

Eine wunderschöne Straße führt von Ixopo in die Berge hinauf. Die Berge sind grasbewachsen und dehnen sich weithin, sie sind so schön, nie kann man genug davon singen. Die Straße steigt sieben Meilen in die Berge hinauf nach Carisbrooke, und wenn es nicht neblig ist, kannst du von dort hinunterschauen auf eines der schönsten Täler in Afrika. Um dich her ist Gras und Farn, und vielleicht hörst du den einsamen Ruf des Titihoya, des Vogels im Veld. Unter dir liegt das Tal des Umzimkulu, wie er vom Drakensberg zum Meer hinunterreist; und jenseits des Flusses ein schöner Berg um den anderen, und jenseits davon die Bergzüge des Ingéli und des östlichen Griqualandes.
Das Gras ist üppig und dicht, du kannst den Boden nicht sehen. Es hält Regen und Nebel fest, und sie nähren die Bäche in jeder kleinen Schlucht. Es ist gut gehalten, nicht zuviel Vieh weidet es ab, nicht zu viele Feuer brennen es ab und legen den Boden bloß. Hier oben in den Bergen ist ein kleines, liebliches Tal zwischen zwei schützenden Höhen. Ein Haus steht dort, und rundherum liegen ebene, gepflügte Felder; jedermann wird dir sagen, daß dies eine der besten Farmen im Lande ist. Sie heißt High Place, Farm und Heimstätte von James Jarvis, Esquire, und sie liegt hoch über Ndotsheni und dem großen Tal des Umzimkulu.

Jarvis sah dem Pflügen zu, er war bedrückt und besorgt. Die heiße Sonne eines Oktobernachmittags goß sich über die Felder aus, und keine Wolke war am Himmel. Regen! Regen! Aber es gab keinen Regen. Die Schollen drehten sich hart und brachen nicht, und hie und da schleifte der Pflug nutzlos über den eisenharten Boden. Am Ende des Feldes hielt er inne, und die Ochsen standen schweißbedeckt und schnaubend in der Hitze.

– Es hat nicht viel Sinn, Umnumzana.
– Mach nur weiter, Thomas. Ich gehe auf die Höhe hinauf und schaue aus, ob was zu sehen ist.
– Ihr werdet nichts sehen, Umnumzana. Ich weiß es, denn ich habe auch schon ausgeschaut.
Jarvis knurrte etwas vor sich hin, rief seinem Hunde und machte sich auf den Weg den Kaffernpfad entlang, der auf die Höhen hinaufführt. Dort merkte man nichts von der Dürre, denn die Nebel nährten das Gras, und kühle Luft wehte ihm ins heiße Gesicht. Aber unterhalb der Höhen war das Gras trocken, und die Hügel von Ndotsheni waren rot und nackt, und die Farmer auf den Höhen bekamen Angst, daß die Trostlosigkeit dort sich Jahr um Jahr und Meile um Meile weiter hinauffressen werde, bis auch sie davon erfaßt wären.
Darüber sprachen sie oft, denn wenn sie sich untereinander besuchten und auf den langen, kühlen Veranden beim Tee saßen, war es unvermeidlich, daß sie auf die unfruchtbaren Täler hinaussahen und auf die nackten Hügel, die sich dort unten hinzogen. Manche von ihren Tagelöhnern kamen aus Ndotsheni; und sie wußten wohl, daß in diesen Reservaten Jahr um Jahr weniger Getreide und Gemüse angebaut wurde. Es gab dort zuviel Vieh, und die Felder waren von Wind und Wetter halb zerstört und unfruchtbar; und aus jedem neu angelegten Feld wurde ein weiteres Stück Verwüstung. Es hätte schon etwas erreicht werden können, wenn die Leute nur gelernt hätten, wie dieser Verfall zu bekämpfen ist, wenn sie Wälle gebaut hätten, damit der Boden nicht fortgeschwemmt werde, wenn sie beim Pflügen den natürlichen Linien des Hügellandes gefolgt wären. Aber die Hügel waren steil, und manchen hätte man mit dem Pfluge überhaupt nicht nahekommen sollen. Und die Ochsen waren schwach, und bergab zu pflügen war leichter. Und die Leute waren unwissend, sie wußten nicht, daß man den Ackerbau planmäßig betreiben kann.
Das war nun wirklich ein Problem, für das es kaum eine Lösung gab. Einige sagten, man müsse mehr für die Bildung tun, aber ein gebildeter Schwarzer will nicht mehr auf den Farmen arbeiten, sondern geht zur Stadt und sucht sich Arbeit, die ihm besser liegt. Alte Männer und Frauen verrichten die Farmarbeit, und wenn die erwachsenen Männer aus

den Minen und Städten nach Hause kommen, sitzen sie in der Sonne und trinken ihren Schnaps und führen endlose Gespräche. Einige sagten, es sei sowieso zu wenig Land da, und die Schwarzen könnten sich nicht davon ernähren, wenn sie es auch nach den modernsten Methoden bebauten. Aber eine solche Frage kann man von mancherlei Seiten betrachten. Denn wenn sie mehr Land hätten und es genau so bewirtschafteten wie das, was sie schon haben, dann würde alles Land zur Wüste werden. Und wo sollte denn das Land herkommen, wer sollte es denn bezahlen? Und es gab da auch noch einen anderen Einwand, denn wenn sie mehr Land hätten und wenn sie wirklich und wahrhaftig davon leben könnten, wer würde dann noch auf den Farmen der Weißen arbeiten? Es bestand ein System, danach konnte ein Schwarzer in Ndotsheni wohnen und nach freier Wahl auf einer der benachbarten Farmen arbeiten. Und es gab ein anderes System, danach konnte ein Schwarzer von einem Farmer ein Stück Land bekommen und darauf seinen Kraal bauen und mit seiner Familie leben, seinen eigenen Acker haben und bebauen, unter der Bedingung, daß er und seine Familie jährlich eine bestimmte Arbeitsleistung für den Farmer vollbrächten. Aber sogar das war keine vollkommene Lösung, denn manche Söhne und Töchter gingen fort zur Stadt und kamen nie zurück, um ihren Anteil Arbeit abzudienen; und manche vernachlässigten das Land, das sie hatten; und manche stahlen Rinder und Schafe, um Fleisch zu haben; und manche waren faul und unnütz, bis man sie schließlich wegschicken mußte, und dann wußte man noch nicht, ob man bessere bekam.

Alle diese alten Sorgen gingen Jarvis durch den Kopf, als er bergan stieg, und als er oben war, setzte er sich auf einen Stein, nahm den Hut ab und ließ sich vom leichten Winde kühlen. Das war eine Aussicht, deren niemand je überdrüssig werden konnte, dieses wunderschöne Tal des Umzimkulu. Ringsum sah er die üppigen, grünen Höhenzüge, die er von seinem Vater geerbt hatte, und unter ihnen das fruchtbare Tal, wo er lebte und arbeitete. Er hatte sich gewünscht, daß sein Sohn, das einzige Kind, das alles von ihm übernommen hätte. Aber der junge Mann hatte andere Pläne gehabt, er war Ingenieur geworden, – nun gut, – viel Glück dazu. Er hatte ein besonders nettes Mädchen geheiratet und seinen Eltern zwei

unübertreffliche Enkelkinder geschenkt. Es war ein schwerer Schlag gewesen, als er sich gegen High Place entschied, aber schließlich mußte er sein eigenes Leben leben, und kein Mensch hatte das Recht, seine Hand darauf zu legen. Unten im Tal kam ein Wagen zum Haus heraufgefahren. Er erkannte das Polizeiauto aus Ixopo, wahrscheinlich war es Binnendyk auf seiner Streife, und der war für einen Afrikaner ein sehr netter Kerl. Ixopo war ja nun voll von Afrikanern, während es früher keine dort gegeben hatte. Denn bei der Polizei waren sie alle Afrikaner und auch die Postbeamten und die von der Eisenbahn, und die Dorfleute vertrugen sich gut mit ihnen, in jeder Hinsicht. Ja, manche hatten sogar englischsprechende Mädchen geheiratet, und das ging ja auch im ganzen Lande vor sich. Sein eigener Vater hatte geschworen, er werde jedes seiner Kinder enterben, das es sich einfallen ließe, einen Afrikaner zu heiraten, aber die Zeiten hatten sich geändert. Der Krieg hatte einen kleinen Rückschritt gebracht, denn manche Afrikaner hatten sich zum Heeresdienst gemeldet, und manche waren zwar für den Krieg, aber meldeten sich nicht, und manche wollten bloß neutral sein, und wenn sie irgendwelche Sympathien hatten, so verschwiegen sie sie, und manche waren für Deutschland, aber es war nicht ratsam, das verlauten zu lassen.
Seine Frau kam aus dem Haus dem Wagen entgegen, und zwei Polizisten stiegen aus. Einer sah aus wie der Polizeihauptmann selber, van Jaarsveld, einer der beliebtesten Männer im Dorf, der zu seiner Zeit ein großartiger Rugbyspieler gewesen war und Soldat im Weltkrieg. Sie wählten wohl ihre Offiziere sorgfältig aus für einen englisch sprechenden Bezirk wie Ixopo. Sie schienen etwas von ihm zu wollen, denn seine Frau wies nach den Höhen hinüber. Er machte sich an den Abstieg, aber ehe er aufbrach, sah er noch einmal über das große Tal hin. Kein Regen, und es sah auch nicht so aus, als ob es je wieder regnen würde. Er rief den Hund und machte sich auf den Weg, der bald steil zwischen den Felsen hinabführte. Als er zu einer ebenen Stelle kam, etwa halbwegs bergab, sah er, daß van Jaarsveld und Binnendyk schon den Abhang hinaufstiegen, sie hatten den Wagen auf dem Feldweg bis zum Pflug herangefahren. Sie sahen ihn, und er winkte ihnen und setzte sich auf einen Stein, um auf sie zu warten. Binnendyk blieb zurück, und der Captain kam zu ihm herauf.

– Nun, Captain, haben Sie uns Regen mitgebracht?
Der Captain blieb stehen und wandte sich, um über das Tal hin zu den Bergen jenseits hinüberzuschauen.
– Ich sehe keinen Regen, Mr. Jarvis, sagte er.
– Ich auch nicht. Was bringt Sie heute her?
Sie gaben sich die Hand, und der Captain sah ihn an.
– Mr. Jarvis.
– Ja.
– Ich bringe schlechte Nachrichten.
– Schlechte Nachrichten?
Jarvis setzte sich nieder, sein Herz schlug laut. –
– Mein Sohn? fragte er.
– Ja, Mr. Jarvis.
– Ist er tot?
– Ja, Mr. Jarvis. Er hielt inne. Heute mittag um halb zwei ist er in Johannesburg erschossen worden.
Jarvis stand auf, sein Mund bebte. – Erschossen? fragte er. – Von wem?
– Wahrscheinlich war es ein schwarzer Einbrecher. Sie wissen, daß seine Frau verreist war?
– Ja, das weiß ich.
– Und er blieb einen Tag zu Hause, fühlte sich nicht ganz wohl. Wahrscheinlich dachte der Schwarze, es sei niemand zu Hause. Es scheint, daß Ihr Sohn Lärm hörte und herunterkam, um nachzusehen. Der Schwarze erschoß ihn. Keine Spur von einem Kampf.
– Mein Gott!
– Es tut mir leid, Mr. Jarvis. Es tut mir so leid, daß ich Ihnen diese Nachricht bringen muß.
Er hielt ihm seine Hand hin, aber Jarvis setzte sich wieder auf den Stein und sah sie nicht. – Mein Gott, sagte er.
Van Jaarsveld stand schweigend, während der Ältere sich zu beherrschen suchte.
– Sie haben es meiner Frau nicht gesagt, Captain?
– Nein, Mr. Jarvis.
Jarvis zog die Brauen zusammen, als er an das dachte, was ihm noch bevorstand. – Sie ist nicht sehr widerstandsfähig, sagte er. Ich weiß nicht, wie sie es ertragen wird.
– Mr. Jarvis, ich habe Instruktion, Ihnen in jeder Weise behilflich zu sein. Binnendyk kann Ihren Wagen nach Pietermaritzburg fahren, wenn Sie es wünschen. Sie könnten den

Schnellzug um neun Uhr erreichen und um elf Uhr morgen vormittag in Johannesburg sein. Es ist ein Abteil für Sie und Ihre Frau reserviert.
– Das ist sehr freundlich von Ihnen.
– Ich will tun, was Sie nur wünschen, Mr. Jarvis.
– Wieviel Uhr ist es?
– Halb vier.
– Vor zwei Stunden.
– Ja, Mr. Jarvis.
– Vor drei Stunden war er noch am Leben.
– Ja, Mr. Jarvis.
– Mein Gott!
– Wenn Sie diesen Zug erreichen wollen, müssen Sie um sechs Uhr abfahren. Oder wenn Sie lieber wollen, können Sie ein Flugzeug nehmen. In Pietermaritzburg steht eines bereit. Aber wir müssen um vier Uhr Bescheid sagen. Dann könnten Sie um Mitternacht in Johannesburg sein.
– Ja, ja. Wissen Sie, ich kann nicht recht nachdenken.
– Ja, das kann ich wohl verstehen.
– Was wäre denn besser?
– Ich glaube, das Flugzeug, Mr. Jarvis.
– Gut, dann nehmen wir es. Wir müssen ihnen Bescheid sagen, sagten Sie.
– Das werde ich tun, sobald wir zu Ihrem Haus kommen. Kann ich irgendwo telephonieren, wo Mrs. Jarvis mich nicht hören kann? Es ist eilig, verstehen Sie.
– Ja, ja, das können Sie schon.
– Ich glaube, dann sollten wir gehen.
Aber Jarvis saß da und rührte sich nicht.
– Können Sie allein aufstehen, Mr. Jarvis? Ich möchte Ihnen lieber nicht helfen, Ihre Frau kann uns sehen.
– Sie macht sich schon ihre Gedanken, Captain. Selbst von weitem weiß sie, daß etwas geschehen ist.
– Das ist wohl möglich. Vielleicht hat sie mir etwas angesehen, wenn ich auch versucht habe, mir nichts merken zu lassen.
Jarvis stand auf. – Mein Gott, sagte er. Das steht mir noch bevor.
Als sie den steilen Pfad hinuntergingen, ging Binnendyk vor ihnen her. Jarvis ging wie einer, der betäubt ist. So kommt es plötzlich, aus heiterem Himmel.

– Erschossen? sagte er.
– Ja, Mr. Jarvis.
– Haben sie den Schwarzen?
– Noch nicht, Mr. Jarvis.
Da kommen die Tränen, und die Zähne graben sich in die Lippen. – Was macht es denn auch? sagt er.
Sie gingen den Berg hinunter, nun waren sie nahe bei dem Feld, das gepflügt wurde. Undeutlich sah er durch den Nebel vor seinen Augen, wie der Pflug die Schollen aufwarf und dann hoch über dem eisenharten Boden hinglitt. – Laß sein, Thomas, sagte er. – Er war unser einziges Kind, Captain.
– Ich weiß es wohl, Mr. Jarvis.
Sie stiegen in den Wagen und waren in wenigen Minuten beim Hause.
– James, was ist geschehen?
– Eine böse Sache, Liebste. Komm mit mir ins Studierzimmer. Captain, Sie wollten telephonieren, wissen Sie, wo das Telephon ist?
– Ja, Mr. Jarvis.
Der Captain ging zum Telephon. Es war eine Zweiglinie, und zwei Nachbarn unterhielten sich.
– Bitte, hängen Sie ab, sagte der Captain. Dringendes Polizeigespräch. Bitte, hängen Sie ab.
Er läutete wild und bekam keine Antwort. Es sollte ein besonderes Polizeizeichen direkt zum Amt auf dieser Zweiglinie geben. Danach würde er schauen. Er läutete noch wilder.
– Amt, sagte er, Polizeistation Pietermaritzburg. Sehr dringend. –
– Sie werden sofort verbunden, sagte das Amt.
Er wartete ungeduldig und horchte auf die sonderbaren, unerklärlichen Geräusche. – Ihre Anmeldung Polizeistation Pietermaritzburg.
Fieberhaft fing er an, über das Flugzeug zu sprechen. Seine Hand tastete nach dem zweiten Kopfhörer, den wollte er auch benutzen, damit er die Frau nicht hörte, ihr Weinen und Schluchzen.

II

Ein junger Mann holte sie am Flughafen ab.
– Mr. und Mrs. Jarvis?
– Ja.
– Ich bin John Harrison. Marys Bruder. Sie kennen mich wohl nicht mehr. Ich war noch ein Junge, als Sie mich zuletzt gesehen haben. Darf ich Ihr Gepäck tragen? Ich habe den Wagen hier.
Als sie zur Kontrollstelle gingen, sagte der junge Mann: – Ich brauche Ihnen wohl nicht zu sagen, wie erschüttert wir sind, Mr. Jarvis. Arthur war der beste Mensch, den ich je gekannt habe.
Im Wagen fing er wieder an zu sprechen. – Mary und die Kinder sind bei meiner Mutter, und wir hoffen, daß Sie beide bei uns wohnen werden.
– Wie geht es Mary?
– Es war ein furchtbarer Schlag, aber sie ist sehr tapfer.
– Und die Kinder?
– Für sie ist es schrecklich, und das gibt Mary alle Hände voll zu tun.
Sonst sprachen sie nichts. Jarvis hielt die Hand seiner Frau fest, aber sie schwiegen alle über ihren Gedanken, bis sie in den Garten eines Vorstadthauses hineinfuhren und vor dem erleuchteten Eingang hielten. Eine junge Frau kam heraus, als der Wagen heranfuhr, und umarmte Mrs. Jarvis, und sie weinten zusammen. Dann wandte sie sich zu Jarvis, und sie küßten einander. Nach dieser ersten Begegnung kamen auch Mr. und Mrs. Harrison heraus, und nachdem sie sich begrüßt und das gesagt hatten, was man in solchen Fällen sagen muß, gingen sie alle ins Haus.
Harrison wandte sich an Jarvis. – Wollen Sie etwas zu trinken? fragte er.
– Ja, gerne.
– Kommen Sie ins Studierzimmer. – Und nun, sagte Harrison, müssen Sie genau das tun, was Sie tun wollen. Wenn wir irgendwie helfen können, müssen Sie es sagen. Wenn Sie gleich zur Leichenhalle wollen, wird John Sie hinfahren. Oder Sie können auch morgen früh gehen, wenn Sie wollen. Die Polizei will Sie sprechen, aber heute nacht wird man Sie nicht mehr belästigen.

– Ich will meine Frau fragen, Harrison. Wissen Sie, wir haben noch kaum darüber gesprochen. Ich werde hinübergehen, bemühen Sie sich nicht.
– Ich werde hier warten.
Er fand seine Frau und seine Schwiegertochter, wie sie Hand in Hand auf den Zehenspitzen aus dem Zimmer kamen, wo die Kinder schliefen. Er sprach mit ihr, und sie weinte wieder und schluchzte an seiner Schulter. – Jetzt gleich, sagte sie.
Er ging zu Harrison zurück und leerte schnell sein Glas, und dann ging er mit seiner Frau und seiner Schwiegertochter zum Wagen hinaus, wo John Harrison auf sie wartete.
Während sie nach dem Polizeilaboratorium fuhren, erzählte John Harrison Jarvis alles, was er von dem Verbrechen wußte, daß die Polizei darauf wartete, daß der schwarze Hausdiener wieder zum Bewußtsein käme, und daß sie die Pflanzungen am Parkwold Ridge durchsuchten. Er erzählte auch von der Abhandlung, an der Arthur Jarvis gerade geschrieben hatte, ehe er getötet wurde, eine Abhandlung mit dem Titel: »Die Wahrheit über das schwarze Verbrechen.«
– Das möchte ich sehen, sagte Jarvis.
– Wir werden es morgen für Sie beschaffen, Mr. Jarvis.
– Mein Sohn und ich waren nicht derselben Meinung, was diese Frage betrifft, John. Wir haben uns sogar manchmal regelrecht darüber gestritten. Aber ich möchte wissen, was er geschrieben hat.
– Mein Vater und ich verstehen uns in dieser Frage auch nicht, Mr. Jarvis. Wissen Sie, Mr. Jarvis, in ganz Südafrika hat niemand gründlicher darüber nachgedacht und niemand ist zu klareren Resultaten gekommen als Arthur. Und worüber sollten wir denn sonst hier in Südafrika gründlich und in aller Klarheit nachdenken, pflegte er zu sagen.
Dann kamen sie zum Laboratorium, und John Harrison blieb im Wagen, während die anderen das schwere Unumgängliche taten. Schweigend kamen sie zurück, nur die beiden Frauen weinten und schweigend fuhren sie nach Hause, wo Marys Vater ihnen die Tür öffnete.
– Noch einen Schluck, Jarvis? Oder möchten Sie zu Bett gehen?
– Margaret, soll ich mit dir hinaufgehen?
– Nein, Lieber, bleib nur und trinke noch ein Glas.
– Also gute Nacht, Liebste.

– Gute Nacht, James.
Er küßte sie, und sie klammerte sich einen Augenblick an ihn.
– Und danke, daß du mir so geholfen hast, sagte sie. Wieder kamen ihr die Tränen und ihm schließlich auch. Er sah ihr nach, wie sie mit der Schwiegertochter die Treppe hinaufstieg, und als sich die Tür hinter ihnen schloß, gingen er und Harrison ins Studierzimmer.
– Für die Mutter ist es immer am schlimmsten, Jarvis.
– Ja.
Darüber dachte er nach, und dann sagte er: – Ich hatte meinen Sohn sehr gern, sagte er. Ich habe mich nie geschämt, daß er mein Sohn war.
Sie nahmen die Gläser, und Harrison erzählte ihm, daß der Mord die Bewohner von Parkwold sehr erschüttert habe und wie die Beileidsbriefe ins Haus geströmt seien.
– Von überall her, von allen möglichen Leuten, sagte er. Ach ja, Jarvis, – wir haben das Begräbnis auf morgen nachmittag festgesetzt, falls es Ihnen recht ist; nach einem Gottesdienst in der Parkwoldkirche. Der Gottesdienst soll um drei Uhr sein.
Jarvis nickte. – Vielen Dank, sagte er.
– Und wir haben alle Briefe für Sie aufgehoben. Vom Bischof, vom stellvertretenden Premierminister, vom Bürgermeister und Dutzende mehr. Auch von Negerorganisationen, eine nennt sich »Die Töchter Afrikas«, und eine Menge andere, ich weiß es schon nicht mehr. Und von Coloureds und Indern und Juden.
Jarvis fühlte einen traurigen Stolz in sich aufsteigen. – Er war begabt, sagte er, das hatte er von seiner Mutter.
– O ja, das war er, da brauchen Sie nur mit John zu sprechen. Aber die Leute mochten ihn auch sehr gern, Leute von überall her. Wissen Sie, daß er afrikaans sprach wie ein Afrikaner?
– Ich weiß, daß er es gelernt hat.
– Ich verstehe Gott sei Dank diese sogenannte Sprache nicht. Aber er war der Ansicht, er müsse sie können, also nahm er Stunden und ging auf eine afrikanische Farm. Er sprach zulu, das wissen Sie, aber er redete auch davon, daß er sesuto lernen wolle. Sie wissen doch, daß im Parlament Vertreter der Eingeborenen sind, – es war die Rede davon, daß er für die nächste Wahl eine Kandidatur übernehmen sollte.

– Das wußte ich nicht.
– Ja, er hat immer wieder da oder dort gesprochen. Sie wissen ja Bescheid. Verbrechertum unter den Schwarzen, mehr Schulen für die Schwarzen, die Zustände im Krankenhaus der Schwarzen, – damit hat er in den Zeitungen viel Staub aufgewirbelt. Und wissen Sie, er war außer sich über das Barackensystem der Minen und wollte, daß die Minenkammer sich hundertprozentig für angesiedelte Arbeit einsetze, – Sie verstehen, so daß Frauen und Kinder mit dem Manne leben können.
Jarvis stopfte bedachtsam seine Pfeife und lauschte dieser Beschreibung seines Sohnes, – eines Fremden.
– Hathaway von der Minenkammer hat mit mir darüber gesprochen, sagte Harrison. Er bat mich, den Jungen zu warnen, daß er ein bißchen langsam täte, weil seine Firma geschäftlich mit den Minen viel zu tun hatte. Also sprach ich mit ihm, sagte ihm, daß ich ja wisse, wie wichtig ihm diese Dinge seien, aber daß man doch nicht alles auf einen Streich erreichen könne. Sagte ihm auch, er solle an Mary und die Kinder denken. Aber ich sprach nicht etwa in Marys Auftrag, verstehen Sie? In die Angelegenheiten der jungen Leute möchte ich mich nicht einmischen.
– Ich verstehe.
– Ich habe es mit Mary besprochen, antwortete er. Sie und ich sind uns darüber einig, daß es wichtiger ist, die Wahrheit zu sagen, als Geld zu verdienen.
Harrison mußte lachen, als er daran dachte, aber er brach kurz ab, als er sich des traurigen Anlasses dieses Gesprächs erinnerte. – Mein Sohn John war dabei, sagte er, und er sah Arthur an, als ob er der Herrgott selber wäre. Was konnte ich da sagen?
Sie rauchten eine Weile schweigend. – Ich fragte ihn, sagte Harrison, was seine Partner dazu sagten. Schließlich ist es ihr Beruf, Maschinen an die Minen zu verkaufen. – Ich habe es mit meinen Partnern besprochen, sagte er, und wenn es Schwierigkeiten gibt, trete ich aus der Firma aus, das habe ich versprochen. Und was tust du dann? fragte ich. Was tue ich dann nicht? sagte er. Er sah ganz erregt aus. Was konnte ich da noch sagen?
Jarvis antwortete nicht. Denn dieser sein Sohn hatte sich aufgemacht, fremde Wasser zu befahren, viel weiter fort, als

seine Eltern wußten. Oder vielleicht wußte es seine Mutter. Das würde ihn gar nicht wundern, wenn seine Mutter es wüßte. Er selber hatte solche Reisen nie unternommen, und so konnte er auch nichts dazu sagen.

– Ermüde ich Sie, Jarvis? Oder möchten Sie vielleicht von etwas anderem sprechen? Oder vielleicht zu Bett gehen?

– Reden Sie ruhig weiter, Harrison, das hilft mir am meisten.

– Nun, so war er eben. Er und ich haben nicht viel über diese Dinge gesprochen. Sie liegen mir nicht. Ich versuche weiß Gott, jeden Schwarzen anständig zu behandeln, aber er steht mir in keiner Weise nahe. Und um die Wahrheit zu sagen, diese Verbrechen haben mir den Geschmack daran ganz und gar verdorben. Ich sage Ihnen, Jarvis, wir in Johannesburg haben momentan alle eine schauderhafte Angst.

– Vor den Verbrechen?

– Ja, vor dem schwarzen Verbrechertum. Es gibt zuviel Raub und Morde und brutale Überfälle. Ich versichere Ihnen, wir gehen keinen Abend schlafen, ohne daß wir vorher das Haus verbarrikadieren. Bei den Phillipsons, drei Häuser von hier, hat eine solche Bande von Rowdies eingebrochen; sie schlugen auf den alten Phillipson los, bis er bewußtlos war, und mißhandelten seine Frau. Ein Glück, daß die Mädels ausgegangen waren zu einer Tanzerei, wer weiß, was sonst passiert wäre. Ich sprach mit Arthur darüber, aber seiner Meinung nach lag die Schuld irgendwo bei uns selber. Ich konnte ihm nicht immer folgen, aber es war ihm schon sehr ernst damit. So, wissen Sie, daß man das Gefühl hatte, wenn man nur Zeit hätte, könnte man wohl einen Sinn darin finden.

– Aber in einem kann ich keinen Sinn finden, sagte Jarvis, warum dies geschehen ist?...

– Meinen Sie, ... gerade ihm?

– Ja.

– Das war fast das erste, was wir auch sagten. Da war er nun tagaus tagein von dieser Art von Mission besessen. Und gerade er mußte sterben.

– Ja, aber, sagte Jarvis, als ob ihm etwas klar würde, ja, aber das ist schon oft so gewesen. Ich meine, daß Missionare umgebracht wurden.

Harrison antwortete nicht, und sie rauchten schweigend ihre Pfeifen. Ein Missionar, dachte Jarvis; er dachte, wie seltsam es doch war, daß er seinen Sohn einen Missionar genannt hatte. Denn er hatte kaum je über Missionare nachgedacht. Die Kirche schätzte sie wohl sehr hoch, und bei besonderen Sammlungen hatte er immer etwas gegeben; aber das tat man auch, wenn man von Missionaren nicht so überaus viel hielt. In seiner Nähe war eine Missionsstation, in Ndotsheni. Aber seiner Erinnerung nach war sie kein erfreulicher Anblick. Eine schmutzige, alte Kirche aus Holz und Wellblech, zusammengeflickt und verlassen, und ein schmutziger, alter Pfarrer in einem unfruchtbaren Tal, wo kaum noch Gras wuchs. Eine schmutzige, alte Schule, aus der er papageienhaftes, lautes Geplapper gehört hatte, als er ein- oder zweimal vorbeigeritten war, und sie plapperten Dinge, die wenig Sinn für sie haben konnten.

– Schlafen, Jarvis? Oder noch einen Schluck?

– Schlafen, denk ich. Sagten Sie, daß die Polizei hierher kommt?

– Sie kommt um neun.

– Und ich möchte auch das Haus sehen.

– Das dachte ich mir. Man wird Sie hinbringen.

– Gut, dann werde ich jetzt zu Bett gehen. Wollen Sie Ihrer Frau von mir gute Nacht sagen?

– Ja, gewiß. Sie wissen das Zimmer? Und Frühstück um halb neun?

– Halb neun. Gute Nacht, Harrison. Und vielen Dank für alle Ihre Güte.

– Nichts zu danken. Nichts ist zuviel. Gute Nacht, Jarvis, und ich hoffe, Sie und Margaret werden etwas Schlaf finden.

Jarvis stieg die Treppe hinauf und trat in das Zimmer. Er trat leise ein und drehte das Licht nicht an. Der Mond schien durch die Fenster herein, und er stand da und blickte auf die stille Welt hinaus. Alles, was er gehört hatte, ging in ruhiger Bewegung durch seinen Sinn. Seine Frau regte sich in ihrem Bett und sagte: – James.

– Liebste.

– Woran dachtest du, Lieber?

Er schwieg und suchte nach einer Antwort: – An alles, sagte er.

– Ich dachte, du kommst gar nicht mehr.

Schnell ging er zu ihr hinüber, und sie griff nach seinen

Händen. – Wir sprachen von dem Jungen, sagte er. Von allem, was er getan hat und zu tun versuchte. Von all den Menschen, die um ihn trauern.
– Erzähle es mir, Liebster.
Und so erzählte er ihr alles, leise, was er gehört hatte. Sie wunderte sich ein wenig, denn ihr Mann war ein ruhiger, wortkarger Mensch und redete nie viel. Aber in dieser Nacht erzählte er ihr alles, was Harrison ihm erzählt hatte.
– Es macht mich stolz, flüsterte sie.
– Aber du hast doch immer gewußt, daß er so war.
– Ja, das habe ich gewußt.
– Ich habe wohl auch gewußt, daß er ein anständiger Mensch war. Aber du bist ihm immer viel näher gewesen als ich.
– Für eine Mutter ist es leichter, James.
– Muß wohl sein. Aber jetzt wünschte ich doch, daß ich mehr von ihm gewußt hätte. Weißt du, was er getan hat, – ich habe mit solchen Dingen nie viel zu tun gehabt.
– Ich auch nicht, James. Sein Leben war anders als das unsere.
– Aber es war in jeder Hinsicht ein gutes Leben.
Er saß bei ihr, wie sie dalag, und beide schwiegen in Gedanken, Erinnerungen und Trauer.
– Wenn sein Leben auch anders war, sagte er, so hast du es doch verstanden.
– Ja, James.
– Es tut mir so leid, daß ich es nicht verstanden habe.
Dann sagte er ganz leise: – Ich habe nicht gewußt, daß es je so wichtig sein würde, es zu verstehen.
– O Lieber, Liebster. Sie legte die Arme um ihn und weinte.
Und er flüsterte weiter: – Etwas kann ich ganz und gar nicht verstehen, warum dies gerade ihm geschehen ist.
Sie lag und dachte darüber nach, und ihr Schmerz war tief, tief und ausweglos. Sie schloß die Arme fester um ihn. – James, laß uns versuchen zu schlafen, sagte sie.

III

Jarvis saß in seines Sohnes Stuhl, und seine Frau und Mary ließen ihn dort und gingen zu den Harrisons zurück. Bücher, Bücher, Bücher, – mehr Bücher, als er je in irgendeinem Haus

gesehen hatte! Papiere auf dem Tisch, Briefe und noch mehr Bücher. Mr. Jarvis, wollen Sie bitte bei der Versammlung der methodistischen Gilde in Parkwold sprechen? Mr. Jarvis, wollen Sie bitte dem anglikanischen Jugendverband in Sophiatown einen Vortrag halten? Mr. Jarvis, wollen Sie bitte an einem Vortragsabend in der Universität sprechen? Nein, nirgends mehr würde Mr. Jarvis sprechen können.
Mr. Jarvis, Sie sind hiermit freundlichst zur Jahresversammlung der jüdisch-christlichen Gesellschaft eingeladen. Mr. Jarvis, Sie und Ihre Frau Gemahlin sind herzlich eingeladen zu der Hochzeit von Sarajini, der ältesten Tochter von Mr. und Mrs. H. B. Singh. Mr. Jarvis, Sie und Ihre Frau werden zu einem Toc-H-Abend in van-Wyks-Tal zu Gast gebeten. Nein, Mr. Jarvis würde keine dieser freundlichen Einladungen annehmen können.
Zwischen den Büchern hingen vier Bilder an der Wand, ein Kruzifixus und Abraham Lincoln und Haus Vergelegen mit seinen weißen Giebeln und ein Gemälde: kahle Weiden an einem Bach im winterlichen Feld.
Er stand vom Stuhl auf, um sich die Bücher anzusehen. Hunderte von Büchern über Abraham Lincoln. Er hatte nicht gewußt, daß über irgendeinen Menschen so viele Bücher geschrieben worden waren. Sie füllten einen ganzen Bücherschrank. Ein anderer war voll von Büchern über Südafrika, Sarah Gertrude Millins Biographie von Rhodes und ihr Buch über Smuts und Engelenburgs Biographie von Louis Botha und Bücher über die südafrikanischen Rassenprobleme und Bücher über südafrikanische Vögel und über den Krügerpark und zahllose andere. Ein anderer Schrank war voll von afrikaans Büchern, aber ihre Titel sagten ihm nichts. Und da waren Bücher über Religion und über Sowjetrußland und über Verbrechen und Verbrecher und Gedichtbände. Er suchte nach Shakespeare, und auch Shakespeare war da.
Er ging zum Stuhl zurück und sah lange die Bilder an, den gekreuzigten Christus und Abraham Lincoln und Vergelegen und die Weiden am Bach. Dann zog er ein paar Papiere zu sich heran.
Das erste war ein Brief an seinen Sohn vom Sekretär des Afrikanischen Jungmänner-Klubs in Claremont, Gladiolenstraße, Claremont, voller Bedauern, daß Mr. Jarvis zur Jahresversammlung nicht hatte kommen können, und mit der

Benachrichtigung, daß er wiederum zum Präsidenten gewählt sei. Und der Brief schloß in seltsam gedrechselten Sätzen:

»Die Jahresversammlung ersucht mich, Ihnen dieses Ereignisses halber meine Glückwünsche darzubringen und Ihnen ausdrücklichst zu danken für alle die Zeit, die Sie bei uns zugebracht haben, und für die Geschenke, die Sie dem Klub haben zukommen lassen. Wie dieser Klub ohne Sie zustande gekommen wäre, das ist vielen unter uns ein Rätsel. Und ob all diesen Dingen haben wir den Wunsch, Sie wiederum zum Präsidenten zu wählen.
Ich bitte Sie um Entschuldigung, daß ich auf diesem Papier schreibe, aber unser offizielles Briefpapier ist durch unvorhergesehene Umstände in Verlust geraten. Ich verbleibe Ihr gehorsamer Diener

Washington Lafifi.«

Die anderen Papiere waren mit seines Sohnes Handschrift beschrieben. Augenscheinlich waren sie ein Teil von einem größeren Ganzen, denn die erste Zeile war der Abschluß eines Satzes, und die letzte Zeile war ein unvollendeter Satz. Er suchte nach Anfang und Schluß, fand aber nichts und machte sich daran, das zu lesen, was er vor sich hatte.
»...war zulässig. Was wir taten, als wir zuerst nach Südafrika kamen, war zulässig. Es war zulässig, daß wir unsere großen Bodenschätze mit Hilfe all der Arbeitskräfte entwickelten, die wir nur auftreiben konnten. Es war zulässig, daß wir ungeschulte Kräfte für ungeschulte Arbeit verwandten. Aber es ist unzulässig, Menschen um der ungeschulten Arbeit willen die Schulung zu verweigern.
Es war zulässig, daß wir Arbeitskräfte zu den Minen brachten, als wir Gold fanden. Es war zulässig, Baracken zu bauen und die Frauen und Kinder nicht in die Städte hereinzulassen. Das war als Experiment zulässig und entsprach der Erkenntnis, die wir damals hatten. Aber bei der Erkenntnis, die wir – mit gewissen Ausnahmen – jetzt haben, ist es unzulässig. Es ist unzulässig, daß wir das Familienleben zerstören, sobald wir wissen, daß wir es zerstören.
Es ist zulässig, alle im Lande nur mögliche Produktion zu entwickeln, wenn die Arbeitskraft vorhanden ist. Aber es ist unzulässig, irgendeine Produktion zu entwickeln, wenn dies

nur auf Kosten der Arbeiter geschehen kann. Es ist unzulässig, Goldbergwerke oder irgendeine andere Industrie oder Ackerbau zu betreiben, wenn der Erfolg dieser Bestrebungen davon abhängt, daß die Arbeiter planmäßig in der Fessel der Armut festgehalten werden. Es ist unzulässig, seinem Besitz etwas hinzuzufügen, wenn es nur auf Kosten anderer geschehen kann. Eine solche Entwicklung hat nur einen wahren Namen, und der heißt: Ausbeutung. In der frühen Geschichte unseres Landes mag sie zulässig gewesen sein, bevor wir wußten, wie hoch ihr Preis ist: der Zerfall der schwarzen Volksstämme, der Verfall des Familienlebens, die Armut, die Elendsquartiere, das Verbrechertum. Nun aber, wo wir den Preis kennen, ist diese Ausbeutung unzulässig. Es war zulässig, die Bildung und Erziehung der Schwarzen denen zu überlassen, die die Neigung verspürten, sie zu fördern. Es war zulässig, den positiven Wert solcher Arbeit anzuzweifeln. Aber im Lichte der Kenntnisse und Erfahrungen, die wir inzwischen gewonnen haben, ist das nicht mehr zulässig. Ein großer Teil der Bevölkerung unserer Städte besteht jetzt aus Schwarzen, einmal, weil die industrielle Entwicklung das mit sich gebracht hat, und dann, weil wir es nicht verhindern konnten. Nun hat die Gesellschaft immer, schon in ihrem eigenen Interesse, ihre Kinder so erzogen, daß sie das Gesetz achten und daß ihre Ziele und Wünsche im Rahmen der Gesellschaft liegen, d.h. sozial sind. Dies kann nur durch Erziehung erreicht werden. Wir aber überlassen immer noch die Erziehung unserer städtischen Eingeborenenbevölkerung den wenigen Europäern, die sich aus Überzeugung dafür einsetzen, und verweigern ihrem Ausbau die Gelegenheit und die Mittel. Dies ist unzulässig. Und ganz in unserem eigenen Interesse betrachtet, ist es sogar gefährlich.

Es war zulässig, es geschehen zu lassen, daß eine Stammesordnung zerstört wurde, die dem Gedeihen des Landes im Wege stand. Es war zulässig, der Meinung zu sein, daß diese Zerstörung unvermeidlich war. Aber es ist unzulässig, dieser Zerstörung zuzusehen und die alte Ordnung nicht durch eine neue zu ersetzen oder doch nur so ungenügend zu ersetzen, daß ein ganzes Volk physisch und moralisch verkommt.

Die alte Stammesordnung war bei aller Grausamkeit und Gewalttätigkeit, bei allem Aberglauben und Zauberwesen doch eine sittliche Ordnung.

Heute werden aus unseren Schwarzen Verbrecher, Prostituierte und Säufer, nicht, weil das ihrer Natur entspricht, sondern weil ihre einfache Ordnung, ihre Tradition, ihre Sitte zerstört worden sind. Durch den Zusammenprall mit unserer Zivilisation wurden sie zerstört. Unsere Zivilisation kann sich daher der Pflicht nicht entziehen, eine neue Ordnung und Tradition und Sitte zu schaffen. Es ist richtig, daß wir einmal unsere Hoffnung darauf setzten, durch die Politik der Abtrennung die Stammesordnung aufrechtzuerhalten. Das war zulässig. Aber wir haben es nie gründlich und ehrlich versucht. Wir haben für vier Fünftel der Gesamtbevölkerung ein Zehntel des Landes reserviert. Also war es unvermeidlich – und es gibt Leute, die behaupten, wir hätten es sogar darauf abgesehen –, daß die Arbeit in die Städte strömte. Nun sind wir in den Stricken unserer eigenen Selbstsucht gefangen.
Es soll hier nicht ein Problem einfacher hingestellt werden, als es ist. Es soll hier nicht behauptet werden, daß die Lösung ganz einfach sei. Und die Furcht, von der wir besessen sind, soll nicht als unbegründet abgetan werden. Aber ob wir nun Angst haben oder nicht, niemals werden wir als christliches Volk unsere Verantwortung ableugnen können.
Es ist nun an der Zeit ...«
Und hier waren Manuskript und Seite zu Ende. Jarvis, der sich ganz hinein vertieft hatte, suchte wieder unter den Papieren auf dem Schreibtisch, aber er konnte nichts finden, was eine Fortsetzung hätte sein können. Er zündete seine Pfeife an, zog die Blätter wieder zu sich heran und las sie noch einmal.
Nachdem er sie zum zweitenmal gelesen hatte, saß er mit seiner Pfeife und verlor sich in Gedanken. Dann stand er vom Stuhl auf und ging und stand vor dem Lincoln-Bücherschrank und sah zu dem Bilde des Mannes auf, der einen so großen Einfluß auf seinen Sohn gehabt hatte. Er sah die hundert Bücher an, schob die Glasscheibe beiseite und nahm einen Band heraus. Dann ging er zum Stuhl zurück und begann, in dem Buch zu blättern. Ein Kapitel war überschrieben: »Die berühmte Rede in Gettysburg«, anscheinend eine Rede, die ein Mißerfolg gewesen war, aber nun als eine der bedeutendsten Reden der Weltgeschichte galt. Er drehte die Seiten um, bis er nach der Einführung zu der eigentlichen Rede kam, und las sie aufmerksam. Als er damit fertig war,

rauchte er wieder, tief in Gedanken versunken. Nach einer Weile stand er auf, stellte das Buch an seinen Platz zurück und schloß den Schrank. Dann öffnete er ihn wieder, steckte das Buch in die Tasche und schloß den Schrank. Er sah nach der Uhr, klopfte seine Pfeife am Kamin aus, setzte seinen Hut auf und nahm seinen Stock. Langsam ging er die Treppe hinunter und öffnete die Tür, die in den Flur führte, wo das Schreckliche geschehen war. Er nahm den Hut ab und sah den dunklen Fleck auf dem Boden an. Ungesucht, unwillkürlich kam ihm die Erinnerung an den kleinen Knaben, den Knaben auf High Place, den kleinen Knaben mit dem Holzgewehr. Er sah nichts mehr, er ging den Flur entlang und durch die Tür, durch die der Tod so plötzlich eingetreten war. Der Polizist grüßte ihn, und er antwortete ihm mit nichtssagenden Worten. Er setzte den Hut auf und ging zum Gartentor. Unentschlossen sah er die Straße hinauf und hinunter. Dann raffte er sich mit großer Anstrengung zusammen und ging davon. Der Polizist atmete auf.

IV

Der Gottesdienst in der Kirche in Parkwold war vorüber, und die Kirche war zu klein gewesen, um alle zu fassen, die dabei sein wollten. Weiße, Schwarze, Coloureds, Inder, – zum erstenmal hatten Jarvis und seine Frau mit Menschen, die nicht weiß waren, in einer Kirche beieinander gesessen. Der Bischof selber hatte gesprochen, hatte Worte gesagt, die wehtaten und doch wohltaten. Und der Bischof hatte auch gesagt, daß kein Mensch dieses Rätsel verstehen könne, warum ein junger Mann, der soviel noch hätte tun können, in der Blüte seiner Jahre davon müsse, warum die Frau verwitwet und die Kinder verwaist seien, warum das Land eines Mannes beraubt sei, der ihm so große Dienste hätte leisten können. Und des Bischofs Stimme erhob sich, als er von Südafrika sprach. Schönheit strahlte in seiner Sprache, und Jarvis hörte eine Weile zu und vergaß seinen Schmerz unter dem Zauber dieser Worte. Und der Bischof sagte, dieses Leben sei Südafrika geweiht gewesen, dieses Leben voll Einsicht und Mut, voll der Liebe, die die Furcht austreibt, so daß ein Stolz in seinem Herzen erwachte, Stolz auf diesen Fremden, der sein Sohn gewesen war.

Die Bestattung war vorüber. Die erzenen Türen hatten sich geräuschlos geöffnet, und der Sarg glitt geräuschlos in den Ofen, wo er zu Asche verbrannte. Und Menschen, die er nicht kannte, gaben ihm die Hand, einige sprachen in althergebrachter Weise ihr Beileid aus, andere sprachen nur einfach von seinem Sohn. Die Schwarzen – ja, auch die Schwarzen; zum erstenmal in seinem Leben hatte er Schwarzen die Hand gegeben.

Sie kehrten zu den Harrisons zurück, denn nun kam die schwerste aller Nächte, jedenfalls galt sie dafür. Und jedenfalls würde sie es für Margaret sein; er würde sie nicht wieder allein zu Bett gehen lassen. Aber für ihn war alles das vorbei; er konnte ruhig in Harrisons Studierzimmer sitzen, seinen Whisky trinken und seine Pfeife rauchen und über alles reden, was Harrison gerade daherbrachte, sogar über seinen Sohn.

– Wie lange wollen Sie bleiben, Jarvis? Sie können herzlich gerne hierbleiben, solange Sie wollen.

– Danke, Harrison. Ich denke, Margaret wird mit Mary und den Kindern zurückfahren, und wir werden den Sohn eines Nachbarn bitten, daß er auf der Farm wohnt. Ein netter Junge, gerade vom Militär entlassen. Aber ich möchte dableiben und Arthurs Angelegenheiten ordnen.

– Und darf ich fragen, was die Polizei gesagt hat?

– Sie warten immer noch darauf, daß der Diener zum Bewußtsein kommt. Sie nehmen an, daß er einen von der Bande erkannt hat. Wenn nicht, so wird es sehr schwierig sein, sagen sie. Es ging alles so schnell. Sie nehmen auch an, daß irgend jemand sie hat wegrennen sehen. Sie waren wahrscheinlich so aufgeregt und erschreckt, daß sie wohl nicht wie normale Fußgänger weggegangen sind, sondern aufgefallen sein müssen.

– Ich hoffe nur, daß sie sie erwischen und alle miteinander aufknüpfen. Verzeihen Sie, Jarvis.

– Das kann ich schon verstehen.

– Es gibt keine Sicherheit mehr, Jarvis. Ich weiß nicht mal, ob wir uns sicherer fühlen werden, wenn sie sie wirklich aufknüpfen. Manchmal denke ich, das alles ist uns über den Kopf gewachsen.

– Ich verstehe Sie schon. Aber was mich betrifft, – vielleicht ist es für mich noch zu früh, daran zu denken.

– Das kann ich auch wieder verstehen. Ich verstehe gewisser-

maßen, daß das für Sie nicht das Wichtigste an der Sache ist. Das würde mir vielleicht genauso gehen. Ich weiß nicht.
– Ich weiß es auch nicht genau. Aber darin haben Sie recht, es ist nicht das Wichtigste, jedenfalls noch nicht. Aber es ist mir klar, daß man die Sache auch von einer anderen Seite sehen kann.
– Wir haben uns bemüht, mehr Polizei zu bekommen, Jarvis. Morgen abend wird hier in Parkwold eine große Versammlung stattfinden. Die Leute sind außer sich vor Empörung. Wissen Sie, Jarvis, es gibt kaum einen Hausherrn in diesen Vororten, der genau weiß, wer eigentlich in seinen Dienerwohnungen lebt. Ich dulde es ja nicht. Ich sage meinen Dienstboten, daß kein Fremder das Grundstück betreten darf und noch viel weniger hier übernachten. Der Mann unseres Hausmädchens kommt sie gelegentlich besuchen, er arbeitet in Benoni oder Springs oder irgendwo, und sie macht auch kein Geheimnis daraus, wenn er kommt, sondern fragt um Erlaubnis, und da habe ich nichts dagegen. Aber niemand anders. Wenn ich nicht aufpaßte, würde es nur so wimmeln von Vettern und Onkeln und Brüdern, und die meisten haben keine guten Absichten.
– Ja, das mag wohl in Johannesburg so sein.
– Und dann die Heckenwege, die hinter den Grundstücken entlangführen; ursprünglich waren sie für die Entleerung der Gruben angelegt. Wir haben verlangt, daß sie geschlossen werden, da wir doch nun Kanalisation haben. Sie sind dunkel und gefährlich, und diese verdammten Herumlungerer verstecken sich in ihnen. Gott weiß, was aus diesem Lande noch werden soll, ich weiß es nicht. Ich bin kein Niggerhasser, Jarvis. Ich versuche, ihnen gerecht zu werden, anständiger Lohn, saubere Wohnung und genug freie Zeit. Wir haben unsere Dienstboten jahrelang. Aber die Schwarzen als Ganzes genommen wachsen uns über den Kopf. Jetzt haben sie sogar Gewerkschaften, wissen Sie das?
– Nein, das wußte ich nicht.
– Jawohl, haben sie. Hier in den Minen drohen sie mit Streik, weil sie zehn Schillinge pro Tag verdienen wollen. Sie bekommen jetzt etwa drei Schillinge für die Schicht, und einige Minen sind schon drauf und dran, zuzumachen. Sie leben in gutgehaltenen Baracken – einige sind so modern eingerichtet, daß ich nichts dagegen hätte, selber dort zu wohnen. Sie

werden ausreichend und gut ernährt, viel besser als zu Hause, haben freie ärztliche Behandlung und Gott weiß was alles. Ich sage Ihnen, Jarvis, wenn die Unkosten der Minen noch weiter steigen, wird es keine Minen mehr geben. Und was wird dann aus Südafrika? Und was wird aus den Schwarzen selber? Sie würden zu Tausenden verhungern.
– Störe ich? fragte John Harrison, indem er seines Vaters Zimmer betrat.
– Setz dich, John, sagte Harrison.
Also setzte sich der junge Mann, und sein Vater, der langsam warm und sogar erregt wurde, fuhr fort, das Thema weiter auszuführen.
– Und was wird aus den Farmen, Jarvis? Wo wollen Sie Ihre Erzeugnisse verkaufen, und wer könnte es sich leisten, sie zu kaufen? Es würde keine staatliche Beihilfe für die Farmer mehr geben. Es würde auch keine Industrie mehr geben; die Industrie hängt davon ab, daß die Minen das Geld beschaffen, mit dem ihre Erzeugnisse gekauft werden. Und unsere sehr geehrte Regierung knöpft den Minen jedes Jahr siebzig Prozent ihres Gewinnes ab. Was wird aus der Regierung, wenn es keine Minen gibt? Die Hälfte aller Afrikaner wäre arbeitslos. Es würde auch keinen Staatsdienst mehr geben. Auch die Hälfte der Leute dort wäre arbeitslos.
Er füllte Whisky in die beiden Gläser nach und nahm sein Thema wieder auf.
– Ich sage Ihnen, wenn es keine Minen gäbe, so gäbe es überhaupt kein Südafrika. Man könnte den Laden zumachen und das Land den Schwarzen zurückgeben. Das macht mich so wütend, wenn die Leute an den Minen herumkritisieren. Besonders die Afrikaner. Sie haben die blöde Idee, daß die Leute von den Minen Ausländer sind und dem Lande das Blut aussaugen und sich aus dem Staube machen werden, wenn die Gans aufhört, goldene Eier zu legen. Aber ich sage Ihnen, die meisten Minenaktien gehören Südafrikanern, es sind unsere Minen. Mir wird übel von all diesem Gerede. Republik! Wohin würden wir kommen, wenn wir je eine Republik bekämen?
– Harrison, ich gehe hinauf. Ich möchte nicht, daß Margaret allein schlafen geht.
– Verzeihen Sie, alter Freund. Ich fürchte, es ist mit mir durchgegangen.

– Sie brauchen sich nicht zu entschuldigen. Es hat mir gut getan, Ihnen zuzuhören. Wenn ich selber nicht viel geredet habe, so gewiß nicht darum, weil es mich nicht interessiert. Aber Sie verstehen mich wohl.
– Es tut mir so leid, sagte Harrison ganz zerknirscht, ich habe mich ganz vergessen.
– Aber glauben Sie doch, sagte Jarvis, ich meine es ganz ehrlich, das Zuhören hat mir gut getan.
Er sah die beiden Harrisons an. – Ich kann nicht stundenlang über den Tod reden, sagte er.
Harrison sah ihn ungewiß an. – Wirklich, Sie machen es mir zu leicht, sagte er.
– Ich wollte, er hätte heute abend dabei sein können, sagte Jarvis, ich wollte, ich hätte zuhören können, wie er Ihnen geantwortet hätte.
– Da hätten Sie Ihre Freude gehabt, Mr. Jarvis, sagte John Harrison eifrig; diese beiläufige Aufforderung, von dem Manne zu reden, der erst so kurze Zeit tot war, griff er nur zu gerne auf. – Ich habe nie jemanden diese Dinge so vorzüglich diskutieren hören wie ihn.
– Ich war nicht seiner Ansicht, sagte Harrison, seine Verlegenheit überwindend, aber ich hatte große Hochachtung vor allem, was er sagte.
– Er war ein guter Mensch, Harrison. Mir tut es nicht leid, daß wir seine Eltern waren. Gute Nacht.
– Gute Nacht, Jarvis. Haben Sie gestern nacht geschlafen? Hat Margaret geschlafen?
– Wir haben beide etwas geschlafen.
– Hoffentlich mehr heute nacht. Sie wissen ja, Sie können über uns verfügen.
– Danke vielmals. Gute Nacht. John?
– Ja, Mr. Jarvis.
– Kennst du den Boys-Klub in der Gladiolenstraße in Claremont?
– Ja, den kenne ich gut. Es war unser Klub. Arthurs und meiner.
– Ich möchte ihn gern sehen. Wann immer es dir paßt.
– Ich werde Sie gern hinbringen, Mr. Jarvis. Und, Mr. Jarvis –
– Ja, John.
– Ich wollte nur sagen, wenn Vater von Afrikanern spricht, so

meint er die Nationalisten. Das hat Arthur ihm immer gesagt. Und Vater hat es auch zugegeben, aber er vergißt es immer wieder.
Jarvis lächelte erst den Jungen an und dann seinen Vater. – Das ist sehr wichtig, sagte er. Gute Nacht, Harrison. Gute Nacht, John.

Am nächsten Morgen erwartete Harrison seinen Gast am Fuß der Treppe.
– Kommen Sie ins Studierzimmer, sagte er. Sie traten ein, und Harrison schloß die Tür hinter sich.
– Die Polizei hat eben angerufen, Jarvis. Der Diener ist heute morgen wieder zum Bewußtsein gekommen. Er sagt, es waren drei. Sie hatten Mund und Nase maskiert, aber er ist ganz sicher, daß der eine, der ihm den Schlag versetzte, der frühere Gärtner von Mary war. Mary mußte ihn wegen irgendwelcher Geschichten entlassen. Er erkannte ihn an einem Zucken in den Augenwinkeln. Als er von Mary fortging, bekam er Arbeit in einer Weberei in Doornfontein. Dann ging er von da fort, und niemand weiß wohin. Aber sie wissen von einem anderen, mit dem er sehr befreundet war. Sie sind jetzt hinter ihm her und hoffen, daß er ihnen sagen kann, wo der Gärtner zu finden ist. Jedenfalls tun sie etwas.
– Ja, das tun sie wohl.
– Und hier ist eine Abschrift von Arthurs Manuskript über das schwarze Verbrechertum. Soll ich sie hierher legen, damit Sie sie nach dem Frühstück in Ruhe lesen können?
– Ja, danke, lassen Sie es hier.
– Und wie haben Sie geschlafen? Und Margaret?
– Sie hat sehr fest geschlafen, Harrison. Sie hatte es nötig.
– Ja, das glaube ich. Kommen Sie frühstücken.
Nach dem Frühstück ging Jarvis in das Studierzimmer seines Gastgebers und fing an, seines Sohnes Manuskript zu lesen. Er sah zuerst die letzte Seite an und sah voller Schmerz den letzten, unbeendeten Abschnitt. Das war fast das Letzte, was sein Sohn getan hatte. Als er das tat, war er am Leben. Dann, in diesem Augenblick, war er aufgestanden und die Treppe hinunter in den Tod gegangen. Wenn man in diesem Augenblick hätte rufen können: Geh nicht hinunter! Wenn man hätte rufen können: Halt, Gefahr! Aber da war niemand, der rief. Niemand wußte, was nun so viele wußten. Aber diese

Gedanken waren unfruchtbar; er war es nicht gewöhnt, darüber nachzudenken, was hätte sein können, aber niemals sein würde. Es hatte keinen Sinn, sich vorzustellen, wie man, wäre man zur Stelle gewesen, etwas hätte verhindern können, was nur deshalb geschehen war, weil es nicht verhindert werden konnte. Der Schmerz tat das, er verleitete einen zu solch unfruchtbaren Gedanken. Er wollte nun seinen Sohn verstehen; er wollte nicht etwas wünschen, was keinem Wunsche mehr zugänglich war. Also zwang er sich, den letzten Abschnitt langsam zu lesen, – mit dem Kopf, nicht mit dem Herzen, so daß er ihn verstehen konnte.

»Es ist unbestreitbar, daß unsere christliche Zivilisation sich in einem tiefen Zwiespalt befindet. Wir glauben, daß alle Menschen Brüder sind, aber in Südafrika wollen wir es nicht wahrhaben. Wir glauben, daß Gott den Menschen verschiedenartige Gaben verliehen hat, und daß die Erfüllung des Menschenlebens von der Betätigung dieser Gaben und von der Freude daran abhängt, aber wir haben Angst davor, diesen Glauben wirklich ernst zu nehmen. Wir bekennen uns zu der Überzeugung, daß man den Unterdrückten helfen muß, aber wir möchten doch, daß sie Unterdrückte bleiben. Und darum, weil wir doch nicht aufhören möchten, an unsere eigene Christlichkeit zu glauben, sind wir gezwungen, dem allmächtigen Gott, dem Schöpfer Himmels und der Erden, unsere eigenen menschlichen Absichten zu unterschieben und zu behaupten, daß er – da er nun einmal Weiße und Schwarze erschaffen habe – jede menschliche Handlung billige, die die Schwarzen in ihrer Entwicklung aufhält. Wir gehen so weit, daß wir behaupten, der allmächtige Gott habe die Schwarzen dazu geschaffen, daß sie für die Weißen Holz hauen und Wasser tragen. Wir gehen so weit, daß wir behaupten, er segne jede Handlung, die darauf abzielt, die Schwarzen an der vollen Betätigung der Gaben zu hindern, die er ihnen verliehen hat. Gleichzeitig aber führen wir Gründe an, die gänzlich anderer Natur sind, nur damit man uns nicht nachsagen kann, wir seien Unterdrücker. Wir sagen, wir tun langsam mit der Bildung, weil ein schwarzes Kind nicht intelligent genug sei, sie zu seinem Vorteil anzuwenden; wir geben den Schwarzen keine Möglichkeit, ihre Gaben zu entwickeln, weil sie angeblich keine Gaben haben; wir begründen unsere Haltung, indem wir sagen, daß wir

Tausende von Jahren gebraucht haben, bis wir dahin kamen, wo wir jetzt sind, und daß es töricht wäre, anzunehmen, daß der Schwarze weniger Zeit brauchen werde, und deshalb sei Eile nicht am Platze. Und wiederum ändern wir unsere Haltung, wenn ein Schwarzer etwas Außerordentliches leistet, und empfinden Mitleid für den Mann, der zu der Einsamkeit seines Ausnahmezustandes verurteilt ist, und kommen zu der Überzeugung, daß man es aus christlicher Nächstenliebe nicht zulassen dürfe, daß Schwarze Außergewöhnliches leisten. So wird nun selbst unser Gott zu einer ganz inkonsequenten und verworrenen Kreatur, er schenkt den Menschen Gaben und verweigert ihnen ihre Betätigung. Ist es also zu verwundern, daß unsere Zivilisation sich in einem Zwiespalt befindet? In Wahrheit ist unsere Zivilisation nicht christlich; sie ist ein tragisches Gemisch von großartigem Ideal und furchtsamer Anwendung, von großen Versprechungen und verzweifelter Furcht, von Nächstenliebe und angstvollem Anklammern an den Besitz. Gestatten Sie mir, für einen Augenblick...«

Jarvis saß tief bewegt. Ob darum, weil dies sein Sohn war, oder darum, weil dies fast das Allerletzte war, was sein Sohn getan hatte, das hätte er nicht sagen können, denn er hatte in seinem Leben wenig Zeit darauf verwandt, Worte auszukosten und abzuwägen. Ob darum, weil in diesem Gedanken etwas Besonderes war, das hätte er auch nicht sagen können, denn er hatte sich kaum je mit eben diesen Dingen befaßt. Er stand auf und stieg die Treppe hinauf in sein Zimmer und war froh, daß seine Frau nicht dort war, denn es ging in ihm etwas vor, was nicht unterbrochen werden durfte. Er nahm den Band über Abraham Lincoln und ging wieder hinunter ins Studierzimmer, und dort schlug er das Buch bei der zweiten Antrittsrede des großen Präsidenten auf. Er las sie und fühlte mit plötzlichem Aufatmen, daß sich hier ein Geheimnis erschloß, daß eine Spur wieder aufgenommen wurde. Hier gab es Nachricht von dem Fremden. Er fing an, zu verstehen, warum das Bild dieses Mannes im Hause seines Sohnen hing, und warum die vielen Bücher da waren.

Er nahm das Blatt wieder auf, aber diesmal seines Sohnes wegen, nicht wegen der Worte und Gedanken. Er sah die Worte an.

»Gestatten Sie mir, einen Augenblick...«

Und dann nichts mehr. Diese Finger würden nie mehr schreiben. Einen Augenblick, unten in der Küche ist etwas los. Einen Augenblick, denn ich muß jetzt sterben. Tausend Augenblicke, denn ich komme nie wieder.
Jarvis schüttelte dies von sich ab und zündete seine Pfeife wieder an, und nachdem er das Blatt noch einmal gelesen hatte, saß er träumend und rauchend.
– James.
Er fuhr auf. – Ja, Liebste, sagte er.
– Du solltest nicht so allein dasitzen.
Er lächelte sie an. – Ich bin nicht melancholisch veranlagt, sagte er.
– Was hast du denn getan?
– Ich habe nachgedacht. Nicht gegrübelt, sondern nachgedacht. Und gelesen. Dies hier habe ich gelesen.
Sie nahm das Blatt und sah es an und preßte es an sich.
– Lies es, sagte er ruhig. Es ist der Mühe wert.
So setzte sie sich und las, und er sah ihr zu und wußte genau, was sie dann tun würde. Sie kam an die letzte Seite, zu den letzten Worten – einen Augenblick – und saß und sah darauf nieder. Dann sah sie ihn an, nun würde sie sprechen, und das sah er auch ein. So schnell läßt einen der Schmerz nicht los.

V

Im Saal des Hohen Gerichtshofes steht ein erhöhter Sessel, darin sitzt der Richter. Unterhalb steht ein Tisch für die Gerichtsbeamten. Und zur Linken und Rechten des Tisches sind weitere Sitze. Einige sind in einem Block zusammengeschlossen, die sind für die Gechworenen, wenn das Schwurgericht tagt. Und vor dem Tisch sind noch mehr Sitze im Halbkreis angeordnet, und vor den Sitzen stehen Tische, die sich der Halbkreislinie einfügen, dort sitzen die Anwälte. Und hinter ihnen steht die Anklagebank, von dort führt ein Gang in den Keller hinunter, und von dort unten aus dem Keller werden die Leute heraufgebracht, über die man zu Gerichte sitzt. Und hinten im Saal sind Sitze in Rängen angeordnet, rechts für Weiße, links für Farbige, so will es die Sitte.
Im Gerichtssaal darf man nicht rauchen, auch nicht flüstern

und sprechen und lachen. Man muß anständig angezogen sein, und kein Mann darf den Hut aufbehalten, wenn ihn nicht seine Religion dazu zwingt. So ehrt man den Richter und den König, dessen Beamter er ist; und man ehrt das Gesetz, das hinter dem Richter steht, und das Volk, das hinter dem Gesetz steht. Wenn der Richter hereinkommt, steht man auf und setzt sich nicht nieder, bis er sich gesetzt hat. Wenn der Richter hinausgeht, steht man auf und rührt sich nicht, bis er ganz draußen ist. So ehrt man den Richter und die Dinge, für die der Richter ja nur ein sichtbares Zeichen ist.
Denn dem Richter ist eine große Aufgabe gesetzt, zu richten und Urteil zu sprechen, vielleicht sogar ein Todesurteil. Seines hohen Amtes wegen wird der Richter Euer Gnaden angeredet und hat bei offiziellen Gelegenheiten den Vorrang vor anderen. Er wird von Weißen und Schwarzen in gleicher Weise geachtet. Und weil dies ein Land ist, in dem die Furcht herrscht, darf ein Richter keine Furcht haben, auf daß dem Gesetz gemäß Recht gesprochen werde; darum muß ein Richter unbestechlich sein.
Nicht der Richter macht das Gesetz. Das Volk macht das Gesetz. Darum, wenn das Gesetz ungerecht ist, und wenn der Richter nach dem Gesetz Recht spricht, so ist das Rechtsprechung, selbst wenn es ungerecht ist.
Des Richters Pflicht ist es, Recht zu sprechen, aber nur das Volk kann gerecht sein. Wenn die Rechtsprechung ungerecht ist, so ist das nicht des Richters Schuld, sondern des Volkes, und das bedeutet: der weißen Bevölkerung, denn die Weißen machen das Gesetz.
In Südafrika sind die Leute stolz auf die Richter, denn sie glauben an ihre Unbestechlichkeit. Sogar die Schwarzen haben Vertrauen zu ihnen, wenn sie auch nicht immer Vertrauen zum Gesetz selber haben. In einem Lande, das von Furcht beherrscht wird, ist Unbestechlichkeit gleich einer Lampe auf einem Leuchter, sie leuchtet allen im Hause.

Im Gerichtssaal wird zur Ruhe gerufen, und die Leute stehen auf. Selbst wenn ein noch Höherer als der Richter da wäre, würde er aufstehen, denn der Richter steht für etwas, was höher ist als irgendein Mensch. Und der Richter tritt ein mit den beiden Beisitzern, und sie setzen sich, und alle Leute setzen sich. Die Sitzung hat begonnen.

Von irgendwo aus dem Keller kommen die drei, über die Recht gesprochen werden soll, und alle sehen sie an. Manche finden, daß sie wie Mörder aussehen, und flüstern es auch einander zu, obwohl Flüstern doch verboten ist. Manche finden auch, daß sie nicht wie Mörder aussehen, und wieder andere finden, der eine sieht aus wie ein Mörder, aber der andere doch nicht.

Ein Weißer steht auf und sagt, daß diese drei des Mordes an Arthur Trevelyan Jarvis angeklagt sind, der in seinem Hause in der Plantation Road, Parkwold, Johannesburg, am Dienstag, dem 8. Oktober 1946, am frühen Nachmittag stattgefunden hat. Der erste ist Absalom Kumalo, der zweite Matthew Kumalo, der dritte Johannes Pafuri. Sie werden gefragt, ob sie sich schuldig bekennen oder nicht, und der erste sagt: – Ich bin seines Todes schuldig; aber ich wollte ihn nicht töten. Der zweite sagt: Ich bin unschuldig, und der dritte auch. Alles wird auf englisch und auf zulu gesagt, so daß die drei es verstehen. Denn wenn auch Pafuri kein Zulu ist, so sagt er doch, daß er die Sprache gut versteht.

Der Anwalt, der Weiße, der den Fall um Gottes willen übernommen hat, sagt, daß Absalom Kumalo sich des Totschlags schuldig bekennen wird, aber nicht des Mordes, denn er hatte nicht die Absicht, zu töten. Aber der Staatsanwalt sagt, es liegt keine Anklage auf Totschlag vor, sondern nur eine auf Mord, nichts als Mord, dessen ist er angeklagt. Also sagt Absalom Kumalo wie die beiden anderen, daß er nicht schuldig sei.

Dann spricht der Staatsanwalt lange und erzählt dem Gerichtshof die ganze Geschichte des Verbrechens. Und Absalom Kumalo ist ganz still, aber die anderen beiden sehen aus, als seien sie betroffen und erschrocken, daß man solche Dinge überhaupt aussprechen kann.

– Und nachdem der Plan fertig war, habt ihr beschlossen, daß er an diesem Tage, am 8. Oktober, ausgeführt werden sollte?

– Ja, das ist wahr.

– Warum habt ihr diesen Tag gewählt?

– Weil Johannes sagte, es werde niemand zu Hause sein.

– Eben dieser Johannes Pafuri?

– Eben dieser Johannes Pafuri, der jetzt mit mir angeklagt ist.

– Und ihr setztet die Zeit auf halb zwei fest?

– Ja.
– War das nicht eine ungünstige Zeit? Um die Zeit kommen die Weißen zum Essen nach Hause.
Aber der Angeklagte antwortet nicht.
– Warum habt ihr diese Zeit gewählt?
– Johannes hat sie gewählt. Er sagte, eine Stimme habe ihm das gesagt.
– Was für eine Stimme?
– Nein, das weiß ich nicht.
– Eine böse Stimme?
Wieder keine Antwort.
– Und dann seid ihr drei zu der Hintertür des Hauses gegangen?
– Ja.
– Du und diese beiden, die mit dir angeklagt sind?
– Ich und eben diese beiden.
– Und dann?
– Dann banden wir uns die Taschentücher über den Mund.
– Und dann?
– Dann gingen wir in die Küche.
– Wer war dort?
– Der Hausdiener war dort.
– Richard Mpiring?
– Nein, seinen Namen weiß ich nicht.
– Ist es dieser Mann hier?
– Ja, der ist es.
– Und dann? Erzähle dem Hohen Gerichtshof, was geschehen ist.
– Dieser Mann hatte Angst. Er sah meinen Revolver. Er stützte sich auf das Spülbecken, an dem er arbeitete. Er sagte: Was wollt ihr? Johannes sagte: Wir wollen Geld und Kleider. Da sagte der Mann: So etwas könnt ihr doch nicht tun. Johannes sagte: Willst du vielleicht sterben? Der Mann hatte Angst und sprach nicht. Johannes sagte: Wenn ich spreche, müssen die Leute zittern. Dann sagte er wieder: Willst du vielleicht sterben? Der Mann sagte nichts, aber plötzlich rief er laut: Herr! Herr! Da schlug Johannes ihn mit der Eisenstange über den Kopf, er hatte sie hinter sich verborgen gehalten.
– Wie oft schlug er?
– Einmal.

– Rief er noch einmal?
– Er gab keinen Laut von sich.
– Was tatet ihr dann?
– Nein, wir waren ganz still. Johannes sagte, wir müßten still sein.
– Was tatet ihr? Habt ihr gelauscht?
– Ja, wir lauschten.
– Hörtet ihr etwas?
– Wir hörten nichts.
– Wo war dein Revolver?
– Ich hatte ihn in der Hand.
– Und dann?
– Dann kam ein Weißer in den Hausflur.
– Und dann?
– Ich hatte Angst. Und dann schoß ich.
Der Angeklagte sah zu Boden. – Der Weiße fiel nieder, sagte er.
– Und dann?
– Johannes sagte: Schnell, wir müssen gehen. So gingen wir alle schnell fort.
– Zum hinteren Ausgang?
– Ja.
Und dann über die Straße in die Pflanzung hinein?
– Ja.
– Seid ihr beieinander geblieben?
– Nein, ich ging allein.
– Und wann hast du die beiden wiedergesehen?
– Bei Baby Mkize
Aber hier unterbricht der Richter. – Sie können gleich mit dem Verhör fortfahren, Herr Staatsanwalt. Aber ich möchte dem ersten Angeklagten eine oder zwei Fragen stellen.
– Wie Euer Gnaden wünschen.
– Warum hattest du den Revolver bei dir?
– Um den Hausdiener einzuschüchtern.
– Aber warum trägst du überhaupt einen Revolver mit dir herum?
Der Bursche schweigt.
– Du mußt meine Frage beantworten.
– Sie sagten, ich müsse ihn bei mir tragen.
– Wer sagte das?
– Nein, sie sagten, Johannesburg sei gefährlich.

– Wer sagte das?
Der Bursche schweigt.
– Du meinst, diese Leute, die sich mit Einbruch und Diebstahl abgeben?
– Nein, das meine ich nicht.
– Also, wer hat es gesagt?
– Ich weiß nicht mehr. Irgendwo hat es einmal jemand gesagt.
– Du meinst, ihr saßet alle beisammen, und irgend jemand sagte, in Johannesburg braucht man einen Revolver, es ist gefährlich?
– Ja, das meine ich.
– Und du wußtest, daß der Revolver geladen war?
– Ja, das wußte ich.
– Wenn der Revolver nur dazu da ist, um den Leuten Angst zu machen, warum muß er dann geladen sein?
Aber der Bursche antwortet nicht.
– Also warst du darauf gefaßt, daß du schießen würdest?
– Nein, ich hätte nicht ohne weiteres auf irgendeinen anständigen Menschen geschossen. Ich hätte nur dann geschossen, wenn jemand auf mich geschossen hätte.
– Hättest du auf einen Polizisten geschossen, wenn er in Ausübung seiner Pflicht geschossen hätte?
– O nein, nicht auf einen Polizisten.
Der Richter hält inne, und alles ist still. Dann sagte er sehr ernst: – Und dieser Weiße, den du erschosen hast, war er kein anständiger Mensch?
Der Angeklagte sieht wieder zu Boden. Dann antwortet er mit leiser Stimme: – Ich hatte Angst, ich hatte Angst. Ich wollte ihn wirklich nicht erschießen.
– Woher hast du diesen Revolver?
– Ich habe ihn von jemandem gekauft.
– Wo?
– In Alexandra.
– Wer ist der Mann? Wie heißt er?
– Ich weiß nicht, wie er heißt.
– Wo wohnt er?
– Ich weiß nicht, wo er wohnt.
– Könntest du ihn wiederfinden?
– Ich könnte es versuchen.
– War der Revolver geladen, als du ihn kauftest?

– Zwei Kugeln waren darin.
– Wie viele waren darin, als du zu jenem Hause gingst?
– Eine.
– Und was war mit der anderen geschehen?
– Ich ging in eine Plantage bei Alexandra und nahm den Revolver mit, und dort schoß ich ihn ab.
– Worauf hast du geschossen?
– Auf einen Baum.
– Hast du den Baum getroffen?
– Ja.
– Und dann dachtest du: nun kann ich mit diesem Revolver schießen.
– Ja, das dachte ich.
– Wer von euch trug die Eisenstange?
– Johannes.
– Wußtest du, daß er sie bei sich hatte?
– Ja.
– Du wußtest, daß das eine gefährliche Waffe ist? Daß man einen Menschen damit töten kann?
Des Burschen Stimme wurde lauter. – Aber wir wollten niemanden umbringen oder verletzen, sagte er, wir wollten ihm nur Angst machen.
– Aber dafür hattest du doch schon einen Revolver?
– Ja, aber Johannes sagte, er wolle die Stange auch mitnehmen. Sie sei geweiht worden, sagte er.
– Geweiht?
– Ja, das sagte er.
– Was meinte Johannes, als er sagte, die Stange sei geweiht worden?
– Ich weiß nicht.
– Meinte er, von einem Priester?
– Ich weiß nicht.
– Hast du ihn nicht gefragt?
– Nein.
– Dein Vater ist ein Priester?
Wieder sieht der Bursche zu Boden, und dann antwortet er leise: – Ja.
– Würde er eine solche Stange weihen?
– Nein.
– Hast du nicht zu Johannes gesagt: so eine Stange darfst du nicht mitnehmen?

– Nein.
– Hast du nicht zu ihm gesagt: wie kann denn so ein Ding geweiht sein?
– Nein.
– Fahren Sie fort, Herr Staatsanwalt.

– Und wenn diese beiden sagen, daß in der Wohnung der Mkize nicht über einen Mord gesprochen wurde, dann lügen sie?
– Ja, sie lügen.
– Und wenn sie behaupten, daß du dir die ganze Geschichte ausgedacht hast, nachdem du sie im Hause der Mkize getroffen hast, dann lügen sie?
– Ja, sie lügen.
– Und wenn Baby Mkize sagt, daß in ihrer Gegenwart nicht von einem Mord die Rede war, dann lügt sie?
– Ja, sie lügt. Sie bekam Angst und sagte, wir müßten sofort weggehen und nie mehr wiederkommen.
– Seid ihr miteinander fortgegangen?
– Nein, ich ging zuerst.
– Und wohin bist du gegangen?
– In eine Plantage.
– Und was hast du dort getan?
– Ich vergrub den Revolver.
– Ist das dieser Revolver hier?
Der Revolver wird dem Angeklagten hinaufgereicht, und er sieht ihn genau an.
– Ja, das ist er, sagt er.
– Wie hat man ihn gefunden?
– Nein, ich habe der Polizei gesagt, wo sie ihn finden würden.
– Und was hast du dann getan?
– Ich habe gebetet.
Der Staatsanwalt scheint einen Augenblick zu stutzen, aber der Richter sagt: – Und was hast du da gebetet?
– Ich habe um Vergebung gebetet.
– Und was sonst noch?
– Nein, sonst wollte ich nichts beten.

– Und am zweiten Tag bist du wieder nach Johannesburg gegangen?

– Ja.
– Und bist unter den Leuten herumgegangen, die die Autobusse boykottierten?
– Ja.
– Sprachen sie immer noch von dem Mord?
– Ja. Manche sagten, die Sache würde bald aufgeklärt werden.
– Und dann?
– Ich bekam Angst.
– Was hast du dann getan?
– An dem Abend ging ich nach Germiston.
– Aber was hast du während des Tages getan? Dich wieder versteckt?
– Nein, ich habe ein Hemd gekauft, und dann bin ich mit dem Paket herumgegangen.
– Warum hast du das getan?
– Nein, ich dachte, man würde mich für einen Boten halten.
– Und was hast du sonst noch getan?
– Nichts.
– Und dann bist du nach Germiston gegangen? Wohin denn dort?
– Zum Hause von Joseph Bhengu, Maserustraße 12 in der Location.
– Und dann?
– Während ich noch dort war, kam die Polizei.
– Was geschah dann?
– Sie fragten mich, ob ich Absalom Kumalo sei. Und ich sagte ja, und ich hatte große Angst, und an demselben Tag hatte ich zur Polizei gehen und alles sagen wollen, und nun sah ich, wie töricht ich gewesen war, daß ich so lange gezögert hatte.
– Haben sie dich verhaftet?
– Nein, sie fragten mich, ob ich ihnen sagen könnte, wo Johannes sei. Ich sagte, ich wüßte es nicht, aber nicht Johannes habe den weißen Mann ermordet, sondern ich selber. Aber Johannes habe den Hausdiener niedergeschlagen. Und ich sagte auch, daß Matthew dabeigewesen sei. Und ich sagte, ich wolle ihnen zeigen, wo der Revolver versteckt sei. Und ich sagte, daß ich an eben diesem Tage habe bekennen wollen, aber es törichterweise aufgeschoben habe, weil ich Angst hatte.
– Und dann hast du vor dem Magistratsbeamten Andries Coetzee in Johannesburg ein Geständnis ablegt?

– Den Namen weiß ich nicht.
– Ist dies das Geständnis?
– Das Dokument wird dem Burschen hinaufgereicht, und er sieht es an und sagt: – Ja, das ist mein Geständnis.
– Und jedes Wort darin ist wahr?
– Jedes Wort ist wahr.
– Ist keine Lüge darin?
– Es ist keine Lüge darin, denn ich habe zu mir selber gesagt, nun will ich nicht mehr lügen, solange ich lebe, und nichts Böses mehr tun.
– Also hast du bereut?
– Ja, ich habe bereut.
– Weil du in der Klemme warst?
– Ja.
– Hattest du irgendeinen anderen Grund zur Reue?
– Nein, ich hatte keinen anderen Grund.
Die Leute stehen auf, wenn der Gerichtshof sich zurückzieht, und bleiben stehen, während der Richter und die Beisitzer den Saal verlassen. Dann gehen sie durch die Türen hinter den Rängen hinaus, die Weißen durch ihre Tür und die Farbigen durch eine andere Tür, so will es die Sitte.
Kumalo und Msimangu, Gertrude und Mrs. Lithebe kommen miteinander heraus, und sie hören, wie die Leute sagen: – Da ist der Vater des weißen Mannes, der ermordet worden ist. Und Kumalo schaut hin und sieht, daß es wahr ist, das ist der Vater des Ermordeten, der Mann, dem die Farm auf der Höhe oberhalb von Ndotsheni gehört, der Mann, den er an der Kirche hat vorbeireiten sehen. Und Kumalo zittert und schaut nicht noch einmal hin. Denn wie kann man es über sich bringen, einen solchen Mann anzusehen?

VI

Die Verhandlung gegen die Mörder von Arthur Jarvis aus Parkwold findet wenig Beachtung. Denn man hat Gold gefunden, noch mehr Gold, viel Gold. Es gibt im Orange Free State ein kleines Nest mit Namen Odendaalsrust. Gestern noch war es unbekannt, heute ist es in der ganzen Welt berühmt.
Dieser Goldfund ist so ausgiebig wie nur einer, der je in Südafrika gemacht wurde, so ausgiebig wie nur irgend etwas,

was Johannesburg aufzuweisen hat. Die Leute sehen schon ein neues Johannesburg erstehen, eine Riesenstadt mit hohen Häusern und geschäftigen Straßen. Und die Leute, die pessimistisch waren, weil ja das Gold in Johannesburg nicht unerschöpflich ist, die sind nun überglücklich. Nun geht es noch einmal weiter, sagen sie, nun geht es wieder vorwärts in Südafrika.

In Johannesburg herrscht freudige Aufregung. An der Börse haben sie völlig den Kopf verloren, sie schreien und toben und werfen die Hüte in die Luft, denn die Aktien, die sie auf bloße Hoffnung hin gekauft hatten, Aktien von Minen, die überhaupt noch nicht existierten, diese Aktien klettern auf Kurse hinauf, die alle Erwartungen weit übertreffen. Es gab ja dort nichts als das weitgedehnte Veld der Orange Free State, nichts als Schafe, Viehherden und schwarze Hirten. Nichts als Gras und Busch und hie und da ein Maisfeld. Nichts, was einer Mine auch nur im entferntesten ähnlich sah, nur die Bohrmaschinen und die geduldigen Ingenieure, die die Geheimnisse der Erde erforschen; niemand sah ihnen zu als vielleicht ein vorüberziehender schwarzer Hirte, ein alter Farmer, der nur afrikaans sprach und zufällig vorbeiritt, und der ihnen – je nach Veranlagung – verächtliche oder ängstliche oder hoffnungsvolle Blicke zuwarf. Zum Beispiel die Wunderaktie Tweede Vlei. Sie stand auf zwanzig, dann auf vierzig, dann auf sechzig; und dann – man kann's kaum glauben – steht sie auf achtzig Schilling. Und mancher weint heiße Tränen, weil er um zwölf Uhr statt um zwei Uhr verkauft hat oder weil er um zwei Uhr statt um zwölf gekauft hat. Und den, der verkauft hat, wird es morgen noch viel mehr gereuen, wenn die Aktien auf hundert stehen.

Ach, das ist großartig. Südafrika ist ganz großartig. Wir werden den Kopf höher tragen, wenn wir ins Ausland kommen, und alle Leute werden sagen: Ja, ihr Südafrikaner, ihr seid reich.

Odendaalsrust, welch ein Zauberwort! Aber es gibt schon Leute an der Börse, die sagen – denn ihr afrikaans ist nicht weit her –, daß man einen einfacheren Namen dafür finden muß, Smuts oder Smutsville, das wäre doch ganz einfach? Und was könnte einfacher sein als Hofmeyr? Aber nein, es gibt schon einen Ort, der Hofmeyr heißt, und außerdem – vielleicht ist das doch kein passender Name.

Das ist die Kalamität mit den Minen, die Namen kann man einfach nicht aussprechen. Ein Jammer, daß eine große Industrie, die mit soviel Schwung betrieben wird, mit so unbequemen Namen behaftet ist; Blyvooruitzicht und Welgedacht und Langlaagte, und jetzt wieder Odendaalsrust. Aber so etwas sagen wir natürlich nicht laut, nur in unseren Klubs, wenn wir unter uns sind, denn wir sind ja fast alle Mitglieder der United Party, die sich für Zusammenarbeit und Kameradschaft und Bruderliebe und Verständigung einsetzt. Aber wieviel Geld könnte man sparen, wenn die Afrikaner nur einsehen wollten, was für eine Verschwendung dieses Zweisprachensystem bedeutet!

Gold, Gold, Gold. Das Land wird wieder reich sein. Die Aktien steigen von zwanzig auf hundert Schillinge, denkt nur, und dankt Gott dafür. Es gibt auch Leute, das muß man zugeben, die nicht ausgesprochen dankbar sind. Aber dazu muß man doch sagen, daß sie kaum Aktien haben. Manche haben sogar überhaupt keine. Manche dieser Leute sprechen in öffentlichen Versammlungen, und es ist interessant und für manche Kreise auch wirklich ärgerlich, daß Leute, die keine Aktien haben, sehr wortgewandt sind, als ob das Schicksal oder die Natur oder wer und was auch immer diese Dinge bestimmen mag, eine Art ausgleichender Gerechtigkeit walten lasse. Nicht etwa aus Güte, wohlverstanden, aber auch nicht aus Ironie, sondern ganz einfach und unpersönlich. Aber das ist natürlich ein ganz verrückter Gedanke, man hätte ihn besser gar nicht ausgesprochen. Also diese Leute, die Wortgewandten, die in finanzieller Hinsicht ganz unbedeutend sind, sprechen meist in kleinen Vereinen, wie zum Beispiel im Left Club, oder in kirchlichen Vereinen und in Organisationen, die sich für Nächsten- und Bruderliebe einsetzen. Sie schreiben auch wohl, aber meist für unbedeutende Zeitschriften wie »Die Neue Gesellschaft« und »Die Menschheit marschiert« und für das sonderbare Blatt »Das Kreuz am Kreuzweg«, dessen Herausgeber dieser Sonderling, der Pater Beresford ist, – er sieht aus, als hätte er seit Wochen nicht genug zu essen bekommen. Aber sein Englisch ist einwandfrei, so, wie man es in Oxford spricht, wohlverstanden, nicht etwa in Rhodes oder Stellenbosch, und man muß ihn also doch ernst nehmen, wenn auch sein Haar ewig ungebürstet ist und seine Hosen nie eine Bügelfalte haben.

Wie soll man ihn beschreiben – er sieht aus wie ein bekehrter Tiger, seine Augen brennen, wirklich wie eine Flamme, die in der dunklen Waldesnacht brennt, und er schreibt dieses merkwürdige Blättchen. Er ist ein Missionar und glaubt an Gott, er glaubt wirklich, meine ich, – nun ja, es gibt allerhand Sorten Leute auf dieser Welt.
Und einige von diesen Leuten sagen nun, es wäre gut gewesen, wenn die Aktien auf zwanzig Schilling geblieben wären und die weiteren achtzig Schilling zum Beispiel darauf verwandt worden wären, die Bodenerosion zu bekämpfen. Sie wären auch gut angewandt worden zur Unterstützung von Jugendvereinen und Gemeinschaftsheimen und zur Neugründung von Krankenhäusern... Es wäre auch gut gewesen, wenn man die Löhne der Minenarbeiter heraufgesetzt hätte.
Nun ja, offensichtlich ist dies eine sehr unklare Denkweise, denn der Preis der Aktien hat natürlich mit der Höhe der Löhne nichts zu tun, sondern wird einzig und allein von den Produktionskosten der Minen und vom Preis des Goldes bestimmt. Und, beiläufig gesagt, es gibt auch bei den Minen sehr einflußreiche Leute, die überhaupt keine Aktien haben, und das ist doch wirklich bewundernswert, denn die Versuchung muß doch sehr groß sein.
Jedenfalls taugt es nicht, wenn man sich trübe Gedanken macht, weil doch die achtzig Schillinge in einem Unternehmen angelegt sind, das noch genau dasselbe ist wie vorher. Man muß die Sache ganz anders ansehen. Wenn Aktien von zwanzig auf hundert Schillinge steigen, dann verdient irgend jemand achtzig Schillinge. Das muß nicht ein einzelner sein, denn so etwas Schönes kann ja gar nicht passieren, so jemand wäre ja ein Hexenmeister der Hochfinanz und könnte wohl die Regierung selbst am Leitseil führen. Viel wahrscheinlicher ist es, daß sich einige Leute in diese achtzig Schillinge teilen, denn sie werden ja nervös und verkaufen, während die Aktie noch im Steigen ist. Es stimmt natürlich, daß diese Leute keine Arbeit leisten für das, was sie verdienen, wenigstens nicht mit Schwitzen und Schwielen. Aber schließlich müssen Mut und Urteilskraft auch belohnt werden, und schließlich geht eine Menge Nervenkraft dabei drauf. Nun werden also diese Leute ihre achtzig Schillinge ausgeben und damit Arbeit für andere schaffen, so daß das Land als solches tatsächlich

um die achtzig Schillinge reicher ist. Und viele sind sehr freigiebig den Jugendvereinen und Krankenhäusern gegenüber. Und es ist ganz und gar unrichtig, wenn die Leute in so entlegenen Nestern wie Bloemfontein und Grahamstown und Beaufort West sagen, daß Johannesburg nur und nur an Geld denkt. Es gibt hier so viele gute Ehemänner und Väter wie nur irgendwo, und mancher bedeutende Bürger hat eine gute Sammlung von Kunstwerken, das bedeutet, daß die Künstler Arbeit haben und die Kunst nicht ausstirbt; andere haben großen Landbesitz im Norden, da gehen sie auf die Großwildjagd und fühlen sich eins mit der Natur.
Wenn nun also andere mehr Arbeit haben, so bedeutet das, daß sie wiederum einen Teil der achtzig Schillinge ausgeben. Natürlich nicht alles, denn wer mit hundert Schillingen verkauft, mußt etwas zurückbehalten, um die Aktie wieder zu kaufen, wenn sie nicht mehr steigt. Aber die Farmer können nun mehr produzieren, die Fabrikanten können neue Ware herstellen, und der Staat kann mehr Leute beschäftigen, – wenn auch die Frage, warum es um Gottes willen noch mehr Beamte gebe sollte, so weitläufig ist, daß sie hier nicht erörtert werden kann. Und die Schwarzen brauchen in ihren Reservaten nicht zu verhungern. Die Männer können kommen und in den Minen arbeiten, man kann größere und bessere Baracken für sie bauen und noch mehr Vitamine an sie verfüttern. Aber da muß man auch wieder auf der Hut sein, denn irgend jemand hat herausgefunden, daß man den Arbeiter mit Vitaminen auch überfüttern kann. Das ist so ein Beispiel, wo das Gesetz der verminderten Rentabilität sich auswirkt.
Und vielleicht wird eine große Stadt entstehen, ein zweites Johannesburg, wo es auch wieder Parktown und Houghton und Parkwold und Kensington und Jeppe geben wird, und auch Vrededorp und Pimville und Shanty Town – ein prächtige Stadt, der Stolz der Leute von Odendaalsrust. Aber dieser Name ist doch wirklich unmöglich!

Und doch gibt es Leute, die sagen, das darf nicht geschehen. Alle die sozialen Fürsorger und dieser Pater Beresford und die anderen Kafferboeties sagen, es darf nicht geschehen, wenn man auch zugeben muß, daß die meisten von ihnen nicht eine einzige Aktie haben. Und sie sind sogar ganz zuversichtlich, denn Sir Ernest Oppenheimer, der in der

Minenindustrie eine große Rolle spielt, hat auch gesagt, es braucht nicht so zu kommen. Hier, hat er gesagt, wird uns die Möglichkeit gegeben, auszuprobieren, ob wir nicht auch mit angesiedelter Arbeit weiterkommen, mit Dörfern an Stelle der Baracken, wo die Männer mit Frau und Kindern leben können. Und es geht ein Gerücht um, daß die Regierung so etwas wie die Tennessee Valley Authority einrichten wird, um die Entwicklung der Minen im Orange Free State planmäßig zu betreiben.
Ihre Stimme, Sir Ernest Oppenheimer, wollen sie alle wieder und wieder hören. Viele stimmen Ihnen öffentlich bei, und viele danken Gott in ihren Herzen und sogar auf den Knien dafür, daß es Sie gibt. Denn die Minen sind um der Menschen willen da und nicht um des Geldes willen. Und Geld ist nicht etwas, dessentwegen man vor Freude verrückt werden kann und den Hut in die Luft werfen. Geld ist für Nahrung da, für Kleidung und andere gute Dinge, und damit man auch einmal ins Kino gehen kann. Geld ist dazu da, daß Kinder eine glückliche Kindheit haben. Geld ist um der Sicherheit willen da, um der Hoffnungen und Träume willen. Geld ist dazu da, daß man die Früchte der Erde kaufen kann, die Früchte des Heimatlandes.

Es soll nicht noch ein Johannesburg auf der Erde geben. Eines ist mehr als genug.

VII

Jarvis dachte, er möchte wohl wieder zu seines Sohnes Hause gehen. Es hatte ja keinen Sinn, durch die Küche hineinzugehen, an dem Flecken im Hausflur vorbei, die Treppe hinauf, die zum Schlafzimmer führt. Aber dennoch ging er diesen Weg. Er ging aber nicht ins Schlafzimmer, sondern ins Studierzimmer, das voller Bücher war. Und wieder ging er zwischen den Büchern herum, dem Schrank voll Abraham Lincoln, dem Schrank voll Südafrika, dem Schrank voller Bücher in afrikaans, dem Schrank voll Religion und Soziologie und Literatur über das Verbrechertum und dem Schrank voller Romane, Gedichtbände und Shakespeare. Er sah die Bilder an, den Kruzifixus und Abraham Lincoln und Vergele-

gen und die Weiden im Winter. Er setzte sich an den Tisch, wo alle die Einladungen lagen und das Manuskript über das, was zulässig, und das, was unzulässig war in Südafrika.
Er zog die Schubladen auf, und da waren Rechnungen und Papiere und Briefumschläge und Federn und Bleistifte und alte Schecks, von der Bank gestempelt und zurückgeschickt. Und in einer tiefen Schublade lagen Aufsätze in Maschinenschrift, sauber zusammengeheftet, einer auf dem anderen. Da war einer über »Die Notwendigkeit von Gemeinschaftsheimen« und einer über »Gartenvögel in Parkwold« und einer über »Indien und Südafrika«. Und hier war einer mit der Überschrift »Privater Versuch über die Entwicklung eines Südafrikaners«, und den nahm er heraus und las: – »Man hat es nicht leicht, wenn man als Südafrikaner geboren ist. Man kann als Afrikaner oder als englischsprechender Südafrikaner oder als Mischling oder als Zulu zur Welt kommen. Man kann, wie ich es als Knabe tat, über die grünen Berge hinreiten und in die schönen Täler hinein. Man kann, wie ich es als Knabe tat, die Reservate sehen, wo die Schwarzen leben, und doch nichts von alledem sehen, was dort geschieht. Man kann es zur Kenntnis nehmen, wie ich es als Knabe tat, daß es in Südafrika mehr Menschen gibt, die afrikaans sprechen, als solche, die englisch sprechen, und doch nie etwas von ihnen erfahren und sehen. Man kann, wie ich es als Knabe tat, die Broschüren über das schöne Land Südafrika lesen, das Land voll Sonne und Schönheit, das vor den Stürmen der Welt geschützt ist, und stolz darauf sein und es lieben und doch überhaupt nichts davon wissen. Erst wenn man älter wird, erfährt man, daß es hier noch andere Dinge gibt als Sonne und Gold und Orangen. Erst dann erfährt man von dem Haß und der Angst in unserem Lande. Erst dann wird die Liebe tief und leidenschaftlich wie die Liebe eines Mannes zu einer Frau, die treu ist und doch falsch, kalt und doch liebevoll, grausam und zugleich voller Furcht.
Ich bin auf einer Farm geboren; ehrenwerte Eltern haben mich erzogen und mir alles gegeben, was ein Kind nur brauchen und wünschen kann. Sie waren aufrechte, gütige und ehrenhafte Menschen; sie lehrten mich beten und nahmen mich mit zur Kirche; nie gab es Schwierigkeiten mit den Dienstboten, und mein Vater hatte immer genug Arbeiter. Ich habe von ihnen alles gelernt, was ein Kind an Ehrgefühl

und Nächstenliebe und Großherzigkeit lernen muß. Aber über Südafrika habe ich nichts gelernt.«

Erschrocken und verletzt legte Jarvis das Manuskript nieder. Einen Augenblick lang empfand er fast etwas wie Ärger, aber er wischte sich die Augen und schüttelte es ab. Er zitterte jedoch und konnte nicht weiterlesen. Er stand auf und setzte seinen Hut auf und ging die Treppe hinunter bis zu dem Flecken im Hausflur. Der Polizist wollte schon salutieren, aber da wandte er sich um und stieg wieder die Treppe hinauf und setzte sich wieder an den Tisch. Er nahm das Manuskript wieder auf und las es bis zu Ende. Vielleicht verstand er doch etwas vom Schreiben, denn die abschließenden Worte bewegten ihn sehr. Vielleicht verstand er doch etwas von der Welt der Gedanken.

»Darum werde ich mich selber, all meine Zeit, meine Kraft, meine Gaben in den Dienst Südafrikas stellen. Ich werde mich nicht mehr fragen, ob dies oder jenes nützlich ist, sondern nur, ob es recht ist. Dies werde ich nicht tun, weil ich etwa edel oder selbstlos wäre, sondern weil das Leben so schnell vorbeigeht und weil ich für den Rest meiner Lebensreise einen Stern brauche, der mich nicht irreleitet, einen Kompaß, der nicht lügt. Ich werde dies nicht tun, weil ich etwa ein Negrophile wäre und meinesgleichen hasse, sondern weil ich es aus meinem Innersten heraus tun muß. Wenn ich eines gegen das andere abwäge, wenn ich mich frage, ob es mir etwas schaden kann, wenn ich mich frage, was die Menschen, Weiße und Schwarze, Engländer und Afrikaner, Christen und Juden dazu sagen werden, – dann ist es schon um mich geschehen. Deshalb werde ich versuchen, das zu tun, was recht ist, und das zu sagen, was wahr ist.

Dies tue ich nicht, weil ich etwa mutig und ehrlich wäre, sondern weil es die einzige Möglichkeit ist, wie ich den Kampf in meiner Seele ausfechten kann. Ich tue es, weil ich es nicht länger aushalten kann, mit einer Hälfte meines Wesens das Höchste anzustreben und es mit der anderen zu verleugnen. So will ich nicht weiterleben, lieber will ich sterben als so weiterleben. Ich verstehe jetzt alle die besser, die für ihre Überzeugung gestorben sind, und ich glaube nicht, daß sie aus Tapferkeit oder Edelmut oder Heldentum gestorben sind. Sie wollten lieber sterben als weiterleben, das war alles.

Ja, es wäre nicht ehrlich, wenn ich behaupten wollte, daß nur eine Art ins Gegenteil verkehrter Selbstsucht mich in all dies hineingetrieben hätte. Es treibt mich etwas, was nicht aus mir selber kommt, es treibt mich dazu, das Rechte zu tun, was es auch kosten mag. Da bin ich nun gut daran, daß ich eine Frau geheiratet habe, die genauso denkt wie ich und die versucht, ihrer eigenen Furcht und Abneigung Herr zu werden. So wird es mir leicht gemacht, mich für mein Ziel einzusetzen. Meine Kinder sind noch zu klein, um mich zu verstehen. Es wäre schlimm, wenn sie mich hassen und fürchten lernen würden und mich für einen Verräter halten würden an alledem, was ich unsere Errungenschaften nenne. Es wäre ein unendliches Glück, wenn sie einmal so denken würden, wie wir denken. Das wäre aufregend und wunderbar, eine unerhörte Freude, ein Grund zum Danken. Aber so etwas kann man nicht erhandeln. Es wird geschenkt oder nicht geschenkt, und wie es auch kommt, es darf uns nicht von dem Wege abbringen, den wir als richtig erkannt haben.«

Lange saß Jarvis und rauchte nur, er las nicht weiter. Er legte die Papiere in die Schublade zurück und schloß sie. Er saß, bis die Pfeife ausgeraucht war. Als es soweit war, setzte er den Hut auf und ging zur Treppe hinunter. Am Fuß der Treppe wandte er sich nach der Vordertür. Er hatte nicht etwa Angst vor dem Hausflur und dem Flecken auf dem Fußboden; aber diesen Weg brauchte er nun nicht mehr zu gehen, das war alles.

Die Vordertür hatte ein automatisches Schloß, und er ließ sie hinter sich zufallen. Wie Farmer es zu tun pflegen, sah er zum Himmel hinauf, aber der Himmel dieser fremden Landschaft sagte ihm nichts. Er ging den Weg hinunter zum Gartentor. Der Polizist an der Hintertür hörte die Haustür zufallen und wiegte verständnisvoll den Kopf. – Nun ist es doch zuviel für ihn, sagte er zu sich selber, zuviel für den armen alten Mann.

VIII

Eine Lieblingsnichte von Margaret Jarvis, Barbara Smith hieß sie, hatte einen Mann in Springs geheiratet, und Jarvis und seine Frau verbrachten den Tag, an dem der Fall nicht verhandelt wurde, bei ihnen. Er hatte gedacht, es würde seiner Frau gut tun, die der Tod des Sohnes härter getroffen hatte, als er gefürchtet hatte. Die beiden Frauen sprachen von ihren Bekannten und Verwandten in Ixopo und Lufafa und Highflats und Umzimkulu, und er ließ sie dabei und ging im Garten herum, denn er brauchte den Erdboden. Nach einer Weile riefen sie ihm, daß sie in die Stadt gingen, und fragten, ob er mitkommen wolle. Aber er sagte, er wolle lieber dableiben und die Zeitung lesen, solange sie fort seien, und das tat er auch.

Die Zeitung war voll von Nachrichten über die neuen Goldfunde in Odendaalsrust und von der Aufregung, die sie an der Börse verursacht hatten. Jemand, der anscheinend im Auftrag schrieb, warnte die Leute davor, zu hohen und immer noch steigenden Preisen zu kaufen, und bemerkte, es liege keinerlei Beweis dafür vor, daß diese Aktien ihren augenblicklichen Marktpreis auch wirklich wert seien, und es sei durchaus möglich, daß sie nach einiger Zeit fallen und große Verluste und viel Jammer verursachen würden. Es gab auch wieder Verbrechen, meist Raubüberfälle von Schwarzen auf Weiße, aber nichts so Schreckliches, daß die Leute hätten Angst haben müssen, die Zeitung überhaupt aufzumachen.

Als er noch las, klopfte es an der Küchentür, und er ging hin, und da stand ein schwarzer Priester auf dem Pflaster am Fuße der drei Steinstufen, die zur Küche hinaufführten. Der Priester war alt, sein schwarzer Anzug war grün vor Alter und sein Kragen braun vor Alter oder Schmutz. Er nahm den Hut ab, darunter war sein Kopf weiß, und er sah sehr erschrocken und ängstlich aus, und er zitterte.

– Guten Morgen, Umfundisi, sagte Jarvis auf zulu, das er gut beherrschte.

Der Priester antwortete mit zitternder Stimme: – Umnumzana, das heißt Herr, und zu Jarvis' größter Überraschung setzte er sich auf die unterste Stufe, als ob er krank oder halb ohnmächtig vor Hunger sei, Jarvis wußte, daß das nicht unehrerbietig gemeint war, denn der alte Mann war schüchtern und höflich, also ging er die Stufen hinunter und sagte: – Fehlt Euch etwas, Umfundisi? Aber der alte Mann antwortete nicht. Er zitterte immer noch und sah zu Boden, so daß Jarvis sein Gesicht nicht sehen konnte, und er hätte es nur sehen können, wenn er mit der Hand sein Kinn gehoben hätte; das aber tat er nicht, denn so etwas tut man nicht ohne weiteres.

– Ist Euch nicht wohl, Umfundisi?
– Es wird gleich besser werden, Umnumzana.
– Wollt Ihr Wasser? Oder etwas zu essen? Seid Ihr hungrig, Umfundisi?
– Nein, Umnumzana, es ist mir schon besser.
Jarvis stand auf dem Pflaster vor der untersten Stufe, aber der alte Mann brauchte Zeit, um sich zu erholen. Er zitterte immer noch und sah zu Boden. Es ist nicht leicht für einen Weißen, wenn er warten muß, aber Jarvis wartete, denn er konnte wohl sehen, daß dem alten Mann übel und schwach war. Nun versuchte er, mit Hilfe seines Stockes aufzustehen, aber der Stock glitt auf dem Pflaster aus und fiel klappernd auf die Steine. Jarvis hob ihn auf und gab ihn dem Alten, aber der legte ihn beiseite, als ob er ihm hinderlich sei, er legte auch seinen Hut ab und versuchte, sich aufzurichten, indem er die Hände auf dei Stufen stützte. Zuerst gelang es ihm nicht, und er setzte sich wieder und zitterte immer noch. Jarvis hätte ihm wohl geholfen, aber das war nun wieder nicht so leicht wie einen Stock aufheben; dann stützte der alte Mann wieder die Hände auf die Stufen und erhob sich wirklich. Und dann erhob er auch sein Gesicht und sah Jarvis an, und Jarvis sah in seinem Gesicht ein Leid, das seinen Ursprung weder in Krankheit noch in Hunger hatte. Und Jarvis bückte sich und sammelte Stock und Hut auf, den Hut faßte er vorsichtig an, denn er war alt und schmutzig, und gab sie dem Priester zurück.
– Danke, Umnunzana.
– Fehlt Euch wirklich nichts, Umfundisi?
– Es ist mir wieder ganz gut, Umnumzana.
– Und was wolltet Ihr, Umfundisi?
Der alte Priester legte Hut und Stock wieder auf die Stufen, und mit zitternden Händen nahm er eine Brieftasche aus der inneren Tasche seines alten, grünen Rockes, und die Papiere fielen heraus, denn seine Hände wollten gar nicht stillhalten.
– Verzeiht mir, Umnumzana.
Er bückte sich, um die Papiere aufzuheben, und da er alt war, mußte er niederknien, und auch die Papiere waren alt und schmutzig, und ein paar, die er schon aufgelesen hatte, fielen ihm wieder aus der Hand, als er die übrigen aufsammeln wollte, und die Brieftasche entfiel ihm auch, und seine Hände

zitterten sehr. Jarvis schwankte zwischen Mitleid und Ärger, und er stand da und sah sich das an, es war ihm nicht recht geheuer.
– Es tut mir leid, daß ich Euch aufhalte, Umnumzana.
– Das macht nichts, Umfundisi.
Schließlich waren die Papiere wieder eingesammelt und in der Brieftasche verwahrt außer einem, und dieses hielt er Jarvis hin, und darauf standen Name und Anschrift des Hauses, wo sie sich befanden.
– Die Adresse stimmt, Umfundisi.
– Man hat mich gebeten, hierherzugehen, Umnumzana. Ein Mann namens Sibeko aus Ndotsheni ...
– Ndotsheni, das kenne ich. Ich bin aus Ndotsheni.
– Und dieser Mann hatte eine Tochter. Umnumzana. Sie war im Dienst bei einem weißen Mann namens Smith in Ixopo.
– Ja, ja.
– Und als die Tochter des Mr. Smith heiratete, da heiratete sie den weißen Mann, dessen Adresse auf diesem Papier steht.
– Das ist richtig.
– Und dann zogen sie nach Springs, und die Tochter Sibekos ging mit und blieb in ihrem Dienst. Aber nun hat Sibeko zwölf Monate lang nichts von ihr gehört, und er bat mich – ich habe den Auftrag, mich nach dem Mädchen zu erkundigen.
Jarvis wandte sich um und ging ins Haus und kam mit dem Boy zurück, der dort arbeitete. – Ihn könnt Ihr fragen, sagte er und wandte sich wieder um und ging ins Haus. Aber als er hineingegangen war, ging es ihm plötzlich auf, daß dies ja der alte Priester aus Ndotsheni war. Also ging er wieder hinaus.
– Habt Ihr die Auskunft bekommen, die Ihr wolltet, Umfundisi?
– Dieser Boy kennt sie nicht, Umnumzana. Als er herkam, war sie schon fort.
– Die Hausfrau, die Tochter des Mr. Smith, ist ausgegangen. Aber sie wird bald zurück sein, und wenn Ihr wollt könnt Ihr warten.
Jarvis schickte den Boy fort und wartete, bis er gegangen war.
– Ich kenne Euch, Umfundisi, sagte er.
Das Leid im Antlitz des alten Mannes erschüttete ihn so, daß er sagte: – Setzt Euch nieder, Umfundisi. Denn dann konnte

der alte Mann den Blick senken, er würde Jarvis nicht ansehen müssen, und Jarvis würde ihn nicht ansehen müssen, denn es war nicht auszuhalten, wenn man ihn ansehen mußte. Also setzte sich der alte Mann, und Jarvis sagte und sah ihn dabei nicht an: – Da ist etwas zwischen Euch und mir, aber ich weiß nicht, was es ist.

– Umnumzana.

– Ihr habt Angst vor mir, aber ich weiß nicht, warum. Ihr braucht keine Angst vor mir zu haben.

– Es ist wahr, Umnumzana. Ihr wißt nicht, was es ist.

– Ich weiß es nicht, aber ich möchte es wissen.

– Ich glaube kaum, daß ich es Euch sagen kann, Umnumzana.

– Ihr müßte es mir sagen, Umfundisi. Ist es schlimm?

– Es ist sehr schlimm, Umnumzana. Das Schlimmste, was mir in all den Jahren meines Lebens begegnet ist.

Er erhob das Gesicht, und es stand ein solches Leid darin, wie Jarvis es noch nie gesehen hatte. – Sagt es mir, sagte er, dann wird Euch leichter sein.

— Ich fürchte mich, Umnumzana.

– Das kann ich wohl sehen. Umfundisi. Und eben das verstehe ich nicht. Aber ich versichere Euch, Ihr braucht vor mir keine Angst zu haben. Ich werde nicht böse sein. Ich werde auf Euch nicht böse sein.

– Also, sagte der alte Mann, dies Allerschlimmste aller meiner Jahre ist auch das Allerschlimmste Eurer Jahre.

Jarvis sah ihn an, verwirrt zuerst, aber dann fing er langsam an zu begreifen. – Es gibt da nur eines, sagte er, Ihr könnt nur eines meinen. Aber ich verstehe es immer noch nicht.

– Der Euren Sohn umgebracht hat, das ist mein Sohn, sagte der alte Mann.

Dann schwiegen sie. Jarvis ging in den Garten hinein. Er stand an der Mauer und sah übers Feld hinaus, zu den großen weißen Minenhügeln hinüber, wie wirkliche Berge lagen sie da im Sonnenschein. Als er sich wandte, um zurückzugehen, sah er, daß der alte Mann aufgestanden war, den Hut in einer Hand und den Stock in der anderen stand er da mit gesenktem Kopf, die Augen zu Boden geschlagen. Er ging zu ihm zurück.

– Ich habe es nun gehört, sagte er. Ich verstehe nun, was ich vorher nicht verstand. Ich bin nicht böse.

– Umnumzana.
– Die Hausfrau, die Tochter des Mr. Smith, ist nun nach Hause gekommen. Wollt Ihr sie sehen? Fühlt Ihr Euch besser?
– Darum bin ich ja eigentlich hergekommen. Umnumzana.
– Ja, ich verstehe. Und als Ihr mich saht, wart Ihr erschrokken. Ihr wußtet nicht, daß ich hier war. Wieso habt Ihr mich erkannt?
– Ich habe Euch vorüberreiten sehen in Ndotsheni, bei der Kirche, wo ich arbeite.
Jarvis horchte auf die Geräusche im Hause. Dann sagte er sehr leise: – Vielleicht habt Ihr auch ihn gesehen, den Jungen, sagte er. Auch er ist manchmal in Ndotsheni vorbeigeritten. Er ritt einen Rotfuchs mit einer Blesse. Und er hatte Holzpistolen, hier im Gürtel, wie kleine Jungen sie haben.
Im Gesicht des alten Mannes arbeitete es. Er sah immer noch zu Boden, und Jarvis sah seine Tränen fallen. Er war selbst ganz bewegt und weich, er hätte schon gern ein Ende gemacht, aber er fand das rechte Wort nicht.
– Ich weiß es noch, Umnumzana. Er war so hell.
– Ja, ja, er war ganz hell.
– Umnumzana, ich kann es nicht recht sagen. Aber in meinem Herzen habe ich großen Kummer um Euch und um die Inkosikazi und die junge Inkosikazi und die Kinder.
– Ja, ja, sagte Jarvis. Ja, ja, sagte er heftig. Ich will die Haufrau rufen.
Er ging hinein und brachte sie mit sich heraus – Dieser alte Mann, sagte er auf englisch, fragt nach der Tochter eines Mannes namens Sibeko, der einmal in Ixopo bei euch gearbeitet hat. Sie haben monatelang nichts von ihr gehört.
Ich habe sie entlassen müssen, sagte Mr. Smiths Tochter. Sie war zu Anfang gut, und ich versprach ihrem Vater, auf sie zu achten. Aber dann kam sie unter schlechten Einfluß und fing an, in ihrem Zimmer Schnaps zu brauen. Sie wurde verhaftet und bekam einen Monat Gefängnis, und danach konnte ich sie natürlich nicht wieder nehmen.
– Und weißt du nicht, wo sie ist? fragte Jarvis.
– Warum sollte ich das wohl wissen? sagte Mr. Smiths Tochter. Und es ist mir auch ganz egal.
– Sie weiß es nicht, sagte Jarvis auf zulu, aber er fügte nicht hinzu, daß es Smiths Tochter egal sei.

– Ich danke Euch, sagte der alte Mann auf zulu. Sala kahle, Umnumzana. Und er verneigte sich vor Smiths Tochter, und sie nickte zurück.
Er setzte den Hut auf und machte sich daran, den Gartenweg hinunter zum hinteren Ausgang zu gehen, denn so will es die Sitte. Smiths Tochter ging ins Haus, und Jarvis ging langsam und wie unabsichtlich dem alten Manne nach. Dieser machte das Tor auf und ging hinaus und schloß es hinter sich. Und als er sich umwandte, um es zu schließen, sah er, daß Jarvis ihm gefolgt war, und er verneigte sich vor ihm.
– Hamba kahle, Umfundisi.
– Sala kahle, Umnumzana. Der alte Mann nahm den Hut ab und setzte ihn wieder auf. Dann ging er langsam die Straße hinunter zum Bahnhof, und Jarvis sah ihm nach, bis er ihn nicht mehr sehen konnte. Als er sich umwandte, um zurückzugehen, sah er seine Frau auf sich zukommen, und mit plötzlichem Schrecken sah er, daß auch sie so ging, als ob sie schon alt sei.
Er ging ihr entgegen, und sie schob ihren Arm in den seinen.
– Warum bist du so verstört, James? fragte sie. Warum warst du so verstört, als du ins Haus kamst?
– Etwas kam aus der Vergangenheit herauf, sagte er. Du weißt doch, wie so etwas plötzlich kommt.
Da gab sie sich zufrieden und sagte: – Ja, ich weiß. Sie faßte seinen Arm fester. – Barbara möchte uns zum Lunch dabehalten, sagte sie.

IX

Auf dem freien Platz spricht die mächtige Bullenstimme. Viele Polizisten sind da, weiße und schwarze, das gibt einem wohl ein Gefühl von Macht, wenn man sie dort sieht, und auch, daß so viele Menschen da sind, zu denen man sprechen kann, denn die mächtige Bullenstimme grollt und wird lauter und wieder leiser.
Einige werden schon durch den Klang der Stimme erregt. Andere gibt es, die wissen noch genau den Tag, als sie sie zum erstenmal hörten, wissen noch, wie es sie gepackt hat und wie merkwürdig es war, als ob ein elektrischer Schlag sie träfe.

Denn in der Stimme ist ein Zauber, ein Drohen, es ist, als ob Afrika selbst in ihr sei. Ein Löwe grollt darin, Donner über schwarzen Bergen hallt darin wider. Dubula und Tomlinson lauschen ihr verächtlich und neidisch. Denn hier ist eine Stimme, die Tausende rühren könnte, aber es ist kein Verstand dahinter, der ihr angibt, was sie sagen soll, und kein Mut, es zu sagen, selbst wenn sie es wüßte.
Die Polizisten hören zu, und einer sagt zum anderen: – Das ist ein gefährlicher Bursche. Und der andere sagt: – Das ist nicht meine Sache, mir darüber Gedanken zu machen.
Wir verlangen nichts Unmögliches, sagt John Kumalo. *Wir verlangen nur unseren Anteil an dem, was unsere Arbeit schafft. Neues Gold ist gefunden worden, und Südafrika ist wieder reich. Wir verlangen nichts als unseren Anteil an diesem Reichtum. Dies Gold wird in den Eingeweiden der Erde verborgen bleiben, wenn wir es nicht herausgraben. Ich sage ja gar nicht, daß es uns gehört, ich sage nur, wir wollen unseren Anteil daran bekommen. Das Gold gehört dem ganzen Volk, den Weißen und den Schwarzen, den Mischlingen und den Indern. Wer aber wird den Löwenanteil bekommen?*
Und hier grollt die gewaltige Stimme in dem mächtigen Hals. Eine Welle der Erregung geht über die Menge hin. Die Polizisten werden aufmerksam, – nur die nicht, die dies alles schon so oft gehört haben. Denn sie wissen: dieser Kumalo geht genau so weit und nicht weiter. Was würde geschehen, wenn diese Stimme Worte sagten, die sie im vertraulichen Gespräch schon ausspricht, wenn sie lauter und lauter würde, sich höher und höher erhöbe, und das Volk erhöbe sich mit ihr, und die Stimme würde dic Leute rasend machen mit der Idee der Auflehnung und Herrschaft, der Macht und des Besitzes? Wenn sie Afrika beschriebe, wie es vom Schlaf erwacht, Afrika, wie es aufsteht, das dunkle, wilde Afrika? Das wäre gar nicht so schwierig, nicht viel Verstand ist nötig, um sich solche Worte auszudenken. Aber der Mann hat Angst, und das tiefe, donnernde Grollen klingt ab, und die Leute frösteln und kommen wieder zu sich.
Ist es unrecht, mehr Geld zu verlangen? fragt John Kumalo. *Wir bekommen wenig genug. Wir fordern nur unseren Anteil, gerade genug, um unsere Frauen und Kinder vor dem Hunger zu schützen. Denn wir bekommen nicht genug. Die Lans-*

down-Kommission hat es klargestellt, daß wir nicht genug bekommen. Die Smit-Kommission hat es klargestellt, daß wir nicht genug bekommen.
Und hier grollt die Stimme wieder, und eine Welle von Erregung geht durch die Zuhörerschaft.
Wir wissen, daß wir nicht genug bekommen, sagt Kumalo. *Wir wollen nichts anderes als das, worum die Arbeiter in allen Ländern kämpfen, das Recht, unsere Arbeit um ihren wahren Wert zu verkaufen, das Recht, unsere Kinder anständig aufzuziehen. Man sagt, daß die Minen schließen müßten, wenn sie höhere Löhne zahlen müßten. Was ist denn dann die Minenindustrie wert? Und warum soll sie erhalten bleiben, wenn nur unsere Arbeit sie am Leben erhält? Man sagt, sie macht das Land reich, aber was bekommen wir von dem Reichtum zu sehen? Ist es vielleicht so, daß wir arm bleiben müssen, damit andere reich werden?*
Nun regt sich die Menge, als ob ein Windstoß über sie hinführe. Dies ist deine Chance, John Kumalo, nun kann deine Stimme bis zum Himmelstor dringen. Dies ist der Augenblick für leidenschaftliche Worte, für wilde, stürmische Worte, die aufwecken, entzünden, entfesseln. Aber er weiß Bescheid. Er weiß genau, welche Macht er hat, die Macht, vor der ihm selber bange ist. Und so klingt die Stimme ab, wie Donner hinter den Bergen verklingt, und der Widerhall wird schwächer und schwächer.
– Ich sage dir, der Mann ist gefährlich, sagt der eine Polizist.
– Das glaube ich wohl, nachdem ich ihn jetzt gehört habe, sagt der andere. Warum sperren sie den Halunken nicht ein?
– Warum knallen sie ihn nicht ab? fragt der erste.
– Ja, abknallen, stimmt der andere bei.
– Die Regierung spielt mit dem Feuer, sagt der erste.
– Sehr richtig, sagt der zweite.
Wir wollen nur Gerechtigkeit, sagt Kumalo. *Wir fordern hier nicht Gleichheit oder das Wahlrecht und die Gleichberechtigung der Rassen. Wir fordern nur mehr Geld von der reichsten Industrie der Welt. Ohne unsere Arbeit ist diese Industrie machtlos. Wenn wir die Arbeit niederlegen, dann wird diese Industrie zugrunde gehen. Und ich behaupte, es ist besser, überhaupt nicht zu arbeiten, als für solche Löhne zu arbeiten.*

Die schwarze Polizei ist wachsam auf dem Posten. Wie Soldaten stehen sie da. Wer weiß, was sie sich bei dieser Rede denken, wer weiß, ob sie überhaupt denken? Die Versammlung ist ruhig und ordentlich. Solange sie ruhig und ordentlich bleibt, gibt es nichts zu tun. Aber beim ersten Anzeichen von Unruhe wird John Kumalo heruntergeholt und im Polizeiwagen fortgebracht werden. Und was wird dann aus der Zimmermannswerkstatt, die acht, zehn, zwölf Pfund die Woche einbringt? Was wird aus den Gesprächen in der Werkstatt, wo sie aus dem ganzen Lande zusammenkommen, um ihm zuzuhören?

Es gibt Menschen, die sehnen sich nach dem Märtyrertum, und andere, die wohl wissen, daß sie an Bedeutung gewännen, wenn sie ins Gefängnis gingen; und es gibt wieder andere, die ins Gefängnis gehen würden, ohne danach zu fragen, ob sie dadurch an Bedeutung gewännen oder nicht. Aber zu denen gehört John Kumalo nicht. Im Gefängnis gibt es keinen Applaus.

Ich will euch nicht länger aufhalten, sagt John Kumalo. *Es wird spät, und viele von euch werden es mit der Polizei zu tun kriegen, wenn sie nicht zeitig heimgehen. Mir macht es nichts aus, wohl aber denen unter euch, die einen Paß bei sich tragen müssen. Und wir wollen der Polizei keine Mühe machen. Ich sage euch noch einmal, wir haben Arbeit zu verkaufen, und jeder Mann hat das Recht, seine Arbeit zu dem Preise zu verkaufen, den sie wert ist. Für dieses Recht haben viele unserer Leute als Soldaten gekämpft.*

Wieder grollt die Stimme, etwas kündigt sich an.

Nicht nur hier, sagt er, *sondern in ganz Afrika, in dem ganzen großen Erdteil, den wir Afrikaner bewohnen.*

Auch in der Menge grollt es. Dies hat eine harmlose Bedeutung und eine gefährliche Bedeutung. Und John Kumalo spricht die eine aus, aber er meint die andere.

Laßt uns also unsere Arbeit für ihren guten Preis verkaufen, sagt er. *Und wenn eine Industrie es sich nicht leisten kann, unsere Arbeit zu kaufen, so laßt die Industrie eingehen. Aber laßt uns nicht unsere Arbeit billig verkaufen, um irgendeine Industrie am Leben zu erhalten.*

John Kumalo setzt sich, und die Leute klatschen Beifall, es ist eine große Welle von Zurufen und Klatschen. Es sind einfache Leute, und sie wissen nicht, daß dies einer der größten

Redner des Landes ist und daß es ihm nur an einem fehlt. Sie haben nur die mächtige Bullenstimme gehört, sind von ihr erhoben und wieder fallengelassen worden, aber schließlich ist dies ein Mann, der einen auch wieder erheben kann, nachdem er einen fallengelassen hat.
– Jetzt hast du ihn gehört, sagte Msimangu. Stephen Kumalo nickte. – So etwas habe ich noch nie gehört, sagte er. Selbst ich, der ich sein Bruder bin, – er hat mit mir gespielt wie mit einem Kinde.
– Macht, sagte Msimangu, das ist Macht. Warum Gott einem Menschen solche Macht gibt, das können wir nicht verstehen. Wenn dieser Mann ein Prediger wäre, dann würde die ganze Welt auf ihn hören.
– So etwas habe ich noch nie gehört, sagte Kumalo.
– Vielleicht sollten wir Gott dafür danken, daß er verdorben ist, sagte Msimangu feierlich. Denn wenn er nicht verdorben wäre, könnte er in diesem Lande ein Blutbad anrichten. Er ist verdorben durch den Besitz, dessen Verlust er fürchtet; auch fürchtet er, die Macht zu verlieren, die er jetzt hat. Wir werden es nie verstehen. Sollen wir gehen, oder sollen wir uns diesen Tomlinson anhören?
– Ich möchte ihn wohl hören.
– Dann laß uns näher herangehen. Er ist schwer zu verstehen.

– Sollen wir gehen, Mr. Jarvis?
– Ja, John, laß uns gehen.
– Was halten Sie davon, Mr. Jarvis?
– Ich mache mir nichts aus solchen Sachen, sagte Jarvis kurzab.
– So meine ich es nicht. Ich meine, es geht doch etwas vor, oder nicht?
Jarvis knurrte. – Ich mag so was nicht, John. Laß uns zu deinem Klub gehen.
– Er ist zu alt, um die Sache so zu sehen, wie sie wirklich ist, dachte John Harrison für sich. –
– Genau wie mein Vater.
Er stieg in den Wagen und drehte den Motor an.
– Aber wir müssen sie doch sehen, wie sie ist, dachte er nüchtern.

Der Captain salutierte vor dem höheren Offizier.
– Zum Bericht, Sir.

– Wie ist es gegangen, Captain?
– Ohne Zwischenfall, Sir. Aber dieser Kumalo ist gefährlich. Er erregt die Menge bis zu einem gewissen Punkt, und dann zuckt er zurück. Aber ich kann mir vorstellen, was er tun würde, wenn wir nicht da wären.
– Na, dann müssen wir eben da sein, basta. Komisch, der Bericht ist immer derselbe: er geht so weit und nicht weiter. Wie meinen Sie das, daß er gefährlich ist?
– Es ist die Stimme, Sir. Ich habe so etwas noch nie gehört. Sie ist wie ein Register an der Orgel. Man kann sehen, wie die Menge anfängt, sich hin und her zu wiegen. Ich habe es auch gespürt. Es ist fast, als ob er erkennte, was vorgeht, und sich zurückhielte.
– Die gelbe Feigheit, sagte der höhere Offizier kurz. Das von der Stimme habe ich auch schon gehört. Muß doch mal selber hingehen.
– Wird es einen Streik geben, Sir?
– Wenn ich das bloß wüßte! Das könnte scheußlich werden. Als ob wir noch nicht genug zu tun hätten. Es ist Zeit, gehen Sie heim.
– Gute Nacht, Sir.
– Gute Nacht, Harry. Harry!
– Sir.
– Ich glaube, es ist eine Beförderung in Sicht.
Danke sehr, Sir.
– Das bringt Sie auf den Weg zu meinem Posten. Gutes Gehalt, hoher Rang, Prestige. Und nichts als Arbeit, Ärger und Sorgen. Als ob man auf einem Vulkan säße. Gott allein weiß, ob es der Mühe wert ist. Gute Nacht, Harry.
– Gute Nacht, Sir.
Der höhere Offizier seufzte und zog die Papiere näher heran. Sorgenfalten erschienen auf seiner Stirne.
– Gutes Gehalt, hoher Rang, Prestige, sagte er. Und dann gab er sich an die Arbeit.

Das wäre eine böse Sache, ein Streik. Denn es gibt dreihunderttausend schwarze Minenarbeiter am Witwatersrand. Sie kommen aus der Transkei, aus Basutoland, aus Zululand und Bechuanaland und Sekukuniland und aus den Ländern außerhalb Südafrikas. Es sind einfache Leute, sie können weder lesen noch schreiben, sie sind noch im Stammesleben verhaftet und

leicht zu beeinflussen. Und wenn sie streiken, dann werden sie ganz verrückt. Sie sperren die Minenbeamten in ihre Büros ein, werfen mit Flaschen und mit Steinen und stecken alles in Brand. Es stimmt schon, daß sie auf hundert Minen in Baracken leben, und das macht es etwas leichter, sie in der Gewalt zu behalten. Aber sie können viel Schaden anrichten und Menschenleben gefährden und die große Industrie Südafrikas zum Stillstand bringen, die Industrie, auf der Südafrika aufgebaut ist und von der es abhängt.
Beunruhigende Gerüchte gehen um, daß der Streik sich nicht auf die Minen beschränken, sondern auf die ganze übrige Industrie übergreifen wird, auf den Eisenbahnbetrieb und die Schiffahrt. Es wird sogar behauptet, daß jeder schwarze Mann, jede schwarze Frau die Arbeit niederlegen wird, daß alle Schulen, alle Kirchen werden schließen müssen. Müßig und verdrossen werden sie auf der Straße herumstehen, überall in den Städten, Städtchen und Dörfern, an jeder Landstraße, auf jeder Farm, volle acht Millionen. Aber die ganze Sache ist eine Phantasterei. Sie sind ja nicht organisiert, sie würden schrecklich zu leiden haben, sie würden Hungers sterben. Dennoch ist der Gedanke an eine solche Phantasterei ziemlich erschrekkend, und den Weißen wird klar, wie abhängig sie von der Arbeitswilligkeit der Schwarzen sind.
Es sind böse Zeiten, zweifellos. Allerhand Sonderbares geht in der Welt vor, und die Welt hat Südafrika noch nie in Ruhe gelassen.

Der Streik ist gekommen, und nun ist er schon wieder zu Ende. Er hat sich nicht über die Minen heraus ausgedehnt. Am schlimmsten war es in Driefontein, wo man die Polizei rufen mußte, um die Schwarzen in die Minen hinunterzuzwingen. Es gab eine Schlägerei, und drei schwarze Minenarbeiter wurden getötet. Aber nun ist alles ruhig, so lautet der Bericht, alles ist ruhig.
Von der jährlichen Synode der Diözese Johannesburg kann nicht erwartet werden, daß sie über die Minen Bescheid weiß. Aber die Zeit, wo Synoden sich auf religiöse Angelegenheiten beschränkten, scheint vorbei zu sein, und einer der Geistlichen hielt einen Vortrag über die ganze Sache. Er bestand darauf, daß es an der Zeit sei, die Gewerkschaft der schwarzen Minenarbeiter anzuerkennen, und sagte voraus, daß es ein

Blutbad geben werde, wenn man sich dazu nicht entschließen könne. Er meinte wohl, daß die Gewerkschaft als eine voll verantwortliche Körperschaft behandelt werden müsse, die das Recht habe, mit den Arbeitgebern über Löhne und Arbeitsbedingungen zu verhandeln. Aber ein sogenannter Sachverständiger hat darauf hingewiesen, daß die schwarzen Minenarbeiter primitive Leute sind und wohl kaum fähig, Verhandlungen zu führen, eine leichte Beute skrupelloser Aufwiegler. Und man weiß ja schließlich auch, daß erhöhte Produktionskosten die Minen in ihrer Existenz bedrohen würden und damit die Existenz von Südafrika.
Dieses schwierige Problem muß von mancherlei Seiten her betrachtet werden. Und immer wieder reden die Leute auch über die Bodenerosion und den Verfall der Volksstämme und den Mangel an Schulen und das Verbrechertum, als ob das alles auch dazu gehörte. Wenn man lange genug über alles das nachdenkt, dann muß man schließlich auch noch die Frage der Republik, der Zweisprachigkeit, der Einwanderer, die Palästinafrage und Gott weiß was noch alles in diesem Zusammenhang betrachten. Also ist es gewissermaßen wohl besser, wenn man gar nicht erst anfängt nachzudenken.
Inzwischen ist ja der Streik vorbei, und die Verluste an Menschenleben sind erstaunlich gering. Alles ist ruhig, sagt der Bericht, alles ist ruhig.

Im verlassenen Hafen waschen doch die kleinen Wellen unaufhörlich am Kai hinauf. Im dunkeln, schweigenden Walde fällt ein Blatt. Glatt und glänzend ist das Holz an deiner Wand, aber unter dem Glanz frißt die weiße Ameise. Und nur die Toren glauben, daß alles ruhig ist.

X

Mrs. Lithebe und Gertrude kamen nach Hause, und Mrs. Lithebe machte die Tür hinter sich zu.
– Ich habe mir große Mühe gegeben, dich zu verstehen, liebe Tochter, aber ich kann dich nicht verstehen.
– Ich habe nichts Unrechtes getan.
– Das sage ich auch nicht. Aber du verstehst dieses Haus nicht und die Menschen, die darin leben.

Getrude stand verdrossen da. – Ich verstehe es wohl, sagte sie.
– Warum redest du dann mit solchen Leuten, Tochter?
– Ich wußte doch nicht, daß es keine anständigen Leute sind.
– Aber hörst du denn nicht, wie sie reden, wie sie lachen? Hörst du nicht, wie sie müßig und leichtsinnig lachen?
– Ich wußte nicht, daß das unrecht ist.
– Ich sage ja nicht, daß es unrecht ist. Es ist nur so müßig und leichtsinnig, wie sie reden und lachen. Versuchst du denn nicht, gut zu sein?
– Aber ich versuche es doch.
– Solche Leute werden dir nicht dabei helfen.
– Ich will Euch gehorchen.
– Ich mache dir nicht gern Vorwürfe. Aber dein Bruder, der Umfundisi, hat sicherlich schon genug Kummer.
– Ja, er hat wohl Kummer.
– Also mach du ihm nicht noch mehr Kummer, meine Tochter.
– Ich werde froh sein, wenn ich von hier fortkomme, sagte Gertrude. Tränen standen in ihren Augen. – Ich weiß nicht, was ich hier anfangen soll.
– Es kommt nicht bloß daher, daß du hier bist, sagte Mrs. Lithebe. Auch in Ndotsheni gibt es solche Leute, die leichtsinnig lachen und reden.
– Doch, es ist nur hier, sagte Gertrude. In Johannesburg habe ich nichts als Böses erlebt. Ich bin froh, wenn ich fort kann.
– Nun wirst du bald fortgehen, denn morgen wird die Verhandlung zu Endc sein. Aber ich sorge mich um dich und auch um den Umfundisi.
– Ihr braucht Euch nicht zu sorgen.
– Es freut mich, daß du das sagst, meine Tochter. Um die Kleine habe ich keine Angst, sie ist willig und gehorsam. Sie möchte auch dem Umfundisi Freude machen. Und das ist auch nur recht, denn er gibt ihr, was ihr eigener Vater ihr versagt hat.
– Sie kann auch leichtsinnig reden.
– Ich bin nicht blind, mein Kind. Aber sie lernt etwas Besseres, und sie lernt schnell. Aber nun nichts mehr davon. Es kommt jemand.
Es klopfte an die Tür, und eine große, dicke Frau stand davor, sie schnaufte etwas vom Gehen. – Es steht etwas Schlimmes in

der Zeitung, sagte sie, ich wollte es Euch zeigen. Sie legte die Zeitung auf den Tisch und zeigte den beiden Frauen die Überschrift: *Wieder ein schrecklicher Mord in der Stadt. Schwarzer Einbrecher erschießt weißen Hausherrn.*
Sie waren tief erschrocken. Solche Überschriften fürchtete man in diesen Tagen. Die Hausherren fürchteten sie und auch ihre Frauen. Alle, denen Südafrika am Herzen lag, fürchteten sie. Alle rechtschaffenen Schwarzen fürchteten sie. Es gab Leute, die von den Zeitungen verlangten, daß das Wort »schwarz« in den Überschriften nicht erscheinen solle; andere wieder konnten keinen Sinn darin finden, wenn man mit der peinlichen Wahrheit hinterm Berge hielte.
– Es ist schlimm, daß das gerade jetzt passiert, sagte die dicke Frau, gerade wo jetzt die Verhandlung zu Ende geht.
Denn sie wußten alle davon und waren immer mit Mrs. Lithebe zur Verhandlung gegangen.
– Ja, das ist wohl so, sagte Mrs. Lithebe.
Sie hörte das Gartentor gehen und warf die Zeitung unter einen Stuhl. Kumalo kam mit dem Mädchen. Das Mädchen hielt ihn beim Arm, denn er war hinfällig in diesen Tagen. Sie führte ihn in sein Zimmer, und sie waren kaum vorbei, als das Gartentor wieder ging und Msimangu hereinkam. Er sah sofort die Zeitung und zog sie unter dem Stuhl hervor.
– Hat er dies gesehen? fragte er.
– Nein, Umfundisi, sagte die dicke Frau. – Ist es nicht schrecklich, daß dies gerade jetzt passiert?
– Der Richter ist ein großer und gerechter Richter, sagte Msimangu. Aber es ist schon schlimm, das gebe ich zu. Er liest so gern die Zeitung. Was sollen wir tun?
– Wir haben nur diese Zeitung, die sie mitgebracht hat, sagte Mrs. Lithebe. – Aber wenn er zum Missionshaus geht, wird er sie dort sehen.
– Darum bin ich hergekommen, sagte Msimangu. –
– Mutter, könnten wir nicht heute hier essen?
– Das ist das wenigste. Es ist genug zu essen da, wenn es auch einfach ist.
– Wirklich, Mutter, immer helft Ihr uns in der Not.
– Wofür leben wir denn sonst? sagte sie.
– Und nach dem Essen können wir gleich zu der Versammlung gehen, sagte Msimangu. Morgen wird es einfach sein, an den Tagen, wenn wir zur Verhandlung gehen, liest er keine

Zeitung. Und wenn die Verhandlung einmal zu Ende ist, dann ist es gleich.
Also versteckten sie die Zeitung. Sie aßen alle miteinander bei Mrs. Lithebe, und nach dem Essen gingen sie zur Versammlung in die Kirche, wo eine schwarze Frau darüber sprach, daß sie die Berufung fühle, eine Nonne zu werden und der Welt abzusagen, und daß Gott sie von dem allen Frauen natürlichen Verlangen befreit habe.
Nach der Versammlung, als Msimangu gegangen und Kumalo schon in seinem Zimmer war, und das Mädchen machte schon sein Bett zurecht in dem Zimmer, wo sie aßen und wohnten, folgte Gertrude Mrs. Lithebe in ihr Zimmer.
– Darf ich mit Euch reden, Mutter?
– Das brauchst du nicht erst zu fragen, Kind.
Sie schloß die Tür und wartete, daß Gertrude spräche.
– Ich habe der schwarzen Schwester zugehört, Mutter, und es ist mir plötzlich gekommen, daß ich vielleicht auch eine Nonne werden sollte.
Mrs. Lithebe schlug die Hände zusammen, sie war glücklich, und dann war sie sehr ernst.
– Nicht deshalb schlage ich die Hände zusammen, weil ich meine, daß du es wirklich tun solltest, sondern aus Freude darüber, daß du überhaupt daran gedacht hast. Aber das Kind.
Gertrudes Augen füllten sich mit Tränen.
– Vielleicht könnte meines Bruders Frau besser für ihn sorgen, sagte sie. Ich bin so schwach, Ihr wißt es ja. Ich rede und lache leichtsinnig. Vielleicht würde es mir helfen, wenn ich eine Nonne würde.
– Gegen das Verlangen, meinst du?
Gertrude ließ den Kopf hängen. – Ja, das meine ich, sagte sie.
Mrs. Lithebe nahm Gertrudes Hände in die ihren. – Das wäre wunderbar, sagte sie. Aber es heißt doch, daß man einen solchen Entschluß nicht leichthin fassen und übereilen soll. Hat sie das nicht auch gesagt?
– Ja, Mutter.
– Laß uns zu niemandem darüber sprechen. Ich will für dich beten, und du mußt auch beten. Und dann nach einer kleinen Weile wollen wir wieder darüber sprechen. Glaubst du nicht, daß dies das beste ist?
– Ja, das ist wohl das beste, Mutter.
– So schlafe wohl, meine Tochter. Ich weiß nicht, ob es wahr

werden wird. Aber wenn es wahr wird, so wird es für den alten Mann ein großer Trost sein.
– Schlaft wohl, Mutter.
Gertrude schloß die Tür von Mrs. Lithebes Zimmer, und auf dem Wege zu ihrem eigenen ließ sich sich, von einer plötzlichen Regung getrieben; neben dem Bett des Mädchens auf dem Boden nieder.
– Ich möchte wohl eine Nonne werden, sagte sie.
Das Mädchen setzte sich zwischen den Decken auf.
– Hau! sagte sie, das ist schwer.
– Ja, schwer, sagte Gertrude. Ich bin noch nicht fest entschlossen. Aber wenn es so wird, willst du für den Kleinen sorgen?
– Ja, ganz bestimmt, sagte das Mädchen mit Feuereifer. Ganz bestimmt will ich für ihn sorgen.
– Als ob er dein eigenes Kind wäre?
– Ganz bestimmt, als ob er mein eigenes Kind wäre.
– Und du wirst in seiner Gegenwart keine leichtsinnigen Reden führen?
Das Mädchen wurde sehr ernst. – Ich führe keine leichtsinnigen Reden mehr, sagte sie.
– Auch ich werde nicht mehr leichtsinnig reden, sagte Gertrude. Aber du mußt mich wohl verstehen, es ist noch nicht entschieden.
– Ich verstehe dich wohl.
– Und du darfst noch nicht darüber sprechen. Es würde meinen Bruder bekümmern, wenn wir jetzt darüber sprächen, und dann würde nichts daraus.
– Ja, das verstehe ich.
– Schlaf wohl, Kleines.
– Schlaf wohl.

XI

Wenn der Oberste Richter den Gerichtssaal betritt, stehen alle Leute auf; heute stehen sie noch feierlicher da als sonst, denn es ist der Tag des Urteilsspruchs. Der Richter setzt sich, dann setzen sich die beiden Beisitzer und dann die Zuhörer; und die drei Angeklagten werden aus dem Keller heraufgebracht.

– Ich habe diesen Fall reiflich bedacht und überlegt, sagt der Richter, und dasselbe haben meine Beisitzer getan. Wir haben mit größter Sorgfalt alle Aussagen angehört und sie miteinander besprochen und im einzelnen geprüft.
Und der Übersetzer sagt auf zulu, was der Richter gesagt hat.
– Der Angeklagte Absalom Kumalo hat nicht versucht, seine Schuld zu leugnen. Die Verteidigung hat den Angeklagten als Zeugen sprechen lassen, und er hat einfach und unumwunden ausgesagt, wie er Arthur Jarvis in seinem Hause in Parkwold erschossen hat. Er hat weiterhin ausgesagt, daß es nicht seine Absicht war, zu töten oder auch nur zu schießen, daß er die Waffe mitgenommen hatte, um den Diener Richard Mpiring einzuschüchtern, daß er glaubte, der Getötete sei gar nicht zu Hause. Mit dieser Aussage müssen wir uns später befassen, aber in gewisser Hinsicht ist sie doch von größter Wichtigkeit, wenn wir uns über die Schuld des zweiten und dritten Angeklagten klar werden wollen. Der erste Angeklagte behauptet, daß der Plan von dem dritten Angeklagten, Johannes Pafuri, ausgeheckt worden war, und daß Johannes Pafuri den Schlag führte, der den Diener Mpiring bewußtlos niederstreckte. Hierin wird seine Aussage durch Mpiring selbst bestätigt, der aussagt, daß er Pafuri an einem Zucken der Augenbrauen oberhalb der Maske erkannt hat. Es stimmt auch, daß er Pafuri unter zehn Männern in derselben Maskierung, von denen mehr als einer denselben Tick wie Pafuri hat, herausgefunden hat. Aber die Verteidigung hat darauf hingewiesen, daß diese nervösen Störungen gleichartig und doch nicht genau identisch seien, daß es schwierig sei, auch nur ein paar Männer aufzutreiben, die von gleichem Wuchs seien und überhaupt diesen Tick haben, und daß Pafuri dem Mpiring sehr gut bekannt sei. Die Verteidigung behauptet, daß die Identifizierung nur dann beweiskräftig sein könne, wenn alle diese zehn Männer von gleichem Wuchs gewesen seien und denselben Tick gehabt hätten. Diese Behauptung können wir nicht in ihrem ganzen Umfang gelten lassen, denn das würde bedeuten, daß eine Identifizierung nur dann Beweiskraft haben kann, wenn alle ihr Unterworfenen untereinander völlig gleich sind. Aber die teilweise Gültigkeit dieses Einwandes ist klar; ein auffallendes Merkmal wie dieser Tick kann genausogut zu einer falschen wie zu einer richtigen Identifizierung führen, zumal wenn die untere

Hälfte des Gesichtes verdeckt ist. Wir müssen uns darüber klar sein, daß Identifizierung von der Wiedererkennung eines typischen Ganzen abhängt und zweifelhaft wird, wenn dieses typische Ganze teilweise verdeckt ist. Dann wird die Methode gefährlich, denn es ist natürlich möglich, daß gerade die unterscheidenden Züge verdeckt und nur die ähnlichen sichtbar sind. Zum Beispiel könnte man sagen, daß zwei Menschen mit gleichartigen Narben leichter miteinander verwechselt werden können, wenn nur die den Narben unmittelbar benachbarten Gesichtszüge enthüllt und die übrigen verdeckt sind. Es folgt daher, daß Mpirings Identifizierung seines Angreifers in sich selbst kein vollkommener Beweis ist, daß Pafuri dieser Mann war.

Es ist ferner zu bedenken, daß, obwohl der erste Angeklagte, Absalom Kumalo, behauptet, daß Pafuri anwesend war und den Mpiring überfiel, er diese Behauptung erst dann vorbrachte, als die Polizei ihn über den Verbleib des Pafuri befragte. Ist es ihm da erst eingefallen, den Pafuri hineinzuziehen? Oder bestand wirklich schon vorher eine Verbindung zwischen Pafuri und dem Mord? Der Verteidiger des ersten Angeklagten führt an, daß Absalom Kumalo einige Tage in beständiger Angst verbrachte und daß, sobald er verhaftet wurde, er alles bekannt habe, was ihn so schwer bedrückte, ganz unabhängig davon, welcher Name oder welche Namen ihm nahegelegt wurden; daß es also dieser Gemütszustand war, der sein Geständnis verursacht habe, und nicht die Erwähnung des Namens Pafuri. Und sein eigener Bericht über diesen Zustand der Angst bekräftigt diese Annahme. Aber die Möglichkeit ist nicht auszuschließen, daß er Pafuris Namen als den ersten besten nannte und behauptete, Pafuri sei einer der drei gewesen, weil er nicht allein eine so schwere Anklage auf sich nehmen wollte. Warum hätte er aber dann nicht die Namen seiner wirklichen Mitverschworenen angeben sollen? Denn nach Mpirings Aussage scheint kein Zweifel darüber zu bestehen, daß drei Männer die Küche betraten. Er hat ganz ohne Umschweife über sein eigenes Verhalten gesprochen. Sollte er also zwei Unschuldige hineinziehen und die Namen zweier Schuldiger verschweigen?

Wiederum ist zu bedenken, daß der sonderbare Zufall der angeblich falschen Identifizierung zur Verhaftung eines Mitschuldigen führte, der sofort bekannte.

Noch eine weitere Schwierigkeit taucht in diesem sehr merkwürdigen Fall auf. Keiner der anderen Angeklagten noch auch die Frau, Baby Mkize, leugnet, daß in der auf den Mord folgenden Nacht alle vier im Hause Nr. 79, dreiundzwanzigste Avenue, Alexandra, beisammen waren. War dies wieder ein zufälliges Zusammentreffen, das den ersten Angeklagten veranlaßte, die Namen des zweiten und dritten Angeklagten als die seiner Mittäter anzugeben? Oder war die Zusammenkunft wirklich von der Art, wie er behauptet? Wurde dabei über den Mord gesprochen? Die Frau, Baby Mkize, ist eine außerordentlich unzuverlässige Zeugin; und obwohl der Staatsanwalt wie auch der Verteidiger des ersten Angeklagten dies sehr deutlich gemacht haben, so haben sie doch nicht den einwandfreien Beweis erbracht, daß über den Mord gesprochen wurde. Die Frau hat zunächst einmal die Polizei angelogen, als sie sagte, sie habe den ersten Angeklagten seit mehr als einem Jahr nicht mehr gesehen. Als Zeugin war sie verworren, sich selbst widersprechend und ängstlich; aber war diese Ängstlichkeit und die daraus folgende Verworrenheit dadurch begründet, daß sie überhaupt vor Gericht erscheinen mußte, oder durch die Mitwisserschaft an anderen Verbrechen, an denen sie Anteil hatte, oder durch Schuldbewußtsein, weil wirklich über den Mord gesprochen worden war? Diese Frage scheint uns ziemlich ungeklärt zu sein. Die Anklage hat immer wieder hervorgehoben, daß die drei Angeklagten schon vor dem Verbrechen in enger Verbindung miteinander standen; und dies ist auch so überzeugend erwiesen, daß eine weitere Untersuchung dieser Verbindung durchaus notwendig erscheint. Aber diese schon vor dem Verbrechen bestehende Verbindung, selbst wenn sie verbrecherischer Natur war, ist in sich selbst kein Beweis dafür, daß bei dem schweren Verbrechen, dessen diese drei hier angeklagt sind, diese Verbindung bestand.
Nach langer und reiflicher Überlegung sind meine Beisitzer und ich zu dem Schluß gekommen, daß die Schuld des zweiten und dritten Angeklagten nicht erwiesen ist, und sie werden demzufolge freigesprochen. Aber ich zweifle keinen Augenblick daran, daß ihre seit langem bestehende Verbindung gründlichst untersucht werden wird.

Ein Aufseufzen geht durch den Saal. Ein Akt des Dramas ist vorüber. Der Angeklagte Absalom Kumalo rührt sich nicht.

Er sieht nicht einmal nach den beiden hin, die nun frei sind. Aber Pafuri sieht aus, als wollte er sagen: – Dies ist Recht, dies ist Gerechtigkeit, was hier geschehen ist.
Es bleibt der Fall gegen den ersten Angeklagten. Sein Geständnis ist gründlich nachgepürft worden, und wo es geprüft werden konnte, hat es sich als wahr erwiesen. Es besteht kein Grund anzunehmen, daß ein Unschuldiger sich zu einem Verbrechen bekennt, das er nicht wirklich begangen hat. Sein Verteidiger setzt sich dafür ein, daß er nicht die Höchststrafe bekommt; er führt an, daß er erschüttert, überwältigt und gebrochen sei durch seine Tat; er hält ihm sein wahrheitsgetreues und einfaches Geständnis zugute, er weist auf seine Jugend hin und auf die zerrüttende Wirkung der bösen Riesenstadt auf den Charakter eines einfachen, ländlichen Jungen. Er hat uns ausführlich geschildert, welche Katastrophe die Eingeborenen in ihrem Stammesleben überkommen hat, und hat uns überzeugend unsere Mitschuld an dieser Katastrophe vor Augen geführt. Aber selbst, wenn es wahr ist, daß wir aus Furcht, Selbstsucht und Gedankenlosigkeit eine Zerstörung zuwege gebracht haben, für deren Wiedergutmachung wir kaum etwas getan haben, selbst wenn es wahr ist, daß wir uns dessen schämen und weit mutiger und aufrichtiger handeln müßten, als wir es tun, so gibt es doch ein feststehendes Gesetz, und es ist eine der hervorragendsten Errungenschaften dieser so unvollkommenen Gesellschaftsordnung, daß sie ein Gesetz gemacht hat und Richter eingesetzt hat, es auszuüben, und daß sie dem Richter keine andere Verpflichtung auferlegt als eben die, das Gesetz auszuüben. Ein Richter aber darf nicht das Gesetz verdrehen, weil die Gesellschaftsordnung unvollkommen ist. Wenn das Gesetz einer Gesellschaftsordnung angehört, die manche als ungerecht empfinden, so müssen das Gesetz und die Gesellschaftsordnung geändert werden. Aber einstweilen gibt es ein Gesetz, das ausgeübt werden muß, und es ist die heilige Pflicht des Richters, dies zu tun. Und die Tatsache, daß er dazu die Freiheit hat, muß als Gerechtigkeit gelten in einer Gesellschaftsordnung, die vielleicht sonst nicht gerecht genannt werden kann. Natürlich meine ich mit alledem nicht, daß der Verteidiger auch nur einen Augenblick es darauf anlege, daß dem Gesetz nicht Genüge geschehen solle. Ich weise nur darauf hin, daß ein Richter es sich nicht gestatten

kann und darf, sich durch die bestehenden Mängel in der Gesellschaftsordnung dahin beeinflussen zu lassen, daß er etwas anderes tut, als das Gesetz auszuüben.
Nach diesem Gesetz ist jeder Mensch für seine Taten verantwortlich, ausgenommen unter gewissen Umständen, von denen niemand behauptet hat, daß sie hier zutreffen. Ein Richter darf nicht nach anderen Gesichtspunkten entscheiden, inwiefern ein Mensch im eigentlichen Sinne verantwortlich ist; was das Gesetz betrifft, so ist er voll verantwortlich. Es ist auch nicht des Richters Sache, Gnade walten zu lassen. Eine höhere Autorität, in diesem Fall der Generalgouverneur mit seinem Rat, kann Gnade walten lassen, aber das steht ganz allein bei ihm. Was ist nun in diesem Fall der Tatbestand? Dieser junge Mann geht zu einem Hause mit der Absicht einzubrechen und zu stehlen. Er trägt einen geladenen Revolver bei sich. Er behauptet, das sei nur zum Zweck der Einschüchterung geschehen. Warum muß dann die Waffe geladen sein? Er behauptet, daß er nicht die Absicht hatte, jemanden zu töten. Aber einer seiner Mittäter hat auf brutale Weise den Diener niedergeschlagen, und es bestand durchaus die Möglichkeit, daß dieser dabei getötet wurde. Er gesteht selber zu, daß die Waffe eine Eisenstange war, und sicherlich gibt es keine grausamere, gefährlichere Waffe für einen solchen Überfall. Von dem Plan, diese Waffe mitzunehmen, hat er gewußt und war damit einverstanden, und als der Gerichtshof ihn darüber befragte, gab er zu, daß er nichts gegen die Mitnahme dieser mörderischen und gefährlichen Waffe eingewendet hat. Es ist wohl richtig, daß das Opfer ein Schwarzer war, und einer gewissen Einstellung zufolge wäre aus diesem Grunde das Verbrechen nicht ganz so schwerwiegend, weil eben das Opfer ein Schwarzer war. Aber kein Gerichtshof darf sich eine solche Einstellung zu eigen machen.
Das Wichtigste, was man nun in Betracht ziehen muß, ist die oft wiederholte Behauptung des Angeklagten, daß er nicht die Absicht hatte zu töten, daß die Begegnung mit dem Weißen völlig unerwartet war und daß er den Revolver in Angst und Panik abgefeuert hat. Wenn der Gerichtshof dies als die Wahrheit annimmt, so muß er befinden, daß der Angeklagte keinen Mord begangen hat.
Wiederum, was ist der Tatbestand in diesem Fall? Was anders kann man annehmen, als daß es sich hier um drei mörderische

und gefährliche junge Leute handelt? Es ist wohl wahr, daß sie nicht mit der ausgesprochenen Absicht, jemanden umzubringen, zu diesem Hause gingen. Es ist aber auch wahr, daß sie Waffen mit sich nahmen, deren Anwendung den Tod eines jeden, der sich ihnen bei ihrem gesetzeswidrigen Unternehmen in den Weg stellen würde, leicht herbeiführen konnte.
Die Anwendung des Gesetzes auf diesen Fall ist von einem bedeutenden südafrikanischen Richter ausgelegt worden. »Die Absicht zu töten«, sagt er, »ist in dem Begriff des Mordes einbegriffen; aber ihr Vorhandensein kann aus den obwaltenden Umständen abgeleitet werden. Und die Frage ist, ob aus dem vorhandenen Tatbestand dieser Schluß mit voller Berechtigung gezogen werden kann. Eine solche Absicht ist nicht nur da vorhanden, wo sie ganz bewußt und unbestreitbar zutage liegt; sie ist auch gegenwärtig in Fällen, wo nur die Absicht besteht, schwere Körperverletzung zu verursachen, die aller Möglichkeit nach eine tödliche Wirkung haben kann, und es kommt dabei nicht darauf an, ob der Tod wirklich eintritt oder nicht.«
Können wir wirklich annehmen, daß in diesem engen Raum, wo innerhalb einer kurzen und tragischen Zeitspanne ein unschuldiger Schwarzer grausam niedergeschlagen und ein unschuldiger Weißer erschossen wurde, nicht die Absicht bestand, eine schwere Körperverletzung dieser Art zu verursachen, falls eine furchtbare Notwendigkeit es erfordern sollte? Ich kann es nicht über mich gewinnen, das nicht zu glauben.

Im Gerichtssaal herrscht Schweigen. Auch der Richter schweigt. Man hört nicht auf seinen Laut. Niemand hustet, niemand bewegt sich oder seufzt auch nur. Der Richter spricht:
– Dieses Gericht spricht dich, Absalom Kumalo, des Mordes an Arthur Trevelyan Jarvis schuldig, begangen in seinem Hause in Parkwold am Nachmittag des 8. Oktober 1946. Und dieses Gericht spricht euch, Matthew Kumalo und Johannes Pafuri, frei, und ihr seid hiermit entlassen.
Also gehen die beiden die Stufen in den Keller hinab und lassen den anderen allein. Er sieht ihnen nach, wie sie davongehen, vielleicht denkt er: – Nun ist es an mir allein.
Der Richter spricht wieder: – Welche Gründe könnte dieses Gericht finden, ein Gnadengesuch des Angeklagten zu befür-

worten? Ich habe es lange und ernstlich erwogen, und ich kann keine mildernden Umstände finden. Dies ist ein junger Mann, aber er ist kein Knabe mehr, sondern ein Mann. Er geht mit zwei Spießgesellen zu einem Hause, und sie nehmen zwei gefährliche Waffen mit sich, von denen jede den Tod eines Menschen herbeiführen kann. Beide Waffen werden gebraucht, die eine mit sehr ernster, die andere mit tödlicher Wirkung. Diesem Gericht obliegt die ernste Pflicht, die Gesellschaft gegen mörderische Angriffe gefährlicher Menschen zu schützen, ob sie nun jung oder alt sind, und aufs klarste darzutun, daß es solche Verbrecher gebührend bestraft. Daher bin ich nicht in der Lage, ein Gnadengesuch zu befürworten.

Nun spricht der Richter zu dem Burschen.

– Willst du noch etwas sagen, ehe ich das Urteil ausspreche?

– Ich möchte nur sagen, ich habe diesen Mann getötet, aber ich wollte ihn nicht töten, ich hatte nur Angst.

Schweigen herrscht im Gerichtssaal, es wäre nicht nötig gewesen, daß ein weißer Beamter mit lauter Stimme Schweigen befiehlt. Kumalo legt das Gesicht in die Hände, er hat verstanden, was das alles bedeutet. Jarvis sitzt streng und aufrecht da. Der junge Weiße sieht mit finsterem Gesicht vor sich hin. Das junge Mädchen sitzt da, sie ist ja noch ein Kind, ihre Augen hängen an dem Richter, nicht an dem Geliebten.

– Ich verurteile dich, Absalom Kumalo, daß du ins Gefängnis zurückgebracht wirst und daß du an deinem Halse aufgehängt wirst, bis du tot bist. Und Gott erbarme sich deiner Seele.

Der Richter steht auf, die Leute stehen auf. Aber das Schweigen ist gebrochen. Der Schuldige fällt zu Boden, er weint und schluchzt laut. Und eine Frau wimmert, und ein alter Mann ruft ganz laut: – Tixo, Tixo. Niemand befiehlt Schweigen, wenn auch der Richter den Saal noch nicht verlassen hat. Denn wer kann dem Herzen noch befehlen, wenn es bricht?

Nun kommen sie aus dem Saal heraus, die Weißen auf einer Seite, die Schwarzen auf der anderen, so will es die Sitte. Aber der junge weiße Mann bricht mit der Sitte, er und Msimangu helfen dem alten, gebrochenen Mann, auf jeder Seite einer. Nicht oft geschieht es, daß einer mit der Sitte bricht. Nur wenn etwas ganz tief zu Herzen geht, dann hält die Sitte nicht stand.

Das Gesicht des jungen Mannes ist streng, er schaut grimmig vor sich hin. Das kommt halb daher, weil ihm die Sache sehr nahegeht, und halb daher, weil er gegen die Sitte verstößt. Denn das tut man nicht so ohne weiteres.

XII

Wieder gingen sie durch das große Tor in der finsteren, hohen Mauer, Pater Vincent und Kumalo und Gertrude und das Mädchen und Msimangu. Der Bursche wurde zu ihnen gebracht, und einen Augenblick lang glänzte eine große Hoffnung in seinen Augen auf, und er stand zitternd und bebend da. Aber Kumalo sagte sanft zu ihm: – Wir kommen wegen der Trauung, – und da starb die Hoffnung.

– Mein Sohn, hier ist deine zukünftige Frau.

Der Bursche und das Mädchen begrüßen einander wie Fremde, wechselten einen leblosen Händedruck, sie schüttelten sich nicht die Hände, sondern hielten sie nur lose, so daß sie leicht wieder auseinanderfielen. Sie küßten sich nicht nach europäischer Sitte, sondern standen und sahen einander wortlos an in großer, befangener Zurückhaltung. Aber schließlich fragte sie: – Geht es dir gut? Und er antwortete: – Ja, sehr gut. Und er fragte: – Geht es dir gut? Und sie antwortete: – Ja, mir geht es auch sehr gut. Aber weiter sprachen sie nichts miteinander.

Pater Vincent ging hinaus, und sie standen alle befangen da. Msimangu sah es kommen, daß Gertrude bald in Wimmern und Stöhnen ausbrechen würde, und er wandte den anderen den Rücken und sagte ernst und heimlich zu ihr. – Es ist alles sehr schlimm und traurig, aber nun findet eine Trauung statt, und es wäre besser, gleich auf der Stelle fortzugehen, als nun mit Heulen und Jammern anzufangen. Als sie nicht antwortete, sagte er streng und kalt: – Verstehst du mich? Und sie sagte aufsässig: – Ja, ich verstehe Euch. Er ließ sie stehen und ging zu einem Fenster in der mächtigen, finsteren Wand, und sie stand verdrossen da, aber er wußte, sie würde das nun nicht tun, was sie vorgehabt hatte.

Und Kumalo sagte verzweifelt zu seinem Sohn: – Wie geht es dir? Und der Junge antwortete: – Es geht mir sehr gut. Und wie geht es Euch, mein Vater? Also sagte Kumalo: – Es geht mir sehr gut. Er wollte soviel anderes sagen, aber er konnte

keine Worte finden. Und es war für alle eine Wohltat, als ein weißer Beamter kam, um sie in die Gefängniskapelle zu führen. Dort wartete Pater Vincent im geistlichen Gewande, und er las ihnen aus seinem Buche vor. Dann fragte er den Burschen, ob er dieses Mädchen zur Frau nehmen wolle, und das Mädchen, ob sie ihn zum Manne wolle. Und als sie geantwortet hatten, wie es in dem Buche vorgeschrieben war, in guten und bösen Zeiten, in Krankheit und Gesundheit, bis der Tod sie scheide, da traute er sie. Dann sprach er noch ein paar Worte, daß sie treu bleiben und ihre Kinder, wenn sie welche bekämen, in der Furcht des Herrn erziehen sollten. So waren sie also verheiratet und schrieben ihre Namen in das Buch.
Als das vorüber war, ließen die beiden Priester und die junge Frau und Gertrude die beiden, Vater und Sohn, allein, und Kumalo sagte: – Ich freue mich, daß du nun verheiratet bist.
– Auch ich freue mich, mein Vater.
– Ich werde für dein Kind sorgen, mein Sohn, als ob es mein eigenes wäre.
Aber als ihm bewußt wurde, was er da gesagt hatte, da begann sein Mund zu zittern, und was er sich so fest vorgenommen hatte nicht zu tun, das hätte er da fast getan, wenn der Junge nicht aus seinem eigenen Leid heraus gefragt hätte: – Wann geht mein Vater nach Ndotsheni zurück?
– Morgen, mein Sohn.
– Morgen?
– Ja, morgen.
– Und wollt Ihr meiner Mutter sagen, daß ich an sie denke?
– Ja, das will ich ihr sicherlich sagen. Ja, sicherlich, die Botschaft will ich ihr bringen. O ja, sicherlich will ich das tun. Aber diese Worte sprach er nicht aus, er nickte nur.
– Und, Vater.
– Ja, mein Sohn.
– Ich habe noch Geld auf dem Postsparbuch. Fast vier Pfund stehen darauf. Das ist für das Kind. Sie werden es meinem Vater im Büro aushändigen. Das habe ich veranlaßt.
– Ja, sicherlich, ich werde es abholen. Ja, wie du es veranlaßt hast. O Ja, sicherlich.
– Und, Vater.
– Ja, mein Sohn.
– Wenn das Kind ein Knabe ist, so möchte ich, daß es Peter genannt wird.

Und Kumalo sagte mit erstickter Stimme: – Peter.
– Ja, so möchte ich gerne, daß er heißt: Peter.
– Und wenn es ein Mädchen ist.
– Nein, wenn es ein Mädchen ist, daran habe ich noch nicht gedacht. Und, Vater.
– Ja, mein Sohn.
– In Germiston ist ein Paket, es gehört mir, im Hause des Joseph Bhengu. Nummer 12, Maserustraße. Es wäre mir recht, wenn es verkauft werden könnte und das Geld meinem Sohne zukäme.
– Ja, ich werde es mir merken.
– Und noch andere Sachen sind da, Pafuri hatte sie. Aber ich glaube, er wird ableugnen, daß sie mir gehören.
– Pafuri? Eben dieser Pafuri?
– Ja, Vater.
– Daran wollen wir lieber nicht denken.
– Wie mein Vater will.
– Und die Sachen in Germiston, mein Sohn. Ich weiß nicht, wie ich ihrer habhaft werden soll, denn wir fahren morgen.
– Dann macht es auch nichts.
Aber da Kumalo wohl sehen konnte, daß es doch etwas machte, sagte er:
– Ich werde mit dem Pfarrer Msimangu sprechen.
– Das wäre gut.
– Und dieser Pafuri, sagte Kumalo erbittert. Und dein Vetter. Es wird mir sehr schwer, ihnen zu verzeihen.
– Sie haben gelogen, Vater. Sie waren dabei, genau wie ich gesagt habe.
– Sicherlich waren sie dabei. Aber jetzt sind sie nicht hier.
– Doch, sie sind hier, Vater. Es läuft noch ein anderes Verfahren gegen sie.
– Das meinte ich nicht, mein Sohn. Ich meine, sie sind nicht ... sind nicht ...
Aber er konnte es nicht über sich bringen, zu sagen, was er meinte.
– Sie sind hier, sagte der Bursche, der ihn nicht verstand. Hier in diesem Gebäude. Wirklich. Vater, denn ich bin es doch, der fortgehen muß.
– Fortgehen?
– Ja, ich muß fort ... nach ...
Kumalo flüsterte: – Nach Pretoria?

Bei diesem gefürchteten Wort fiel der Bursche zu Boden, er lag dort wie ein Inder, der betet und er fing an zu schluchzen mit furchtbarem, zerreißendem Weinen, das ihn ganz verkrampfte. Denn ein junger Bursche hat Angst vor dem Tode. Aus dem tiefen Mitleiden, das ihn ganz ausfüllte, kniete der alte Mann neben seinem Sohne nieder und streichelte seinen Kopf.
– Sei tapfer, mein Sohn.
– Ich habe Angst, weinte er, ich habe Angst.
– Sei tapfer, mein Sohn.
Der Bursche richtete sich auf den Knien auf. Er verbarg nichts, sein Gesicht war im Weinen ganz verzerrt. – Hau! Hau! Ich habe Angst vor dem Hängen, schluchzte er, ich habe Angst vor dem Hängen.
Noch kniend nahm der Vater seines Sohnes Hände, und sie waren nicht mehr leblos, sondern klammerten sich um die seinen, Trost und Sicherheit suchend. Und der alte Mann hielt sie fester und sagte wieder: – Sei nun sehr tapfer, mein Sohn.
Der weiße Wärter, der das Weinen gehört hatte, kam herein und sagte halb mitleidig: – Du mußt jetzt gehen, Alter.
– Ja, Sir, ich gehe schon. Ich gehe schon, Sir. Aber gebt uns noch ein wenig Zeit.
So sagte der Wärter: – Nun ja, noch ein bißchen Zeit, und zog sich zurück.
– Mein Sohn, trockne deine Tränen.
Und der Bursche nahm das Tuch, das ihm sein Vater reichte, und wischte sich die Tränen ab. Er kniete nun aufrecht, und wenn er auch nicht mehr schluchzte, so sahen seine Augen doch voller Unruhe in eine fremde Ferne.
– Mein Sohn, nun muß ich gehen. Sala kahle, mein Sohn. Ich werde für deine Frau und für dein Kind sorgen.
– Das ist gut, sagte er. Ja, er sagt, das ist gut, aber seine Gedanken sind nicht bei Frau und Kind. Wo seine Gedanken sind, gibt es nicht Frau noch Kind, wo seine Augen sind, da gibt es keine Hochzeit.
– Mein Sohn, nun muß ich gehen.
Er stand auf, aber der Bursche umfaßte des Vaters Knie und rief laut: – Verlaßt mich nicht, verlaßt mich nicht. Und wieder brach er in das schreckliche Weinen aus und schluchzte: – Verlaßt mich nicht. Der weiße Wärter kam wieder herein und sagte streng: – Alter, du mußt jetzt gehen. Und Kumalo wäre

gegangen, aber der Bursche umfaßte seine Knie und weinte und schluchzte. Der Wärter versuchte, seine Arme zu lösen, aber er konnte es nicht und rief noch einen Mann zur Hilfe herbei. Miteinander zogen sie den Burschen fort, und Kumalo sagte verzweifelt zu ihm: – Sala kahle, mein Sohn. Aber der Junge hörte ihn nicht.
Das war ihr Abschied.
Schwer vor Kummer verließ ihn Kumalo und ging durch das Tor in der Mauer, wo die anderen warteten. Und das Mädchen trat zu ihm heran und sagte schüchtern, aber doch lächelnd: – Umfundisi.
– Ja, mein Kind.
– Nun bin ich Eure Tochter.
Er zwang sich, ihr zuzulächeln. – Das ist wahr, sagte er. Und sie war begierig, davon zu reden, aber als sie ihn ansah, merkte sie wohl, daß er jetzt nicht an dergleichen denken konnte. Also sprach sie nicht weiter davon.

Nachdem er vom Gefängnis zurückgekommen war, ging Kumalo zu dem Hügel hinauf, wo seines Bruders Zimmermannswerkstatt war. Es war ein Wunder, daß einmal niemand in der Werkstatt war als der große Stier von einem Mann, der ihn mit gewisser Zurückhaltung begrüßte.
– Ich bin gekommen, um dir Lebewohl zu sagen, mein Bruder.
– So, so, also fährst du nach Ndotsheni zurück. Du bist lange fortgewesen, und deine Frau wird sich freuen, dich wiederzusehen. Wann reisest du?
– Wir fahren morgen mit dem Neunuhrzug.
– Also geht Gertrude mit dir. Und ihr Kind. Da tust du eine gute Tat, Bruder. Johannesburg ist nicht gut für eine alleinstehende Frau. Aber wir wollen doch Tee trinken.
Er stand auf und wollte gehen und der Frau im Hinterzimmer rufen, aber Kumalo sagte: – Ich möchte lieber keinen Tee, mein Bruder.
– Ganz wie du willst, Bruder, sagte John Kumalo. Es ist bei mir Sitte, daß dem Besuch Tee angeboten wird.
Er setzte sich und zündete umständlich eine große Pfeife an, die er zwischen den Zähnen hielt, er suchte unter seinen Papieren nach Streichhölzern, aber er sah seinen Bruder nicht an.

– Da tust du wirklich eine gute Tat, Bruder, sagte er mit der Pfeife zwischen den Zähnen. Johannesburg ist nicht gut für eine alleinstehende Frau. Und für ein Kind ist es auf dem Lande auch besser.
– Ich nehme noch ein Kind mit mir, sagte Kumalo. Die Frau meines Sohnes. Und auch sie bekommt ein Kind.
– So, so, ja, ich habe davon gehört, sagte John Kumalo und widmete seine ganze Aufmerksamkeit dem Streichholz, das über seiner Pfeife brannte. Da tust du noch eine gute Tat. Seine Pfeife brannte, und er drückte den Tabak mit dem Daumen nieder und verwandte alle seine Aufmerksamkeit darauf. Aber schließlich war nichts mehr weiter zu tun, und er sah seinen Bruder durch den Rauch hindurch an.
– Mehr als einer hat schon zu mir gesagt, was das für gute Taten sind, die mein Bruder tut. Also grüße deine Frau von mir und auch deine Freunde. In der Frühe wirst du in Pietermaritzburg sein und dann umsteigen nach Donnybrooke. Und am Abend bist du in Ndotsheni. Ja, das ist eine lange Reise. – Mein Bruder, wir müssen über eine gewisse Sache miteinander reden.
– Wie du willst, Bruder.
– Ich habe lange darüber nachgedacht. Ich bin nicht hergekommen, um dir Vorwürfe zu machen. Und John Kumalo sagte sehr schnell, als ob er dies erwartet hätte: – Vorwürfe? Was könntest du mir vorwerfen? Es hat eine Gerichtsverhandlung stattgefunden, und der Richter hat gesprochen. Das ist weder deine noch meine noch irgendeines anderen Sache. Die Adern traten auf seinem Stiernacken hervor, aber Kumalo sagte schleunigst:
– Ich sage ja nicht, daß ich dir etwas vorzuwerfen habe. Wie du sagst, die Verhandlung hat stattgefunden, und der Richter hat gesprochen. Es gibt noch einen größeren Richter, aber von dem wollen wir nicht sprechen. Es ist aber eine ganz andere Sache, über die wir sprechen müssen.
– So, ja, ich verstehe. Und welche Sache?
– Einmal wollte ich dir Lebewohl sagen, ehe ich gehe. Aber ich kann dir nicht nur Lebewohl und nichts anderes sagen. Du hast gesehen, wie es meinem Sohn ergangen ist. Er ging von Hause fort und ward verschlungen. Darum dachte ich, ich muß dir dies sagen: Was geschieht mit deinem Sohn? Auch er ist von Hause fortgegangen.

– Ich habe schon darüber nachgedacht, sagte John Kumalo. Wenn dies alles vorbei ist, werde ich ihn zurückholen.
– Hast du das fest beschlossen?
– Das habe ich fest beschlossen. Ich verspreche es dir. Er lachte sein gewaltiges Lachen. Ich kann dich nicht alle die guten Taten allein tun lassen, Bruder. Hier soll das gemästete Kalb geschlachtet werden.
– Diese Geschichte vergißt man scheint's nicht.
– Nein, diese Geschichte vergißt man nicht. Ich vergesse doch nicht einfach alles, was ich gelernt habe, nur weil . . . na ja, du verstehst mich schon.
– Aber da ist noch eine andere Sache, mein Bruder.
– Du bist mein älterer Bruder. Dir steht das Recht zu, zu sagen, was du willst.
– Deine Politik, mein Bruder. Wohin wird sie dich bringen?
Wieder traten die Adern am Stiernacken hervor. –
– Meine Politik, Bruder, ist meine Angelegenheit. Ich spreche ja auch nicht mit dir über deine Religion.
– Du hast gesagt, mir steht das Recht zu, zu sprechen, worüber ich will.
– Nun ja, das habe ich gesagt. Nun, also, ich höre ja zu.
– Wohin wird deine Politik dich bringen?
– Ich weiß, wofür ich kämpfe. Du mußt mich schon entschuldigen – er lachte sein großartiges Lachen –, der Pfarrer Msimangu ist ja nicht hier, also entschuldige, wenn ich englisch spreche.
– Du kannst sprechen, wie du willst.
– Du hast über Geschichte gelesen, Bruder. Du weißt, daß die Geschichte lehrt, daß der Arbeiter nicht endgültig unterdrückt werden kann. Wenn die Arbeiter zusammenstehen, – wer kann ihnen standhalten? Immer mehr Leute sehen das ein. Wenn sie es so beschließen, wird in Südafrika nicht mehr gearbeitet werden.
– Du meinst, wenn sie streiken?
– Ja, das meine ich.
– Aber der letzte Streik war kein Erfolg.
John Kumalo war schon auf den Füßen, und seine Stimme grollte in seiner Kehle.
– Sieh dir doch an, was sie uns angetan haben. Sie haben uns in die Minen hinuntergezwungen, als ob wir Sklaven wären.

Haben wir nicht das Recht, die Arbeit zu verweigern?
– Hassest du denn die Weißen, mein Bruder?
John Kumalo sah ihn mißtrauisch an. – Ich hasse keinen Menschen, sagte er. Ich hasse nur die Ungerechtigkeit.
– Aber ich habe manches von dem gehört, was du gesagt hast.
– Was denn?
– Ich habe manches Gefährliche gehört. Ich habe auch gehört, daß man dich beobachtet und dich verhaften wird, wenn die Zeit dazu gekommen ist. Und dies muß ich dir sagen, weil du mein Bruder bist.
Kein Zweifel, Angst ist in seinen Augen. Der Riese sieht aus wie ein Junge, den man bei einem Streich erwischt hat – Ich weiß nicht, was du eigentlich meinst, sagte er.
– Ich habe gehört, daß es sich um die Dinge handelt, die hier in dieser Werkstatt besprochen werden, sagte Kumalo.
– In dieser Werkstatt? Wer sollte denn davon etwas wissen?
Und obwohl er so inständig um die Kraft zum Verzeihen gebetet hatte, gab Kumalo nun doch dem Drange nach, seinen Bruder zu verletzen. –
– Kennst du denn jeden, der hierher kommt? fragte er. Könnte nicht jemand hergeschickt sein, um dir eine Falle zu stellen?
Der gewaltige Mann wischte sich den Schweiß von der Stirn. Nun überlegte er sich, das wußte Kumalo, ob so etwas überhaupt möglich sei. Und trotz all seiner Gebete war doch das Verlangen, ihn zu kränken, übermächtig in ihm, so mächtig, daß er versucht war zu lügen, und er gab nach und log.
– Ich habe gehört, sagte er, daß jemand hierher geschickt worden ist, um dir eine Falle zu stellen. Er kam als Freund.
– Das hast du gehört?
Und Kumalo, tief beschämt, mußte nun sagen: –
– Das habe ich gehört.
– Ein schöner Freund, sagte der Gewaltige, ein schöner Freund.
Und aus seiner Qual heraus rief Kumalo: – Mein Sohn hatte zwei solcher Freunde.
Der große Mann sah ihn an. – Dein Sohn? sagte er. Dann begriff er, und die Wut überkam ihn. – Hinaus aus meinem Laden, brüllte er, hinaus aus meinem Laden!

Er stieß mit dem Fuß den Tisch um, hinter dem er gestanden hatte, und kam auf Kumalo zu, so daß der alte Mann durch die Tür auf die Straße hinaustreten mußte, und die Tür schloß sich vor seiner Nase, und er konnte hören, wie der Schlüssel umgedreht und der Riegel vorgeschoben wurde im Bruderzorn.
Da draußen auf der Straße stand er, gedemütigt und beschämt. Gedemütigt, weil die Vorübergehenden erstaunt nach ihm sahen, beschämt, weil er ja gar nicht mit solcher Absicht gekommen war. Er war gekommen, um seinem Bruder zu sagen, daß Macht verderblich ist, daß ein Mensch, der für Gerechtigkeit kämpft, rein und lauter sein muß, daß Liebe stärker ist als Gewalt. Und nichts von alledem hatte er gesagt. Gott, erbarme dich meiner, Christe, erbarme dich meiner. Er wandte sich nach der Tür, aber sie war verschlossen und verriegelt. Der Bruder hatte den Bruder ausgeschlossen, aus demselben Schoß waren sie geboren.
Die Leute wurden aufmerksam, also ging er in seiner Verzweiflung fort.

– Ich kann Ihnen nicht genug danken, sagte Jarvis.
– Wir hätten gern noch mehr getan, Jarvis.
John Harrison fuhr den Wagen vor, und Jarvis und Harrison standen noch einen Augenblick beisammen.
– Grüßen Sie Margaret und Mary und die Kinder, Jarvis. Wir werden Sie bald besuchen kommen.
– Das wird uns freuen, Harrison, sehr freuen.
– Eines wollte ich noch sagen, Jarvis, sagte Harrison leiser als zuvor. Wegen des Urteils. Es kann den Toten nicht wieder lebendig machen, aber es war durchaus gerecht. Anders hätte es meiner Ansicht nach nicht ausfallen dürfen. Wenn es anders ausgefallen wäre, hätte ich das Gefühl gehabt, es gibt keine Gerechtigkeit mehr auf der Welt. Es tut mir nur leid, daß die beiden anderen davongekommen sind. Das hat der Staatsanwalt verpatzt. Sie hätten mehr aus dieser Mkize herausbringen sollen.
– Ja, das war auch mein Eindruck. Also leben Sie wohl, und noch einmal vielen Dank.
– Es ist sehr gern geschehen.
Am Bahnhof gab Jarvis John Harrison einen Briefumschlag.

– Mach ihn erst auf, wenn ich fort bin, sagte er.
Als der Zug abgefahren war, öffnete der junge Mann den Umschlag. Da stand: »Für Euren Klub. Tu Du nun alles, was Du und Arthur gern tun wolltet. Wenn Ihr den Klub ›Arthur-Jarvis-Klub‹ nennen wollt, so wird mich das sehr freuen. Aber ich mache es nicht zur Bedingung.«
Der junge Harrison drehte das Blatt um, um den Scheck darunter zu sehen. Dann sah er dem Zuge nach, als ob er hinterher rennen wollte. Tausend Pfund, sagte er, heilige Helena, tausend Pfund!

Bei Mrs. Lithebe gab es ein Abschiedsfest, und Msimangu war der Gastgeber. Es war kein sehr fröhliches Fest, daran war wohl nicht zu denken. Aber es gab übergenug zu essen, und es war doch auch eine Art trauriger Freude dabei. Msimangu führte den Vorsitz nach der Sitte der Europäer und hielt eine Rede auf die Verdienste seines Amtsbruders und auf die mütterliche Fürsorge, die Mrs. Lithebe allen angedeihen ließ, die unter ihrem Dache wohnten. Auch Kumalo hielt eine Rede, aber stockend und ungewiß, denn seine Lüge und der Streit mit seinem Bruder beherrschten seine Gedanken. Aber er dankte Msimangu und Mrs. Lithebe für alle ihre Güte. Mrs. Lithebe wollte nicht sprechen, aber sie kicherte wie ein junges Mädchen und sagte, daß die Menschen ja dazu da seien, daß sie einander helfen. Aber ihre Freundin, die dicke Frau, sprach an ihrer Stelle, sie hielt eine lange Rede, deren Ende nicht abzusehen schien, über die Güte der beiden Priester und über die Güte der Mrs. Lithebe; und sie sprach ganz offen darüber, daß Gertrude und das Mädchen nun die Pflicht hätten, ein anständiges Leben zu führen und all die Güte zu vergelten, die ihnen erwiesen worden sei. Und von da kam sie auf Johannesburg im allgemeinen und auf die Gefahren der großen Stadt und auf den sündigen Zustand der Bewohner von Sophiatown und Claremont und Alexandra und Pimville. Und schließlich sah Msimangu sich gezwungen aufzustehen und zu ihr zu sagen:
– Mutter, wir müssen morgen sehr zeitig aufstehen, sonst könnten wir Euch ewig zuhören, und da setzte sie sich schließlich, glücklich und strahlend. Dann sagte Msimangu, er müsse ihnen etwas mitteilen, was bisher geheim gewesen sei, und nun spreche er zum erstenmal darüber. Er wolle sich in ein Kloster

zurückziehen und der Welt und allem irdischen Besitz entsagen, und dies sei das erstemal, daß ein schwarzer Mann in Südafrika diesen Schritt tue. Da schlugen sie in die Hände und dankten Gott dafür. Und Gertrude saß da und lauschte freudig auf alles, was bei diesem Gastmahl gesprochen wurde, und ihr kleiner Sohn schlief auf ihrem Schoße. Und auch das Mädchen lauschte mit eifrigem, freudigem Gesicht, denn in ihrem ganzen Leben hatte sie noch nie so etwas gesehen.
Dann sagte Msimangu: – Wir müssen alle früh aufstehen, damit wir rechtzeitig auf den Zug kommen, meine Freunde, und darum ist es nun Zeit schlafen zu gehen, denn der Mann mit dem Taxi kommt um sieben Uhr.
Also schlossen sie das Fest mit Singen und Beten, und die dicke Frau ging nach Hause, nachdem sie noch einmal Mrs. Lithebe für alle Güte gedankt hatte, die sie allen diesen Leuten erwiesen hatte. Und Kumalo begleitete seinen Freund zum Gartentor, und Msimangu sagte: – Ich entsage der Welt und allen ihren Gütern, aber ich habe ein wenig Geld gespart. Ich habe weder Vater noch Mutter, für die ich sorgen müßte; und die Kirche hat mir erlaubt, daß ich dies dir gebe, mein Freund, um dir zu helfen mit all den Ausgaben, die du in Johannesburg gehabt hast, und mit den neuen Pflichten, die du auf dich genommen hast. Dies Buch ist auf deinen Namen überschrieben. Er gab Kumalo das Buch, und der fühlte im Dunkeln, daß es ein Postsparbuch war. Und Kumalo legte seine Hände, die das Buch hielten, auf das Gatter und den Kopf auf die Hände und weinte bitterlich. Und Msimangu sagte: – Verdirb mir nicht die Freude, denn eine solche Freude habe ich noch nie gehabt. Und diese Worte bewirkten, daß der alte Mann vom Weinen ins Schluchzen kam, so daß Msimangu sagte: – Es kommt jemand, sei still, mein Bruder.
Sie schwiegen, bis der Mann vorüber war. Dann sagte Kumalo: – So jemanden wie dich habe ich in all meinen Tagen noch nicht gekannt. Und Msimangu sagte heftig: – Ich bin ein schwacher, sündiger Mensch, aber Gott hat seine Hand auf mich gelegt, das ist alles. Und dein Sohn, da muß nun der Generalgouverneur entscheiden, ob er begnadigt werden kann. Sobald Pater Vincent es weiß, wird er es dir mitteilen.
– Und wenn gegen ihn entschieden wird?
– Wenn sie gegen ihn entscheiden, sagte Msimangu nüchtern, dann wird einer von uns nach Pretoria gehen an jenem Tag und

es dich wissen lassen, wenn alles vorüber ist. Und nun muß ich gehen, mein Freund. Wir müssen morgen früh aufstehen. Aber ich muß dich noch bitten, etwas für mich zu tun.
– Was ich habe, ist dein, mein Freund.
– Ich bitte dich, daß du für mich betest, da ich nun dieses neue Leben beginne.
– Ich werde morgens und abends für dich beten bis ans Ende meiner Tage.
– Gute Nacht, Bruder.
– Gute Nacht, Msimangu, du allerbester Freund. Und Gott behüte dich immerdar.
– Und dich auch.
Kumalo sah ihm nach, wie er die Straße hinunter zum Missionshaus ging. Dann ging er in sein Zimmer, zündete die Kerze an und öffnete das Buch. Dreiunddreißig Pfund, vier Schillinge und fünf Pfennige. Er fiel auf die Knie und stöhnte und bereute die Lüge und den Streit. Am liebsten wäre er auf der Stelle zu seinem Bruder gegangen, wie es die Schrift befiehlt, aber es war schon sehr spät. Aber er würde ihm einen Brief schreiben. Er dankte Gott für die Güte der Menschen und fühlte sich getröstet und erhoben. Und als er mit alledem fertig war, betete er für seinen Sohn. Morgen würden sie alle heimgehen, alle außer seinem Sohn. Und er würde zurückbleiben, wo man ihn verwahrt hielt, in dem großen Gefängnis in Pretoria, hinter der festverschlossenen Tür der Einzelzelle; und wenn es keine Begnadigung gab, so würde er dort bleiben, bis er gehängt würde. Ach, und die Hand, die gemordet hatte – einst hatte sie die Mutterbrust in den durstigen Mund gepreßt, hatte sich in des Vaters Hand hineingestohlen, wenn sie im Dunkeln miteinander hinausgingen. Ach, und der Mörder, der den Tod fürchtete, einst hatte er als Kind im Dunkeln Angst gehabt.
Am Morgen stand er frühe auf, es war noch dunkel. Er zündete die Kerze an, und plötzlich fiel es ihm ein, und er kniete nieder und betete sein Gebet für Msimangu. Leise öffnete er die Tür und weckte behutsam das Mädchen. – Es ist Zeit zum Aufstehen, sagte er. Sie war sofort eifrig dabei und schlüpfte aus den Decken. – Ich bin gleich fertig, sagte sie. Er lächelte, weil sie so eifrig war. Ndotsheni, sagte er, morgen wird es Ndotsheni sein. Er öffnete Gertrudes Tür und hob die Kerze. Aber Gertrude war fort. Der Kleine war da, das rote Kleid und der weiße Turban lagen da. Aber Gertrude war fort.

DRITTES BUCH

I

Die Lokomotive pfeift und dampft über das Transvaaler Veld hin. Die weißen, flachen Minenberge bleiben zurück, und das Land dehnt sich, so weit das Auge sehen kann. Sie sitzen alle beieinander, Kumalo, der Kleine auf seinen Knien und das Mädchen, all ihr Hab und Gut ist in einem großen, papierenen Beutel, wie man sie in den Läden bekommt. Der Kleine hatte nach seiner Mutter gefragt, aber Kumalo sagte ihm, daß sie fortgegangen sei, und darauf fragte er nicht mehr.
In Volksrust wird die Dampflokomotive abgekuppelt, statt dessen bekommen sie eine mit einem Käfig obenauf, die ihre Kraft aus den metallenen Saiten bezieht, die oben gespannt sind. Und dann geht es in endlosen Windungen den Hang hinunter, hinein in das Hügelland von Natal, und Kumalo erklärt dem Mädchen, daß dies Natal ist. Und sie ist eifrig und aufgeregt, denn sie hat es noch nie gesehen. Dann wird es dunkel, und sie donnern durch die Nacht dahin über die Schlachtfelder von ehedem. Die Berge von Mooi River, Rosetta, Balgowan, an denen sie vorüberfahren, können sie nicht sehen. Und als die Sonne aufgeht, fahren sie die steilen Hänge hinunter nach Pietermaritzburg, der wunderschönen Stadt.
Dort steigen sie um, und der Zug fährt im Tal des Umsindusi hin, vorüber an den schwarzen Elendsvierteln, vorüber an Edendale, an Elandskop vorüber und hinunter in das schöne Tal des Umkomaas, wo die alten Stämme hausen und wo der Ackerboden so krank ist, daß es kaum noch eine Rettung gibt Und die Leute erzählen Kumalo, daß der Regen nicht kommen will; sie können weder pflügen noch pflanzen, und es wird in diesem Tal eine Hungersnot geben.
In Donnybrooke steigen sie wieder um in die Kleinbahn, die durch die grünen Berge von Eastwold und Lufafa nach Ixopo fährt. Und in Ixopo steigen sie aus, und die Leute begrüßen ihn und sagen:

– Hau, aber Ihr seid lange fort gewesen.
Hier steigen sie zum letztenmal um in den kleinen Spielzeugzug, der neben der wunderschönen Straße in die Berge hinauffährt. Hier kennen ihn viele Leute, und er hat Angst vor ihren Fragen. Diese Leute sprechen so unbefangen wie Kinder, und es ist ihnen ganz natürlich zu fragen: – Wer ist denn das? Wer ist dieses Mädchen? Wem gehört das Kind? Sie fragen: – Wie geht es Eurer Schwester? Wie geht es Eurem Sohn? Also nimmt er das heilige Buch und liest darin und sie wenden sich an jemand anderen, der mehr Lust hat, sich mit ihnen zu unterhalten.
Über dem großen Umzimkulutal geht die Sonne unter hinter den Bergen von Ostgriqualand Da ist seine Frau, und der Freund ist da, der mit dem Gepäck behilflich sein wird. Er geht schnell auf seine Frau zu und küßt sie nach europäischer Sitte. Er ist so froh, daß er wieder daheim ist.
Nur in ihrem Blick ist die Frage, und er sagt: –
– Unser Sohn muß sterben, vielleicht wird er begnadigt, aber laß uns jetzt nicht davon sprechen.
– Ich verstehe dich, sagt sie.
– Und Gertrude. Alles war bereit, daß sie mitkommen sollte. Wir wohnten alle in demselben Hause. Aber als ich sie wecken kam, war sie fort. Laß uns jetzt nicht davon sprechen.
Sie senkt den Kopf.
– Dies ist der Kleine, und dies ist unsere neue Tochter.
Kumalos Frau hebt den Kleinen auf und küßt ihn nach europäischer Sitte. – Du bist mein Kind, sagt sie. Sie setzt ihn nieder und geht zu dem Mädchen, das schüchtern mit seinem Papierbeutel dasteht. Sie umarmt es nach europäischer Sitte und sagt:
– Du bist meine Tochter. Und das Mädchen bricht plötzlich in Tränen aus, so daß sie sagen muß: – Psch, psch, weine doch nicht. Und weiter sagt sie: – Bei uns ist es einfach und still, da passiert nicht viel. Und das Mädchen sieht durch Tränen zu ihr auf und sagt: – Mutter, sonst will ich nichts.
Da wird etwas Tiefes angerührt, etwas Gutes und Tiefes. Wenn es auch mit Tränen kommt, so ist es doch ein Trost in solchem Elend.
Kumalo gibt dem Freunde die Hand, und sie machen sich

miteinander auf, den schmalen Weg entlang, der in die Abendsonne und in das Tal von Ndotsheni hinunterführt. Aber dann ruft ein Mann: – Umfundisi! Seid Ihr zurück? Wie gut, daß Ihr wiedergekommen seid! Und dann sagt eine Frau zu ihrer Nachbarin: – Sieh doch, der Umfundisi ist wiedergekommen! Eine Frau in europäischer Kleidung wirft die Schürze übers Gesicht und läuft zu ihrer Hütte, rufend und weinend, mehr wie ein Kind als wie eine Frau: – Der Umfundisi ist wieder da! Sie holt die Kinder vor die Tür, und sie schauen hinter ihren Röcken hervor nach dem Umfundisi, der zurückgekommen ist.
Und ein Kind kommt und tritt Kumalo in den Weg, so daß er stehenbleiben muß. – Wir freuen uns so sehr, daß der Umfundisi wieder da ist, sagt es.
– Aber es war doch alle die Zeit ein Umfundisi hier, sagt er, er meint den jungen Mann, den der Bischof als Stellvertreter geschickt hat.
– Wir verstehen ihn nicht, sagt das Kind, nur unseren Umfundisi verstehen wir. Wir sind froh, daß er wieder da ist.
Nun führt der Weg von den grünen Bergen, wo feuchte Nebel Gras und Bracken nähren, in das Tal hinab. Er führt zwischen dem Gestein hin, und man muß vorsichtig gehen, denn der Hang ist steil. Eine Frau, die ein Kind trägt, muß vorsichtig gehen, also geht Kumalos Frau vor dem Mädchen her und sagt zu ihr: – Hier ist ein Stein, gib acht, daß du nicht ausrutschst. Die Nacht bricht herein, und die Berge von Ostgriqualand stehen blau und dunkel gegen den Himmel.
Der Weg führt steil hinunter in das rote Land von Ndotsheni. Es ist ein wüstes Land, ein Land der alten Männer, der Frauen mit jungen Kindern, aber es ist die Heimat. Der Mais wächst kaum mannshoch, aber es ist die Heimat.
– Es ist eine solche Dürre, Umfundisi, wir lechzen nach Regen.
– Ja, ich weiß, mein Freund.
– Unser Mais ist fast zu Ende, Umfundisi. Tixo allein weiß, was wir dann essen werden.
Nun wird der Weg ebener, er führt an dem Bach entlang, der an der Kirche vorüberfließt. Kumalo bleibt horchend stehen, aber da ist kein Laut.
– Der Bach fließt nicht, Freund.
– Seit einem Monat ist er ausgetrocknet, Umfundisi.

– Woher bekommen wir dann Wasser?
– Die Frauen müssen zum Fluß gehen, Umfundisi, der von Mr. Jarvis' Farm herunterkommt.
Und wie der Name Jarvis fällt, empfindet Kumalo Furcht und Schmerz, aber er zwingt sich zu fragen: – Wie geht es Mr. Jarvis?
– Gestern ist er zurückgekommen, Umfundisi. Ich weiß nicht, wie es ihm geht. Aber die Inkosikazi ist schon seit einigen Wochen zu Hause, und ich habe gehört, sie sei elend und so dünn. Ich arbeite jetzt dort, Umfundisi.
Kumalo schweigt, er kann nicht sprechen. Aber sein Freund sagt: – Dort weiß man es ja, sagt er.
– Oh, weiß man es?
– Ja, man weiß es, Umfundisi.
Danach sprechen sie nicht mehr, und der Weg geht nun ganz eben hin an den Hütten vorbei, an den leeren, roten Feldern. Ab und zu ruft jemand, in der Dämmerung ruft eine Stimme, ruft jemandem, der weit fort ist. Wenn man ein Zulu ist, versteht man, was sie rufen, aber wenn man keiner ist, kann man es nicht verstehen, und selbst, wenn man die Sprache kennt, kann man kaum erraten, was sie eigentlich rufen. Manche Weißen nennen es schwarze Kunst, aber es ist nicht schwarze Kunst, nur vollendete Kunst. Es ist Afrika, das geliebte Land.
– Sie rufen sich zu, daß Ihr heimgekommen seid, Umfundisi.
– Ich höre es, Freund.
– Sie freuen sich, Umfundisi.
O ja, sie freuen sich. Von den Hütten der Straße entlang kommen sie, von den Hügeln kommen sie im Dunkeln heruntergelaufen. Die Burschen rufen laut den seltsam schwingenden Ruf, den nur dieses Land kennt.
– Umfundisi, Ihr seid heimgekommen!
– Umfundisi, wir danken Gott, daß Ihr heimgekommen seid.
– Umfundisi, viel zu lange seid Ihr fortgeblieben.
Ein Kind ruft ihm zu: – Eine neue Lehrerin haben wir in der Schule. Und ein anderes Kind antwortet: – Sei nicht so dumm, sie ist schon lange da. Ein Knabe salutiert, wie er in der Schule gelernt hat, und ruft: Umfundisi! Er wartet nicht auf Antwort, er wendet sich und ruft den seltsam schwingen-

den Ruf, er ruft niemandem, er ruft nur in die freie Luft hinaus. Und wieder wendet er sich und fängt an, ganz langsam für sich allein zu tanzen, für niemanden als für sich allein.
Vor der Kirche brennt eine Lampe, die sonst nur angezündet wird, wenn ein Gottesdienst stattfindet. Frauen aus der Gemeinde sitzen auf dem roten Erdboden unter der Lampe, sie tragen weiße Kleider, jede hat ein grünes Tuch um den Hals. Als die kleine Gesellschaft herankommt, erheben sie sich, eine stimmt einen Choral an, so hoch, daß sie den Ton nicht halten kann; aber andere stimmen tiefer ein und halten die Melodie durch, auch Männer fallen ein mit tiefen, herzerfüllten Stimmen. Kumalo nimmt den Hut ab, und er und seine Frau und sein Freund singen mit, während das Mädchen verwundert dasteht und zuhört. Es ist ein Danklied, so denkt der Mensch an Gott, erniedrigt sich und dankt für die ewige Gnade. Und von den kahlen, roten Hügeln hallt es wider über die kahlen, roten Felder des zerbrochenen Stammes. In Liebe und Demut und Dankbarkeit wird es gesungen, und die einfachen Menschen ergießen ihr ganzes Leben in das Lied.
Und nun muß Kumalo beten. Er betet: – Tixo, wir danken dir für dein immerwährendes Erbarmen. Wir danken dir für diese Heimkehr. Wir danken dir für die Liebe unserer Freunde und unserer Familien. Wir danken dir für alle deine guten Gaben. Tixo, wir flehen dich an, gib uns Regen ...
Und da sagen sie Amen, so viele sagen Amen, daß er warten muß, bis sie fertig sind.
– Tixo, gib uns Regen, wir flehen zu dir, daß wir pflügen und säen können. Und wenn es keinen Regen geben kann, so schütze uns vor der Hungersnot, das bitten wir dich.
Und da sagen sie Amen, und wieder muß er warten, bis sie fertig sind. Sein Herz wird warm, weil sie ihn so willkommen geheißen haben, so warm, daß seine Furcht vergeht, und nun betet er das, was ihm zuinnerst aufliegt.
– Tixo, laß diesen kleinen Knaben in Ndotsheni willkommen sein, laß ihn hier aufwachsen. Und seine Mutter ...
Es verschlägt ihm die Stimme, als ob er es nicht aussprechen könne, aber er demütigt sich und sagt leise: ... –
– Und seine Mutter, vergib ihr ihre Schuld.
Da stöhnt eine Frau, Kumalo weiß wohl, wer es ist, die größte Klatschbase in der Gemeinde. So fügt er schnell hinzu:

– Vergib uns allen, denn keiner von uns ist ohne Sünde. Und, Tixo, laß dieses Mädchen in Ndotsheni willkommen sein, und laß ihr Kind in Frieden hier geboren werden.
Er hält inne, dann sagt er sanft:
– Laß sie finden, was sie sucht, gib ihr, wonach sie sich sehnt.
Und nun kommt das Schwerste, was im Gebet dargebracht werden muß, aber er demütigt sich.
– Und, Tixo, mein Sohn...
Sie stöhnen nicht, sie sind ganz still. Selbst die Klatschbase stöhnt nicht. Seine Stimme wird zum Flüstern:
– Vergib ihm seine Schuld.
Es ist vollbracht, das Allerschwerste, wovor er solche Angst hatte. Er weiß, nicht er, sondern diese hier, seine Gemeinde hat es vollbracht. – Kniet nieder, sagt er. Also knien sie auf dem nackten, roten Erdboden, und er hebt die Hand und auch die Stimme, und Kraft strömt zurück in den alten, gebrochenen Mann, denn ist er nicht ein Priester? – Der Herr segne euch und behüte euch; der Herr lasse leuchten sein Angesicht über euch und gebe euch Frieden, jetzt und immerdar. Und die Gnade unseres Herrn Jesu Christi und die Liebe Gottes und die Gemeinschaft des Heiligen Geistes sei und bleibe bei euch und all euren Lieben, nun und immerdar. Amen.
Nun stehen sie auf, und die neue Lehrerin sagt:
– Könnten wir jetzt nicht Nkosi sikelel' i Afrika singen? Gott, errette Afrika? Und die alte Lehrerin sagt: – Das kennen sie hier noch nicht, soweit ist das noch nicht vorgedrungen. Und die neue Lehrerin sagt: – In Pietermaritzburg kennen wir es. Und die alte Lehrerin sagt: – Hier sind wir nicht in Pietermaritzburg. Es gibt viel zuviel anderes zu tun in der Schule. Denn ihre Beziehungen zu der neuen Lehrerin sind ziemlich kühl, und sie geniert sich auch, weil sie das Lied Nkosi sikelel' i Afrika, Gott, errette Afrika, nicht kennt.
O Gott, errette Afrika, das geliebte Land. Gott, errette uns aus der Tiefe unserer Sünden. Gott, erlöse uns von der Furcht, die uns vor der Gerechtigkeit Angst haben läßt. Gott, erlöse uns von der Menschenfurcht. Gott, erlöse uns alle.
Rufe nur, junger Knabe, den langen, schwingenden, schwebenden Ruf, der in den Bergen widerhallt. Tanze, du junger Knabe, die ersten, langsamen Schritte des Tanzes, der dir allein gehört. Rufe und tanze, du Unschuld, rufe und tanze, solange du kannst. Denn dies ist nur das Vorspiel und der Anfang.

Anderes, Fremdes, wird hineingewoben; die es tun, von denen hast du nie gehört, und wo es geschieht, da bist du nie gewesen. Es ist das Leben, in das du hinein mußt, du hast keine Angst, denn du weißt nichts davon. Rufe, tanze, rufe, tanze, – jetzt, jetzt, solange du es noch kannst.
Nun sind die Leute alle fort, und Kumalo wendet sich zu seinem Freunde.
– Ich muß dir etwas sagen. Später werde ich dir noch mehr erzählen, aber etwas muß ich dir heute noch sagen. Meine Schwester Gertrude sollte mit uns kommen. Wir waren alle beieinander, reisefertig, in demselben Hause. Aber als ich sie wecken kam, war sie fort.
– Hau, Umfundisi.
– Und mein Sohn, er ist zum Tode verurteilt. Vielleicht wird er begnadigt. Sie werden es mich wissen lassen, sobald sie es erfahren.
– Hau, Umfundisi.
– Du kannst es deinen Freunden sagen. Und sie werden es ihren Freunden sagen. So etwas kann nicht verborgen bleiben. Also sage es ihnen nur.
– Ich werde es ihnen sagen, Umfundisi.
– Ich weiß nicht, ob ich hierbleiben soll, mein Freund.
– Warum, Umfundisi?
– Nun, sagte Kumalo traurig, mit einer Schwester, die ihr Kind verlassen hat, und einem Sohne, der einen Menschen umgebracht hat, wie kann ich da hierbleiben?
– Umfundisi, Ihr müßt tun, was Ihr für richtig haltet. Aber ich sage Euch, hier gibt es nicht einen Mann, nicht eine Frau, die das wünschen würden. Es gibt nicht einen Mann, nicht eine Frau, die sich nicht mit Euch gegrämt haben, die sich nicht gefreut haben, daß Ihr zurückgekommen seid. Was, könnt Ihr das nicht sehen? Hat es Euch denn nicht angerührt?
– Ich habe es gesehen, und es hat mich angerührt. Es bedeutet viel für mich, nach all dem Kummer. Mein Freund, es ist ja nicht mein Wunsch, fortzugehen. Hier ist meine Heimat. Ich habe so lange hier gelebt, daß ich nicht wünschen könnte, fortzugehen.
– Das ist gut, Umfundisi. Und ich, was mich betrifft, ich möchte ohne Euch nicht leben. Denn ich war in der Dunkelheit...

– Freund, du bewegst mich tief.
– Umfundisi, habt Ihr etwas über Sibekos Tochter erfahren? Erinnert Ihr Euch?
– Ja, ich erinnere mich. Auch sie ist fort. Wo, das weiß kein Mensch. Die Leute sagten, sie wüßten es nicht.
Bitterkeit kam wieder in ihm auf, und er fügte hinzu: – Sie sagten auch, es sei ihnen einerlei.
– Hau, Umfundisi.
– Es tut mir leid, mein Freund.
– Wie voller Unglück ist doch die Welt, Umfundisi!
– Wer weiß das besser als ich?
– Und dennoch haltet Ihr am Glauben fest?
Kumalo sah ihn beim Licht der Lampe genau an.
– Ich halte am Glauben fest, sagte er, aber ich habe erfahren, daß alles ein Geheimnis ist. Schmerz und Kummer sind ein Geheimnis. Güte und Liebe sind ein Geheimnis. Aber ich habe erfahren, daß Güte und Liebe den Schmerz und den Kummer aufwiegen können. Da ist meine Frau, da bist du, mein Freund, da sind alle die, die mich willkommen hießen, und das Kind, das so gern bei uns in Ndotsheni leben möchte, – darum kann ich in all meinem Kummer doch am Glauben festhalten.
– Ich habe nie angenommen, Umfundisi, daß ein Christ von Leiden verschont bleibt. Denn unser Herr hat gelitten. Und ich denke manchmal, er hat nicht darum gelitten, damit wir nicht zu leiden brauchen, sondern um uns zu lehren, wie man das Leiden erträgt. Denn er wußte, daß es kein Leben gibt ohne Leiden.
Kumalo sah seinen Freund voller Freude an. – Du bist ja ein Prediger, sagte er.
Der Freund hielt ihm die rauhen, schwieligen Hände hin. – Sehe ich aus wie ein Prediger? fragte er.
Kumalo lachte. – Ich sehe dein Herz an, nicht deine Hände, sagte er. Dank für deine Hilfe, mein Freund.
– Die könnt Ihr haben, sooft Ihr wollt. Umfundisi. Sala kahle.
– Hamba kahle, mein Freund. Aber wohin gehst du denn?
Der Mann seufzte. – Ich gehe bei Sibeko vorbei, sagte er. Ich habe es ihm versprochen, daß ich komme, sobald ich etwas weiß.
Kumalo ging nachdenklich auf sein kleines Haus zu. Dann wandte er sich plötzlich um und rief dem Freunde nach: – Ich

muß noch etwas richtigstellen, sagte er. Es war die Tochter von Mr. Smith, die gesagt hat, sie wisse es nicht und es sei ihr einerlei. Sie sagte es auf englisch. Und als Mr. Jarvis es mir auf zulu sagte, da sagte er: – Sie weiß es nicht. Aber Mr. Jarvis sagte mir nicht, daß sie gesagt habe, es sei ihr einerlei.
– Ich verstehe Euch wohl, Umfundisi.
– Hamba kahle, mein Freund.
– Sala kahle, Umfundisi.
Wieder wandte sich Kumalo und betrat das Haus. Seine Frau und das Mädchen waren beim Essen.
– Wo ist der Kleine? fragte er.
– Er schläft, Stephen. Du hast dich lange mit Reden aufgehalten.
– Ja, es gab viel zu sagen.
– Hast du die Lampe ausgelöscht?
– Laß sie noch ein wenig brennen.
– Hat denn die Kirche soviel Geld?
Er lächelte sie an. – Dies ist ein besonderer Abend, sagte er. Ihre Brauen zogen sich schmerzlich zusammen; er wußte, woran sie dachte.
– Ich will sie auslöschen, sagte er.
– Laß sie noch ein wenig brennen. Lösche sie aus, wenn du gegessen hast.
– Ja, dann ist es gerade richtig, sagte er nachdenklich. Laß sie brennen für das, was hier geschehen ist, lösche sie aus für das, was sonst geschehen ist.
Er legte seine Hand auf des Mädchens Kopf.
– Hast du gegessen, mein Kind?
Sie sah lächelnd zu ihm auf. – Ich bin gesättigt, sagte sie.
– Dann geh schlafen, Kind.
– Ja, Vater.
Sie stand vom Stuhle auf. – Schlaft wohl, Vater, sagte sie, schlaft wohl, Mutter.
– Ich werde dich in dein Zimmer führen, Kind.
Als sie zurückkam, war Kumalo dabei, das Postsparbuch zu betrachten. Er gab es ihr und sagte: – Hier ist Geld, mehr, als wir beide je gehabt haben.
Sie schlug es auf und stieß einen Laut der Überraschung aus, als sie sah, wieviel es war. – Gehört das uns? fragte sie.
– Ja, sagte er. Es ist ein Geschenk von dem besten Menschen, dem ich in meinem ganzen Leben begegnet bin.

– Du wirst neue Kleider kaufen, sagte sie, neue schwarze Sachen und neue Kragen und einen neuen Hut.
– Und du wirst auch neue Kleider kaufen, sagte er, und einen Herd. Setze dich zu mir, denn ich will dir von Msimangu erzählen und von allem anderen auch.
Zitternd setzte sie sich nieder. – Ich höre, sagte sie.

II

Kumalo fing an, in seiner Kirche regelmäßig um die Errettung von Ndotsheni zu beten. Aber er wußte, daß das nicht genug war. Irgendwo hier auf der Erde mußten sich die Menschen zusammentun, etwas ausdenken, handeln. Und wenn er über die Berge seines Landes hinblickte, so fielen ihm nur zwei Männer ein, der Häuptling und der Schulvorstand. Nun war der Häuptling ein großer, dicker Mann in Reithosen, und er trug eine Pelzmütze, wie sie die Leute in kalten Gegenden tragen, er ritt mit seinen Räten in der Gegend umher, obwohl es schwer einzusehen war, wobei sie ihn eigentlich beraten sollten. Der Schulvorstand war ein kleiner, freundlicher Mann mit großen, runden Brillengläsern, und seine Amtsstube hing voll von Bekanntmachungen in blauer, roter und grüner Schrift. Aus Gründen der Diplomatie entschloß sich Kumalo, zuerst zu dem Häuptling zu gehen.
Der Morgen war schon unerträglich heiß, aber der Himmel war wolkenlos und ohne eine Verheißung von Regen. Eine solche Dürre hatte es noch nie gegeben. Die ältesten Männer des Stammes konnten sich nicht erinnern, daß es schon einmal geschehen wäre, daß die Blätter von den Bäumen fielen, daß sie kahl dastanden wie im Winter, und die kleinen Buben rannten auf ihren rauhen Fußsohlen von einem Schatten zum anderen, weil der Erdboden so heiß war. Wenn man im Grase ging, knisterte es unter den Füßen wie nach einem Feuer, und im ganzen Tal gab es nicht einen einzigen lebendigen Bach. Selbst auf den Höhen war das Gras gelb, und weder unten noch oben wurde gepflügt. Die Sonne ergoß sich aus dem unbarmherzigen Himmel, und das Vieh zog mager und müde übers Veld hin zu den toten Bächen, um an dem kurz abgeweideten Gras der Böschungen zu rupfen.

Kumalo stieg den Hügel zum Kraal des Häuptlings hinauf und ward angewiesen zu warten. Dies war nichts Ungewöhnliches, denn wenn es ihm gerade paßte, konnte der Häuptling einen warten lassen, einfach darum, weil er der Häuptling war. Wenn es ihm paßte, konnte er einem Mann befehlen zu warten, derweil er müßig in den Zähnen stocherte oder dasaß und versonnen über das Tal hinaussah.
Aber Kumalo war froh, daß er sich ausruhen konnte. Er zog seinen Rock aus und setzte sich im Schatten einer Hütte nieder und dachte über die Gepflogenheiten eines Häuptlings nach. Wer wäre wohl gerne Häuptling über solche Trostlosigkeit gewesen? Das hatte auch der weiße Mann getan, die Häuptlinge abgesetzt und dann wieder eingesetzt, um das Zerstückelte zusammenzuhalten Aber die meisten Stücke hatten die Weißen für sich genommen. Und manche Häuptlinge saßen da mit hochmütigen, blutunterlaufenen Augen, Herrscher über jämmerliche Reiche ohne irgendwelchen Sinn. Nicht alle waren so; einige hatten versucht, ihren Leuten zu helfen, hatten ihre Söhne auf die Schulen geschickt. Aber alles das war so, als ob man einen alten Mann mit Milch ernährt und sich weismacht, daß eines Tages ein Jüngling aus ihm wird.
Kumalo schreckte plötzlich auf, als ihm klar wurde, wie weit er gereist war, seit er nach Johannesburg aufgebrochen war. Die große Stadt hatte ihm die Augen geöffnet für etwas, was seinen Anfang genommen hatte und nun auch weitergehen mußte. Denn dort in Johannesburg gingen Dinge vor, die mit keinem Häuptling etwas zu tun hatten. Aber nun stand er auf, denn man hatte ihn zum Herrscher des Stammes befohlen.
Er brachte seinen Gruß dar, so ehrerbietig er nur konnte, denn er wußte, daß ein Häuptling für solche Dinge ein scharfes Ohr hat.
– Und was wünscht Ihr, Umfundisi?
– Inkosi, ich war in Johannesburg.
– Das ist mir wohlbekannt.
– Dort sind viele unserer Leute, Inkosi.
– Ja.
– Und ich habe gedacht, daß wir versuchen sollten, manche von ihnen in diesem Tale zu halten.
– Ho! Und wie sollten wir das anstellen?
– Indem wir für unseren Ackerboden sorgen, ehe es zu spät

ist. Indem wir sie in den Schulen unterweisen, wie man für den Ackerboden sorgt. Dann würden wenigstens einige in Ndotsheni bleiben.
Darauf schwieg der Häuptling und war allein mit seinen Gedanken, und es ist nicht Sitte, daß man einen Häuptling stört, der so mit seinen Gedanken beschäftigt ist. Aber Kumalo konnte ihm wohl anmerken, daß er einfach nicht wußte, was er sagen sollte. Mehr als einmal setzte er zum Sprechen an, aber ob er nun an sich hielt oder ob er das Ende der Worte, die ihm im Kopf herumgingen, nicht ganz absah, das hätte Kumalo nicht sagen können. So ist es ja wohl immer, wenn jemand über etwas Schwieriges spricht, worüber man selber schon viel nachgedacht und wofür man keine Lösung gefunden hat.
Aber schließlich sprach er und sagte: – Über alle diese schwierigen Dinge habe ich viele Male nachgedacht.
– Ja, Inkosi.
– Und ich habe gedacht, was man tun muß.
– Ja, Inkosi.
– Darum bin ich froh, festzustellen, daß auch Ihr darüber nachgedacht habt.
Und darauf folte wieder Schweigen, und Kumalo merkte, wie der Häuptling sich um seine Worte mühte.
– Ihr wißt, Umfundisi, daß wir all dies seit Jahren in den Schulen lehren. Der weiße Inspektor und ich haben es oft miteinander besprochen.
– Ja, das weiß ich, Inkosi.
– Der Inspektor wird bald wiederkommen, und dann werden wir Weiteres in die Wege leiten.
Der Häuptling schloß in hoffnungsvollem, ermutigendem Ton, als ob sie beide nun wirklich etwas erreicht hätten. Kumalo wußte, daß die Unterhaltung nun zu einem schleunigen Ende kommen werde, und obwohl es nicht ganz schicklich war, nahm er allen Mut zusammen und sagte in einem Ton, der merken ließ, daß noch etwas folgen sollte: – Inkosi?
– Ja.
– Es ist wohl wahr, daß all diese Dinge seit Jahren gelehrt werden. Und doch ist der Ort, wo sie gelehrt werden, ein trauriger Anblick. Da gibt es weder Gras noch Wasser. Und selbst wenn der Regen kommt, wird der Mais nicht manns-

hoch wachsen. Das Vieh stirbt, und es gibt keine Milch. Malusis Kind ist tot, Kuluses Kind liegt im Sterben. Und wie viele noch sterben müssen, das weiß Tixo allein. Kumalo wußte, daß er etwas sehr Bitteres ausgesprochen und Hoffnung und Ermutigung zerstört hatte, so daß nun also endgültig nichts erreicht war. Der Häuptling hätte schon zornig werden können, nicht etwa, weil das alles nicht wahr war, sondern weil Kumalo ihn daran gehindert hatte, diese Sache zum Abschluß zu bringen.

– Es ist die Dürre, Umfundisi, Ihr müßt die Dürre nicht vergessen.

– Nein, daran denke ich wohl, sagte Kumalo ehrerbietig. Aber ob nun Dürre ist oder nicht, es ist seit vielen Jahren so gewesen.

Also schwieg der Häuptling wieder und wußte nicht, was er sagen sollte. Wahrscheinlich dachte er auch daran, daß er mit ein paar zornigen Worten die Situation leicht beenden könnte, aber wenn es sich um einen Priester handelte, dann tat man das nicht so ohne weiteres.

Schließlich sprach er, aber zögernd. – Ich werde zum Magistratsbeamten gehen, sagte er. Und dann fügte er gewichtig hinzu: – Denn auch ich habe diese Dinge gesehen, die Ihr gesehen habt. Eine Weile saß er da, in Gedanken verloren, dann sagte er mit Anstrengung, denn so etwas sagt man nicht ohne weiteres: – Ich habe schon einmal mit dem Magistratsbeamten gesprochen.

Er saß da und runzelte ratlos die Stirne. Kumalo wußte, daß nun nichts mehr kommen werde, und machte bescheidene Bewegungen, um dem Häuptling anzudeuten, daß er darauf gefaßt sei, entlassen zu werden. Und während er wartete, sah er sich die Räte an, die hinter dem Häuptling standen, und er sah, daß auch sie ratlos die Stirnen runzelten und in dieser Angelegenheit nicht den geringsten Rat erteilen konnten. Denn die Räte des zerbrochenen Stammes wissen wohl in manchen Sachen Rat, aber nicht in den Sachen des zerbrochenen Stammes.

Der Häuptling stand müde auf und streckte dem Priester die Hand hin. – Ich werde mit dem Magistratsbeamten sprechen. Hamba kahle, Umfundisi.

– Sala kahle, Inkosi.

Kumalo stieg den Berg hinunter und hielt nicht an, bis er zur

Kirche kam. Dort betete er für den Häuptling und für die Errettung von Ndotsheni. Das Bauwerk aus Holz und Wellblech war so heiß wie ein Backofen, und er war sehr niedergeschlagen, seine Hoffnung regte kaum mehr die Flügel in der tödlichen Hitze. Also betete er kurz: – In deine Hände, o Gott, befehle ich Ndotsheni. Dann ging er wieder in die große Hitze hinaus, um den Schulvorstand zu besuchen.

Aber dort hatte er auch nicht mehr Erfolg. Der Schulvorstand war höflich und verbindlich genug hinter den großen Brillengläsern und zeigte ihm die sogenannten Arbeitspläne und Zeichnungen von Blumen und Samen und verschiedene Bodenarten in Gläsern. Der Schulvorstand setzte ihm auch auseinander, daß die Schule es sich zur Aufgabe mache, das Leben des Kindes dem Leben der Gemeinschaft einzugliedern, und zeigte ihm Rundbriefe von der Behörde in Pietermaritzburg, die sich alle darauf bezogen. Er führte Kumalo in den glühenden Sonnenglast hinaus und zeigte ihm die Schulgärten, aber dies war theoretischer Unterricht, denn auch dort gab es kein Wasser, und alles war tot. Und vielleicht war es doch nicht so theoretisch, denn im Tale war ja auch alles tot; sogar die Kinder starben.

Kumalo fragte den Schulvorstand, wie man es anfangen solle, wenigstens einige der heranwachsenden Kinder in Ndotsheni zu halten. Und der Schulvorstand schüttelte den Kopf und redete von wirtschaftlichen Umständen und sagte, daß die Schule allein da nicht viel ausrichten könne. Also ging Kumalo wieder zu seiner Kirche zurück, und da saß er, entmutigt und niedergeschlagen. Wo war die große Vision geblieben, die ihm in Ezenzeleni gekommen war, aus seinem großen Leid geboren? Wie ein Priester aus seiner Pfarre eine wirkliche Heimat für sein Volk und eine wahre Stätte der Erziehung für seine Kinder schaffen könne? War er denn nun ganz alt und verbraucht? Oder war seine Vision eine Täuschung gewesen, und alles war so schlimm, daß man es nicht mehr gutmachen konnte? Nur die Macht Gottes konnte ein solches Wunder vollbringen, und wieder betete er, ganz kurz: – In deine Hände, o Gott, befehle ich Ndotsheni.

Er ging zu seinem Hause und mühte sich in der großen Hitze mit den Rechnungsbüchern seiner Gemeinde ab, bis er ein Pferd herantraben hörte, und er hörte, daß es bei der Kirche anhielt. Er stand vom Stuhle auf und ging hinaus, um nachzusehen, wer denn in dieser unbarmherzigen Hitze im Lande herumritt. Und einen Augenblick verschlug ihm die Überraschung den Atem, denn es war ein kleiner, weißer Knabe auf einem Fuchs, ein weißer Junge, zum Verwechseln ähnlich einem anderen, der einmal hier vorbeigeritten war. Der Junge lachte zu Kumalo hinüber, nahm die Mütze ab und sagte: – Guten Morgen. Und Kumalo empfand eine seltsame Genugtuung und zugleich eine seltsame Demut, weil er das tat, und auch zugleich Erstaunen, daß der Knabe die Sitten des Landes nicht zu kennen schien.

– Guten Morgen, Inkosana, sagte er. Es ist ein heißer Tag zum Ausreiten.

– Ich finde es gar nicht so heiß. Ist das Ihre Kirche?

– Ja, das ist meine Kirche.

– Ich gehe in eine Kirchenschule, Sankt Markus. Es ist die beste Schule in Johannesburg. Wir haben eine Kapelle.

– Sankt Markus, sagte Kumalo erregt, diese Kirche hier heißt auch Sankt Markus. Aber Eure Kapelle, die ist wohl viel schöner als diese hier?

– O ja, freilich, sie ist wohl schöner, sagte der Knabe und lächelte, aber wissen Sie, dafür ist sie auch in der Stadt. Ist das Ihr Haus?

– Ja, das ist mein Haus.

– Darf ich wohl einmal hineinschauen? Ich bin noch nie in einem Pfarrhaus gewesen, ich meine, im Haus eines schwarzen Priesters.

– Ihr könnt gern hineinschauen, Inkosana.

Der Knabe glitt vom Pferde herunter und band es an dem Pfosten fest, an dem die Pferde der Kirchgänger angebunden wurden. Er säuberte seine Stiefel auf der ausgefransten Matte, die vor Kumalos Haustür lag, nahm die Mütze ab und trat ein.

– Das ist ein hübsches Haus, sagte er, ich habe gar nicht gedacht, daß es so hübsch ist.

– Nicht alle unsere Häuser sind so, sagte Kumalo behutsam. Aber ein Priester muß sein Haus gut halten. Vielleicht habt Ihr auch schon andere von unseren Häusern gesehen?

– O ja, natürlich, auf Großvaters Farm. Sie sind nicht so hübsch wie dieses. Ist das hier Ihre Arbeit?

– Ja, Inkosana.

– Es sieht aus wie Rechenaufgaben.
– Es sind auch Rechenaufgaben. Die Abrechnungen für die Kirche.
– Das hab' ich gar nicht gewußt, daß die Kirche auch Rechnungen hat. Ich dachte, die gibt es bloß im Kaufladen.
Und Kumalo lachte ihn an. Und da er einmal zu lachen begonnen hatte, lachte er weiter, so daß der Junge sagte: – Warum lachen Sie denn? Aber er lachte selber und war gar nicht gekränkt.
– Ich lache nur so, Inkosana.
– Inkosana? Das heißt kleiner Inkosi, nicht wahr?
– Ja, es heißt: junger Herr.
– Ja, ich weiß. Und wie redet man Sie an? Wie soll ich Sie nennen?
– Umfundisi.
– O ja. Imfundisi.
– Nein, Umfundisi.
– Umfundisi. Was bedeutet das?
– Es heißt Pfarrer.
– Darf ich mich setzen, Umfundisi? Der Knabe sprach das Wort sorgfältig aus. Ist es so richtig? fragte er. Kumalo verbiß sich das Lachen. – So ist es richtig, sagte er. Möchtet Ihr gern einen Schluck Wasser trinken? Es ist so heiß.
– Ich hätte gern etwas Milch, sagte der Knabe. Eiskalt, aus dem Eisschrank.
– Inkosana, in Ndotsheni gibt es keinen Eisschrank.
– Also dann ganz gewöhnliche Milch, Umfundisi.
– Inkosana, in Ndotsheni gibt es keine Milch.
– Der Knabe errötete – Ich möchte gern Wasser, Umfundisi, sagte er.
Kumalo brachte ihm das Wasser, und während er trank, fragte er ihn: – Wie lange bleibt Ihr hier, Inkosana?
– Jetzt nicht mehr lange, Umfundisi.
Er trank weiter von dem Wasser, dann sagte er: – Eigentlich sind jetzt keine Ferien. Wir sind aus einem besonderen Grunde hier.
Und Kumalo stand und sah ihn an und sagte in seinem Herzen: – O du verwaistes Kind, ich weiß den Grund.
– Wasser heißt amanzi, Umfundisi.
Und da Kumalo nicht antwortete, sagte er: – Umfundisi. Und noch einmal: – Umfundisi.

– Ja, mein Kind.
– Wasser heißt amanzi, Umfundisi.
Kumalo schüttelte seine Gedanken ab. Er lächelte in das kleine, eifrige Gesicht hinein und sagte: – Richtig, Inkosana.
– Und Pferd heißt ihashi.
– Auch richtig.
– Und Haus heißt ikaya.
– Wieder richtig.
– Und Geld heißt imali.
– Wieder richtig.
– Und Knabe heißt umfana.
– Wieder richtig.
– Und Kuh heißt inkomo.
– Da lachte Kumalo laut auf. – Warte, warte, sagte er, ich bin ganz außer Atem. Und er tat, als ob er schnaufen und pusten müsse, und setzte sich auf den Stuhl und wischte sich die Stirne.
– Bald werdet Ihr zulu können, sagte er.
– Zulu ist leicht. Wieviel Uhr ist es, Umfundisi?
– Zwölf Uhr, Inkosana.
– Heiliger Schreck, ich muß ja nach Hause. Danke für das Wasser, Umfundisi.
Der Knabe ging zu seinem Pferde. – Helft mir hinauf, rief er. Kumalo half ihm hinauf, und der Knabe sagte: – Ich werde Sie wieder besuchen, Umfundisi. Ich möchte noch mehr zulu mit Ihnen reden.
Kumalo lachte. – Ihr seid immer willkommen, sagte er.
– Umfundisi?
– Inkosana?
– Warum gibt es keine Milch in Ndotsheni? Weil die Leute arm sind?
– Ja, Inkosana.
– Was machen da die Kinder?
Kumalo sah ihn an. – Sie sterben, Kind, sagte er. Einige sind jetzt am Sterben.
– Wer ist jetzt am Sterben?
– Kaluses kleines Kind.
– War der Doktor nicht da?
– Doch, er war da.
– Und was hat er gesagt?
– Er sagte, das Kind muß Milch haben, Inkosana.

– Und was sagten da die Eltern?
– Sie sagten: Doktor, wir haben gehört, was Ihr gesagt habt.
Der Knabe sagt leise: – Ach so. Er nahm die Mütze ab und sagte ernsthaft und gesetzt: – Lebt wohl, Umfundisi. Und ernsthaft und gesetzt machte er sich auf den Weg, aber längs des Weges gab es Zuschauer, und es dauerte nicht lange, so galoppierte er wild die staubige Straße entlang.

Die Nacht brachte Kühle und Erleichterung. Während sie beim Essen saßen, Kumalo und seine Frau, das Mädchen und der Kleine, hörten sie Räder knarren, es klopfte an die Tür, und da stand der Freund, der die Koffer getragen hatte.
– Umfundisi, Mutter.
– Mein Freund. Willst du mit uns essen?
– Nein, wirklich nicht. Ich bin auf dem Heimweg. Ich habe eine Botschaft für Euch.
– Für mich?
– Ja, von Mr. Jarvis. War der Knabe heute hier?
– Kumalo empfand eine dumpfe Furcht, zum erstenmal wurde ihm klar, was geschehen war.
– Ja, er war hier, sagte er.
– Wir arbeiteten gerade bei den Blumen, sagte der Mann, als der Knabe herangeritten kam. Ich verstehe nicht Englisch, Umfundisi, aber sie sprachen von Kuluses Kind. Und nun kommt und seht, was ich gebracht habe.
Und draußen vor der Tür stand in blanken Kannen auf einem Karren die Milch.
– Diese Milch ist nur für kleine Kinder, die noch nicht zur Schule gehen, sagte der Mann gewichtig. Und Ihr allein dürft sie austeilen. Und diese Säcke müssen über die Kannen gelegt werden, und die Kinder sollen Wasser bringen und über die Säcke gießen. Und jeden Morgen werde ich die Kannen abholen. Und alles das wird so lange geschehen, bis das Gras wächst und wir wieder Milch haben.
Der Mann hob die Kannen vom Karren und sagte: – Wo soll ich sie abstellen, Umfundisi? Aber Kumalo war stumm und dumm, und seine Frau sagte: Wir wollen sie in den Nebenraum in der Kirche stellen. Also stellten sie sie dort hinein, und als sie zurückkamen, sagte der Mann: – Soll ich denn Mr. Jarvis nichts ausrichten, Umfundisi? Und Kumalo stot-

terte und stammelte, und schließlich wies er mit der Hand zum Himmel hinauf. Und der Mann sagte: – Tixo wird ihn segnen. Und Kumalo nickte.
Der Mann sagte: – Erst eine Woche arbeite ich dort, aber wenn er heute zu mir sagt: stirb, – so will ich gerne sterben.
Er kletterte auf den Wagen und nahm die Zügel. Er war ganz aufgeregt und redete und redete. –
– Wenn ich so nach Hause komme, wird meine Frau denken, sie haben mich zum Bürgermeister gemacht. Da lachten sie alle, und Kumalo schüttelte seine Stummheit ab und lachte auch, zunächst über den Einfall, daß dieser einfache Mann ein Bürgermeister sein könnte, und dann noch besonders darüber, daß ein Bürgermeister in einem solchen Karren einherfahren sollte. Und noch einmal lachte er, weil ein erwachsener Mann solche Späße machen konnte, und noch einmal, weil nun Hoffnung war, daß Kuluses Kind am Leben blieb, und dann noch einmal, als er an den strengen, schweigsamen Mann auf High Place dachte. Er ging ins Haus zurück, es tat ihm alles weh vor Lachen, und seine Frau sah ihm verwundert nach.

III

Ein Kind brachte die vier Briefe vom Laden mit zur Schule, und der Lehrer schickte sie hinüber zum Haus des Umfundisi. Alle Briefe kamen aus Johannesburg; einer vom jungen Absalom an seine Frau, und einer an seine Eltern; beide waren in amtlichen Umschlägen aus dem großen Gefängnis in Pretoria. Der dritte war von Msimangu und der vierte von Mr. Carmichael. Diesen öffnete Kumalo voller Angst, weil er von dem Anwalt kam, der den Fall »um Gottes willen« übernommen hatte, und Nachricht über das Gnadengesuch enthalten würde. Und nun schrieb ihm der Anwalt in gütigen und mitleidigen Worten, daß es keine Gnade gebe und daß sein Sohn am fünfzehnten Tage desselben Monats gehängt werden solle. Da las er nicht weiter, sondern saß da, eine, vielleicht zwei Stunden lang. Nein, er sah und hörte nichts, bis seine Frau zu ihm sagte: – Ist es da, Stephen?
Und als er nickte, sagte sie: – Gib mir den Brief, Stephen. Und er gab ihn ihr mit zitternden Händen, und sie las ihn auch

und saß und sah vor sich hin mit einem schrecklich verlorenen Blick, denn er war das Kind ihres Schoßes und ihrer Brust. Aber sie blieb nicht so lange so sitzen, wie er gesessen hatte, sondern stand auf und sagte: – Müßig dasitzen taugt zu nichts. Lies deine Briefe, und dann geh und besuche Kuluses Kind und das Mädchen Elizabeth, sie ist krank, und ich werde meine Hausarbeit tun.

– Da ist noch ein Brief, sagte er.

– Von ihm? sagte sie.

– Von ihm.

Er gab ihn ihr, und sie setzte sich wieder, öffnete ihn sorgsam und las ihn. Der Schmerz kam ihr in die Augen, ins Gesicht und in die Hände. Aber er sah es nicht, denn er starrte vor sich hin auf den Boden, nur daß seine Augen den Boden nicht sahen, sondern überhaupt nichts, und sein Gesicht war eingefallen, zurückgefallen in die Leidensmaske, aus der es sich gelöst hatte, nachdem er wieder in sein Tal heimgekommen war.

– Stephen, sagte sie streng.

Er sah sie an.

– Lies den Brief, lies zu Ende, sagte sie, und dann laß uns an unsere Arbeit gehen.

Er nahm den Brief und las ihn; er war kurz und einfach und, abgesehen von der ersten Zeile, auf zulu geschrieben, wie es wohl üblich ist: –

– Lieber Vater, liebe Mutter: Ich hoffe, es geht Euch allen gut, wie es mir auch gut geht. Heute morgen haben sie mir gesagt, daß es für das, was ich getan habe, keine Gnade gibt. So werde ich Euch und Ndotsheni nicht wiedersehen.

Hier ist es gut. Ich bin eingeschlossen, und niemand darf kommen und mit mir sprechen. Aber ich darf rauchen und lesen und Briefe schreiben, und die Weißen sprechen nicht unfreundlich zu mir.

Ein Priester kommt mich besuchen, ein schwarzer Priester aus Pretoria. Er bereitet mich vor und spricht freundlich mit mir.

Sonst weiß ich nichts Neues, so schließe ich den Brief. Ich denke an Euch alle in Ndotsheni; und wenn ich nur dort wäre, würde ich nie mehr fortgehen.

Euer Sohn Absalom.

Ist das Kind geboren? Wenn es ein Junge ist, möchte ich, daß es Peter heißt. Habt Ihr etwas über die Verhandlung gegen Matthew und Johannes gehört? Ich bin als Zeuge vernommen worden, aber sie ließen mich nicht bis zum Ende bleiben. Lieber Vater, hast Du das Geld von meinem Postsparbuch bekommen?
– Stephen, wollen wir jetzt arbeiten?
Ja, sagte er, das ist wohl besser. Aber ich habe Msimangus Brief noch nicht gelesen. Und hier ist ein Brief für unsere Tochter.
– Ich will ihn ihr bringen. Also lies erst deinen Brief. Und sag doch, wirst du zu Kuluses gehen?
– Ja, ich will hingehen.
– Und wäre es vielleicht zuviel für dich, noch zum Laden hinaufzugehen?
Er sah aus dem Fenster.
– Sieh, sagte er, sieh doch die Wolken.
Sie kam und stand neben ihm und sah die großen, schweren Wolken, die über dem anderen Haus des Umzimkulutales heraufzogen.
– Es wird regnen, sagte er. Warum soll ich denn zum Laden gehen? Brauchst du etwas sehr nötig?
– Nein, ich brauche nichts, Stephen. Aber ich dachte, du könntest zum Laden gehen und den weißen Mann bitten, wenn diese amtlichen Briefe vom Gefängnis kommen, möchte er sie aufheben, bis wir hinkommen. Denn wir müssen uns schon genug schämen.
– Ja, ja, sagte er, das werde ich wirklich tun.
– Dann lies deinen Brief.
Er öffnete Msimangus Brief und las von allem, was in Johannesburg geschehen war, und überraschte sich dabei, daß er so etwas wie Sehnsucht nach der großen, verwirrenden Stadt empfand. Als er fertig war, ging er hinaus, nach den Wolken zu sehen, denn es war eine Freude, sie zu sehen nach so vielen Wochen unter der erbarmungslosen Sonne. Eine oder zwei segelten wirklich schon über ihn hin, sie warfen große Schatten übers Tal und fuhren langsam und sicher dahin, bis sie an die Hänge des Tales stießen, und dann glitten sie plötzlich und schnell die Halden hinauf und waren verschwunden. Es war schwül und drükkend, und bald würde es drüben überm Umzimkulu gewit-

tern, denn da war kein Zweifel mehr, an diesem Tag noch würde die Dürre gebrochen werden.
Wie er dort stand, sah er ein Auto von Carisbrooke her kommen die Straße hinunter ins Tal. Das war ein seltener Anblick, und der Wagen fuhr langsam, denn die Straße ist nicht für Autos gebaut, sondern nur für Karren und Ochsenwagen und Vieh. Dann sah er, daß nicht weit von der Kirche ein weißer Mann auf einem Pferde hielt. Er schien auf den Wagen zu warten, und mit einem kleinen Schrekken erkannte er, daß es Jarvis war. Ein weißer Mann stieg aus dem Wagen, und er war noch mehr überrascht, als er den Bürgermeister erkannte, und er erinnerte sich sofort an den dummen Scherz vom Abend zuvor. Jarvis stieg vom Pferd und gab dem Bürgermeister die Hand und auch anderen weißen Männern, die aus dem Auto ausstiegen und Stöcke und Fahnen ausluden. Und sieh doch! Von der anderen Seite kam der dicke Häuptling angeritten in Pelzmütze und Reithosen, begleitet von seinen Räten. Der Häuptling grüßte den Bürgermeister und der Bürgermeister den Häuptling, und es war eine allgemeine Begrüßung. Dann fingen sie alle an, miteinander zu sprechen, und es war ganz klar, daß sie sich zu einem bestimmten Zweck getroffen hatten. Sie deuteten mit den Händen nach entfernteren Stellen und nahen Stellen. Dann schnitt einer von des Häuptlings Räten einen kleinen Baum mit geraden, sauberen Zweigen ab. Diese Zweige schnitt er auf eine gewisse Länge zurecht und spitzte die Enden zu, so daß Kumalo sich mehr und mehr wundern mußte. Die weißen Männer holten noch mehr Stöcke und Fahnen aus dem Wagen, und einer von ihnen stellte einen Kasten auf drei Beinen auf, als ob er photographieren wolle. Jarvis nahm einige Stöcke und Fahnen, und auch der Bürgermeister, nachdem er den Rock abgelegt hatte, weil es so heiß war. Sie deuteten nach den Wolken, und Kumalo hörte Jarvis sagen: – Endlich sieht es so aus.
Nun wollte sich der Häuptling von den weißen Männern nicht ausstechen lassen, also stieg er auch vom Pferd und nahm ein paar Stöcke, aber Kumalo sah wohl, daß er nicht recht wußte, was eigentlich vorging. Jarvis, der die Sache zu leiten schien, steckte einen Stock in den Boden, und der Häuptling gab einem seiner Räte einen Stock und sagte etwas

zu ihm. Also steckte dieser Mann auch den Stock in den Boden, aber der weiße Mann mit dem Kasten auf drei Beinen rief: – Nicht dort, nicht dort; nimm den Stock weg. Der Mann sah zweifelnd und zögernd den Häuptling an, und der sagte ärgerlich: – Nicht dort, nicht dort, nimm ihn weg. Und dann stieg er wieder auf sein Pferd, verwirrt und noch weniger als vorher begreifend, und saß da und ließ die weißen Männer ihre Stöcke in den Boden stecken.
So verging eine Stunde, während derer sich eine ganze Schlachtordnung von Stöcken und Fahnen bildete, und Kumalo sah zu und wußte nach wie vor überhaupt nicht, was eigentlich vorging. Jarvis und der Bürgermeister standen beieinander, und sie deuteten immer wieder nach den Bergen hinauf, und dann wandten sie sich und deuteten ins Tal hinunter. Dann sprachen sie mit dem Häuptling, und die Räte standen dabei und hörten mit würdiger Aufmerksamkeit der Unterhaltung zu. Kumalo hörte, wie Jarvis zu dem Bürgermeister sagte: –
– Das dauert zu lange. Der Bürgermeister zuckte die Achseln und sagte: – Diese Dinge müssen ihren gewiesenen Weg gehen. Da sagte Jarvis: – Dann werde ich nach Pretoria fahren. Wären Sie damit einverstanden? Der Bürgermeister sagte: – Natürlich wäre ich einverstanden. So werden wir es vielleicht erreichen. Und Jarvis sagte: – Nicht daß ich Sie los sein möchte, aber wenn Sie trocken nach Hause kommen wollen, müssen sie sich beeilen. Es wird ein ungewöhnlich schweres Gewitter.
Aber Jarvis selbst brach nicht auf. Er verabschiedete sich von dem Bürgermeister und fing an, die kahlen Felder abzuschreiten, sie mit seinen Schritten ausmessend. Kumalo hörte den Bürgermeister zu einem der anderen Weißen sagen: – Es heißt, er wird ein bißchen sonderbar. Nach dem zu urteilen, was ich so höre, wird er bald kein Geld mehr haben.
Dann sagte der Bürgermeister zu dem Häuptling: – Ihr werdet dafür sorgen, daß kein Stock angerührt oder weggenommen wird. Er grüßte den Häuptling, und er und die anderen Weißen stiegen in das Auto und fuhren davon, den Berg hinauf. Der Häuptling sagte zu seinen Räten: – Gebt Befehl, daß keiner dieser Stöcke angerührt oder weggenommen wird. Darauf ritten die Räte von dannen, jeder nach einem anderen Teil des Tales, und der Häuptling ritt an der

Kirche vorbei und erwiderte Kumalos Gruß, aber er hielt nicht an, um ihm zu erzählen, was es nun eigentlich mit diesen Stöcken auf sich hatte. Es war richtig, was Jarvis gesagt hatte, ein ungewöhnlich, schweres Wetter zog herauf. Es stand schon dunkel drohend über dem Tal. Keine Schatten segelten mehr über die Felder hin, denn alles war nun im Schatten. Jenseits des Umzimkulu rollte der Donner ohne Pause, und hin und wieder fuhr ein Blitz in den fernen Bergen nieder. Aber nun war es da, worauf alle Menschen so sehnlich gewartet hatten, endlich war der Regen da. Frauen liefen die Feldwege entlang, und mit babylonischem Tumult kamen plötzlich die Kinder aus der Schule gestürzt, und der Schulvorstand und die Lehrer trieben sie an: – Eilt euch, lauft schnell, verweilt nicht auf dem Wege!
Das war ein großartiger Anblick, solch ein schweres Gewitter. Eine große, schwarze, schwere Wolkenbank zog über den Umzimkulu herüber, und Kumalo stand lange und sah ihr zu. Aus der Wolkenbank kam der Donner, und die Blitze fuhren daraus nieder zur Erde. Im Tal der Ndotsheni sprang ein Wind auf, und der Staub wirbelte über die Felder und die Wege entlang. Es war nun sehr dunkel, und bald waren die Berge jenseits des Umzimkulu hinter dem Regen unsichtbar. Er sah Jarvis zu seinem Pferde zurückeilen, das unruhig am Zaune stand. Mit geübten Griff streifte er ihm Sattel und Zügel ab, und auf ein Wort von ihm lief es frei. Dann kam er schnell auf Kumalo zu und rief schon von weitem: – Umfundisi!
– Umnumzana.
– Darf ich dies hier in Eurem Hausflur ablegen, Umfundisi, und in Eurer Kirche unterstehen?
– Ja, freilich, ich komme mit Euch, Umnumzana.
Also gingen sie in die Kirche, und es war keinen Augenblick zu früh, denn der Donner dröhnte nun über ihnen, und sie hörten den Regen über die Felder heranrauschen. Gleich darauf trommelte er auf dem eisernen Kirchendach mit so ohrenbetäubendem Geräusch, daß jede Unterhaltung unmöglich war. Kumalo zündete eine Lampe in der Kirche an, und Jarvis setzte sich auf eine der Bänke und blieb unbeweglich sitzen.
Aber es dauerte nicht lange, so fand der Regen Löcher in dem alten, verrosteten Dach, und Jarvis mußte weiterrücken, um nicht naß zu werden.

Kumalo, der sich schämte und sich entschuldigen wollte, schrie ihm zu: – Das Dach ist undicht. Und Jarvis schrie zurück: – Ja, das merke ich.
Und wieder kam der Regen durch das Dach, nun auf die Stelle, wohin Jarvis gerückt war, und wieder mußte er weiterrücken. Er stand auf und ging im Halbdunkel umher und befühlte die Bänke mit der Hand, aber es war schwer, einen Platz zu finden, wo man sitzen konnte, denn wo die Bank trocken war, stand das Wasser auf dem Boden, und wo der Boden trocken war, da tropfte es auf die Bank.
– Das Dach ist überall undicht, schrie Kumalo, und Jarvis schrie zurück: – Ja, das merke ich auch.
Schließlich fand Jarvis einen Platz, der einigermaßen trocken war, und Kumalo fand auch einen; und da saßen sie und schwiegen miteinander. Aber draußen war ein großes Getöse, der Donner krachte, und ohrenbetäubend trommelte der Regen aufs Dach.
Lange saßen sie so, und erst, als sie die Bäche rauschen hörten, die toten Bäche, die wieder lebendig wurden, wußten sie, daß das Unwetter nachließ. Wirklich klang auch nun der Donner mehr von ferne, und ein gedämpftes Licht erfüllte die Kirche, und das Lärmen des Regens auf dem Dache wurde schwächer.
Es war fast vorüber, als Jarvis aufstand und im Mittelgang nahe bei Kumalo stehenblieb. Ohne den alten Mann anzusehen, sagte er: – Ist er begnadigt?
Kumalo nahm mit zitternden Händen den Brief aus der Brieftasche; halb vor Kummer zitterten seine Hände und halb deswegen, weil es ihm mit diesem Manne immer so ging. Jarvis nahm den Brief und hielt ihn vor sich hin, so daß das gedämpfte Licht darauf fiel. Dann steckte er ihn in den Umschlag und gab ihn Kumalo zurück.
– Ich verstehe nichts von diesen Dingen, sagte er; aber das andere, das verstehe ich ganz und gar.
– Ja, Umnumzana.
Jarvis schwieg eine Weile, er sah den alten Mann an und dann blickte er nach dem Kreuz auf dem Altar.
– Wenn dieser fünfzehnte Tag kommt, werde ich an Euch denken. Sala kahle, Umfundisi.
Aber Kumalo antwortete nicht: – Hamba kahle. Er erbot sich nicht, Sattel und Zügel zu tragen, er dankte Jarvis auch nicht

für die Milch. Und die Sache mit den Stöcken, danach zu fragen vergaß er gänzlich. Und als er aufstand und hinausging, war Jarvis fort. Es regnete noch, aber leicht, und das Tal war voll vom Rauschen der Bäche und Ströme, und alle waren rot vom Blute der Erde.

An diesem Abend kamen sie alle heraus im blaßtroten Licht der Abendsonne, sie untersuchten die Stöcke, aber niemand konnte ihren Zweck ergründen. Die kleinen Buben taten, als ob sie die Stöcke herausziehen wollten, sie packten sie ganz unten über dem Boden und verdrehten die Augen, daß man das Weiße darin sah, in ihrem spielerischen Bemühen. Die kleinen Mädchen sahen zu, halb belustigt, halb ängstlich. Und das Spiel war wunderbar, bis der kleine Dazuma aus Versehen wirklich einen Stock herauszog und erschrocken dastand und die Bescherung ansah. Da war plötzlich alles still, und die Knaben schauten ängstlich nach ihren Eltern, und die kleinen Mädchen liefen zur Mutter, einige weinten, einige kicherten nervös, andere sagten: – Siehst du wohl, das kommt davon. Der kleine Übeltäter wurde von seiner Mutter entführt, sie schüttelte ihn und sagte: – Was für Schande machst du mir, was für Schande. Und die erwachsenen Männer – viele gab es ja nicht im Tal – untersuchten den Boden, und einer sagte: – Da ist das Loch. Also steckten sie den Stock sorgfältig hinein, und einer kniete nieder und ebnete den Erdboden rundherum mit seinen Händen, so daß es aussehen sollte als ob der Stock niemals herausgenommen worden wäre. Aber einer sagte: – Mach es nicht so glatt, der Boden ist naß, es wird aussehen, als ob man ihn sorgfältig geglättet hat. Also rauhten sie den Boden auf und legten Gras und Kieselsteine über die Stelle, und da konnte dann wirklich niemand sagen, daß er sorgfältig geglättet worden sei.
Dann kam der Milchkarren, und die Mütter, die kleine Kinder hatten, oder Boten, die sie geschickt hatten, gingen zur Kirche, um ihren Anteil zu holen.
– Was ist denn nun eigentlich mit den Stöcken? fragte Kumalo seinen Freund.
– Umfundisi, ich weiß es auch nicht. Aber morgen will ich versuchen, es herauszukriegen.

IV

Tagelang standen die Stöcke da, wo die Männer sie hineingesteckt hatten, aber niemand weiter kam hinunter ins Tal. Es lief ein Gerücht um, daß dort ein Staudamm gebaut werden solle, aber niemand wußte, woher das Wasser kommen sollte, denn der kleine Bach, der an der Kirche vorbeifloß, war manchmal trocken, und ein wirklicher tüchtiger Bach war er nie gewesen. Kumalos Freund erzählte ihm, daß Jarvis nach Pretoria gefahren sei und daß diese Reise sicherlich etwas mit den Stöcken zu tun habe, das betraf also sicherlich auch den Staudamm.

So vergingen die Tage. Kumalo betete regelmäßig für die Errettung von Ndotsheni, und regelmäßig ging die Sonne auf und wieder unter über der Erde.

Kuluses Kind war genesen, und Kumalo ging seinen seelsorgerischen Pflichten nach. In der Schule ging die Arbeit weiter, und zweifelsohne konnte man dort etwas lernen von Saaten und Pflanzen, von den Grassorten, die sich für das Weideland eigneten, und wie man den Boden und wie man das Vieh ernähren müsse. Je länger, je mehr wurde ihm bewußt, wie sehr er auf die Nachricht von Jarvis' Heimkehr wartete, damit die Leute endlich erfuhren, was für Pläne man hatte; und je länger, je mehr wurde ihm bewußt, daß er von Jarvis und von Jarvis allein das große Wunder erwartete.

Das Mädchen war in seinem neuen Heim sehr glücklich, denn es war von anschmiegender und liebebedürftiger Natur. Der kleine Junge spielte mit den anderen kleinen Jungen und hatte nur ein- oder zweimal nach seiner Mutter gefragt; mit der Zeit würde er sie vergessen. Nach Absalom fragte niemand, und wenn die Leute auch wohl in ihren Hütten die Sache besprachen, so tat sie doch ihrer Anhänglichkeit für den alten Umfundisi keinen Abbruch.

Eines Tages kam der weiße Knabe herangaloppiert, und als Kumalo herauskam, um ihn zu begrüßen, nahm er die Mütze ab wie zuvor, und Kumalo fühlte, wie die Freude, den kleinen Besucher wiederzusehen, ihn ganz von innen durchwärmte.

– Ich möchte wieder Zulu sprechen, sagte der Knabe. Er glitt vom Pferde herunter und legte die Zügel um den Pfosten. Er ging zum Hause hinüber mit männlicher Sicherheit, säuberte seine Schuhe und nahm die Mütze ab, ehe er eintrat. Er setzte

sich an den Tisch und blickte mit tief innerlichem Vergnügen um sich, so daß man das Gefühl hatte, es sei mit ihm etwas Strahlendes ins Haus gekommen.
– Sind die Abrechnungen fertig, Umfundisi?
– Ja, die sind fertig, Inkosana.
– Hat denn alles gestimmt?
Kumalo lachte, er konnte nicht anders.
– Ja, es stimmt schon, sagte er, aber es könnte besser sein.
– Besser sein, eh? Wollen wir jetzt Zulu sprechen?
Wieder lachte Kumalo und setzte sich auf einen Stuhl am anderen Ende des Tisches und sagte: – Ja, jetzt wollen wir Zulu sprechen. Wann kommt der Großvater zurück?
– Ich weiß nicht, sagte der Knabe, ich wollte, er käme bald. Ich hab' ihn gern.
Darauf hätte nun Kumalo wieder lachen können, aber vielleicht fiel ihm ein, daß man über so etwas nicht lachen soll. Aber der Knabe lachte selber, also lachte Kumalo auch. So leicht war es, mit diesem Knaben zu lachen, als ob das Lachen selbst in ihm zu Hause sei.
– Wann geht Ihr wieder nach Johannesburg, Inkosana?
– Wenn der Großvater zurückkommt.
Und Kumalo sagte auf zulu zu ihm: – Wenn Ihr fortgeht, wird ein Licht aus Ndotsheni fortgehen.
– Was sagen Sie da, Umfundisi?
Aber als Kumalo es ihm übersetzen wollte, rief der Knabe: – Nein, nicht sagen! Sagt es noch einmal auf zulu. Also sagte Kumalo es noch einmal.
– Das heißt: wenn Ihr fortgeht, sagte der Knabe, und nun sagen Sie das andere noch einmal.
– Ein Licht wird aus Ndotsheni fortgehen, sagte Kumalo auf zulu.
– Etwas von Ndotsheni. Aber es ist zu schwer für mich. Sagen Sie es auf englisch, Umfundisi.
– Ein Licht wird aus Ndotsheni fortgehen, sagte Kumalo auf englisch.
– Ja, nun verstehe ich. Wenn ich fortgehe, wird ein Licht aus Ndotsheni fortgehen.
Der Knabe lachte vor Freude. – Ich höre Euch, sagte er auf zulu.
Und Kumalo schlug vor Erstaunen die Hände zusammen und sagte: – Hau, hau! Ihr könnt ja Zulu! So daß der Knabe noch

freudiger lachte und Kumalo wieder in die Hände schlug und sich in Ausrufen des Erstaunens erging. Da öffnete sich die Tür, und seine Frau kam herein, und er sagte zu dem Knaben: – Das ist meine Frau, und zu seiner Frau sagte er auf zulu: – Das ist jenes Mannes Sohn. Und der Knabe stand auf und verbeugte sich vor Kumalos Frau, und sie stand und sah ihn furchtsam und traurig an. Aber er sagte zu ihr: – Was für ein hübsches Haus Sie haben, und er lachte. Sie sagte auf zulu zu ihrem Mann: – Ich bin ganz verwirrt, ich weiß nicht, was ich sagen soll. Und der Knabe sagte auf zulu: – Ich höre Euch, so daß sie erschreckt einen Schritt zurücktrat. Aber Kumalo sagte schnell zu ihr: – Er versteht dich nicht, er kennt ja nur die paar Worte – und um des Knaben willen schlug er wieder die Hände zusammen vor Erstaunen und sagte: – Hau, hau! Aber Ihr könnt ja Zulu! Und die Frau ging rückwärts zur Tür und öffnete sie und schloß sie wieder und war fort.

– Wollen wir nun Zulu sprechen, Umfundisi?

– Ja, natürlich.

– Baum heißt umuti, Umfundisi.

– Richtig, Inkosana.

– Aber Arznei heißt auch umuti, Umfundisi.

Und das sagte der Knabe halb triumphierend, halb in vorgetäuschter Verwirrung, so daß sie beide miteinander lachen mußten.

– Seht Ihr, Inkosana, sagte Kumalo ernsthaft, unsere Arznei kommt meist von Bäumen her. Deshalb ist es dasselbe Wort.

– Ach so, sagte der Knabe, er freute sich über die Erklärung. Und Schachtel heißt ibokisi.

– Richtig, Inkosana. Wißt Ihr, wir haben keine Schachteln, und deshalb nahmen wir das Wort von Eurem Wort Box.

– Und Motorrad heißt isitututu.

– Richtig, das kommt von dem Geräusch, das der Motor macht, so: isi-tu-tu-tu. Aber, Inkosana, nun wollen wir einen Satz sagen. Denn Ihr sagt mir alle Worte, die Ihr sowieso schon wißt, und auf diese Weise werdet Ihr nichts Neues lernen. Wie aber würdet Ihr nun sagen: – Ich sehe ein Pferd?

So nahm die Lektion ihren Fortgang, bis Kumalo zu seinem Schüler sagte: – Es ist fast zwölf Uhr, und vielleicht müßt Ihr nach Hause gehen.

– Ja, ich muß gehen, aber ich möchte wiederkommen und mehr Zulu lernen.
– Ja, Inkosana, Ihr müßt wiederkommen. Bald werdet Ihr besser sprechen als viele Zulus. Im Dunkeln werdet Ihr sprechen, und niemand wird merken, daß Ihr kein Zulu seid.
Der Knabe freute sich, und als sie hinauskamen, sagte er: – Helft mir hinauf, Umfundisi. So half Kumalo ihm hinauf, und der Knabe lüftete die Mütze und galoppierte die Straße hinauf. Ein Auto kam die Straße heraufgefahren, und der Knabe hielt an und rief zurück: – Der Großvater ist wieder da. Dann spornte er das Pferd und war auf und davon in einem verwegenen Versuch, das Auto einzuholen.
Ein junger Mann stand bei der Kirche, jung und freundlich, etwa fünfundzwanzig Jahre alt, seine Koffer standen neben ihm auf der Erde. Er nahm seinen Hut ab und sagte auf englisch: – Seid Ihr der Umfundisi?
– Ja.
– Und ich bin der neue Landwirtschaftslehrer. Hier sind meine Ausweise, Umfundisi.
– Kommt herein ins Haus, sagte Kumalo aufgeregt. Sie gingen ins Haus, und der junge Mann holte seine Papiere hervor und zeigte sie Kumalo. Sie waren von Pfarrern und Schulinspektoren und dergleichen unterschrieben, und es stand darain, daß der Inhaber, Napoleon Letsitsi, ein junger Mann von gutem Leumund sei, und in einem anderen Dokument stand, daß er die Abschlußprüfung einer Schule für Landwirtschaftslehrer in der Transkei bestanden habe.
– Ja, sehr schön, sagte Kumalo, aber sagt mir doch, warum seid Ihr hier? Wer hat Euch zu mir geschickt?
– Natürlich doch der weiße Mann, der mich hergebracht hat.
– Mr. Jarvis? Ist das sein Name?
– Den Namen weiß ich nicht, Umfundisi. Aber es ist der weiße Mann, der gerade von hier aus weitergefahren ist.
– Ja, das ist Mr. Jarvis. Aber nun erzählt mir erst einmal alles.
– Ich bin hergekommen, um landwirtschaftlichen Unterricht zu geben, Umfundisi.
– Und hier, in Ndotsheni?
– Ja, Umfundisi.

Kumalos Gesicht strahlte, und er saß mit leuchtenden Augen da. – Ihr seid ein Engel vom Himmel, sagte er. Er stand auf und ging im Zimmer umher, schlug eine Hand in die andere, und der junge Mann sah erstaunt zu. Kumalo sah ihn an und lachte ihn an und sagte wieder: – Ihr seid ein Engel vom Himmel! Er setzte sich wieder und sagte zu dem jungen Lehrer: – Wo hat der weiße Mann Euch gefunden?
– Er kam zu mir nach Krugersdorp. Dort war ich an einer Schule angestellt. Er fragte mich, ob ich eine wirklich wichtige Arbeit übernehmen wolle, und erzählte mir von Ndotsheni. Und da wurde es mir klar, daß ich gerne herkommen wollte.
– Und was wird aus Eurer Stellung?
– Eigentlich bin ich ja kein geprüfter Lehrer, und darum haben sie mich nicht gut bezahlt. Und der weiße Mann sagte, hier würde ich zehn Pfund pro Monat bekommen, das gab den Ausschlag. Aber ich bin nicht nur um des Geldes willen gekommen. Die Arbeit dort in der Schule war nicht interessant. Kumalo empfand etwas wie Eifersucht, denn er war nun sechzig Jahre alt und hatte noch nie zehn Pfund im Monat verdient. Aber er schüttelte das Gefühl ab.
– Der Weiße fragte, ob ich Zulu sprechen könne, und ich sagte nein, aber ich könne Xosa sprechen so gut wie meine Muttersprache, denn meine Mutter war eine Xosa. Und er sagte, das werde schon ausreichen, denn Xosa und Zulu seien beinahe dasselbe.
Kumalos Frau schaute wieder zur Tür herein und sagte: – Es ist Essenszeit. Kumalo sagte auf zulu: – Frau, das ist Mr. Letsitsi, er ist hergekommen, um unseren Leuten hier landwirtschaftlichen Unterricht zu geben. Und er sagte zu Letsiti: – Ihr bleibt zum Essen bei uns.
Sie gingen zum Essen, und Letsitsi wurde mit dem Mädchen und dem kleinen Jungen bekannt gemacht. Nachdem Kumalo den Segen gesprochen hatte, setzten sie sich nieder, und Kumalo sagte auf zulu: – Wann seid Ihr in Pietermaritzburg angekommen?
– Heute morgen, Umfundisi. Und dann sind wir mit dem Auto hierhergefahren.
– Und was haltet Ihr von dem weißen Mann?
– Er ist sehr schweigsam, Umfundisi. Er hat nicht viel mit mir gesprochen.

– Das ist so seine Art.
– Wir hielten auf der Straße an, wo man einen Ausblick über ein Tal hin hat. Und er sagte: – Was könnten Sie in einem solchen Tal ausrichten? Das waren seine ersten Worte auf der ganzen Fahrt.
– Und habt Ihr ihm gesagt, was Ihr ausrichten könntet?
– Ja, Umfundisi.
– Und was hat er da gesagt?
– Er hat gar nichts gesagt, Umfundisi. Er hat irgend etwas gebrummt, tief in seiner Kehle, das war alles.
– Und dann?
Dann sagte er nichts mehr, bis wir hier waren. Da sagte er zu mir: – Geht zum Umfundisi und bittet ihn, Unterkunft für Euch zu suchen. Sagt ihm, es tut mir leid, daß ich nicht mitkommen kann, aber ich habe große Eile, nach Hause zu kommen.
Kumalo sah seine Frau an und sie ihn.
– Unsere Zimmer sind klein, und dies ist ein Pfarrhaus, sagte Kumalo. Aber wenn Ihr wollt, könnt Ihr hier wohnen.
– Auch ich komme aus einem Pfarrhaus, Umfundisi. Ich bin sehr froh, wenn ich hierbleiben darf.
– Und was werdet Ihr nun hier in diesem Tal tun?
Der junge Lehrer lachte. – Erst muß ich es mir doch einmal ansehen, sagte er.
– Was hättet Ihr aber in jenem anderen Tal getan?
Also erzählte ihnen der junge Mann, was er alles in jenem anderen Tal getan hätte, wie die Leute hätten aufhören müssen, den Dung zu verbrennen, und ihn statt dessen dem Lande zurückgeben, wie sie das Unkraut hätten sammeln und bearbeiten müssen, statt es einfach in der Sonne verrotten zu lassen, wie sie hätten aufhören müssen, an den Hängen von oben nach unten zu pflügen, wie sie die Bäume hätten pflegen müssen, um Brennholz zu haben, solche Bäume, die schnell wachsen, wie zum Beispiel Mimosen, an Stellen, wo das Pflügen unmöglich ist, an den steilen Bachufern, wo dann das Wasser nach dem Gewitter nicht einfach davonlaufen würde. Aber es würde nicht einfach sein, das alles durchzusetzen, denn zunächst einmal müßten die Leute begreifen, daß es gefährlich ist, wenn sich jeder einzelne nur darum bemüht, wie er seinem eigenen Stückchen Land seinen Unterhalt abgewinnen kann. Einige müßten ihr Land für die

Aufforstung hergeben, andere für Weideland. Und die allergrößte Schwierigkeit sei die Sitte des Lobola, die vorschreibt, daß ein Mann den Kaufpreis für seine Frau in Vieh bezahlt, denn sie sei der Grund dafür, daß die Leute zuviel Vieh hielten und ihren Wohlstand nur an der Größe ihrer Herden bemessen, so daß das Weideland sich niemals erholen konnte.
– Und werden wir einen Staudamm bekommen? fragte Kumalo.
– Ja, es wird ein Staudamm gebaut, so daß das Vieh immer genug Trinkwasser haben wird. Und das Wasser kann durch ein Tor aus dem Damm herausgelassen werden und hier und da die Äcker bewässern und das neu angelegte Weideland.
– Aber woher soll das Wasser kommen?
– Es wird in einer Rohrleitung vom Fluß kommen, sagte der junge Lehrer. Jedenfalls hat das der weiße Mann gesagt.
– Das kann nur sein eigener Fluß sein, sagte Kumalo. Und all das, was Ihr uns jetzt erklärt habt, kann all das in Ndotsheni getan werden?
– Erst muß ich mir doch einmal das Tal ansehen, sagte der junge Lehrer lachend.
– Aber Ihr seid doch gerade hindurchgefahren, sagte Kumalo eifrig.
– Ja, ich habe es schon gesehen. Aber ich muß es mir erst in Ruhe ansehen. Ich glaube aber, daß alles dies hier erreicht werden kann.
Da saßen sie alle um den Tisch mit freudig erregten, eifrigen Gesichtern, denn dieser junge Mann konnte einem wohl die Sache recht lebendig ausmalen. Und Kumalo sah sich in der Runde um und sagte: – Ich habe es diesem jungen Mann schon gesagt, daß er ein Engel vom Himmel ist. In seiner Erregung stand er auf und ging im Zimmer umher.
– Brennt Ihr nicht darauf, mit der Arbeit anzufangen? sagte er. Der junge Mann lachte verlegen. – Ja, ich brenne darauf, sagte er.
– Was werdet Ihr denn zuallererst tun?
– Zuallererst muß ich den Häuptling besuchen, Umfundisi.
– Ja, das müßt Ihr zuallererst tun.
Da hörte er draußen Hufe klappern und stand auf und ging hinaus und dachte, ob es wohl der Knabe sei, der so bald wiederkäme. Und er war es wirklich, aber er stieg nicht ab,

sondern sprach vom Pferd herunter zu Kumalo. Er sprach erregt und eindringlich, als ob es sich um etwas sehr Wichtiges handle.
– Das hat noch mal geklappt, sagte er.
– Geklappt? sagte Kumalo. Geklappt?
– Ja, so nennen wir das, sagte der Knabe. Aber dabei lachte er nicht. Das heißt, es ist gerade eben noch geglückt. Wissen Sie, wenn mein Großvater nicht so früh zurückgekommen wäre, hätte ich nicht mehr herkommen können, um Ihnen Lebewohl zu sagen.
– Also geht Ihr fort, Inkosana?
Aber darauf antwortete der Knabe nicht. Er sah, daß Kumalo nicht recht verstand, und fing nun an, sorgfältig zu erklären.
– Verstehen Sie, wenn der Großvater später gekommen wäre, dann wäre es vielleicht zu spät gewesen, und ich hätte nicht mehr herüberreiten können. Aber da er so früh kam, hatte ich noch Zeit dazu.
– Das heißt also, daß Ihr morgen fortgeht, Inkosana.
– Ja, morgen. Mit der Kleinbahn, wissen Sie, mit dem ganz kleinen Zug.
– Hau, Inkosana.
– Aber in den Ferien komme ich wieder, und dann werden wir wieder Zulu lernen.
– Das wird schön sein, sagte Kumalo einfach.
– Leben Sie wohl, Umfundisi.
– Lebt wohl, Inkosana.
Dann sagte er auf zulu: – Hamba kahle, Inkosana. Der Knabe dachte einen Augenblick nach und zog die Stirne kraus vor Anstrengung. Dann sagte er auf zulu: – Sala kahle, Umfundisi. Und da sagte Kumalo: – Hau, hau! vor Verwunderung, und der Knabe lachte und zog die Mütze und war auf und davon in einer großen Staubwolke. Er galoppierte die Straße hinauf, aber plötzlich hielt er an und wandte sich um und grüßte, ehe er weiterritt. Und Kumalo stand da, und der junge Lehrer kam herbei und stand neben ihm, und miteinander sahen sie dem Knaben nach.
– Und das, sagte Kumalo bedeutsam zu dem Lehrer, ist ein kleiner Engel vom Himmel.
Sie wandten sich zum Hause zurück, und Kumalo sagte: – Also glaubt Ihr wirklich, daß viel erreicht werden kann?

– O ja, es kann viel erreicht werden.
– Ganz bestimmt?
– Umfundisi, sagte der junge Mann, ich sehe keinen Grund, warum dieses Tal nicht wieder so werden soll, wie es früher war. Aber schnell wird es nicht gehen. In einem Tag ist es nicht zu schaffen.
– Wenn Gott will, sagte Kumalo demütig, so wird es geschehen, ehe ich sterbe. Denn mein Leben ist hingegangen, und ich habe nichts als Zerstörung gesehen.

V

Die Vorbereitungen zur Einsegnung waren beendet. Die Frauen der Gemeinde waren versammelt, sie trugen ihre weißen Kleider mit grünen Halstüchern. Und alle Männer der Pfarre, die nicht fort waren, waren in ihren Sonntagskleidern erschienen, und das sind die Werktagskleider, aber geflickt und gebürstet und gewaschen. Die Konfirmanden waren da, die Mädchen in weißen Kleidern und Mützen und die Jungen in ihren Schulanzügen, geflickt, gebürstet und gewaschen. Einige Frauen halfen der Frau des Umfundisi im Hause, denn nach der Konfirmation würde es für alle ein einfaches Mahl geben, Tee, der so lange gekocht wurde, bis die Teeblätter ganz ausgelaugt waren, und schweres, hausgemachtes Gebäck aus Maismehl. Das war eine bescheidene Bewirtung, aber alle würden sie miteinander teilen.
Und über dem großen Tal zogen sich wieder Gewitterwolken zusammen in der drückenden Hitze, so daß man nicht wußte, sollte man sich freuen oder betrübt sein. Die riesigen, dunkeln Schatten segelten über die rote Erde hin und zogen sich an den nackten roten Hängen hinauf zu den Hügelkämmen. Die Leute sahen nach dem Himmel und dann nach der Straße, auf der der Bischof kommen würde, und sie wußten wirklich nicht, sollten sie sich freuen oder betrübt sein. Denn das war sicher, ehe die Sonne unterging, würde der Blitz in den Bergen herunterfahren, und der Donner würde widerhallen.
Kumalo sah besorgt nach dem Himmel und nach der Straße, auf der der Bischof kommen sollte, und als er noch hinsah, sah er plötzlich seinen Freund mit dem Milchkarren daherkom-

men, und das verwunderte ihn. Denn so früh kam die Milch sonst nie.

– Du bist früh daran, mein Freund.

– Ja, früh, Umfundisi, sagte der Freund ernst. Heute arbeiten wir nicht mehr. Die Inkosikazi ist gestorben.

– Hau, hau! sagte Kumalo, wie ist denn das möglich?

– Es ist wahr, Umfundisi. Als die Sonne dort stand – und er wies nach einer Stelle über seinem Kopf –, da ist sie gestorben.

– Hau, hau! Welch ein Jammer!

– Ja, ein Jammer, Umfundisi.

– Und der Umnumzana?

– Er geht umher und schweigt. Ihr kennt ihn ja. Aber nun ist das Schweigen viel schwerer. Umfundisi, ich werde mich waschen gehen, und dann kann ich zur Konfirmationsfeier kommen.

– Ja, geh, mein Freund.

Kumalo ging ins Haus und sagte zu seiner Frau: – Die Inkosikazi ist gestorben. Und sie sagte: – Hau, hau!, und so sagten auch die Frauen. Einige weinten und sprachen davon, wie gütig die Verstorbene gewesen sei. Kumalo ging zu seinem Tisch und saß da und dachte darüber nach, was er tun sollte. Wenn die Konfirmationsfeier vorüber war, wollte er zu dem Haus auf High Place hinaufgehen und Jarvis sagen, wie traurig sie alle im Tale waren. Aber plötzlich sah er das Trauerhaus vor sich, alle die Autos der Weißen, die dort sein würden, die Farmer in ihren schwarzen Anzügen, wie sie in Gruppen beieinanderstehen würden, ernst und leise miteinander redend, denn so hatte er es zuvor gesehen. Und es wurde ihm klar, daß er nicht hinaufgehen könne, denn die Sitte erlaubte es nicht. Er würde ganz allein dort herumstehen, und wenn Jarvis nicht herauskam, würde ihn niemand fragen, warum er gekommen sei, und niemand würde wissen, daß er etwas auszurichten hatte. Er seufzte und nahm einen Bogen Papier aus der Schublade. Er beschloß, auf englisch zu schreiben, denn wenn auch die meisten Weißen in dieser Gegend Zulu sprachen, so gab es doch nur wenige, die es lesen oder schreiben konnten. Also schrieb er, und er schrieb viel und zerriß die Blätter und legte sie beiseite, aber schließlich war er fertig.

»Umnumzana: Wir hier in dieser Pfarre sind sehr betrübt zu hören, daß die Mutter von uns gegangen ist, und wir haben es alle gehört und weinen um sie. Wir sind gewiß, daß sie von allem gewußt hat, was Ihr für uns getan habt, und daß sie auch dabei mitgeholfen hat. Wir werden hier in der Kirche für sie beten, daß ihre Seele in Frieden ruhen möge, und auch für Euch in Eurem Leid.
Euer treuer Diener

Rev. S. Kumalo.«

Als der Brief fertig war, saß er und überlegte, ob er ihn schicken solle. Denn er dachte, wenn nun diese Frau gestorben war, weil ihr über dem Tode des Sohnes das Herz gebrochen war – sollte dann er, der Vater des Mörders, einen solchen Brief senden? Er hatte ja gehört, wie krank und elend sie geworden war. Er stöhnte, derweil er sich mit dieser schwierigen Sache herumschlug, aber wie er noch ungewiß dasaß, fiel ihm die Milch ein und der junge Lehrer, der gekommen war, um die Leute in Ndotsheni in der Landwirtschaft zu unterweisen, und vor allem kam ihm plötzlich wieder Jarvis' Stimme, als ob er nun eben in diesem Zimmer spräche, wie er gesagt hatte: – Ist er begnadigt? Und da wußte er, daß dies ein Mann war, den niemand von dem Wege abbringen konnte, den er zu gehen entschlossen war. Also schloß er den Briefumschlag und ging hinaus und rief einem Knaben und sagte: – Mein Kind, willst du diesen Brief für mich besorgen? Und der Knabe sagte: – Ja, Umfundisi. – Geh zu Kuluse, sagte Kumalo, und bitte ihn um sein Pferd und bring diesen Brief zum Hause des Mr. Jarvis. Bemühe den Umnumzana nicht, sondern gib den Brief irgend jemandem, der gerade um den Weg ist. Und, mein Kind, benimm dich still und ehrerbietig, rufe nicht laut, lache nicht und schwatze nicht, denn die Inkosikazi ist gestorben. Verstehst du?
– Ja, ich verstehe Euch, Umfundisi.
– Also geh, mein Kind. Es tut mir leid, daß du bei der Feier nicht dabei sein kannst.
– Das macht nichts, Umfundisi.
Dann ging Kumalo und sagte allen, daß die Inkosikazi gestorben sei. Und sie wurden still, und wenn sie vorher einander zugerufen und gelacht und geschwätzt hatten, so

taten sie es nun nicht mehr. Sie standen beisammen und sprachen leise und ernst miteinander, bis der Bischof kam.

In der Kirche war es so dunkel, daß man die Lampen anzünden mußte. Die riesigen, schweren Wolken fuhren über das Tal hin, und der Blitz flammte über den roten, trostlosen Hügeln, wo die Erde wie lebendiges Fleisch weggerissen war. Der Donner dröhnte über den Tälern der alten Männer und Frauen und der Mütter mit jungen Kindern. Die Männer sind fort, die jungen Männer und Mädchen sind fort, und der Boden kann sie nicht mehr ernähren. Und es wird nicht lange dauern, so werden viele von den Kindern, die jetzt in der Kirche eingesegnet werden, auch fortgehen, denn der Boden kann sie nicht mehr ernähren.

In der Kirche war es dunkel, und der Regen tropfte durch das Dach. Pfützen bildeten sich auf dem Boden, und die Leute rückten hin und her, um dem Regen zu entgehen. Die weißen Kleider wurden naß, und eines der Mädchen zitterte vor Kälte, denn dies war für sie eine sehr feierliche Sache, und sie wagte nicht, aus dem Regen fortzurücken. Und des Bischofs Stimme sagte: – Bewahre, o Herr, dies dein Kind in deiner himmlischen Gnade, auf daß es ewig dein sei und in deinem Heiligen Geist täglich zunehme, bis daß es in dein ewiges Reich eingeht. Und das sagte er zu jedem einzelnen Kind und segnete sie alle ein.

Nach der Einsegnung drängten sie sich alle ins Haus, wo das Mahl stattfinden sollte. Kumalo mußte alle die, die nicht an diesem Tage eingesegnet oder Eltern von Konfirmanden waren, bitten, daß sie in der Kirche blieben, denn es regnete noch sehr heftig, wenn auch das Blitzen und Donnern aufgehört hatte. Trotzdem war das Haus übervoll; die Leute waren in der Küche und in dem Zimmer, wo Kumalo über seinen Büchern zu sitzen pflegte, und in dem Zimmer, wo sie aßen, und in dem Zimmer, wo sie schliefen, und sogar im Zimmer des jungen Lehrers.

Schließlich hörte der Regen auf, und der Bischof und Kumalo blieben allein zurück in dem Zimmer, wo Kumalo über seinen Büchern zu sitzen pflegte. Der Bischof zündete seine Pfeife an und sagte zu Kumalo: – Mr. Kumalo, ich muß mit Ihnen reden. Und Kumalo setzte sich nieder, voller Angst vor dem, was nun gesagt werden würde.

– Es hat mir leid getan, von all Ihrem Kummer zu hören, mein Freund.
– Ja, es ist sehr schwer, hochwürdigster Herr.
– Ich wollte Sie nicht noch mehr betrüben nach allem, was Sie durchgemacht haben. Und ich dachte, ich wollte lieber warten bis nach der Einsegnung.
– Ja.
– Also, meine Ansicht ist, Mr. Kumalo, daß Sie Ndotsheni verlassen sollten.
Ja, das war es, was gesagt werden sollte, und nun ist es ausgesprochen. Ja, davor habe ich Angst gehabt. Nehmt mich fort von hier, so sterbe ich. Ich bin zu alt, um von neuem anzufangen. Ich bin alt, ich bin gebrechlich. Aber ich habe doch versucht, dieser Gemeinde ein Vater zu sein. Warum wart Ihr nicht hier, Herr Bischof, an dem Tage, als ich nach Ndotsheni zurückkam? Hättet Ihr dann nicht gesehen, daß die Leute mich liebhaben, wenn ich auch alt bin? Hättet Ihr nicht das Kind sagen hören: – Wir freuen uns, daß der Umfundisi wieder da ist; diesen anderen haben wir nicht verstanden? – Wollt Ihr mich wirklich von hier wegnehmen, gerade jetzt, wo alles neu beginnt, wo die Kinder Milch haben, wo der junge Lehrer gekommen ist und die Stöcke für den Staudamm schon im Boden stecken? Tränen füllen die Augen, die Augen schließen sich, und die Tränen werden herausgedrängt, sie fallen auf den neuen schwarzen Anzug, der für die Einsegnung mit dem Gelde des geliebten Msimangu angeschafft worden ist. Der alte Kopf ist gebeugt, und der alte Mann sitzt da wie ein Kind und weiß kein Wort zu sagen.
– Mr. Kumalo, sagt der Bischof behutsam, und dann noch einmal und lauter: – Mr. Kumalo.
– Sir, Hochwürdigster Herr.
– Es tut mir leid, daß ich Sie betrüben muß. Aber wäre es denn nicht besser, wenn Sie gingen?
– Wie Sie befehlen.
Der Bischof beugt sich im Stuhle vor und legt die Ellbogen auf die Knie. – Mr. Kumalo, der Vater des Ermordeten ist doch Ihr Nachbar hier in Ndotsheni? Mr. Jarvis?
– Ja.
– Das allein, finde ich, ist Grund genug, daß Sie fortgehen sollten.
Ist das wirklich ein Grund, daß ich fortgehen sollte? Kommt

er denn nicht zu mir herübergeritten, und ist denn nicht sein Enkel in mein Haus gekommen? Hat er nicht Milch für die Kinder geschickt, hat er nicht diesen jungen Lehrer hergebracht, der die Leute im Ackerbau unterweisen soll? Und tut mir nicht das Herz weh seinetwegen, da nun die Inkosikazi gestorben ist? Aber wie erklärt man das alles einem Bischof, der ein großer Herr im Lande ist? Solche Dinge kann man nicht erklären.
– Verstehen Sie mich, Mr. Kumalo?
– Ja, ich verstehe.
– Ich möchte Sie nach Pietermaritzburg schicken zu Ihrem alten Freund Ntombela. Sie könnten ihm dort helfen, es würde auch für Sie viel leichter sein. Er könnte sich um die Bauten und Schulen und Finanzen kümmern, und Sie könnten sich ganz dem Priesteramt widmen. Das ist mein Plan.
– Ich verstehe.
– Wenn Sie hierbleiben, Mr. Kumalo, werden Sie es nicht leicht haben. Es ist ja nicht nur das, daß Mr. Jarvis Ihr Nachbar ist, aber früher oder später muß die Kirche neugebaut werden, und das wird viel Geld und Aufregung kosten. Sie haben ja heute selbst gesehen, in welchem Zustand sie ist.
– Ja.
– Und ich habe gehört, daß Sie die Frau Ihres Sohnes mit nach Hause gebracht haben, und daß sie ein Kind erwartet. Ist es recht gehandelt an diesen beiden, daß sie hierbleiben sollen? Wäre es nicht besser, wenn sie anderswohin gingen, wo man von alledem nichts weiß?
– Ich verstehe.
Es klopfte an die Tür, und der Knabe stand draußen, der den Brief besorgt hatte. Kumalo nahm den Brief in Empfang, er war an den Rev. S. Kumalo, Ndotsheni, adressiert. Er dankte dem Knaben und schloß die Tür und ging und setzte sich wieder auf seinen Stuhl, bereit, dem Bischof weiter zuzuhören.
– Lesen Sie Ihren Brief, Mr. Kumalo.
Also öffnete Kumalo den Brief und las ihn.

»Umfundisi, ich danke Ihnen für Ihre Worte des Beileids und für die Gebete Ihrer Kirche. Sie haben recht, meine Frau wußte von allem, was ich tat, und hatte den größten Anteil daran. Wir taten das alles im Andenken an unseren geliebten

Sohn. Es war einer ihrer letzten Wünsche, daß in Ndotsheni eine neue Kirche gebaut werden solle, und ich werde zu Ihnen kommen, um das mit Ihnen zu besprechen.

Ihr ergebener James Jarvis.

Ich möchte, daß Sie wissen, daß meine Frau schon leidend war, ehe wir nach Johannesburg gingen.«

Kumalo stand auf und sagte mit einer Stimme, die den Bischof erstaunt aufhorchen ließ: – Dies kommt von Gott. Es war eine Stimme, in der Erleichterung und Lachen und Weinen klangen, und wieder sagte er, indem er sich rings im Zimmer umsah: – Dies kommt von Gott.
– Darf ich den Brief sehen, den Sie von Gott bekommen haben? sagte der Bischof trocken.
Also gab ihm Kumalo eifrig den Brief und stand ungeduldig dabei, solange er las. Und als der Bischof fertig war, sagte er ernst: – Das war ein dummer Spaß, den ich da gemacht habe. Er las den Brief noch einmal und schneuzte sich und saß da mit dem Brief in der Hand.
– Was ist denn dies alles, was da getan wird? fragte er.
Da erzählte ihm Kumalo von der Milch und von dem Staudamm, der gebaut werden sollte, und von dem jungen Lehrer. Und der Bischof schneuzte sich noch mehrmals und sagte zu Kumalo: – Das ist etwas ganz Unerhörtes. Es ist vielleicht das Unerhörteste, was ich je gehört habe.
Und Kumalo erklärte die Worte: »Ich möchte, daß Sie wissen, daß meine Frau schon leidend war, ehe wir nach Johannesburg gingen.« Er erklärte, aus welchem Verständnis und Mitleid heraus diese Worte geschrieben waren. Und er erzahlte dem Bischof von den Worten Jarvis' – Ist er begnadigt?, und von dem Knaben, der zu ihm gekommen war, dem Knaben, der so gern lachte.
Der Bischof sagte: – Laßt uns in die Kirche gehen und beten, wenn es in Ihrer Kirche eine trockene Stelle gibt, wo man beten kann. Dann muß ich fort, denn ich habe noch einen langen Weg vor mir. Aber zuerst will ich Ihrer Frau und Ihrer Schwiegertochter Lebewohl sagen. Sagen Sie, wie steht es damit, mit Ihrer Schwiegertochter und dem Kinde, das sie erwartet?
– Wir haben öffentlich vor allen Leuten gebetet, hochwürdigster Herr. Mehr konnten wir doch nicht tun?

– So wurde es früher gehalten, sagte der Bischof, in der alten Zeit, als die Menschen noch Glauben hatten. Aber das darf ich gar nicht sagen, nach allem, was ich heute erfahren habe.
Der Bischof sagte allem im Hause Lebewohl, und er und Kumalo gingen zur Kirche. Und an der Kirchentür sprach er zu Kumalo und sagte ernst: – Ich sehe ein, es ist nicht Gottes Wille, daß Sie Ndotsheni verlassen.

Als der Bischof fort war, stand Kumalo draußen vor der Kirche in der zunehmenden Dunkelheit. Der Regen hatte aufgehört, aber der Himmel war voll dunkler Verheißung. Es war kühl, und vom großen Flusse her wehte ein sanfter Wind, und seine Seele war erquickt. Und wie er so dastand und über das große Tal hinsah, rief eine Stimme vom Himmel: – Tröstet, tröstet mein Volk; alles dieses will ich an euch tun und euch nicht verlassen.
Aber das geschah nicht so, wie es nach Menschenmeinung geschieht; es geschah ganz anders. Es geschah so, daß die Menschen es Einbildung nennen würden oder die Vortäuschung einer überreizten Phantasie; oder eine göttliche Offenbarung.

Als er ins Haus kam, fand er seine Frau und das Mädchen und ein paar Frauen aus der Gemeinde und seinen Freund, der ihm die Koffer getragen hatte, damit beschäftigt, einen Kranz zu machen. Sie hatten einen Zypressenzweig, denn bei der Hütte seines Freundes stand eine einzelne Zypresse, die einzige, die im ganzen Tale von Ndotsheni wuchs, und wieso sie da wuchs, das wußte kein Mensch mehr. Diesen Zweig hatten sie zu einem Ring zusammengebunden, ganz fest, so daß er nicht aufspringen konnte. Und darin hatten sie Blumen vom Feld gebunden, die wenigen, die in dem nackten Tale wuchsen.
– So gefällt es mir nicht, Umfundisi. Was ist denn nur falsch daran? Es sieht nicht so aus wie die Totenkränze der Weißen.
– Sie nehmen weiße Blumen, sagte der neue Lehrer. Ich habe es oft gesehen, daß sie in Pietermaritzburg weiße Blumen nehmen.
– Umfundisi, sagte der Freund eifrig, ich weiß, wo es weiße Blumen gibt, Arumlilien.

– Ja, sie nehmen Arumlilien, sagte der neue Lehrer auch ganz eifrig.
– Aber die sind weit von hier. Sie wachsen an der Bahnstrekke, jenseits von Carisbrooke an einem kleinen Bach, ich weiß, wo.
– Das ist sehr weit, sagte Kumalo.
– Ich werde hingehen, sagte der Mann. Für dies hier ist es nicht zu weit. Könnt Ihr mir eine Laterne leihen, Umfundisi?
– Freilich, mein Freund.
– Und es muß ein weißes Band daran sein, sagte der Lehrer.
– Ich habe eins zu Hause, sagte eine der Frauen, ich werde es holen gehen.
– Und du, Stephen, willst du uns eine Karte schreiben? Hast du eine Karte?
– Sie sollte einen schwarzen Rand haben, sagte der Lehrer.
– Ja, ich werde schon eine Karte finden, sagte Kumalo, und ich werde den Rand mit Tinte schwarz machen.
Er ging in das Zimmer, wo er über seinen Büchern zu sitzen pflegte, und fand eine Karte und schrieb in Druckbuchstaben darauf:

In tiefem Beileid
von der Gemeinde der
Sankt-Markus-Kirche
Ndotsheni.

Er war noch dabei, den Rand schwarz zu malen, vorsichtig, damit es keine Tintenflecke auf der Karte gab, als seine Frau ihn zum Essen rief.

VI

In Ndotsheni und auf allen Farmen ringsum wird nun gepflügt. Aber es geht langsam mit dem Pflügen, denn der junge Lehrer, der die Autorität des Häuptlings hinter sich hat, sagt den Leuten, daß sie nicht mehr bergauf und bergab pflügen dürfen. Sie werfen Erdwälle auf und pflügen an den Höhen entlang, so daß die Felder ganz anders aussehen als vordem. Die Frauen und Knaben sammeln den Dung, aber als er auf dem Lande verteilt ist, da ist es so wenig, daß der

Häuptling befohlen hat, es muß ein Kraal gebaut werden, wo das Vieh gehalten wird und der Dung leicht gesammelt werden kann. Aber das ist auch wieder schwierig, denn im Kraal hat das Vieh nichts zu fressen. Der junge Lehrer schüttelt den Kopf, als er sich den Dung ansieht; aber nächstes Jahr, sagt er, wird es besser sein. Der Samen für die Mimosenpflanzung wird abgekocht, niemand im Tal hat jemals so etwas gehört, aber die Leute, die schon bei weißen Farmern gearbeitet haben, sagen, daß es so richtig sei, und also wird er abgekocht. Ein paar ganz trostlose Stellen hat man ausgesucht, wo dieser Same gesät werden soll, aber der junge Lehrer schüttelt den Kopf, als er sie sich ansieht, der Boden ist gar zu arm. Und er hat den Leuten gesagt, sie können den Mais, den sie für die Saat aufgehoben haben, ruhig wegwerfen, denn er taugt nichts, und sie werden bessere Saat von Mr. Jarvis bekommen. Aber sie werfen ihn nicht weg, sie werden ihn essen.

All dies aber ist nicht einfach so dahergezaubert worden. Es gab Versammlungen und viel eisiges Schweigen und viel Murren. Nur der Respekt vor dem Häuptling hat bewirkt, daß überhaupt etwas dabei herausgekommen ist. Niemand ist unzufriedener als die, die ihre Felder hergeben müssen. Kuluses Bruder sagte tagelang kein Wort, weil sein Land vom Staudamm verschluckt werden sollte, und er war gar nicht zufrieden mit dem ärmlichen Stück, das man ihm statt dessen gegeben hatte. Schließlich mußte der Umfundisi ihm gut zureden, und es war nicht so leicht, dem Umfundisi etwas abzuschlagen, denn es war ja sein Verdienst, daß die Milch gekommen war, die seines Bruders Kind gerettet hatte. Der Häuptling hatte angedeutet, daß er noch viel mehr verlangen werde, und der junge Lehrer war gar nicht damit einverstanden, daß nicht sofort viel mehr verlangt worden war. Aber es wäre sehr schwer, diese Leute dazu zu bringen, daß sie alles auf einmal annähmen. Doch sagte der junge Lehrer, er hoffe, daß die Leute noch in diesem Jahr einen Erfolg sehen werden, wenn er auch traurig den Kopf schüttelte über den allzu kargen Boden.

Es ging ein Gerücht, daß die Regierung dem Häuptling einen Bullen schenken werde, und der junge Lehrer erklärte Kumalo, daß die Kühe, die am wenigsten Milch gaben, abgeschafft werden müßten; aber in den Versammlungen sagte er das

nicht, denn das war ein harter Entschluß für Leute, die ihren Wohlstand an der Größe ihrer Herden bemaßen, selbst wenn die Herden aus elendem Vieh bestanden.
Aber das Unerhörteste ist doch die große Maschine, die sogar im Krieg mitgekämpft hat, so sagt man, und die nun den Boden vom Lande des Bruders von Kuluse dort hinüberschafft, wo die Stöcke in einer Reihe aufgepflanzt sind, und dort immer höher aufhäuft. Und selbst Kuluses Bruder, der verdrießlich zusieht, muß wider Willen laut lachen, aber dann fällt ihm alles wieder ein, und er ist wieder verdrießlich. Aber eine Genugtuung hat er doch, denn nächstes Jahr, wenn der Staudamm voll ist, müssen auch Zuma und sein Bruder ihr Land hergeben, das unterhalb des Dammes liegt, denn da soll das Gras der Weißen angepflanzt und vom Damm her bewässert werden, damit es geschnitten und zu dem Kraal gebracht werden kann, wo man das Vieh halten wird. Und Zuma und sein Bruder haben ihn beide ausgelacht, als er über den Damm schimpfte; also hat er doch eine Genugtuung.
Wirklich, etwas Neues ist ins Tal gekommen, etwas wie Mut und Leben, und in den Hütten gibt es viel zu besprechen. Und obwohl eigentlich noch gar nichts erreicht ist, ist doch schon etwas da.
– Es gab schon einmal einen Napoleon, sagte Kumalo, der hat auch mancherlei Dinge getan. Er hat so viel getan, daß ganze Bücher über ihn geschrieben worden sind.
Der junge Lehrer lachte, aber er schlug die Augen zu Boden und rieb einen Stiefel an dem anderen.
– Ihr könnt schon sehr zufrieden sein, sagte Kumalo, denn neues Leben ist in dieses Tal gekommen. Ich lebe schon so viele Jahre hier, aber noch nie habe ich die Leute mit solcher Begeisterung pflügen sehen.
– Hier geht etwas Neues vor, sagte er. Es ist nicht nur der Regen, obwohl auch der die Seele erquickt. Aber es ist eine Hoffnung aufgelebt, wie ich noch nie eine gesehen habe.
– Ihr dürft nicht zuviel erwarten, sagte der junge Mann voller Sorge. Ich selber erwarte dieses Jahr noch nicht viel. Der Mais wird ein wenig höher wachsen, und die Ernte wird ein wenig besser sein, aber der Boden ist wirklich sehr arm.
– Aber nächstes Jahr werden wir den Kraal haben.
– Ja, sagte der junge Mann eifrig. Aus dem Kraal werden wir viel Dung gewinnen. Und sie haben mir versprochen, Um-

fundisi, daß sie den Dung nicht verbrennen werden, selbst wenn der Winter kalt wird.
– Wie lange wird es dauern, bis die Bäume soweit sind?
– Viele Jahre, sagte der Lehrer niedergeschlagen. Sagt mir doch, Umfundisi, sagte er sorgenvoll, glaubt Ihr, daß sie den Winter sieben Jahre lang durchhalten werden?
– Laßt den Mut nicht sinken, junger Mann. Der Häuptling und ich, wir halten zu Euch.
– Ich kann es kaum erwarten, daß der Damm fertig wird, sagte der Lehrer. Wenn der Damm da ist, wird Wasser für das Weideland da sein. Und ganz bestimmt, Umfundisi, sagte er erregt, es wird Milch im Tal geben. Dann wird es nicht mehr nötig sein, die Milch von dem weißen Mann anzunehmen.
Kumalo sah ihn an. – Wo wären wir jetzt ohne die Milch des weißen Mannes? fragte er. Wo wären wir ohne alles das, was der weiße Mann für uns getan hat? Wo wäret denn Ihr? Würdet Ihr denn jetzt hier in seinem Auftrag arbeiten?
– Das stimmt schon, daß er mich bezahlt, sagte der junge Mann eigensinnig. Ich will auch nicht undankbar sein.
– Dann solltet Ihr nicht solche Reden führen, sagte Kumalo frostig.
Eine Befangenheit stand zwischen ihnen, bis der junge Lehrer bescheiden sagte: – Umfundisi, ich bin mit meinem ganzen Herzen hier bei dieser Arbeit, oder nicht?
– Doch, das seid Ihr.
– So arbeite ich, weil ich für mein Land und für mein Volk arbeite. Das müßt Ihr verstehen, Umfundisi. Für keinen Arbeitgeber könnte ich so arbeiten.
– Wenn Ihr keinen Arbeitgeber hättet, wäret Ihr überhaupt nicht hier.
– Ich verstehe Euch schon, sagte der junge Mann. Dieser Mann ist ein guter Mensch, und ich schätze ihn hoch. Aber es sollte eben alles anders sein.
– Und wie sollte es sein?
– Eben anders, sagte der junge Mann hartnäckig.
– Aber wie denn?
– Umfundisi, der weiße Mann war es, der uns so wenig Land gab, er hat uns vom Lande weggeholt, damit wir für ihn arbeiten. Und wir haben das alles gar nicht begriffen. Das alles miteinander hat dieses Tal ins Elend gebracht. Deshalb ist alles, was dieser gute weiße Mann tut, nur recht und billig.

– Solche Reden mag ich nicht hören.
– Ich verstehe Euch, Umfundisi, wirklich, ich verstehe Euch gut. Aber ich möchte Euch noch etwas fragen.
– Also fragt.
– Wenn dieses Tal nun gerettet wird, so wie Ihr es in Euren Gebeten erfleht, glaubt Ihr, es könnte alle die fassen und halten, die zu diesem Stamme gehören, wenn sie alle zurückkämen?
– Das weiß ich wirklich nicht.
– Aber ich weiß es, Umfundisi. Wir können das Tal retten für die, die hier sind, aber wenn die Kinder aufwachsen, dann werden es wieder zu viele sein. Und manche werden fortgehen müssen.
Kumalo schwieg, darauf hatte er keine Antwort. Er seufzte. – Ihr seid zu gescheit für mich, sagte er.
– Verzeiht, Umfundisi.
– Da ist nichts zu verzeihen. Ich kann wohl sehen, daß Ihr auf die Wahrheit aus seid.
– So habe ich es gelernt, Umfundisi. Ein weißer Mann hat mich das gelehrt. Nicht einmal den Boden kann man recht bestellen, sagte er, wenn man sich nicht um die Wahrheit kümmert.
– Das war ein weiser Mann.
Er hat mich auch gelehrt, daß wir nicht für Menschen arbeiten, sondern für das Land und für das Volk. Nicht einmal um der Bezahlung willen arbeiten wir, sagte er.
Kumalo war bewegt, und er sagte zu dem jungen Mann: – Gibt es viele, die so denken wie Ihr?
– Ich weiß es nicht, Umfundisi. Ich weiß nicht, ob es viele gibt. Aber es gibt welche.
Er wurde erregt. – Wir arbeiten für Afrika, sagte er, nicht für diesen oder jenen Mann. Für keinen weißen und für keinen schwarzen Mann, sondern für Afrika.
– Warum sagt Ihr nicht Südafrika?
– Das würden wir gerne sagen, wenn wir nur könnten, sagte der junge Mann ernst.
Er dachte einen Augenblick nach. Wir sagen das, was wir singen, sagte er, denn wir singen Nkosi sikelel' i Afrika.
– Es wird dunkel, sagte Kumalo, es wird Zeit zum Waschen.
– Ihr dürft mich nicht falsch verstehen, Umfundisi, sagte der

junge Mann eindringlich. Ich kümmere mich nicht um Politik. Ich will ganz gewiß nicht hier in Eurem Tal Unruhe anstiften. Ich möchte es nur retten, das ist alles.
– Gott gebe Euch Gelingen, sagte Kumalo gleichermaßen eindringlich. – Mein Sohn, noch ein Wort.
– Ja, Umfundisi.
– Ich kann dich nicht daran hindern, daß du deine eigenen Gedanken denkst. Es ist gut, wenn ein junger Mann sich ernste Gedanken macht. Aber hasse niemanden und wolle niemanden beherrschen. Ich habe einen Freund, der mich gelehrt hat, daß Macht das Herz schlecht macht.
– Ich hasse niemanden, Umfundisi. Ich will niemanden beherrschen.
– Dann ist es gut. Denn es gibt schon genug Haß in unserem Lande.
Der junge Mann ging ins Haus, um sich zu waschen, und Kumalo stand noch einen Augenblick im Dunkeln, wo die Sterne herauskamen über dem Tal, das gerettet werden sollte. Und das war ihm genug, denn sein Leben war dem Ende nahe. Er war zu alt für neue, beunruhigende Gedanken, und sie taten ihm auch weh, denn sie rührten an so vieles. Sie machten nicht halt vor dem ernsten, schweigsamen Mann auf High Place, der so tiefes Mitleiden bewiesen hatte, nachdem er selber so schwer verletzt worden war. Er war zu alt für neue Gedanken, die alles aufstörten. Dem weißen Manne hörig, so nannten sie ihn und seinesgleichen. Nun ja, so hatte er gelebt, und so würde er auch sterben.
Er wandte sich und folgte dem jungen Manne ins Haus.

VII

Nun war der vierzehnte Tag gekommen. Kumalo sagte zu seiner Frau: – Ich gehe in den Berg hinauf. Und sie sagte: – Ich verstehe dich. Denn schon zweimal hatte er das getan, einmal, als der Knabe Absalom auf den Tod krank war, und einmal, als er mit dem Gedanken umgegangen war, sein Pfarramt aufzugeben und einen Laden in Donnybrooke zu übernehmen für einen Weißen, der Baxter hieß, und damit mehr Geld zu verdienen. Und noch ein drittes Mal hatte er es getan, aber davon wußte sie nichts, denn sie war von Hause fort gewesen,

und er war in großer Versuchung gewesen, mit einer der Lehrerinnen in Ndotsheni, die schwach und einsam war, Ehebruch zu begehen.
– Willst du mit mir kommen? sagte er. Denn ich möchte dich nicht gern allein lassen.
Sie war gerührt und sagte: – Ich kann nicht mitkommen, denn für das Mädchen kommt die Zeit heran, und wer weiß, wann es soweit ist. Aber deshalb mußt du trotzdem gehen.
Sie machte eine Flasche Tee für ihn zurecht, von dem Tee, dessen Blätter man auskocht, und packte ein paar schwere Maiskuchen für ihn ein. Er nahm seinen Mantel und seinen Stock und ging den Weg hinauf, der zum Kraal des Häuptlings führt. Aber wo der Weg sich zum erstenmal gabelt, da biegt man ein nach der Seite der Hand, mit der man ißt, und steigt bergan auf einem anderen Wege, bis man zu anderen Hütten kommt, die unmittelbar unter dem Berghang liegen. Dort wendet man wieder und geht unterhalb des Berges nach Osten hin, als ob man ins Tal des Empayeni hinüber wolle, auch ein Tal, wo die Felder rot und kahl sind, ein Tal der alten Männer und Frauen und der Mütter mit jungen Kindern. Aber wenn man ans Ende des eben dahinführenden Pfades kommt, dann wendet man sich und geht geradezu in den Berg hinauf. Dieser Berg heißt Emoyeni, das heißt: in den Winden, und er steht hoch über Carisbrooke und seinen Höhen und noch höher über den Tälern von Ndotsheni und Empayeni. Er ist die krönende Festung des großen Tales, des Umzimkulutales, und man blickt von ihm hinunter auf eine der schönsten Landschaften Afrikas.
Es war nun fast dunkel, und er war in der Dämmerung allein, und das war gut, denn für eine solche Wanderung hat man nicht gern Zeugen. Aber als er gerade im Begriff war, den Pfad hinanzusteigen, der zwischen den Felsblöcken dahinführt, traf er einen Mann zu Pferde, und eine Stimme fragte:
– Seid Ihr es, Umfundisi?
– Ja, Umnumzana.
– Dann ist es ja gut, daß wir uns getroffen haben, Umfundisi. Denn ich habe einen Brief an Eure Gemeinde in der Tasche.
Er schwieg einen Augenblick, und dann sagte er: – Die Blumen waren wunderschön, Umfundisi.
– Danke, Umnumzana.

– Und die Kirche, Umfundisi. Wollt Ihr eine neue Kirche haben?
Kumalo konnte nur lächeln und den Kopf schütteln, er fand keine Worte. Und obwohl er den Kopf schüttelte, als ob es ein Nein bedeute, so verstand Jarvis ihn doch.
– Ihr werdet bald die Baupläne bekommen, und dann müßt Ihr mir sagen, ob sie Euren Wünschen entsprechen.
– Ich werde sie an den Bischof senden, Umnumzana.
– Das wißt Ihr selber am besten. Aber ich möchte es gern bald tun, denn ich werde von hier fortgehen.
Kumalo stand erschrocken da, diese Worte betrübten ihn sehr. Und obwohl es dunkel war, verstand Jarvis, was in ihm vorging, denn er sagte schnell: – Ich werde oft hier sein. Ihr wißt ja, ich habe Arbeit genug in Ndotsheni. Sagt mir, wie bewährt sich der junge Mann?
– Er arbeitet Tag und Nacht. Es läßt ihm keine Ruhe.
Der Weiße lachte leise. – Das ist recht, sagte er. Dann sagte er ernst: – Ich bin nun ganz allein in meinem Hause, darum will ich nach Johannesburg gehen und bei meiner Tochter und den Kindern wohnen. Ihr kennt den Knaben?
– O ja, Umnumzana, ich kenne ihn wohl.
– Ist er ihm ähnlich?
– Er ist genauso, Umnumzana.
Und dann sagte Kumalo: – Nie habe ich ein solches Kind gesehen.
Jarvis wandte sich auf dem Pferde um, und dort im Dunkeln war der ernste, schweigsame Mann voll offenbarer Begier. – Was meint Ihr damit? fragte er.
– Umnumzana, es ist etwas ganz Helles in ihm.
– Ja, ja, das ist wahr. Genauso war auch der andere.
Und dann sagte er ganz hungrig: – Wißt Ihr es noch?
Und da dieser Mann so hungrig war, sagte Kumalo, obwohl er sich nicht mehr genau erinnern konnte: – Ja, ich weiß es noch.
Und dann schwiegen sie eine Weile im Dunkeln, bis Jarvis sagte: – Umfundisi, ich muß weiter. Aber er ging noch nicht. Statt dessen sagte er: – Wo geht Ihr denn so spät noch hin?
Kumalo war verlegen, und die Worte verwirrten sich auf seiner Zunge, aber dann antwortete er: – Ich gehe in den Berg hinauf.
Und da Jarvis nicht antwortete, suchte er nach Worten, um es zu erklären, aber ehe er noch ein Wort fand, hatte der andere

schon gesprochen, – Ich verstehe Euch ganz und gar, sagte er.
Und da er mit solchem Mitleiden sprach, begann der alte Mann zu weinen, und Jarvis saß verlegen auf seinem Pferd. Er wäre wohl gerne abgestiegen, aber so etwas tut man nicht so ohne weiteres. Aber er streckte seine Hand über das dämmerige Tal hin und sagte: – Etwas geht nun zu Ende; aber hier hat eben etwas Neues angefangen. Und so lange ich lebe, wird es weitergehen. Umfundisi, hamba kahle.
– Umnumzana.
– Ja.
– Geht nicht, ehe ich Euch gedankt habe. Für den jungen Mann und für die Milch. Und nun auch für die Kirche.
– Ich weiß von einem Manne, sagte Jarvis mit einer Art grimmiger Heiterkeit, der im Dunkeln saß, bis Ihr ihn fandet. Und wenn Ihr so etwas tun könnt, so gebe ich alles mit Freuden.
Vielleicht war damit etwas Tiefes angerührt, vielleicht auch gibt die Dunkelheit Mut, denn Kumalo sagte: – Wahrlich, unter allen Weißen, die ich je gekannt habe...
– Ich bin kein guter Mensch, sagte Jarvis heftig.
– Das weiß ich nicht, aber Gott hat seine Hand auf Euch gelegt.
Und Jarvis sagte: – Das mag wohl sein, das mag wohl sein.
Plötzlich wandte er sich zu Kumalo: – Hamba kahle, Umfundisi. Bleibt in Frieden diese ganze Nacht.
Und Kumalo rief ihm nach: – Hamba kahle, hamba kahle.
Und gerne hätte er noch anderes ihm nachgerufen aus tiefstem Herzen, aber so etwas tut man nicht ohne weiteres. Er wartete, bis er den Hufschlag nicht mehr hören konnte, und dann machte er sich mühsam an den Aufstieg, er stützte sich auf die großen Felsblöcke, denn er war ja nicht mehr jung. Er war müde und außer Atem, als er den Gipfel erreichte, und er setzte sich auf einen Stein, um auszuruhen, und schaute über das große Tal hin nach den Bergen von Ingeli und Ostgriqualand, die dunkel gegen den Himmel standen. Als er sich ausgeruht hatte, ging er noch eine kleine Strecke und fand den Platz, wo er die vorigen Male gewesen war. Es war ein windgeschützter Winkel im Felsen, wo ein Mann gerade sitzen und bequem die Beine über den Rand hängen lassen konnte. Er erinnerte sich deutlich an das erste Mal, da er hier gewesen war, vielleicht, weil es das erste Mal

war, vielleicht, weil er damals hergekommen war, um für das Kind zu beten, das kein Gebet mehr retten konnte. Damals konnte das Kind noch nicht schreiben, aber heute lagen drei Briefe von ihm da, und in jedem schrieb er: – Wenn ich nur wieder nach Ndotsheni könnte, würde ich nie mehr fortgehen. Und in ein oder zwei Tagen würden sie seinen allerletzten Brief bekommen. Sein Herz krampfte sich zusammen im Mitleid für den Sohn, der sterben mußte, der jetzt, wo es keine Gnade mehr gab, versprach, nicht mehr zu sündigen. Ach, vielleicht, wenn er ihn früher gefunden hätte! Er verzog schmerzlich das Gesicht, als er an die schrecklichen, sinnlosen Antworten dachte, – wie mein Vater will, wie mein Vater meint. Was hätte es schon geholfen, wenn er gesagt hätte: – Vater, ich weiß es nicht –?

Er wandte sich ab von solch hoffnungslosem Erinnern und machte sich daran, seine Vigilie nach der gesetzten Ordnung zu begehen. Er bekannte seine Sünden, er gab sich große Mühe, sich auf alles zu besinnen, was geschehen war, seit er das letzte Mal hier oben gewesen war. Einiges fiel ihm von selber ein, die Lüge im Zug, die Lüge, die er seinem Bruder gesagt hatte, als John die Tür verriegelte, und er stand draußen auf der Straße; sein Kleinglaube in Johannesburg und seine Begierde, dem Mädchen weh zu tun, dem sündigen, unschuldigen Kinde. Alles dies bekannte er von ganzem Herzen und bat um Vergebung.

Dann gab er sich ans Danken, und es wurde ihm durchdringend klar, daß er sehr viel Grund zum Danken hatte, für viele Dinge mußte er danken. Er bedachte sie eines nach dem anderen und betete für jeden einzelnen, an den er sich erinnern konnte. Vor allem war da der geliebte Msimangu und seine großherzige Gabe. Und auch der junge Mann von der Erziehungsanstalt, wie er mit finsterem Gesicht sagte: – Es tut mir leid, Umfundisi, daß ich so böse Worte gesagt habe. Und Mrs. Lithebe, die so oft sagte: – Wozu sind wir denn sonst auf der Welt? Und Pater Vincent, wie er seine beiden Hände hielt und sagte: – Alles, alles, Ihr braucht es nur zu sagen, alles werde ich tun. Und der Anwalt, der den Fall um Gottes willen übernommen hatte und nun so freundlich und schonend geschrieben hatte, daß das Gnadengesuch abgelehnt war.

Und dann seine Rückkehr nach Ndotsheni und seine Frau und der Freund, die ihn abholten. Und die Frau, die die

Schürze über den Kopf geworfen hatte. Und die Frauen, die bei der Kirche auf ihn warteten. Und die große Freude der Heimkehr, die ihn allen Schmerz vergessen ließ.
Lange dachte er über alles dies nach, denn war es vielleicht nicht möglich, daß ein anderer Mann in ein anderes Tal heimkehrte, und nichts von alledem war für ihn bereit? Warum wurde es gerade einem Menschen geschenkt, daß sein Schmerz sich in Freude verwandelte? Warum wurde gerade einem Menschen dieses durchdringende Gefühl von Gottes Gegenwart geschenkt? Und konnte es nicht vielleicht einen anderen geben, der diese Gegenwart nicht so empfände und in nie endendem Schmerz weiterleben müßte? Wieso war dieser Zwang über ihn gekommen, für die Errettung von Ndotsheni zu beten, und warum wohnte dort auf der Höhe ein weißer Mann, der in diesem Tale schaffen konnte, was kein anderer ausgerichtet hätte? Und warum war er, gerade er, der Vater des Mannes, den sein Sohn umgebracht hatte? Und konnte es nicht vielleicht einen anderen geben, der unaufhörlich Tag und Nacht für die Errettung eines anderen Tales betete, und nie würde sein Tal gerettet werden?
Aber sein Geist konnte das alles nicht mehr fassen. Es ging über Menschenwissen hinaus. Er beschloß, nicht länger darüber nachzudenken, denn es war ein Geheimnis.
Und dann der weiße Mann, Jarvis, und die tote Inkosikazi und der Knabe, der inwendig so hell war. Und wie sein Geist das andere nicht fassen konnte, so auch dieses nicht. Aber da war Grund genug, daß ein Mensch bis ans Ende seiner Erdentage dafür danken konnte. Und er dankte und dankte, so sehr er nur konnte.

Er wachte erschrocken auf. Es war kalt, aber nicht sehr. Nie zuvor war er während seiner Vigilien eingeschlafen, aber er war eben alt, noch nicht ganz am Ende, aber beinahe am Ende. Er dachte an alle, die leiden mußten, an Gertrude, die Schwache und Törichte, an die Leute in Shanty Town und Alexandra, an seine Frau – jetzt in diesem Augenblick. Aber am meisten dachte er an seinen Sohn Absalom. Ob er wohl wach war? Ob er schlafen konnte in dieser Nacht vor diesem Morgen? Er rief laut: – Mein Sohn, mein Sohn, mein Sohn!
An seinem eigenen Rufen wurde er ganz wach, er sah nach der Uhr, es war eins. Bald nach fünf Uhr würde die Sonne

aufgehen, und dann würde es geschehen, so hatte man ihm gesagt. Wenn der Bursche schlief, o laßt ihn schlafen, es war besser so. Aber wenn er wach war, dann, o Christus mit all deiner Gnade, sei bei ihm. Darum betete er ernstlich und lange.
Ob wohl seine Frau wach war und daran dachte? Wäre es nicht des Mädchens wegen gewesen, so wäre sie mit ihm gekommen. Und das Mädchen – das hatte er ja ganz vergessen. Aber sicherlich schlief es; wohl war es zu lieben bereit, aber dieser Gatte hatte ihm so wenig gegeben, nicht mehr als die anderen.
Und Jarvis, nun ohne Frau und Sohn, und seine Schwiegertochter verwitwet und ihre Kinder verwaist, und der Knabe vor allem, der strahlende, lachende Knabe. Er stand lebendig vor seinen Augen, wie er sagte: – Wenn ich fortgehe, wird ein Licht aus Ndotsheni fortgehen. Ja, ach so, sagte er. Ja, ach so. Er war nicht schüchtern, er zierte sich nicht. Ach so, sagte er und lachte vor Freude.
Und nun für alles Volk in Afrika, dem geliebten Lande. Nkosi sikelel' i Afrika, Gott, errette Afrika. Aber er würde die Rettung nicht erleben. Bis dahin war es noch weit, weil die Menschen solche Angst davor hatten. Denn, um die Wahrheit zu sagen, auch vor ihm hatten sie Angst und vor seiner Frau und vor Msimangu und vor dem jungen Lehrer. Was aber war denn Arges in ihrer Sehnsucht, in ihrem Verlangen? Daß ein Mann erhobenen Hauptes sollte einhergehen dürfen im Lande seiner Geburt und von den Früchten der Erde leben – war darin etwas Arges? Dennoch hatten sie Angst, eine Angst, die tief, tief im Herzen wohnte, so tief, daß sie ihre natürliche Freundlichkeit verbargen und sie nur in Heftigkeit und Zorn herausließen und sie hinter stolzen, finsteren Blicken versteckten. Sie hatten Angst, weil ihrer so wenig waren. Und nichts konnte diese Angst austreiben als die völlige Liebe.
Msimangu hatte das gesagt; Msimangu, der keinen Menschen haßte: – Eine große Sorge ist in meinem Herzen, daß sie eines Tages, wenn sie sich zu lieben entschließen, finden werden, daß wir uns zu hassen entschlossen haben.
O welch kummervolle, dunkle Worte!

Als er wieder aufwachte, sah es im Osten ein wenig anders aus, und mit fast panischem Schrecken sah er nach der Uhr.

Aber es war erst vier Uhr, und er war erleichtert. Und nun war es Zeit zu wachen, denn vielleicht hatten sie den Sohn schon geweckt und ihm gesagt, er solle sich bereithalten. Er verließ seinen Ruheplatz und konnte kaum stehen, denn seine Füße waren kalt und taub. Er suchte sich einen anderen Platz, von wo er nach Osten hinüberschauen konnte, und wenn das richtig war, was man ihm gesagt hatte, so würde es geschehen, sobald die Sonne über dem Horizont erschien.
Er hatte gehört, daß an einem solchen Morgen die Verurteilten essen dürften, was sie nur wollten. Sonderbar doch, daß es irgend jemanden in einem solchen Augenblick nach Essen verlangen konnte. Hungerte es vielleicht den Leib in einem tiefen, dunkeln Trieb, der noch nicht wußte, daß er sterben mußte? Ob der Bursche stille ist und ruhig seine Kleider anzieht, ob er jetzt wohl an Ndotsheni denkt? Kommen ihm Tränen in die Augen, und wischt er sie ab und hält sich wie ein Mann? Sagt er: – Ich will nicht essen, ich will beten –? Ist Msimangu bei ihm oder Pater Vincent oder ein anderer Priester, dessen Amt es ist, ihn zu trösten und zu stärken, weil er doch Angst vor der Hinrichtung hat? Ist er reuig, oder hat er nur, nur Angst? Kann man denn gar nichts mehr tun jetzt, kommt denn kein Engel und ruft: – Dies ist Gottes Sache, nicht der Menschen, komm, Kind, komm mit mir –? Mit halb blinden Augen schaute er nach dem schwachen, stetig wachsenden Licht im Osten. Aber er nahm sich zusammen und packte die Maiskuchen und den Tee aus und richtete alles auf einem Stein. Und er dankte und brach die Kuchen und aß sie und trank von dem Tee. Und dann betete er ganz hingegeben und tief und dringlich, und nach jedem Gebet hob er die Augen und schaute nach Osten. Und der Osten wurde heller und heller, und schließlich wußte er, daß die Zeit herangekommen war. Und als er wußte, nun geschah es, stand er auf und nahm den Hut ab und legte ihn auf die Erde und faltete die Hände vor der Brust. Und als er so stand, ging im Osten die Sonne auf.

Ja, der Morgen ist gekommen. Der Titihoya erwacht vom Schlaf und macht sich an sein Tagewerk einsamen Rufens. Die Sonne rührt licht an die Berge von Ingeli und Ostgriqualand. Das große Tal des Umzimkulu ist noch im Dunkeln, aber auch dahin wird das Licht kommen. Ndotsheni ist noch im

Dunkeln, aber auch dahin wird das Licht kommen. Denn der Morgen ist gekommen, so ist er tausend Jahrhunderte lang gekommen und nie ausgeblieben. Aber wann der Morgen unserer Erlösung kommt von der Furcht vor den Banden und von den Banden der Furcht – ja, das ist ein Geheimnis.

Anmerkungen des Autors (zur Erstausgabe von 1948)

Südafrika hat etwa elf Millionen Einwohner. Etwa zweieinhalb Millionen sind Weiße, von denen ungefähr drei Fünftel afrikaans und zwei Fünftel englisch sprechen. Die übrigen, abgesehen von einer Million »Coloured« – worunter wir eine Mischung der weißen mit andersfarbigen Rassen verstehen –, sind die Schwarzen der afrikanischen Volksstämme.

Johannesburg wird die »Große Stadt« genannt; das ist sie auch – für südafrikanische Verhältnisse. Die Einwohnerschaft beträgt etwa 700000. Es ist eine schöne, moderne Stadt mit einer Anzahl jammervoller Elendsquartiere.

Der Umzimkulu wird der »Große Fluß« genannt, aber er ist in Wirklichkeit ein kleiner Fluß in einem großen Tal.

Die in diesem Buch geschilderten Ereignisse haben nicht wirklich stattgefunden; nur die Schilderung des Boykotts der Autobusse, des Entstehens von Shanty Town, der Entdeckung von Gold bei Odendaalsrust und des Streiks der Minenarbeiter ist ein Gemisch von Dichtung und Wahrheit. Niemand, der in diesem Buch vorkommt, ist ein wirklich lebender Mensch oder ein solcher gewesen, außer zweien: – dem verstorbenen Professor Hoernlé und Sir Ernest Oppenheimer; aber nichts von dem, was über diese beiden gesagt ist, kann als Beleidigung ausgelegt werden. Mancherlei Leute sind, wenn nicht mit Namen, so doch als Inhaber dieser oder jener Ämter genannt, aber auf die tatsächlichen Inhaber dieser Ämter wird in keinem Fall Bezug genommen.

Wörterverzeichnis

Afrikàans: Die Sprache der Afrikaner, eine sehr vereinfachte und schöne Form der holländischen Sprache, wenn auch manche englisch sprechende Südafrikaner, die es nicht besser wissen, und sogar manche Holländer verächtlich auf sie heruntersehen. Afrikaans und Englisch sind die beiden offiziellen Landessprachen der Südafrikanischen Union.

Afrikaander: So nennen sich heute die Nachkommen der Buren. Manche großzügige Afrikaander behaupten, daß der Begriff viel umfassender ist und alle weißen Südafrikaner umschließt. Aber viele afrikaans sprechende und auch englisch sprechende Südafrikaner würden heftig gegen diese Erweiterung des Begriffes protestieren. In diesem Buche ist er in seiner jetzt gebräuchlichen Bedeutung angewandt.

Black and White: Bekannte Whiskymarke.

Dónga: Südafrikanisches Wort für Schlucht oder Erdriß, sofern sie durch Bodenerosion verursacht sind. Natürliche Schluchten heißen Kloof (von cleft – gespalten).

Hamba kahle: Abschiedsgruß des Zurückbleibenden an den Fortgehenden, wörtlich: »Gehe wohl«; der Fortgehende sagt: – *Sala kahle*, wörtlich: »Bleibe wohl.«

Inkosána: (Das zweite a wird kaum ausgesprochen.) Junger Herr.

Inkósi: (Das i am Schluß wird kaum ausgesprochen.) Herr, Meister.

Inkósikazi: (Das zweite k wird wie ein hartes g gesprochen.) Herrin.

Ixópo: Name eines Dorfes. Die Zuluaussprache ist schwierig. Engländer sprechen es Aickopo aus.

Johánnesburg: Ein afrikaans Wort. Zentrum der Goldminenindustrie.

Káfferboetie: Verächtlicher Ausdruck, mit dem man ursprünglich jemanden meinte, der sich mit den Schwarzen intim einließ; aber heute wird jeder so genannt, der sich um die Wohlfahrt der Schwarzen kümmert. Wörtlich: Kaffernbrüderchen. (Afrikaans.)

Kloof: siehe unter *Dónga*.

Kraal: Eine Art Stall ohne Dach, meist aus Feldsteinen gebaut oder geschichtet, wohin das Vieh zum Melken getrieben wird. Ein Kraal kann aber auch eine kleine Anzahl nahe beieinanderstehender Hütten sein, wo eine schwarze Familie unter der Herrschaft des Familienoberhauptes lebt, das natürlich wiederum dem Häuptling untersteht. (Afrikaans.)

Lithébe: Das L wird wie d ausgesprochen.

Location: So nennt man in Afrika gewisse nur von Farbigen bewohnte Bezirke, die innerhalb des Stadtgebietes liegen oder an dasselbe angrenzen.

Ndotshéni: Gesprochen Indotsheni, wobei das letzte i kaum anklingt.

Nkosi sikelél' i Afrika: Bedeutet »Gott segne Afrika«, obwohl es in diesem Buche mit »Gott errette Afrika« übersetzt ist. Dieses herrliche Lied ist nun schon fast zur Nationalhymne der Schwarzen geworden. Wenn immer eine Versammlung stattfindet von Weißen und Schwarzen, die es gut miteinander meinen, werden am Schluß drei Nationalhymnen gesungen: »God save the King«, »Die Stem van Südafrika« und »Nkosi sikelél' i Afrika«. Das ist zwar gut gemeint, aber ziemlich ermüdend. »Nkosi« wird fast wie »Inkosi« ausgesprochen, in »sikelele« klingt das wie ein hartes g.

Pietermáritzburg: Diese Stadt wurde von den Voortrekkers Piet Retief und Gert Maritz gegründet und ist die Hauptstadt der Provinz Natal.

Pretória: Diese Stadt verdankt ihren Namen dem Voortrekker Pretorius. Sie ist die Hauptstadt der Südafrikanischen Union.

Sala kahle: siehe *hamba kahle.*

Siyáfa: »Wir sterben.«

Sqatters: Leute, die sich auf einem Grundstück festsetzen, auf das sie keinen rechtlichen Anspruch haben.

Titihóya: Ähnlich unserem Regenpfeifer. Der Name ahmt seinen Ruf nach.

Tíxo: Das Zuluwort für den Großen Geist (Unkulunkúlu) war mir zu lang und zu schwierig. Dieses Wort gehört der Xosasprache an, es ist auch schwierig auszusprechen, aber man kann es einigermaßen richtig Tiko aussprechen.

Umfúndisi: Das letzte i klingt kaum an. Bedeutet Pfarrer, gilt aber auch als Rang und wird sehr respektvoll gebraucht.

Umnúmzana: Das Zuluwort für Sir. Das zweite a wird nicht ausgesprochen.

Veld: Ein afrikaans Wort, das in den englischen Sprachgebrauch übergegangen ist. Offenes, weites Grasland, aber nicht »Steppe« – es fehlt der Begriff der Unfruchtbarkeit. Es ist natürliches Weideland. Das Wort kann aber auch das Gras selbst bedeuten, wenn z. B. ein Farmer darauf niedersieht und sagt: Dieses Veld ist kärglich.

Xósa: Schwierig auszusprechen. Die englische Aussprache ist »Kosa«. Ein Eingeborenenstamm in der östlichen Kapprovinz.

Zúlu: Der große Volksstamm, der in Zululand zu Hause ist. Beide u werden lang gesprochen.

Wenn solche Worte wie »Umfundisi« und »Umnumzana« als Anrede gebraucht werden, wird der Anfangsvokal nicht ausgesprochen.

ALAN PATON

AUF DEM WEG ZUR RASSENGERECHTIGKEIT?[1]

Die Geschichte unseres Landes ist eine Geschichte der Eroberung. In dieser Beziehung bilden wir keine Ausnahme, aber es gibt nur wenige Länder, die es mit unserer Geschichte der Eroberung aufnehmen können. Hoffentlich werden unsere Historiker, weiße wie schwarze, über die Tatsache hinwegsehen, daß ich mit dem wichtigen Tag beginne, an dem die Schiffe *Goede Hoop*, *Dromedaris* und *Reiger* in der Tafelbucht vor Anker gingen. Das war am 6. April 1652 [...] Damals begann die lange Folge der Eroberungen: die holländische Eroberung der San und der Khoikhoi[2], die britische Eroberung des Kaps, die 1806 ihren Abschluß fand, der Aufstieg Shakas[3] vor mehr als 150 Jahren und die Entstehung des Zulureichs, die große, als *Mfecane*[4] bekannt gewordene Ausbreitung und die Unterdrückung der anderen Stämme; der große Treck und die Unterjochung eines schwarzen Stammes nach dem anderen; die Niederlage Dingans am Blood River[5]; die Zerstörung des Zulureichs durch die Briten vor hundert Jahren; die Gründung der Republiken Transvaal und Oranje-Freistat und die Verankerung des Prinzips

[1] Alan Paton, Towards racial justice. Will there be a change of heart? Johannesburg (South African Institute of Race Relations) 1979. Das South African Institute of Race Relations hatte Alan Paton eingeladen, aus Anlaß des fünfzigsten Geburtstages des Instituts am 3. Juli 1979 eine Rede zu halten. Dieser Auszug stellt den zentralen Teil von Patons Vorlesung dar. Seine Kritik des Apartheidsystems mündet ein in die Skizze einer »evolutionären Zukunft«, die nur durch Übernahme von Opfern seitens der weißen Bevölkerung möglich wird.

[2] San und Khoikoi: Eigenbezeichnung von Buschmännern und Hottentotten seit dem 17. Jahrhundert.

[3] Shaka: König des Zuluvolkes (1787–1828).

[4] Mfecane: Phase der Neuordnung der Stammesgebiete als Folge der Machtpolitik Shakas.

[5] Dingan: Halbbruder Shakas, der diesen tötet und seine Nachfolge antritt. Er verliert in der Schlacht am Blood River (16. Dez. 1838) über 3000 Krieger, während die angegriffenen Vororttrekker keine Verluste haben. Dingans Macht zerfällt. Er wird 1840 getötet. Die Republik Südafrika begeht heute noch den 16. Dezember als nationalen Feiertag und distanziert sich damit von den nichtweißen Einwohnern des Landes.

»Keine Gleichheit in Kirche und Staat« in ihren Verfassungen; die Eroberungen der Republiken durch die Briten im Burenkrieg von 1899 bis 1902, die Gründung der Südafrikanischen Union 1910, die die britische Eroberung rückgängig machte und das Prinzip »Keine Gleichheit in Kirche und Staat« wiederherstellte; der »Land Act« von 1913, der die Schwarzen auf 13 Prozent des Landes beschränkte; die Verabschiedung der unheilvollen »Representation of Natives Bill« 1936, die 1959 zwangsläufig zur Abschaffung des Stimmrechts der Schwarzen und 1968 zur Abschaffung des Stimmrechts der Mischlinge führte.
Doch die größte Eroberung war keine militärische, sondern eine politische Eroberung, bei der kein Gewehrschuß fiel und kein Speer geschleudert wurde, und das war 1948 die Eroberung ganz Südafrikas durch die Nationale Partei, eine Eroberung, die bis heute fortdauert. Das ist unsere Geschichte der Eroberungen.
Inzwischen hat aber auf der Welt eine einschneidende Veränderung stattgefunden. Das Verhältnis Eroberer und Unterworfener gilt nicht mehr. [...] Seit 1945, dem Ende des Zweiten Weltkriegs, haben die europäischen Nationen alle freiwillig oder unfreiwillig ihre Eroberungen in Afrika aufgegeben.
Wenn Chief Buthelezi heutzutage gegenüber der weißen Regierung oder der weißen Bevölkerung Südafrikas ein Recht geltend macht, kann man ihm nicht länger sagen: *Sei still, du bist der Unterworfene.* Er ist kein Unterworfener mehr, er ist ein Südafrikaner. Irgendwie müssen die Weißen Südafrikas mit ihm leben und auch mit ihm arbeiten lernen. Und wenn die Weißen Südafrikas nicht lernen können, mit einem Mann wie Chief Buthelezi zu leben und zu arbeiten, werden sie niemals lernen, mit irgend jemandem zu leben, und es wird keine Zukunft geben für Südafrika.
Wir leben in der Tat in einer seltsamen Zeit, denn wir leben, wäre uns das nur bewußt, in einem Land, in dem Eroberung rückgängig gemacht werden muß, in dem der Eroberer an dem Unterworfenen Wiedergutmachung üben muß, in dem der Unterworfene einen gerechten Anteil an den Früchten seiner Arbeit erhalten muß, einen gerechten Anteil an den Früchten des Landes und einen gerechten Anteil auch am Land selbst. Jene arroganten Worte *»by right of conquest«*

(Kraft der Eroberung) werden vielleicht nie mehr benutzt werden, es sei denn, um Ereignisse der Vergangenheit zu beschreiben. *Eroberung* ist ein schmutziges Wort geworden.

[...]

Sind die Weißen Südafrikas fähig, die Eroberung rückgängig zu machen? [...] Die großen zerstörerischen Faktoren sind weiße Angst, weißer Stolz, weiße Gier. Diese drei Faktoren zusammen rufen jene Trägheit hervor, die in den letzten Jahren charakteristisch war für südafrikanisches Regieren. [...] Warum ist das so? Meiner Meinung nach sind die Probleme den herrschenden Politikern über den Kopf gewachsen, so daß sie unfähig sind, irgend etwas anderes zu tun, als ihre Stellung mit Gewalt zu behaupten. So wurden der Justizminister und der Verteidigungsminister die mächtigsten Personen im Lande. Deshalb auch leben wir mit dem für viele von uns schmerzlichen Widerspruch, daß soviel Geld für die Bewahrung unseres Landes vor äußerer Eroberung ausgegeben wird, während kaum etwas übrig bleibt, um die Eroberung im Inneren rückgängig zu machen. Mit anderen Worten: Es wird soviel Geld für die Verteidigung unseres Landes ausgegeben, daß wenig Geld übrigbleibt, es zu einem besseren Land zu machen. Das weiße Südafrika ist so sehr beschäftigt mit seinen äußeren Feinden, daß ihm keine Zeit, kein Geld und keine Kraft mehr bleiben, sich Freunde im Innern zu schaffen. Und wie schafft man sich Freunde im Innern? Indem man bessere und mehr Wohnungen bereitstellt, die Ausbildung erweitert und verbessert, die Arbeitsbedingungen verbessert, was die Löhne mit einschließt; indem man ein für allemal festlegt, daß die südafrikanische Industrie, wenn sie die Arbeitskraft eines Mannes nutzen will, auch für seine Frau und seine Kinder aufkommen muß, indem man alles nur mögliche tut, um die Würde und Menschlichkeit dieser Menschen zu respektieren, ohne die es keine Industrie gäbe. Ich lasse die Frage, ob noch genügend Zeit bleibt, um sich Freunde zu schaffen, oder ob die Entfremdung im Sinne Toynbees bereits eingetreten ist, einmal beiseite.

Hat sich seit der Gründung des South African Institute of Race Relations im Jahre 1929 irgend etwas verändert? Ein Beispiel kann ich Ihnen nennen. Das ist Minister Koornhofs

Entscheidung, in Crossroads keine Bulldozer einzusetzen.[1] Wann in der Geschichte Südafrikas hat sich ein Staatsminister hingesetzt und hat mit *Squattern*[2] geredet, als wären es menschliche Wesen? Es ist noch nicht allzulange her, daß ein prominenter Politiker im Parlament von den Frauen und Kindern der *Squatter* als von unbrauchbaren Anhängseln sprach. Bischof Clayton brandmarkte einmal jene Christen, die einen Menschen mit Verachtung strafen, weil er andere Menschen wie Brüder behandelt. Ebenso ist dem Christentum desjenigen zu mißtrauen, der die Frauen und Kinder der Farbigen als »unbrauchbare Anhängsel« bezeichnet. Es fällt auf, daß diese beiden Formen der Verachtung ein gemeinsames Element haben. Wer einen Schwarzen wie einen Bruder behandelt, wird als *kafferboetie* beschimpft, und »ein unbrauchbares Anhängsel« ist immer nur die Frau oder das Kind eines schwarzen Mannes, niemals eines weißen. Diese Verachtung ist eine der schrecklichsten Sünden der Weißen. Werden wir jemals dafür büßen? Ist die Handlungsweise des Ministers in Crossroads vielleicht der Anfang eines Sinneswandels?

Lohnt es sich, für Südafrika zu kämpfen? Können junge weiße Männer guten Gewissens an die Grenze[3] gehen, um gegen Männer zu kämpfen, die fast alle schwarz sind und die es für ihre Pflicht halten, dieses Land von seinen gegenwärtigen Beherrschern und ihren Rassengesetzen zu befreien? Diese Gesetze wurden vom Eroberer für die Unterworfenen gemacht, von den Starken für die Schwachen, von den Reichen für die Armen und zwangsläufig von den Weißen für die Schwarzen.

Ich entschuldige mich nicht dafür, diese Fragen zu stellen. Sie werden tagtäglich von jungen Weißen in diesem Land gestellt. Aber ich will nicht verheimlichen, daß die meisten dieser jungen Leute Englisch sprechen, nicht Afrikaans. Kein Afri-

[1] Dr. P. Koornhof ist seit 1978 Minister of Co-operation and Development. Koornhof gehört der liberalen Strömung der National Party an. Paton bezieht sich auf Koornhofs Verhalten im Crossroads-Konflikt, als er ein Elendsviertel bei Kapstadt gegen die Tradition der Regierung nicht zerstören ließ, sondern mit den Bewohnern in Gespräche eintrat, um eine vom sozialen Gesichtspunkt befriedigende Lösung zu finden.

[2] Die Bewohner von Elendssiedlungen werden in Südafrika *squatter* genannt.

[3] Das Gebiet zwischen Namibia und Angola, wo südafrikanische Truppen gegen die südwestafrikanische Befreiungsbewegung SWAPO eingesetzt sind.

kaander soll darüber Genugtuung empfinden. 1939 weigerten sich nämlich viele Afrikaander, für Südafrika zu kämpfen, weil sie behaupteten, General Smuts habe uns in einen fremden Krieg verwickelt, sie müßten für den einstigen Eroberer Großbritannien kämpfen und für das britische Empire. Mit dem gleichen Recht behaupten heute viele unserer jungen Weißen, sie müßten in Wirklichkeit für die Nationale Partei kämpfen und für die Aufrechterhaltung jener Rassengesetze, die für viele von ihnen einer Verteidigung nicht wert sind.

Wenn wir an die Grenze gehen – wofür kämpfen wir dann eigentlich? Unser gegenwärtiger Außenminister[1] sagte einmal in einer Rede: »Ich werde bis zum Tod für das Recht zu leben kämpfen, aber nicht für ein Apartheidschild in einem Aufzug.« Das ist ein sehr schönes Epigramm, aber es beantwortet nicht die Frage. Über das Schild im Aufzug wollen wir nichts wissen. Wir wollen wissen, ob wir guten Gewissens an die Grenze gehen können, um für den ›Separate Amenities Act‹, den ›Population Registration Act‹, den ›Mixed Marriages Act‹ und die ›Security Acts‹ zu kämpfen, die dem Justizminister Gewalt über Leben und Tod der Bürger unseres Landes geben.

Kürzlich sah ich in einer Zeitung ein Bild des ersten jungen indischen Südafrikaners, der zum Marineoffizier ernannt wurde. Er sah sehr fesch und zuversichtlich aus. Aber ich muß mich einfach fragen: Wofür kämpft er? Kämpft er für den ›Group Areas Act‹? Und kämpft der junge Mischling für die Zerstörung des *District Six*?[2] Und kämpft der junge schwarze Soldat für ein Erziehungssystem, das für ihn nur ein Zehntel der Summe aufbrachte, die es für ein weißes Kind ausgibt? Das sind die Fragen, die das Epigramm des Außenministers nicht beantwortet. Man könnte auch sagen, daß dies die Fragen sind, denen es aus dem Weg geht. [...]

Hat der afrikaansche Nationalist sich tatsächlich eine so mächtige, uneinnehmbare Festung gebaut, daß er niemals wieder aus ihr herauskommt? Eine Festung, die zum Gefäng-

[1] Roelof F. Botha, seit 1977 Außenminister, davor Vertreter Südafrikas bei den Vereinten Nationen.

[2] Farbigenviertel in Kapstadt

nis wird – so uneinnehmbar, daß es keine andere Befreiung mehr gibt als durch den Tod?

[...]

1957 beschloß Dr. Verwoerd[1], daß es an der Zeit sei, schwarze und weiße Christen durch Gesetz daran zu hindern, gemeinsam Gottesdienste zu veranstalten. *Die Transvaler*[2] führte dazu aus: »Solange liberalistische Bischöfe und Canons, Professoren, Studenten und Politiker gemeinsam mit Nicht-Europäern ungehindert Gottesdienste abhalten und an Veranstaltungen und geselligen Zusammenkünften teilnehmen können, wird gegen die Apartheid in ihrem Kern verstoßen werden. Es ist höchste Zeit, damit Schluß zu machen.« Ist es nicht erschreckend, daß in christlichen Kirchen die Befolgung der Apartheid über das Gebot Christi gestellt wurde, daß seine Nachfolger eins sein sollten? Und noch erstaunlicher war die verwirrte Theologie, mit der man beweisen wollte, daß die Rassentrennung durch das Gesetz und die Einheit im Glauben miteinander völlig vereinbar sind. Nach ihrer Auslegung waren Rassentrennung und Einheit des Glaubens gar ein und dieselbe Sache.

[...]

Hat sich in dieser Hinsicht irgend etwas geändert? Zusammenkünfte schwarzer und weißer Menschen, auf denen Angelegenheiten von gemeinsamem Interesse besprochen werden, straft man nicht mehr mit öffentlicher Verachtung. Schließlich wurde unser Ex-Premierminister[3] auf einem Bankett mit einer schwarzen Dame photographiert. Kabinettsminister treffen sich hin und wieder mit schwarzen Führern, und man weiß, daß man sich auf beiden Seiten nicht gerade mit Samthandschuhen anfaßt. Viele Afrikaander würden heute Proteste gegen gemischt-rassige Gottesdienste nur unwillig beobachten. Veränderungen dieser Art mag man für wichtig oder unwichtig halten, je nach Standpunkt. Immer wieder taucht das Argument auf, daß wir keine Zeit mehr haben. [...]
Das Gefährlichste von allen ist das Zeitargument, denn wenn

[1] Premierminister von 1958–1966, vorher (ab 1950) Minister für Eingeborenenfragen.
[2] Zeitung, die der National Party nahesteht.
[3] Balthazar J. Vorster, von 1966 bis 1978 Premierminister, für acht Monate Staatsminister, bevor er Mitte 1979 wegen des Informationsskandals zurücktreten mußte.

keine Zeit mehr ist, braucht man auch nichts zu tun. Man verfällt in einen Zustand der Melancholie. Nicht allen von uns ergeht es so, aber hin und wieder verzweifeln wir. Ich habe einmal Südafrika als ein Land beschrieben, in dem man montags hofft und dienstags verzweifelt. Man hofft montags, weil Dr. Koornhof Crossroads eine Atempause gönnt, und man verzweifelt dienstags, weil bei Johannesburg schwere Unruhen ausgebrochen sind. [...]
Als ich noch jünger war, in den Anfangsjahren des Instituts, war ich ein großer Anhänger der afrikaanschen Wiedergeburt. Ich wurde zwar nicht ganz, aber weitgehend zweisprachig. Ich studierte die afrikaansche Literatur und Geschichte. 1938 ließ ich mir einen Bart wachsen und fuhr in einem Planwagen mit wehendem *Vierkleur* zur Grundsteinlegung des Denkmals[1]. Das war aber zugleich das Ende meines Flirts. Am Denkmal wurde mir klar, daß der afrikaansche Nationalismus eine ganz exklusive Angelegenheit ist, daß sein Hauptziel nicht Freiheit, sondern Vorherrschaft ist. Das anerkannte Ziel des *Broederbond* war, daß seine Mitglieder das Land beherrschen sollten – ein Ziel, das inzwischen fast hundertprozentig verwirklicht sein dürfte. Das muß rückgängig gemacht werden!
Einige von Ihnen finden den Drei-Parlamente-Vorschlag grotesk[2]. Ich halte ihn auch für grotesk, aber nicht für lächerlich, weil es ein Versuch ist, die Eroberung rückgängig zu machen. Er wird nicht funktionieren, aber zumindest hat unser Premierminister[3] angekündigt, daß er nicht durchs Parlament gejagt, sondern einem Sonderausschuß übergeben wird. Ich habe gelesen, daß Chief Buthelezi und die Inkatha vor dem Sonderausschuß erscheinen werden. Ich bewundere ihn wegen seiner Weisheit, seiner Toleranz und seiner Großmütigkeit.[4]
[...]

1 Voortrekker – Denkmal bei Pretoria
2 Verfassungsvorschläge der National Party von 1977, die seit 1980 langsam in die Verfassungsgesetzgebung eingebracht werden. Die Zielvorstellung ist, für die Weißen, Mischlinge und Inder innerhalb eines Verfassungssystems drei Parlamente zu schaffen, wobei die wesentliche politische Macht weiterhin bei den Weißen verbleibt.
3 P. W. Botha, seit 1978 Premierminister
4 Paton denkt 1979 noch an einen Verfassungsdialog zwischen Weißen und Schwarzen. Die Konsultation der von Chief Gatsha Buthelezi geführten Inkatha-Bewegung hat jedoch zu keiner wesentlichen Abänderung des Verfassungsentwurfs geführt, wie die 1980 im Parlament eingebrachte Gesetzgebung zeigt.

Was ist der Anlaß meiner Hoffnung? Ich kann einfach nicht glauben, daß der afrikaansche Nationalismus nicht erkennt – aber ich sollte besser sagen: die Führer des afrikaanschen Nationalismus nicht einsehen wollen –, wie tief das Afrikaandertum in der Krise seiner Geschichte steckt, in einer Krise, der man nicht länger mit dem Gewehr begegnen kann, in einer Krise, die vielmehr nur verschärft wird durch den Gebrauch des Gewehrs. Ich kann nicht glauben, daß sie nicht einsehen, wie sehr es an der Zeit ist, mit ihrer selbstherrlichen Regierung, die schon 31 Jahre dauert, Schluß zu machen. Ich kann nicht glauben, daß das Volk, das in langen und schweren Kämpfen zur Nation wurde, das jeder Krise mit Mut und Intelligenz begegnete, das sich nach der Niederlage seiner Republiken[1] aus dem Staub erhob, dieser größten Krise seiner Geschichte nicht mit Mut und Intelligenz Herr werden kann.

[...]

Ironischerweise war es der Burenkrieg von 1899 bis 1902, der das Ende der britischen Eroberung signalisierte und den Weg für die Afrikaander vorbereitete, Eroberer von uns allen zu werden. Und erlauben Sie mir, einen düsteren Ton anzuschlagen: sollte es noch einmal einen Eroberer geben, dann helfe Gott Südafrika und all seinen Völkern. Deshalb muß die Eroberung rückgängig gemacht werden, von uns selbst, nicht von jemand anderem. Mir ist deutlich, daß es Leute in Südafrika gibt, die sich einen anderen Eroberer wünschen, weil sie den hassen, unter dem sie im Augenblick leiden. Sie sagen: Besser ein Eroberer, den man nicht kennt, als den, den man kennt.

Die Eroberung rückgängig zu machen, wird weitreichende verfassungsrechtliche Änderungen erfordern. Ich halte dies nicht für den Ort oder die Gelegenheit, darüber zu sprechen oder Vorschläge zu unterbreiten, wie sie aussehen sollten. Aber die Vorstellung scheint sich durchzusetzen – wenn sie sich nicht schon durchgesetzt hat –, daß verfassungsrechtliche Änderungen nicht länger durch einseitiges Handeln der Weißen herbeigeführt werden können. Der Ruf nach einer zweiten Nationalkonvention wird ständig lauter. Diesmal aber muß

[1] Im Burisch-Englischen Krieg (1899–1902) wurden die autonomen Burenrepubliken besiegt. Der politische Aufstieg des Afrikaandertums wurde jedoch bereits mit der Unionsverfassung von 1910 vorbereitet.

die Konvention alle Menschen, Gruppen und Interessen in Südafrika repräsentieren.[1]

Es scheint nur zwei wesentliche verfassungsrechtliche Gegensätze zu geben – das allgemeine Stimmrecht in einem zentralistischen Staat und das allgemeine Stimmrecht in einem Bundesstaat oder Staatenbunde.

Ich halte das eine System nicht für moralischer als das andere. Es geht um eine politische Entscheidung. Wir wollen vor allem eine Verfassung haben, die funktioniert. Es ist meine wohlüberlegte Überzeugung, daß in unserer gegenwärtigen Situation nur eine Revolution im Innern und eine Intervention von außen zum Einheitsstaat führt, und zwar um den Preis der Zerstörung unserer Wirtschaft. Ich bin außerdem der Ansicht, daß die Angst der Weißen um so größer wird, je stärker man nach dem Einheitsstaat ruft, und daß damit der Wille zu einer Veränderung um so schwächer wird. Man könnte hinzufügen, daß es noch eine dritte verfassungsrechtliche Grundmeinung gibt, und das ist das allgemeine Stimmrecht in einer Konstellation oder Gemeinschaft völlig unabhängiger Staaten, in anderen Worten: die Politik, der die National Party noch immer anhängt. Ich glaube aus mehr als einem Grund nicht, daß dieses Ziel jemals erreicht wird. Aber ich denke, daß der wichtigste Grund hierfür die praktische Unmöglichkeit ist, die Homelands zu konsolidieren. Diese Politik mag womöglich den einen Vorteil haben, daß mehr Land für die Nutzung durch die Schwarzen bereitgestellt würde. Aber im Grunde verstärkt sie nur den Einfluß jener Trägheit, von der ich weiter oben sprach. Dieses ist eine Politik, die sich nur mit winzigen Schritten auf erhabene Ziele zubewegt, und diese winzigen Schritte beruhigen das Gewissen, das sich in Wahrheit gar nicht von der Stelle bewegen möchte.

[...]

[1] Aus der schwarzen Bevölkerung und von weißen Apartheidkritikern wird eine *National Convention* als vorbereitendes Organ einer demokratischen Verfassung gefordert. In dieser National Convention sollen alle Bevölkerungsgruppen gleiches Recht haben. Das *Drei-Parlamente-Modell* der National Party läßt diese Forderung unberücksichtigt, da eine politisch gleichwertige Mitbeteiligung der nicht-weißen Bevölkerungsgruppen das Apartheidsystem aushöhlen würde. Eine *National Convention* bereitete schon die Verfassung von 1910 vor, sie setzte sich aber aus weißen Vertretern der vier Teilprovinzen Kap, Natal, Oranje Freistaat und Transvaal zusammen.

[...] Die Idee der »Herrenrasse« gehört bis heute teils unausgesprochen, teils offen zur Philosophie des *Broederbond*. Doch hundert Jahre, nachdem die Briten das Zulureich in Ulundi zerstört haben, reist der Vorsitzende des *Broederbond*[1] nach Ulundi, um den Zuluführer Chief Buthelezi zu besuchen.

Ich werde eine kleine Prophezeiung riskieren, sehr vorsichtig, weil, wie die Afrikaander sagen, *»die kinders van die profete eet nie brood nie«*. In Zukunft werden wir die Sprache des Eroberers nicht mehr so häufig hören wie in der Vergangenheit. Es gibt nur zwei Zukunftsmöglichkeiten für unser Land: eine revolutionäre Zukunft der Gewalt, des Hasses und der Zerstörung, und eine evolutionäre Zukunft, die nicht ohne Opfer sein wird, welche in der Hauptsache von den Weißen gebracht werden müssen. Das ist ihr Beitrag, um die Eroberung rückgängig zu machen. [...]

[1] Professor Gerrit Viljoen, Rektor der Randse Afrikaanse Universiteit (RAU) in Johannesburg, 1979 Generaladministrator in Namibia, seit 1980 Minister. National Education (Bildungsminister für die Weißen).

EIN DRITTEL JAHRHUNDERT APARTHEIDSYSTEM

Zur Neuauflage von
Alan Patons »Denn sie sollen getröstet werden«

»Alle Straßen führen nach Johannesburg. Ob du weiß oder schwarz bist, sie führen nach Johannesburg. Wenn es eine Mißernte gibt – in Johannesburg ist Arbeit zu finden. Wenn Steuern zu zahlen sind – in Johannesburg findest du Arbeit. Wenn die Farm zu klein wird und nicht weiter aufgeteilt werden kann, so gehen eben die überzähligen Familienmitglieder nach Johannesburg«[1]. In Johannesburg, dem wirtschaftlichen Zentrum Südafrikas, entscheidet sich das Schicksal von Patons Personen. In diesem Zentrum nimmt aber auch seit 1948 die Apartheidideologie ihre politische Gestalt an. Das Ergebnis von einem drittel Jahrhundert Apartheidpolitik ist, daß die Weißen zu Herren und die Schwarzen zu Knechten werden.

Was hat sich verändert, seit Patons Buch 1948 erschien? Paton geht von zweieinhalb Millionen Weißen bei elf Millionen Gesamtbevölkerung aus. Daraus sind bis 1980 fast 30 Millionen geworden, von denen nur viereinhalb Millionen Weiße sind. Südafrika ist 1961 eine Republik geworden, aber es wurde keine Demokratie für seine nicht-weiße Mehrheit. Südafrika wurde zum angesehenen Handelspartner der Industriestaaten des Nordens, aber es hat für seine Schwarzen und Mischlinge weder Gerechtigkeit noch Gleichheit übrig. Südafrika entwickelte sich zu einem modernen Industriestaat, nach innen ist es aber für die Schwarzen zu einem Entwicklungsland geworden, in dem man hungert, leidet und einen frühen Tod stirbt. Das Massaker von Sharpeville (1960) fand mit viel schlimmeren Folgen seine Fortsetzung in den Unruhen von Soweto (1976/1977), aber die Regierung versucht nicht, die diskriminierten Massen in die gleichberechtigte Mitverantwortung hineinzuziehen. Die Sicherheitsorgane löschen jeden Widerstand mit brutaler Gewalt aus, aber der Widerstand gegen das Apartheidsystem wächst und kann

[1] Siehe oben S. 50.

nicht mehr beherrscht werden. Ein Beispiel hierfür sind die blutigen Unruhen im Sommer 1980. Große Teile der weißen Bevölkerung klammern sich an die von der Apartheidideologie verheißene Sicherheit, zugleich aber greifen Angst, Selbstzweifel und Resignation in der weißen Gesellschaft um sich.
Alan Patons Stärke liegt darin, daß er dem Leser einen emotional-direkten, aber theoretisch unbelasteten Zugang zum südafrikanischen Rassenproblem verschafft. Es erschreckt, wie sehr »Cry, the beloved country« gerade wegen des Abstands der Handlung von der Gegenwart Südafrikas die brutale Logik des Apartheidgedankens erkennbar macht. Die Reinheitsideologie der weißen Gesellschaft hat, indem sie teilte und unterdrückte, Patons Vertrauen auf eine Versöhnung zwischen den Rassen zerstört. Als Dokument der Gewaltlosigkeit vertraut »Cry, the beloved country« noch auf die vernünftige Humanität in der weißen Gesellschaft und ist auf christlicher Grundlage ein Reflex der schwarzen politischen Erwartungen in der Entstehungszeit des Buches. Aber aus der langen Erfahrung, im eigenen Lande heimatlos, isoliert und ohne Hoffnung zu sein, erwächst die immer stärker werdende Tendenz zu schwarzem Nationalismus ohne jede Anlehnung an die weißen Kritiker des Apartheidsystems. Dreißig Jahre Apartheidherrschaft haben der schwarzen Bevölkerung deutlich gemacht, daß der Weg der Gewaltlosigkeit immer nur zu eingeschränkten Rechten führt, die von den Weißen zugewiesen werden. Die Schwarzen erfahren das als legislatives Diktat der weißen Herren, durch welches schwarze Identität und Freiheitshoffnung negiert werden. Für den schwarzen Menschen reduziert sich weiße Politik auf diskriminierende Paßgesetze und konsequente Trennung der Bevölkerungsgruppen, auf polizeiliche Verfolgung und wirtschaftliche Benachteiligung sowie auf Ausschluß von den Reichtümern des Landes und die Verweigerung angemessener Bildung.
Die heutige Peripetie der südafrikanischen Situation in eine Phase sich erhebender schwarzer Gewalt wird von Paton angedeutet, wenn er am Schluß von »Cry, the beloved country« den schwarzen Pfarrer Msimangu sagen läßt: »Eine große Sorge ist in meinem Herzen, daß sie eines Tages, wenn sie sich zu lieben entschließen, finden werden, daß wir uns zu

hassen entschlossen haben.«[1] Die Sinnlosigkeit der Apartheidpolitik hat Paton selbst erfahren, als die von ihm geleitete gemischtrassige Liberale Partei in der Folge eines Apartheidgesetzes (Prohibition of Political Interference Act) 1968 aufgelöst wurde. Bereits 1960 wurde ihm als einem der Regierung unbequemen Apartheidgegner der Paß, der zu Auslandsreisen berechtigte, entzogen. Erfahrungen und Resignation, die aus der Wahrnehmung der menschenrechtswidrigen Apartheidpraxis stammen, hat Paton in seiner Rede von 1979 verdichtet.
Im Umfeld des schwarzen Widerstandes erscheint Paton trotz seiner apartheidkritischen Haltung als Vertreter des weißen Establishments. Bereits Anfang der siebziger Jahre hat Steve Biko, der 1977 im Polizeigewahrsam ermordet wurde, begründet, weshalb alle weißen Südafrikaner ungeachtet ihrer politischen Gegnerschaft zur Regierung sich letztendlich doch zur Verteidigung des status quo, also der weißen kulturellen, politischen und wirtschaftlichen Dominanz, zusammenschließen würden. Indirekt entspricht Paton dieser Einschätzung, wenn er 1980 in einem Interview[2] einzelnen Schwarzen zwar die Fähigkeit zum Regieren zutraut, unter der Drohung der totalen Rassenkonfrontation jedoch keine Möglichkeit sieht, daß die Weißen in Südafrika verbleiben können. Paton wird damit nach Biko zu einem Multiplikator der irrationalen Angst der Weißen, abhängig von den ideologischen Stereotypen in der weißen Gesellschaft und ungeeignet als Helfer bei der Suche nach der Freiheit der schwarzen Nation. In Anknüpfung an ein Gedicht von James Matthews[3] kann auch für Paton geltend gemacht werden, daß er als Weißer nicht für die Schwarzen sprechen kann – allein schon deshalb nicht, weil er sich eines Herzenswandels bei den Weißen nicht sicher ist (in der Rede aus dem Juli 1979) und weiß, daß die Weißen den Schlüssel für die Lösung des Apartheidproblems schon lange nicht mehr in der Hand halten.
Südafrika mit seinem ungelösten Apartheidkonflikt stellt einen Mikrokosmos des internationalen Unterentwicklungsproblems dar. Dieses Problem, das weder die westlichen Industrieländer noch die sozialistischen Staaten voll erkannt,

[1] Siehe oben, S. 252.
[2] Die Zeit, 18. Januar 1980, S. 16.
[3] »Kann ein Weißer für mich sprechen?«, in: Matthews/Thomas (s. Literaturangaben), S. 13.

geschweige denn einer Lösung nähergebracht haben, erscheint in Südafrika als innerstaatlicher Konflikt, indem der hochentwickelte Industriesektor auf einer in jeder Hinsicht unterentwickelten nicht-weißen Gesellschaft aufsitzt. Aus ihr holt der industrielle Sektor die chronisch unterbezahlten Arbeitskräfte, welche ihrerseits durch ihre niedrige Entlohnung die Produktivität der südafrikanischen Wirtschaft gewährleisten. Die Teilhabe an der industrialisierten und entwickelten Gesellschaft ist an die weiße Hautfarbe gebunden. Nicht weiß zu sein bedeutet dagegen Armut, soziales Leid und Manipuliertwerden durch die weiße Elite. Der Apartheidkonflikt wird so zu einer Spielart des Nord-Süd-Problems.

Der europäische Beobachter der Apartheidszene – auch wenn er sich über die Ungerechtigkeit des Systems entrüstet – tritt in eine tragische Partnerschaft und Interessenidentität mit dem weißen Südafrikaner ein. Von Europa her gesehen ist Südafrika zu einem begehrten Investitionsland geworden. Es ist jeweils der politische und wirtschaftliche Vorsprung, der gleichermaßen von den Weißen in Südafrika und von den Bürgern der nördlichen Industriestaaten gewahrt wird. Ist Apartheid also ein universales Element der politischen Kultur der Weißen? Paton würde diese Frage mit Ja beantworten: Das Verhängnis des Apartheiddenkens fängt schon im Herzen eines europäischen Industrielandes an, so wie die Unterentwicklung der Dritten Welt in engster Beziehung steht zu dem Wohlstand in den entwickelten Gesellschaften.

Schon 1962 hat Paton in der »Charlestown Story« geschrieben: »Man darf nicht müde werden, man muß Apartheid immer wieder anprangern. Sobald sie einmal zur obersten Gottheit erklärt wird, geraten alle moralischen Werte in Verfall.«[1] In seiner Rede von 1979 läßt er die »evolutionäre Zukunft« eines opfervollen Weges zum Abbau der Apartheid offen, während er in dem Interview von 1980 von einer »Hoffnung wider alle Hoffnung« und von einer »metaphysischen Hoffnung« spricht.

Ist das die Hoffnung, in welcher die Freiheitssehnsucht der Schwarzen politisch real werden kann?

Hermann Vogt

[1] In Freimut Duve, Hg., Kap ohne Hoffnung oder Die Politik der Apartheid, 1965, S. 27.

Literatur zum Thema Apartheid

Baßmann, Winfried, Hrsg., Menschenrechte in Südafrika. Perspektiven von Widerstand und Unterdrückung, München 1978. Serie Piper, 179.

Breytenbach, Breyten, Kreuz des Südens, schwarzer Brand. Gedichte und Prosa, Berlin 1977. Quartheft 89.

Duve, Freimut, Hrsg., Kap ohne Hoffnung oder Die Politik der Apartheid, Reinbek 1978, 2. Auflage. rororo aktuell 780.

Hanf, Theodor/Weiland, Heribert/Vierdag, Gerda, Südafrika: Friedlicher Wandel? Möglichkeiten demokratischer Konfliktregelung. Eine empirische Untersuchung, München–Mainz 1978. Entwicklung und Frieden – Wissenschaftliche Reihe, 16.

Jaenecke, Heinrich, Die weißen Herren. 300 Jahre Krieg und Gewalt in Südafrika, Hamburg 1977.

Matthews, James/Thomas, Gladys, Schrei deinen Zorn hinaus, Kind der Freiheit, Erlangen 1976. Erlanger Taschenbücher, 40.

Randall, Peter, Hrsg., Südafrika: Macht, Armut und Privilegien, Stuttgart 1973. Texte zur Arbeit von Dienste in Übersee, 7.

Randall, Peter, Hrsg., Südafrikas Zukunft. Christen zeigen neue Wege, Stuttgart 1974. Texte zur Arbeit von Dienste in Übersee, 9.

Studien zum Konflikt im Südlichen Afrika, 7 Bände, München–Mainz, 1975–1977. Entwicklung und Frieden – Wissenschaftliche Reihe, 6–11 und 13.

Tutu, Desmond M. B., Versöhnung ist unteilbar. Interpretationen biblischer Texte zur Schwarzen Theologie, Wuppertal 1977.